AS ELIZAS

SARA SHEPARD

AS ELIZAS

Tradução
Elisa Nazarian

HarperCollins
Rio de Janeiro, 2018

Título original: *The Elizas*

Rua da Quitanda, 86, sala 218 – Centro – 20091-005
Rio de Janeiro – RJ
Tel.: (21) 3175-1030
www.harpercollins.com.br

CIP-Brasil. Catalogação na Publicação
Sindicato Nacional dos Editores de Livros, RJ

S553e

Shepard, Sara, 1977-
As Elizas / Sara Shepard; tradução Elisa Nazarian. – 1. ed. – Rio de Janeiro : HarperCollins, 2018.
384 p.: il. ; 23 cm.

Tradução de: The Elizas
ISBN 978-85-9508-297-7

1. Romance americana. I. Nazarian, Elisa. II. Título.

18-49729 CDD: 813
CDU: 82-31(73)

Meri Gleice Rodrigues de Souza – Bibliotecária CRB-7/6439

Para Charles Vent

"Somos apenas falsidade, duplicidade e contradição; nos escondemos e nos disfarçamos de nós mesmos."

— BLAISE PASCAL

ELIZA

ACORDO GRITANDO. O som é sugado para longe assim que abro os olhos, mas deixa uma marca no meu cérebro, como uma marca de mão na areia molhada que logo se apaga. A garganta está áspera. A cabeça lateja. Esforço-me para olhar em volta, mas só vejo formas borradas. Minha boca tem um gosto acre de álcool.

Mandou bem, Eliza. Você escapa de uma bala e faz isso?

Analiso a suíte suntuosa que não aproveito por estar detonada demais. Quando cheguei no meu quarto no Tranquility Resort, em Palm Springs, na tarde do último sábado, abri todas as persianas, tirei a roupa e deitei sobre os lençóis apenas de calcinha e sutiã. Depois, sentei na enorme banheira vazia e senti a tábua quente do vaso sanitário. E então, contra todo o meu bom senso, abri o minibar e entornei várias garrafas de Stolichnaya sabor baunilha, uma atrás da outra. O gosto era bom. Como uma velha amiga.

Da sacada, saboreava a bebida enquanto estudava o pátio sete andares abaixo. É um quadrado perfeito, formado por caminhos de lajes e canteiros de flores. O espaço é dividido em quadrantes isolados que proporcionam privacidade... e escândalo. Fofocas dizem que, no início da década de 1960, uma aspirante a estrela de cinema chamada Gigi Reese foi assassinada naquele pátio, golpeada na cabeça, provavelmente, por marginais locais com os quais se envolveu. No início, o corpo foi identificado como sendo de uma atriz chamada Diana Dane. As duas mulheres eram muito parecidas. O público chorou por Dane, que dançara com Danny Kaye em alguns filmes. "Que tragédia! Uma vida tão curta! Temos que encontrar o assassino, rápido!" Então, Diana Dane voltou de uma viagem ao Japão, pela ONG United Service Organizations, e disse ao mundo que estava bem, graças à sua estrela da sorte. Quando o legista conseguiu chegar à verdadeira identidade da falecida, as manchetes de Hollywood mal mencionaram o nome dela. Ainda falavam sobre o alívio que era o fato de Diana Dane estar bem. Ninguém se importou com o assassino de Gigi Reese. O mistério continua sem solução.

Ao terminar minha terceira garrafinha de vodca me sentia tão despreocupada que decidi que poderia muito bem cair de cabeça. Pedi serviço de quarto, dizendo ao cara que anotou o meu pedido:

— Ah, mande uma coisa de cada do cardápio, especialmente das sobremesas.

Enquanto esperava, analisei as toalhas de mão no banheiro. Eram macias e fofas. Tentei imaginar o assassino de Gigi Reese usando uma daquelas para abafar os gritos dela. Ou talvez ele a tenha apagado tão rápido que a mulher nem teve tempo para dar um sussurro. Corri os dedos pelo despertador em formato de espaçonave ao lado da minha cama, reparando na extremidade pontiaguda e na solidez da base. Daria um bom porrete.

Mas agora, ao virar a cabeça para verificar o despertador espacial, ele não está na mesa de cabeceira. Na verdade, nem ao menos *vejo* a mesa de cabeceira. Luz entra por uma janela, mas não é noite?

Um rosto aparece acima de mim.

— Acho que ela está acordada.

É a testa enrugada da minha mãe, os óculos de aro metálico, o nariz queimado de sol por ter passado o sábado fazendo kitesurf.

Ela destoa tanto desse ambiente que, de início, deduzo que ainda estou sonhando.

— O que está fazendo aqui? — pergunto. Falar é um esforço. A sensação é a de que tem alguém sentado no meu rosto.

Minha mãe passa a língua nos lábios.

— Eliza. — A voz falha. Treme. E então, ela suspira. É um grande suspiro, triste e longo, melancólico e cansado. — Meu bem.

Meu bem. Isso faz meu coração fraquejar. Minha mãe só me chama de *meu bem* quando faço algo que realmente a deixa abalada. Passamos por alguns perrengues, ela e eu. Assustei-a vezes demais.

— O que está acontecendo? — murmuro.

Tenho um vislumbre embaçado do meu padrasto. Ele tem tufos desgrenhados de cabelos grisalhos acima das orelhas.

— Não se preocupe, gatinha. Você vai ficar bem.

Lembro-me do grito que dei ao acordar.

— Aconteceu alguma coisa?

Olhares deslizam para a esquerda. Espio minha meia-irmã, Gabby, encostada na entrada do quarto. Esta não é *mesmo* a suíte do meu hotel. E o que pensei ser a típica reação nauseante, com a boca pegajosa, de uma ressaca, já não parece isso. Não inteiramente. Noto uma máquina posicionada ao meu lado. Números verdes em LED marcham em uma tela. O som de bip é ritmado, orgânico, combinado com a cadência de um corpo, do meu corpo. Também há um suporte com bolsas e tubos próximos a mim. O líquido coagulado na bolsa de perfusão intravenosa é vermelho-bombeiro, mas quando volto a olhar, é leve e claro.

— Por que estou num hospital? — sussurro.

De novo, ninguém fala. Uma sensação gelada e rápida percorre pela minha coluna. Uma voz brota de algum lugar profundo. *Você precisa se controlar*. Ouço copos brindando e um acorde de "Low Rider" no rádio, mas que rádio? Minha visão rodopia. *Pare de olhar*, alguém diz. E: *Andei procurando por você*.

Tento agarrar a lembrança, mas é uma pétala voando em um jardim. Alguém gritando. Então... nada. Quando foi isso? Ao menos era real?

Tento outra pergunta:

— Que dia é hoje?

— Domingo — responde minha mãe. — Você passou um tempo dormindo.

— Por que estou num hospital? — repito. — Por favor, alguém me diga.

Bill limpa a garganta de um jeito estranho.

— Você foi encontrada no fundo de outra piscina ontem à noite.

Pisco. De certo modo, não estou surpresa. Esta é, talvez, a quarta vez em que quase me afoguei. Ou será a quinta? Já não é estranho que minha família pareça cansada.

— A do Tranquility Resort? — pergunto, tremendo.

— Você não lembra. — Bill diz isso como uma afirmação, não como uma pergunta.

Viro-me para minha mãe. Ela está com o olhar fixo no chão, mordendo o lábio, então não vê quando sacudo a cabeça. Mas é claro que ela já sabe. Detesto desapontá-la, assustá-la, mas... Não lembro. De novo.

— Cadê meu celular? — pergunto.

O rosto da minha mãe muda para um misto de raiva e irritação, sua maneira preferida de afastar o medo.

— Eliza, a última coisa com que você deveria se preocupar agora é o celular.

Bill se inclina para a frente.

— É verdade. Os médicos querem que você descanse. Precisa recuperar as forças.

Estico o pescoço e olho para Gabby. Ela tem a expressão grave por detrás dos óculos redondos. De repente, uma fração de lembrança da noite passada infiltra-se sorrateiramente. É noite, algumas horas depois da minha farra com o minibar e o serviço de quarto.

Estou parada no deque da piscina do Tranquility, mas não sei por quê. Em todos os momentos em que fiquei na piscina, ela estava agradável, cheia de corpos esticados, mas, nesta lembrança, o local está vazio, como se todos tivessem acabado de sair. Ondas agitam-se tempestuosamente na água, toalhas são jogadas ao acaso nas cadeiras. Uma xícara está virada em cima de uma mesa, uma bola de guardanapo com o logo do resort não chegou até a lata de lixo e está caída no concreto. O trampolim trepida, como se alguém tivesse acabado de pular... e se dissolvido em nada.

Ainda na lembrança que tenho, o céu está escuro, um veludo preto opaco. O ar traz uma friagem purificadora, como se tivesse havido uma queda súbita na pressão atmosférica, e afastado toda a umidade. Posso praticamente escutar meus saltos ressoando de encontro ao duro piso azulejado ao redor da piscina. Paro perto da água, procurando freneticamente em torno. *O quê?* E sinto medo... *Mas por quê?* Então ouço passos. Há uma confusão de movimento, e tropeço. Ouço um gemido — meu gemido —, e a risada de um estranho. A água está quase congelada quando caio de barriga. Meus membros inutilmente se agitam. Tento nadar cachorrinho, mas logo desisto. Meus pulmões ficam sem ar. Os sapatos saem dos pés enquanto afundo. Não sei nadar. Nunca aprendi.

Respiro e percebo um leve indício de cloro de piscina nas minhas narinas. Ouço de novo aquele refrão do "Low Rider". Um suor frio irrompe na superfície da minha pele.

— Ele foi encontrado?

Os lábios da minha mãe ficam entreaberto:

— Quem? A pessoa que a tirou da água?

Mais uma vez, sinto aquelas mãos fortes me empurrando por trás. Mais uma vez, ouço aquela risada. Uma risada aguda, zombeteira, satisfeita.

— A pessoa que me empurrou lá dentro — digo.

Na mesma hora Gabby ergue a cabeça e olha com pesar. O rosto da minha mãe fica vermelho, e ela enfia a cabeça no corredor.

— Enfermeira! — chama, em pânico.

Tremo.

— Não estou brincando, alguém me empurrou! — Minha voz fica mais alta. — Alguém me jogou dentro daquela piscina! Temos que achá-lo! Por favor!

— Eliza. — O rosto de Bill está perto e grande. — Ninguém a empurrou. Você *pulou*.

— Como em todas as outras vezes — murmura minha mãe com um soluço, a cabeça afundada nas mãos, bem na hora em que uma enfermeira entra no quarto com uma seringa reluzente.

Encolho-me na cama. Desespero-me quando percebo o que a enfermeira quer fazer.

— Não! — grito, mas não faz diferença. Nem a enfermeira, nem ninguém, me ouve. Entendo eles concluírem que pulei. Meu histórico me compromete. Mas dessa vez não entrei naquela água por vontade própria. Tenho certeza disso.

Alguém queria me matar.

■ ■ ■

O relógio na parede mostra 3h15 e, a julgar pela claridade, deduzo que agora seja domingo à tarde. Devo ter adormecido por causa da injeção, pois ela disse, todos disseram, que tive outro ataque. Durante a minha derrocada, milésimos de segundo antes de eu perder a consciência, discuti com eles que, dessa vez, não era uma repetição de comportamento, eu não estava delirando, falava a verdade.

O quarto está quieto e silencioso. Não sei onde as pessoas estão; talvez tenham ido embora. Sob diversos aspectos, espero que sim.

Tateio a mesinha de cabeceira na esperança de que meu celular esteja ali. Não está. É inquietante não tê-lo ao meu lado, é como se um dos meus sentidos tivesse sido retirado de mim. Perdi horas de notícias. Perdi fotos de celebridades que nunca conheci, de amigos que nunca vejo e de familiares distantes que, na verdade, não gosto. Perdi e-mails sobre liquidações de sapatos e de produtos de maquiagem e também de *Entrega grátis hoje, apenas hoje!* Talvez eu até tenha perdido uma mensagem da minha editora ou da minha agente. Quero dar um Google neste hospital para ter certeza de que ele é respeitável, e procurar notícias do incidente de ontem à noite no Tranquility. Também quero descobrir na internet que drogas estão administrando em mim, e perguntar para a Siri por que todos os hospitais cheiram a tristeza. Se der tempo, vou confirmar com ela se minha família me dopou para me manter quieta.

Tudo bem, beber foi uma escorregada fenomenal. Eu tinha prometido para a minha família que, depois da cirurgia e do tratamento, não faria mais isso. Mas o gosto era tão bom... Para ser sincera, não sou de fato muito boa em me abster. Força de vontade não é meu forte. O único deslize foi a bebida, e ela não esconde o que eu sei. Tudo o que falei para eles sobre alguém me empurrar é verdade. Aconteceu. Sei disso.

Uma batida à porta e me enrijeço. Um cara de camisa azul-claro entra. Tem cabelo alourado e óculos de plástico preto que provavelmente eram um sucesso cinco anos atrás. Tem um sorriso fraco e sem graça e dedos longos e magros com unhas cuidadosamente tratadas. Arrumo os lençóis à minha volta para que minhas nádegas não fiquem de fora, e puxo bem a minha veste hospitalar. Gostaria que ela fosse de qualquer cor que não branca. O tecido combina perfeitamente com a minha pele.

— Srta. Fontaine. — Ele estende a mão — Sou Lance Collier, do departamento de polícia de Palm Springs. Fui incumbido do seu caso.

— Você é detetive? — Minha voz salta. O mundo floresce.

Ele se afunda em uma cadeira de plástico ao lado da minha cama.

— Tenho algumas perguntas. Soube que vai ficar com a gente mais um tempinho.

— O que quer dizer?

— Fui informado que a sua família gostaria que você passasse alguns dias se recuperando na psiquiatria.

Meu coração desmorona.

— Não. Não. Eu não estava tentando me matar.

Lance vira a cabeça à direita. O pescoço estala ruidosamente, e estremeço. Nunca gostei do som de juntas estalando.

— O que eu sei — ele vira uma página no seu caderninho — é que, ontem à noite, duas pessoas a salvaram do fundo da piscina do Tranquility Resort. Correto?

Dou de ombros.

— Acho que sim.

— E você não sabe nadar, certo?

— Certo.

— O que fazia na piscina?

— Alguém me empurrou.

Isso nem ao menos provoca um levantar de sobrancelhas, o que me surpreende, considerando que na última vez em que afirmei isso, espetaram uma agulha no meu braço.

— Você viu a pessoa que a empurrou? — pergunta ele num tom inexpressivo.

— Não, mas senti mãos nas minhas costas.

— Só que nenhum rosto. Então você não pode afirmar que foi empurrada.

Passo a língua pelos lábios.

— Está dizendo que é tudo mentira?

Ele cruza as pernas. O relógio na parede é barulhento.

— Srta. Fontaine, reparei que você passou por algumas tentativas de suicídio no passado.

Sofro por dentro.

— Sim, mas isso foi... antes.

— Antes do que?

— Do tumor cerebral.

Minha mãe entra às pressas no quarto, sem se importar que este seja um encontro privado. Bill vem atrás. Gabby fecha o cortejo.

—Hã, oi? — digo sem jeito, na defensiva.

Minha mãe se vira para o detetive:

— Ela tentou se afogar quatro vezes no ano passado. Três foram em piscinas de hotéis. A quarta foi no oceano Pacífico, em Santa Monica. Ela afirmava que precisava fazer isso, que alguém estava atrás dela, tentando machucá-la. Por fim, há cerca de onze meses, um médico fez uma tomografia no cérebro dela e descobriu que ela tinha um tumor pressionando sua...

— ... Amígdala — interrompo, desesperada para recuperar o controle da situação — É a parte do cérebro que diz ao corpo como ele deve reagir a situações de estresse emocional.

— Estou a par de como uma amígdala funciona — diz Lance.

— É por isso que você vê todas essas tentativas de suicídio no meu histórico — digo. — Mas o médico retirou o tumor. Fiz um tratamento e estou melhor. Na noite passada foi diferente. Eu não pensei em morrer. Juro.

— É tão *parecido*, gatinha. — fala Bill baixinho — A bebida, o medo de que alguém estivesse perseguindo você... Tudo neste caso é igual.

— Não dessa vez. — Olho em volta e vejo bocas retorcidas, olhos baixos. — *Não dessa vez.* — Isso sai como um choramingo.

No rosto de Lance surge um sorrisinho condescendente.

— Que tal você me contar do que se lembra?

Tento agarrar aquela lembrança das mãos fortes nas minhas costas, à beira da piscina, mas a injeção que a enfermeira aplicou, uma mistura de drogas com a qual não estou familiarizada, mistura realidade e sonho de forma incompreensível.

— Fui até a piscina e fiquei ali parada. Então senti um som sibilante. Não deu nem tempo de me virar; quando percebi, já estava lá dentro. É um espaço público. Não encontraram testemunhas?

Lance revê suas notas.

— Segundo o registro, não houve testemunhas além das pessoas que a resgataram. Quando a encontraram, você já estava na água e não havia ninguém por perto. Elas puxaram você para fora e a deitaram no deque. Uma delas tentou reanimá-la com respiração boca a boca.

Sinto um arrepio. É angustiante ouvir os detalhes da sua experiência de quase morte. Noto, com o canto dos olhos, minha mãe com os lábios apertados.

— Como eles podem ter certeza de que ninguém viu? — pergunto. — Parece impossível. Havia centenas de hóspedes no resort quando dei entrada. O lobby estava entupido de caras com óculos escuros Maui Jim e de mulheres carregando bolsas de ráfia Tory Burch.

— Houve uma tempestade. A área da piscina tinha sido esvaziada e estava fechada com cordas. Os funcionários não sabem como você conseguiu chegar no deque.

Eu passei por cima da corda? Os saltos das minhas botas de verniz tinham doze centímetros! Que merda me levou a fazer isso?

— Quem me tirou da água? — pergunto. — Quem foi?

Ele analisa de novo o bloco de notas.

— Alguém chamado Desmond Wells. Conhece?

Estico o pescoço para o bloco de notas. Lance escreveu o nome *Desmond Wells* todo em maiúsculas, junto com um telefone com o código de área de Los Angeles. O nome não me diz nada.

— Ele trabalha no hotel?

— Ele disse que era um hóspede.

— E as câmeras de segurança? Elas não registraram o que aconteceu?

— Normalmente, a área da piscina tem câmeras de segurança, mas estavam sem energia por causa da tempestade.

— E aposto que elas voltaram ao normal logo depois que eu saí da piscina, né?

— Isso não é uma conspiração, Eliza — diz minha mãe, quase inaudível, triste e assustada.

— E as pessoas no bar? Eu conversei com alguém lá, acho, antes de ir para a piscina. Dá para interrogá-las? Ou *eu* poderia falar com elas. Por acaso, você sabe onde está o meu celular? Eu ligo para o bar e resolvo isso.

Minha mãe parece chocada.

— Você esteve num bar?

Limpo a garganta. Eu tinha prometido que não entraria em bares depois da cirurgia do tumor. Do mesmo jeito que prometi que não iria beber. Olho para Lance.

— S-só fui lá para relaxar. Não estava bebendo.

Lance tosse, constrangido.

— O laboratório fez um exame toxicológico em você. Ele acusou uma presença de álcool estratosférica no seu sangue.

Sinto os olhares da minha família sobre mim. É um saco ser pega numa mentira, principalmente tão idiota. Às vezes, as mentiras saem da minha boca involuntariamente.

Lance vira uma página.

— Seja como for, o policial que atendeu a chamada no 911 conversou com os dois homens que a salvaram e eles disseram que nunca tinham visto você, e que não sabiam de onde você viera. Você pode descrever a pessoa com quem estava conversando no bar, Eliza? Lembra do nome?

Engulo em seco. Não faço ideia.

— Era um homem? Uma mulher? Qualquer coisa.

Ainda nada. Nem mesmo tenho certeza de que *estava* conversando com alguém.

— Pode me dizer em que bar você estava? Eu poderia ir até lá.

Segundo a grande pasta no meu quarto no Tranquility, o resort tem seis bares. D'Oro's, o informal no lobby; The Stuffed Pig, para jantar de negócios; Trax, com DJ; Meritage, um bar de vinhos; Shipstead, que serve martinis com decoração náutica; e Harry's, um tiki bar. Tenho uma chance em seis de escolher o certo. De repente, como uma sineta na minha cabeça, me lembro de um drinque que tomei ontem à noite. *Stinger*, foi isso que bebi no bar. Como foi que isso aconteceu? Não é um coquetel que peço normalmente.

— Ah, aqui está. É mais provável que você tenha estado no Shipstead. É o único bar cujas portas dão para a área da piscina. — Lance desvia os olhos das suas notas e fixa um olhar desconfiado em mim — Mas é possível que você não se lembre bem da noite. Por um lado, existe o problema do seu nível alcóolico elevado. E também dei uma olhada na sua bolsa. Encontrei... Bom, acho que você sabe o que encontrei.

— Eu quero saber — diz minha mãe.

Lance continua olhando para mim.

— Você tem certeza que não foi por *isso* que caiu na piscina? Será que não estava chapada demais para perceber o que estava fazendo?

Tento engolir, mas minha garganta está muito seca. Posso visualizar o rótulo do vidro que ele encontrou.: *Frontal, 1 mg, duas vezes por dia.*

— Acredito que não tenha reparado em todas as outras coisas na minha bolsa, estou certa? — digo, finalmente. — Todas as vitaminas? Manutenção metabólica, doses para imunidade, Metformina, coenzima Q10?

Dirijo a Bill e a minha mãe um olhar arrogante.

— É tudo o que os médicos me mandaram tomar para impedir a volta do tumor. Estou *tentando.*

— A gente sabe que sim, gatinha. — Bill dá um tapinha no meu braço. — A gente sabe.

— Você está tomando algum outro medicamento sob receita? — pergunta Lance.

Inacreditável.

— Desculpe, mas é normal a polícia fazer esse tipo de pergunta?

— Na verdade, sou um psicólogo forense. Tenho ligação com o departamento de polícia de Palm Springs, e relato a eles tudo o que conversamos.

Vou para mais longe dele, mesmo na cama.

— Então, chega. Fim de papo. Já conversei mais que o suficiente com psicólogos.

— Eliza. — Minha mãe cruza os braços sobre o peito. — Querida, por favor. Ele quer ajudar.

— Azar o dele — digo, como uma criança. *E pare de me chamar de querida*, quero acrescentar. É muito incongruente... e doloroso.

— Juro que posso ajudá-la a montar o quebra-cabeça — diz Lance. — Mas para funcionar você precisa participar. O que acha de me dizer se tomou outros medicamentos ontem?

Mastigo o interior da minha bochecha. Detesto o rumo dessa conversa.

— A mistura de Frontal com álcool pode causar apagões, falhas de memória e...

— Talvez isso seja verdade, mas não tomei todos eles ontem à noite — interrompo-o. — Você não está me ouvindo. Isso não é uma falha na memória. *Aconteceu* mesmo.

Lance olha para mim com tranquilidade, mas percebo um sorriso irônico no seu rosto. Conforme ele se mexe na cadeira, alinha-se em cheio com um cartaz de uma cabra-montesa no corredor. A cabeça inclina-se um pouco, parecendo que é ele quem está com os chifres.

— Vamos falar sobre as bebidas — diz Lance. — Por que bebeu tanto? Você estava preocupada com alguma coisa?

Encaro os lençóis.

— Não.

— Tem certeza?

Olho-o diretamente nos olhos. *Concentre-se*, digo comigo mesma. *Inspire*.

— Claro que sim.

— E o que provocou essa sua visita a Palm Springs, afinal?

O que *isso* tem a ver?

— Nada em especial. É um lugar bonito e gosto de calor seco. Também de art déco e de hotéis.

— Você deveria ter contado para a gente, meu bem — interfere Bill.

Isso me pega de surpresa.

— Estou em liberdade condicional?

— Você prometeu que contaria se fosse sair de Los Angeles — responde minha mãe.

Empurro a língua contra a bochecha. Prometi?

— Deve ser aterrorizante ter um tumor no cérebro. — Lance volta a se sentar e cruza os tornozelos.

Franzo o nariz. Ele adota um tom típico de psicólogo. Ouvi algumas vezes na minha época.

— Não foi grande coisa.

— Não precisa subestimar o processo. O câncer faz qualquer um tremer nas bases.

— É claro que ela ficou assustada — afirma minha mãe. — Quando criança, ela se *preocupava* se teria um tumor. Inquietava-se com a possibilidade de doenças, da morte. Era uma criança especialmente ansiosa. Então, com o surgimento do câncer, ficou desnorteada.

— Mãe — digo como aviso.

Minha mãe dá de ombros:

— Mas você ficou!

Lance olha para mim em expectativa. Engulo em seco, preparando minha própria versão de como foi passar por uma cirurgia cerebral e pela recuperação aos 22 anos. Mas acontece que minha mãe está certa. *Fui* uma criança estranha. Uma criança que se preocupava. Uma criança que tinha obsessões que existem até hoje. Eu era aquela que forrava um baú com seda, entrava dentro, fechava a tampa, e ficava ali durante horas, *fantasiando*. Promovia embates entre minhas Barbies, com estrangulamento, asfixia, luta e esfaqueamento. Eu era a criança que enforcava cada um dos meus bichos de pelúcia com nós na entrada do closet, posicionando mensagens suicidas nos corpos. Minha mãe me perguntava por que eu fazia aquilo, mas, como não tinha vocabulário para expressar meus sentimentos, acreditava estar curiosa para entender tal nível de desespero. Eu me identificava com isso, embora não soubesse por quê. Devia vir lá das profundezas, um lugar que eu era nova demais para entender.

Talvez a culpada fosse minha amígdala retirada. Ser diagnosticada com o tumor foi um paradoxo; era um pesadelo, sim, mas que explicava por quê, às vezes, eu tomava decisões muito estranhas e nocivas. Era como um alvará de soltura. Eu não era mais responsável pelos meus atos.

— Olhe, não foi divertido, mas superei — respondo. — E estou indo bem, agora. Tenho minha casa e trabalho. Até escrevi um livro.

Lance ergue uma sobrancelha.

— Um livro?

— Um romance. *As Dots*. Foi comprado por uma editora e tudo mais.

— Não me diga! — Lance olha para a minha família. Eles mudam de um pé para o outro. — Do que se trata?

Gabby limpa a garganta com vontade, mas, quando tento contato visual, ela não ergue o rosto.

— É uma história sobre amadurecimento — digo.

Lance acena com a cabeça, me incentivando. Provavelmente, espera que eu conte mais, mas não tenho vontade. A última coisa que desejo é explicar meus empenhos criativos para a minha família. Esta é uma conquista minha, não deles. Eles não deram o mínimo incentivo. Não são artistas. Nem mesmo leitores. Possivelmente consideraram-no bobo, frívolo, melodramático. Nem sabem que vai ser publicado daqui a um mês. Espero que o esqueçam e nunca leiam uma palavra dele, assim não vou ouvirei possíveis interpretações erradas.

— Eliza, vamos refletir sobre algo — diz minha mãe. — Você teve um choque ontem à noite, e acho que precisa descansar. Se não quiser ficar neste hospital, considere, então, este lugar aqui. — Ela procura um panfleto na sua bolsa-balde cor de Band-Aid e me entrega. Levo um instante para entender as palavras da capa. Centro de Bem-Estar Carvalhos. Há uma foto de pessoas sentadas ao redor de uma mesa de casa de fazenda, tomando sopa e parecendo jovens e serenas. *Tratamento psiquiátrico em um ambiente relaxado e calmo.*

Uma acidez sobe pela minha garganta.

— Nem pensar.

— O ano passado foi difícil para você — diz Bill. — Tudo bem você admitir que está atravessando de novo uma fase puxada.

— Esta não é uma fase puxada!

— Tudo bem, Eliza. — Lance enfia a caneta no bolso da frente da camisa. — Pessoas com doenças sérias frequentemente têm recaídas psicológicas.

— Eu. Não. Pulei. Naquela. Piscina. — Digo para o quarto. — Eu caí... Mãos. — Levanto minhas duas mãos trêmulas e faço um movimento de empurrar. — Não preciso de descanso. Meu tumor não voltou. E com certeza não preciso ir para o *pavilhão psiquiátrico*. — Olho para Lance. — Pelo menos você pode voltar a perguntar por aí se alguém viu alguma coisa, ou se havia um vídeo de backup? Ou só perguntar ao barman se ele se lembra de alguém comigo naquela noite?

— Você parece uma moça simpática, Eliza — diz Lance. — Alguém iria mesmo querer machucá-la?

Moça simpática. Chega a ser engraçado. Por outro lado, eu *sou* alguém que uma pessoa gostaria de machucar ou matar? Alguém deve ter tomado a decisão consciente de me jogar na água. Alguém deve me odiar a esse ponto. Tem que ser alguém que me conhece. Alguém que sabe que eu não sei nadar.

Às vezes, colho flores lindas em jardins de pessoas que nem conheço. Não faço nada com elas. Cheiro-as, jogo-as fora e alguém pisa nelas. Posso ser cruel e insensível.

Sou mentirosa. Provavelmente é por isso que escrevi um livro com tanta facilidade depois do tumor.

Grande parte das minhas decisões não faz sentido. Eu irrito as pessoas. Queimo pontes. E não faço nada para recuperá-las. Além disso, tenho amnésia de vários episódios da minha vida. Disseram-se que a culpa é do tumor, mas às vezes eu acordo com um resquício de vergonha em cima de mim, como se fosse cascalho ou areia. E ainda tenho a sensação de ter feito alguma coisa. Algo impronunciável. Talvez seja por isso que alguém me odeie.

Projeto meu queixo no espaço.

— Acho que isso é o que você precisa descobrir, não é, Lance?

Ele olha para a minha família. Minha mãe ergue as sobrancelhas. Bill solta um suspiro, parecendo arrasado. Gabby tenta se fundir à parede. Volto a olhar para o caderninho dele. Na folha de papel pautada que aparecia, a única coisa escrita era o nome *Eliza Fontaine*. Nada mais. Nenhum testemunho, nenhum detalhe do ataque.

Antes que eu pudesse perguntar por que não tinha escrito nada, entendi que ele havia tomado o lado da família e que eu não passava de uma maluca que inventou uma agressão.

Olho desesperadamente para Gabby na esperança de que ela se manifeste em minha defesa, mas ela apenas consulta o celular, como se nós todos fôssemos estranhos inapropriadamente barulhentos, com os quais ela está presa, sentada ao lado, dentro de um transporte público. Por um instante brinco com a ideia de que talvez haja uma terceira garota no quarto, uma outra Eliza, e que todos conversam sobre *ela*, e não sobre mim. Afinal de contas, eu sou a Eliza que está melhor. Sou a Eliza que só tomou uns drinques a mais. Sou a Eliza que se lembra de mãos nas costas empurrando-a para dentro d'água. Sou a Eliza que se preocupa com quem possa ter cometido este crime e por quê.

Dessa vez é diferente, não como aqueles mergulhos paranoicos causados por uma massa retorcida de células anormais. Alguém está de fato atrás de mim. Seja qual for o motivo, meu medo é completa e inequivocamente justificável.

Só gostaria que alguém mais acreditasse nisso.

Um trecho de As Dots, *por Eliza Fontaine*

Era uma vez uma menina chamada Dot, e ela amava sua tia, e xará, Dorothy. As duas eram farinha do mesmo saco. Dois pontos ligados por uma linha forte. Terminavam as frases uma da outra, além de serem muito parecidas. Às vezes, a mais velha brincava que a mais nova era um clone seu. Dot queria que isso fosse verdade, porque significaria grandes coisas para o futuro.

O nome completo da tia era Dorothy Ophelia Banks. Devido à pele clara e aos olhos violetas, quando adolescente, um agente de modelos pescou-a na rua Henry, no Brooklyn, e lhe disse que seria uma estrela.

Contudo, a carreira acabou sendo decepcionante. Foi modelo de uma marca de balas de menta que não eram tão boas quanto a Tic Tac; de uma companhia aérea infestada de problemas técnicos poucos meses depois de subir aos céus pela primeira vez; e de uma marca de jeans que realçava o bumbum e que deveria ser a próxima Jordache, mas que nunca deslanchou. Por outro lado, a vida pessoal foi sucesso. Casou-se com um magnata que tinha inventado um novo tipo de lentes de contato. Desfilou por Nova York fazendo o circuito dos clubes, socializando, tornando-se amiga de escritores, dramaturgos, condessas e pessoas que tinham frotas de helicópteros. Um homem tinha até a própria espaçonave. Ela era o tipo de mulher que seduzia qualquer pessoa em qualquer ambiente. Podia usar um macacão de seda e sapatos plataforma; orgulhava-se em perambular com um biquíni fio dental. Quando foi aberta uma escola de trapezistas em Nova York; ela parecia ter nascido para voar alto, e passou um tempinho com um pequeno circo pós-moderno. Fez comédia stand-up em clubes enfumaçados e sempre conseguia boas risadas.

Dois anos depois, dispensou o sr. Lentes de Contato e namorou um funcionário do governo, mudando seu guarda-roupa para tailleurs formais, tweeds com ombreira e Ray-Bans escuros. O boato foi que, numa manhã ensolarada de domingo, ela foi convocada por um telefonema e partiu para a Tunísia em segredo. Assumindo uma identidade secreta, aprendeu a saltar de paraquedas. Manipulou fantoches. Criou cães airedales. Mais tarde, cansada de Washington e da espionagem, mudou-se para Los Angeles e se casou com um produtor de cinema que logo morreu, mas não antes de lhe dar um filho, Thomas, que também morreu. Depois se juntou a uma seita no Novo México e trabalhou com cerâmica. Escreveu um romance chamado *Os cavaleiros de Carrowae*, e passou anos editando-o. Destilou seu próprio uísque. Liquidou ações de tecnologia que seu falecido marido tinha comprado anos antes. Com o belo ganho de capital, comprou uma casa em Hollywood Hills que, do deque dos fundos, tinha uma vista clichê mas deliciosa do letreiro HOLLYWOOD. Submeteu *Os cavaleiros de Carrowae* a agentes. Foi rejeitada por todos.

Foi a festas. Flertou com homens. Pessoas davam-lhes presentes, a maioria joias dignas de museu, e chaves de cofres. Ia a Las Vegas apostar e sempre ganhava. Seu cassino preferido era o Golden Nugget. E então, sua sobrinha Dot nasceu. Foi aí que tudo mudou. A menina tornou-se o centro da vida de Dorothy.

Dot achava que a tia era a pessoa mais incrível do mundo. As horas ao seu lado eram mágicas. Sumia dentro do closet de Dorothy no bangalô do hotel onde ela morava, e voltava com as joias, as peles e os vestidos compridos da tia. Dorothy fotograva tudo e lhe contava histórias de onde vinham as roupas: um mink de um príncipe que tinha se apaixonado por ela, um colar de diamantes de um diretor que a queria em um filme, um vestido tubinho de miçangas feito à mão de quando ela posou para a Vogue, embora suas fotos não tenham chegado à edição final. Dorothy esguichava em Dot seu perfume preferido, produzido por um especialista português a partir de tangerinas. Brincavam de Noite do Oscar, Dot desfilando pelo tapete vermelho, Dorothy fazendo as entrevistas. Em outros dias, brincavam de Funeral, a tia acomodando-se em um caixão de seda que mantinha num quarto dos fundos, Dot chorando por ela e fazendo uma reza sincera. Frequentemente, de dentro do caixão, Dorothy soprava linhas a serem acrescentadas ao discurso.

Elas passavam dias na cama comendo biscoito e queijo, assistindo a *O terceiro homem* e a outros filmes noir antigos. Enrolavam as echarpes Hermès ao redor da cabeça — a preferida de Dot era a de leopardo — e rodavam pela cidade no cadilac conversível de Dorothy. Inventavam histórias: a garota começava, a tia desenvolvia a trama, mais difícil, e Dot fazia o encerramento.

Uma precisava da outra. Não é que a menina não amasse a mãe, mas havia uma simbiose entre as duas. Muito reconhecível. A tia aguçava quem ela era, fazia a existência de Dot parecer importante e destinada a algo mais luminoso. Dot tinha pena de quem não tinha uma Dorothy na sua vida. Foi isso o que tornou o que aconteceu depois tão trágico. Quando as coisas ficaram tempestuosas, não foi apenas um desastre no nível de um furacão. Foi a explosão de uma bomba atômica.

Eis aqui esta história.

ELIZA

NA MANHÃ SEGUINTE, enquanto acrescento um pó antioxidante na vitamina que pedi na lanchonete da esquina, ouço a voz da minha mãe no corredor. A maior parte é formada por murmúrios incompreensíveis, mas consigo distinguir, as palavras *paranoia*, *doença* e *suicida*. Certamente, uma conversa sobre mim.

Minutos depois, ela irrompe no meu quarto com uma expressão de confronto no rosto. Contudo, ela para quando percebe que não estou mais com a camisola do hospital.

— Estou na moda? — falo, apontando para minhas roupas. Estou vestindo uma camisa imensa dos Lakers, jeans desbotado e Keds. Uma enfermeira trouxe lá dos Achados e Perdidos. O vestido que eu usava no resort estragou por causa do cloro da piscina, e eu não tinha mais nada na mala. — De graça até injeção na testa.

— Vai embora? — A voz da minha mãe falha.

— Sim. — Tento soar descansada, sóbria, curada. Ergo o meu celular. — Até recuperei isto.

O aparelho estava o tempo todo do outro lado do quarto, em cima de uma sacola plástica que continha o vestido e os sapatos estragados. Uma enfermeira, finalmente, avistou-o esta manhã e eu saltei em cima dele, faminta, vasculhando o Google atrás de uma prova de que alguém tivesse me empurrado para dentro da piscina. Não havia. O que quer que tivesse acontecido comigo não resultou em notícia alguma, nem mesmo uma nota no jornal local ou na conta do Twitter do Tranquility. Embora talvez se vangloriar de mulheres aleatórias esticadas de bruços no fundo da piscina do resort não seja mesmo a melhor estratégia de marketing.

— Vo-você tem certeza de que não quer ficar mais um dia? — pergunta minha mãe.

Dirijo-lhe meu sorriso mais saudável. Por dentro estou muito nervosa, mas não posso transparecer. Preciso ir embora para descobrir a verdade e tenho uma ideia de como. Uma ideia que não envolve ficar presa aqui dentro.

Minha mãe corre até a enfermeira que, por acaso, está no quarto, arrumando-o para o próximo paciente.

— Onde está o médico de plantão? — murmura. — Você poderia chamá-lo, por favor?

Ela encaminha-se devagar até a porta e espia o corredor.

— Ele não está por aqui.

Deslizo para fora da cama e encaro minha mãe. Seu rosto está pálido. O olhar violeta está fixo em mim e sei o que ela está pensando. Ela quer convencer um médico a me forçar a ficar aqui. Embora minha mãe pareça não saber a lei, pesquisei e descobri que eles precisariam de uma ordem judicial para me manter aqui contra a minha vontade. Uma coisa dessas levaria dias, talvez semanas. Por enquanto, estou livre.

Como se tivesse percebido a tensão, Bill aparece ao lado da minha mãe. Ela o coloca a par e ele se mostra igualmente preocupado. De qualquer jeito, não vou ser convencida. Não por eles.

— Pelo menos, deixe a gente levá-la para casa, Eliza — oferece Bill, por fim.

— Posso tomar um táxi até o resort e pegar o meu carro. Sem problema.

A enfermeira sacode a cabeça.

— Não, querida, você não pode dirigir. Seu sistema está com excesso de medicamentos.

Sem outro jeito, andamos até o estacionamento, em direção ao Porsche Panamera de Bill.

Meu pai morreu quando eu era muito pequena. Mal me lembro dele. Minha mãe teve bastante sorte em encontrar Bill treze anos atrás, só por causa deste carro. Ele abre a porta de trás para mim, afundo no banco de couro e fecho os olhos, relaxada pelo súbito ronco do motor. Quem sabe como o meu carro chegará em casa, vindo do estacionamento do resort?

Gabby também desliza pelo banco de trás, as mãos abertas sobre as coxas. Dirige-me um olhar de esguelha, faz uma leve careta e se encolhe junto à porta.

— Eu sei, eu sei — falo, mostrando a camisa dos Lakers. — Elas disseram que lavaram este troço com Clorox, mas deveriam ter queimado.

Gabby esboça um sorriso.

— Acho que é melhor do que usar a camisola em casa.

— Com certeza — concordo porque acho que está sendo simpática e porque preciso que fique ao meu lado.

Bill insere o bilhete na cancela de saída e a trava se ergue. Ele vira na I-10 e um deserto monótono passa ao lado. Sintonizamos a estação de negócios SiriusXM em baixo volume. Ninguém fala. É lógico que eles querem, posso sentir no ar. Todos adorariam gritar para mim a ideia horrorosa que tive de me dar alta. Isso exala deles como suor.

Gabby se remexe e dou uma espiada nela. Digita furiosamente no celular.

— O que está fazendo? — pergunto, como se conversássemos o tempo todo.

Ela vira o celular, escondendo a tela.

— Ah, só assunto de trabalho.

— Alguma coisa interessante?

Ela hesita, depois enfia o telefone na bolsa.

— Na verdade, não.

Ela olha pela janela, embora não tenha nada para ser visto. Gabby tem um rosto comprido, nariz inclinado, uma moita de cabelos claros e boca para baixo. Eu tinha nove anos quando minha mãe conheceu Bill. Não muito tempo depois do primeiro encontro, ele e Gabby vieram jantar na nossa casa, e a olhei com desprezo. Disseram-me que ela tinha a minha idade e que a mãe morrera de pneumonia. Com seus óculos de armação de plástico em tom rosa e cachos de Shirley Temple, Gabby mais parecia ter sete anos. Usava sapatos pretos pesados com solas grossas que faziam os pés parecerem grandes e desajeitados. Algo em sua expressão lembrava-me uma grande nuvem cinza de chuva. Sempre que eu batia a minha bota, ela se encolhia.

— Você continua naquele lugar das echarpes circulares? — pergunto, agora animada, enquanto o carro passa por um buraco na rua. — Qual é mesmo o nome?

Gabby olha para mim por um momento e penso, rapidamente, se inventei isso. Vai ver que ela nunca trabalhou em uma empresa de echarpes que, de maneira interessante, escondem fones de ouvido, colares cervicais e bolsas de colostomia. De uma hora para a outra, parece bem fantástico, e também meio ridículo.

Mas aí ela diz:

— É, continuo lá. A empresa chama-se That's A Wrap.

— Você tirou o dia para me trazer para casa. — Franzo os olhos. — Muito legal da sua parte. Fico agradecida.

Gabby se encolhe e não sei ao certo se ela acha que estou sendo sarcástica. Na verdade, não somos íntimas. Então lhe dirijo um sorriso terno, agradecido. Quando ela sorri de volta, os olhos estão cheios de tristeza.

— Estamos preocupados — diz baixinho.

— Ela também se ofereceu pra ir junto na sua consulta de acompanhamento — fala minha mãe.

Uma nova mensagem é anunciada no telefone de Gabby. Tento olhar, mas ela o inclina de maneira que eu não possa ver o que está digitando. No mesmo instante, um carro passa rápido por nós.

Uma pessoa no banco de trás faz contato visual e fico subitamente chocada, com uma sensação cega de medo. Respiro com esforço. O mundo recua. Meu cérebro se dobra em dois.

Quando me recupero, só vejo meu reflexo na janela. O cabelo escuro está puxado num rabo de cavalo sebento. Os olhos arroxeados parecem vidrados. Meus traços pequenos e delicados, em geral, agradáveis sem maquiagem, parecem abatidos. Reparo à minha volta. Gabby me encara, nervosa. Minha mãe me analisa lá da frente, o batom a meio caminho da boca. Eu disse alguma coisa? Fiz alguma coisa? Alguma espécie de som? A pista ao nosso lado está vazia. Não tem carro atrás de nós, nem à nossa frente por quinhentos metros.

Endireito o corpo e finjo que nada aconteceu. Olho para o meu celular, sorrindo com o texto que mandei pouco antes de entrar no carro... e com a resposta que recebi. *Espere só*, quero contar à minha família, *vou mostrar para vocês.*

Uma hora depois, Bill estaciona no lugar que estou alugando, um bangalô da década de 1920, em Burbank, que não fica longe dos estúdios da Disney e da Warner.

— Que tal a gente entrar com você? — Bill pergunta enquanto abro a porta do carro e coloco as pernas para fora. — A gente pode ajudá-la a se acomodar. Colocar você na cama. Fazer alguma comida. Sei preparar uma boa canja em lata. — Ele dá uma risadinha, como se isso fosse realmente engraçado.

— Obrigada, mas estou bem — digo, agarrando os meus papéis de alta.

— Pelo menos, posso acompanhá-la até a porta?

Em vez disso, deixo que me dê um abraço. Bill é um homem que dá abraço de urso: apertões grandes e afetuosos com um monte de grunhidos, balançando para lá e para cá. Por um instante, é gostoso. Minha mãe me abraça do mesmo jeito, mas parece uma obrigação, como se ela ainda estivesse preocupada. Seus braços estão rígidos. Posso sentir a tensão em seu maxilar. Gabby apenas toca no meu ombro, dirigindo-me mais um meio sorriso melancólico.

— Ligue se precisar de alguma coisa! — grita Bill, quando me viro para a porta.

Tropeço enquanto ando até a porta da frente; algumas das lajes de ardósia estão soltas. No andar de cima, outro vidro da janela rachou. A porta da garagem está quebrada, e fica permanentemente levantada, expondo o carro de um acobreado *steampunk* desativado, forjado para parecer um caramujo, que troquei com o proprietário, em vez de fazê-lo consertar o telhado. Tem uma conta sobre o capacho da entrada que diz *ÚLTIMO AVISO* em tinta vermelha. Não é que eu não tenha dinheiro para pagá-la, mas vivo esquecendo. Não tenho certeza se realmente deveria morar sozinha. Nos três primeiros meses, deixei de ativar o gás quando ia utilizar o fogão. Virava os botões, achando que a coisa ia acabar funcionando. Liguei para o proprietário para dizer que o fogão estava quebrado, fazendo com que ele viesse, desse uma olhada e caçoasse de mim por não entender como funcionavam os aparelhos básicos. Acho que é por isso que arrumei gente para morar junto comigo. É melhor que outras pessoas lidem com esse tipo de coisa.

Aceno para a minha família sem grande entusiasmo, enquanto eles desaparecem no horizonte. É um alívio sair daquele carro. Se tivesse que ficar mais um minuto ali sentada com aqueles incrédulos, começaria a arranhar os braços.

Pare de encarar. Novamente aquela voz do bar do Tranquility. Eu me encolho. Não sei dizer se é masculina ou feminina, mais parece um sibilo andrógino. Quem disse isso? A mesma pessoa que me empurrou? Um arrepio percorre a minha espinha. Olho por sobre o ombro, percebendo os riscos que assumi ao deixar o hospital. Estou à solta no mundo e há um agressor que deseja a minha morte. Talvez não devesse ficar sozinha.

Alguma coisa se mexe nas sombras perto da minha porta e solto um ganido. Uma pessoa está parada com a luz do sol por trás, os traços obscuros. Congelo. Meus dedos perdem a elasticidade, endurecendo em forma de garras. A pessoa limpa a garganta e ergue a mão num gesto tranquilizador.

— Eliza Fontaine? Desmond Wells.

Desmond Wells. Sabe, em certos momentos, minha memória é um desastre, fica evasiva, tira sarro, mas, em outros, é precisa como uma fotografia. Lembro-me perfeitamente da conversa de ontem com Lance, apesar do coquetel de drogas, apesar da minha frustração. Todos os detalhes que ele me deu, os mínimos indícios de pista a que eu pudesse me agarrar, está tudo lá. Desmond Wells era uma dessas pistas. Meu salvador. O indivíduo que me tirou da piscina. Era um nome que estava todo em maiúsculas no bloco de notas de Lance. Havia um número de celular ao lado deste nome, os dígitos alinhando-se no meu cérebro.

Meu nome é Eliza Fontaine, eu tinha escrito para aquele número de celular no meu aparelho recém-recuperado. *Acho que você me ajudou no sábado à noite, na piscina do Tranquility. Se importa se eu fizer algumas perguntas?*

Sem problemas, ele respondeu. *Por acaso, estou livre hoje. Posso encontrá-la.*

Lance pode não estar investigando o que aconteceu comigo, mas eu com certeza estou.

De As Dots

Dot não se lembrava muito do começo da doença. Reclamou, durante semanas, de enxaquecas que faziam explodir flashes nebulosos na frente do seu rosto. Desmoronava junto a paredes, apertando as têmporas. Também havia a visão borrada, que duplicou o número de Jack Skellingtons no DVD de *O estranho mundo de Jack* que ela não conseguia parar de assistir. Numa noite, irremediavelmente tonta, derrubou o prato de jantar enquanto o levava até a mesa, espalhando frango e cenouras por todo o chão.

— Tem alguma coisa errada comigo — disse ao desabar.

Sua mãe ficou perplexa.

— Você precisa ir ao pronto-socorro?

Dot fez que não com a cabeça. Só queria se deitar um pouco na cama. Só queria que o quarto parasse de girar. A mãe deitou na cama com ela, acariciando o cabelo suado da filha. Depois de vinte minutos, checou as horas.

— Querida, tenho que ir trabalhar. Desculpe.

Ela trabalhava como assistente de dentista, olhando o dia todo para as gengivas e os dentes das pessoas.

— Você precisa mesmo trabalhar hoje? — resmungou Dot.

— É assim que a gente pode comer. Sou o único sustento.

O pai de Dot falecera havia muito tempo, e ela só recordava de um homem de olhar bondoso que lhe estendia um ovo de plástico de uma máquina de chicletes em uma mercearia, dizendo:

— Dot, tem uma surpresa dentro. — Ela não conseguia se lembrar qual era a surpresa.

— Por que a tia Dorothy não precisa trabalhar? — perguntou Dot.

A mãe saiu de debaixo das cobertas. A expressão endurecida.

— A realidade dela é diferente da nossa.

— Dá para você descobrir se ela pode vir?

— Acho que sim — disse a mãe com relutância.

Dot contou à tia sobre o fato de sua mãe ter sempre que trabalhar, que suspirou.

— Sua mãe não percebe que o tempo com uma criança passa voando. Dinheiro não é tudo. Trabalho não é tudo. Se eu tivesse que repetir tudo com o Thomas, não teria desperdiçado um minuto com *Os cavaleiros de Carrowae*. Dedicaria o meu tempo a ele. Admiraria enquanto ele dormia. Nunca tiraria os olhos dele. Talvez meu filho ainda estivesse vivo. Vai ver que não me esforcei o bastante.

Thomas. Dot sempre prendia a respiração quando a tia mencionava o filho morto. Ele falecera alguns anos antes da menina nascer, então ela não o conheceu. Dorothy andava com uma foto dele, um menininho louro com um boné de beisebol, agarrando um trem de brinquedo. Aparentemente, ele era uma criança instável, dada a ataques terríveis e períodos severos de melancolia que medicação alguma conseguiu resolver. Aos dez anos, Thomas achou um revólver que Dorothy mantinha em casa como proteção depois da morte do marido. Aprendeu a carregá-lo e atirou em si mesmo.

A sobrinha sabia que Dorothy ainda pensava constantemente em Thomas. A tia conservava algumas das roupas e alguns dos brinquedos em um armário do bangalô. Uma vez, ela mostrou a caixa a Dot, embora dissesse para ela nunca olhar dentro. Dot especulava se Thomas dissera algo profético para a mãe, antes de morrer. Para onde as crianças iam quando morriam? Para o céu? Haveria uma versão infantil? Ela se perguntava se Dorothy o vira morrer, e se depois tinha se sentado ao lado do corpo por algum tempo, enxugando o sangue, percebendo-o ficar frio e rígido. Dot teria feito isso.

Dot não se lembrava da convulsão épica que a fez bater contra a parede no meio da noite, acordando a mãe no quarto ao lado. Nem se lembrava da ida ao hospital e das enfermeiras dando tapinhas para que ela se recuperasse. Também não se lembrava de deslizar dentro do tubo longo que produzia diversos ruídos, embora soubesse que devia ser uma das primeiras coisas que aconteceu; essa era a maneira dos médicos pesquisarem problemas sérios. Também devia ter havido uma conversa, em que um médico explicava a massa que tinham descoberto na cabeça dela e que pressionava uma parte crítica do cérebro. Operaram de imediato. O médico disse à mãe de Dot que provavelmente ela sobreviveria, mas a recuperação pós-operatória para uma criança poderia ser bem difícil, então elas teriam que estar preparadas.

A próxima coisa que Dot lembrava era ela acordando em uma cama pequena com cortinas bem fechadas à sua volta. O ar estava frio e ela estava sozinha. A cabeça, enfaixada. O corpo parecia muito pesado, como se ela tivesse ganhado cinquenta quilos. Ouvia bips do lado de fora da cortina. Alguém engasgava. A última lembrança era de ir dormir na própria cama. Sonhara com Wandinha Addams, que ela idolatrava. Às vezes, escrevia *Wandinha Addams* na linha onde deveria pôr o nome nas provas. *Mas onde estava agora?* Olhou com horror para uma agulha presa com esparadrapo nas costas da sua mão. Estava ligada a um tubo que levava a uma bolsa em um suporte. Quis arrancar a agulha, mas alguma coisa lhe disse para não fazer isso, que doeria ainda mais.

Alguém abriu a cortina.

— Mamãe? — perguntou Dot.

Era uma enfermeira num uniforme estampado com ursinhos.

— Sua mãe já vem — disse ela.

Lágrimas escorreram pelo rosto da menina. Estava assustada. Por que sua mãe não estava lá?

Alguns minutos depois, a cortina ao redor da cama se abriu, e Dorothy surgiu, assustada. Usava um lindo vestido transpassado de seda, mas as pontas do cinto arrastavam-se atrás dela, desamarradas. Uma passada às pressas de batom delineava sua boca. A bolsa Chanel, com o fecho aberto, batia contra seu quadril. Ela foi até Dot e a puxou de encontro ao peito. Dot sentiu seu perfume, flores de laranjeira e touceira de capim-indiano.

— Minha menina — disse ela, aconchegando a cabeça da sobrinha. — Minha doce, doce menina. Estou aqui, agora.

Dot aninhou o nariz junto à pele lisa e macia do pescoço de Dorothy. A pulsação da tia estava muito calma. Em geral, ela ribombava rápida e diligente, como uma máquina gigante do século XIX. Dorothy acariciou o cabelo da sobrinha.

— Nós vamos vencer isso. Eu sempre estarei aqui. Vou ajudá-la.

E sempre esteve. E ajudou.

ELIZA

CEGA PELO SOL, pude refletir por alguns segundos sobre como seria a aparência de Desmond Wells. Robusto, cabelos ondulados, pele cor de oliva e olhos semicerrados com pés de galinha. Um sujeito com aspecto rude, a versão humana de uma picape, mas também sensível, o tipo de homem que se vangloria, timidamente, da figueira no seu quintal. Mãos grandes, músculos desenvolvidos, um homem forte o bastante para levantar uma garota e rodá-la em seu dedo mindinho. Não o tipo de sujeito pelo qual me atraio, mas com certeza uma pessoa feita para me tirar da piscina.

Então, ele sai da luz direta do sol.

— Eliza — diz em uma voz de tenor. — Oi.

Não é mais alto do que eu, cabelo preto e volumoso, cortado em estilo pajem na altura do queixo. As sobrancelhas são grossas e o nariz termina numa ponta cômica. A pele é oleosa e os pelos na parte superior do lábio e no queixo têm uma disposição curiosa. Parece-se com Guy Fawkes, símbolo da Conspiração da Pólvora. Veste uma camisa Oxford e um colete de tapeçaria. Os sapatos brilham e são bicudos. Os braços parecem magros. Não posso imaginar esta pessoa peneirando uma piscina para tirar insetos, muito menos puxando uma pessoa para fora dela.

Meus ombros caem. Não é justo ficar decepcionada. Talvez eu devesse ter suspeitado que ele fosse esse tipo de pessoa, já que a mensagem que recebi dele incluía um gif com a abertura do *Game of Thrones*.

— O-oi — digo, hesitante. — Obrigada por vir.

Outra pausa esquisita. Posso senti-lo olhando para mim. Sinto-me suja e inchada por causa da estadia no hospital, e a camisa dos Lakers fede a suor.

— Vamos lá — digo, levando-o para os fundos da casa. Não sei ao certo se quero que ele entre. Sou meio estranha quanto a deixar pessoas que não conheço entrar, sobretudo pessoas parecidas com esse cara. — Vamos conversar lá atrás.

O quintal tem uma corrente de água natural, e uma casa de hóspedes tão pequena que mal comporta uma cama. Existe um barracão no fundo onde cabem dois cavalos. Quando me mudei para cá, ouvia uma cacofonia de relinchos e o ar cheirava a esterco. Quem diria que as pessoas em Burbank teriam cavalos? Não possuo um, mas gosto de visitar a égua Beauty na rua abaixo. Ela sempre aponta o focinho para fora da baia quando me ouve chegar, como se conhecesse meu cheiro. Os olhos são escuros e infinitos, como se guardassem um segredo. Costumo colocar o rosto junto ao seu focinho e ficar ali parada por alguns minutos, torcendo para que ninguém apareça e nos surpreenda.

No pátio existem plantas mortas e uma fonte abandonada, coberta por gravetos e folhas secas. Pego uma garrafa de cerveja Zywiec Porter que estava em cima de uma das espreguiçadeiras e a lanço em direção a um arbusto esponjoso. Desmond estreita os olhos para o carrossel em miniatura encravado entre a casa de hóspedes e o muro. Encontrei-o no eBay. É uma réplica de um Allan Herschell da década de 1950, exceto pelas zebras psicóticas, pelo cisne que parece estar puto e pelo leão sem cabeça.

— Que coisa incrível! — diz ele, com o que parece ser uma admiração verdadeira.

— Obrigada. Ele funciona, caso queira testar. A música que toca parece "In-A-Gadda-Da-Vida".

Seu sorriso é meio tiozão, meio assustador. O olhar desloca-se para a escultura de um rato em papel machê, que comprei num mercado de pulgas. O roedor pintado em arco-íris está fumando um baseado e mostrando o dedo.

— Para você também, meu amigo — diz ele, dando uma reverência elaborada.

Tento não fazer uma careta.

— Então... — digo com impaciência. — Obrigada por ter vindo.

Estendo a mão em cumprimento. Ele tem a palma calosa e o aperto é mais forte do que eu esperava.

— Encantado — diz, segurando o meu olhar. — Sinto como se já a conhecesse.

— Bom, você me tirou para fora d'água. Então, acho que meio que conhece.

Há um lampejo de alguma expressão em seu rosto.

— Na verdade, não foi isso que eu quis dizer.

Admiro o brocado de caxemira do seu colete. Ele traz um amuleto no pescoço que parece os mesmos do xamã que uma vez visitei no deserto, pós-tumor, e que vendia artigos similares em seu brechó. Uma sensação esquisita sobe pela minha espinha, e relembro do sentimento residual de medo que senti pouco antes de cair na água. Talvez tenha sido uma má ideia convidá-lo a vir aqui. Olho ao redor, os muros altos isolando a minha casa de todas as outras. É difícil saber se tem alguém em casa neste bairro. As propriedades são grudadas, ao mesmo tempo quietas e isoladas.

— Não entendi — afirmo, tentando não deixar a voz tremer.

Ele parece acanhado.

— Sei que você é escritora. Até pedi um exemplar do seu livro.

Por um instante, não sei o que dizer.

— *As Dots*? — pergunto.

Ele concorda com a cabeça.

— Co-como sabe que escrevi esse livro?

— Desculpe-me, mas depois que a levaram na ambulância, pesquisei sobre você na internet. Achei que seria importante conhecer a pessoa cuja vida eu tinha acabado de salvar. Li um press release sobre o livro. Parece com o que costumo comprar, então pedi um exemplar pelo Amazon Vine.

Acho estranho um homem como aquele achar o *meu* livro a cara dele. Por outro lado, não faço ideia de *quem* seja o meu leitor ideal — a não ser eu mesma.

— Mas não o recebi. — Desmond parece decepcionado. — A Amazon avisou que não estará disponível até a data da publicação.

— É, acabamos não entrando na promoção do Vine. — Cutuco uma farpa solta na mesa. — Como foi que soube o meu nome? Os policiais leram na minha carteira de identidade?

— *Você* me disse. Depois que eu a tirei da água. Você estava lúcida. Falando. Quer dizer, depois que consegui fazê-la voltar a respirar.

Enrubesço. Esqueci que recebera um boca a boca. Imagino os pelos do rosto de Desmond raspando na minha pele. Por instinto, meu queixo começa a parecer irritado.

— Não me lembro disso. O que eu falei, exatamente?

— Só o seu nome e alguma coisa sobre um assassinato acontecido em um resort na década de 1960. Então, seus olhos ficaram enormes e você disse: "Sou eu!"

Franzo o nariz.

— Como? — Isso soa como algo que Gloria Swanson diria em *Crepúsculo dos deuses* enquanto rodava no salão de baile com todas as suas joias. Eu costumava assistir a este filme no mínimo uma vez por mês.

— Em todo caso, depois disso os paramédicos apareceram. Meu colega tinha ligado para o 911.

— Colega? — Visualizo um sujeito mais velho, endinheirado, levando este cara numa coleira cheia de espinhos.

— Paul, um amigo do trabalho. Mas fiz o salvamento sozinho. — Ele sorri. — E aí, como é que surgiu a ideia do livro? Acho escritores muito intrigantes. Espero um dia conseguir escrever um livro também.

— Não tenho certeza de que eu me consideraria uma *escritora*.

Seu rosto desmorona.

— Por que não?

— Porque só escrevi um livro. Que ainda nem saiu.

Ele sorri como se eu tivesse contado uma piada.

— Tenho certeza de que vai escrever outros.

Não sei. E não faço ideia de como nos afastamos tanto do tópico. Limpo a garganta.

— Então, no sábado, coincidiu de você e seu colega caminharem na área da piscina quando eu caí ou...?

— Isso mesmo. Eu estava mostrando o lugar para Paul. É um resort lindo, não é? Mas a gente ouviu um trovão e decidimos voltar para dentro. Cortamos caminho pela área da piscina, e foi quando ouvi o *splash*. Olhei por cima da cerca e vi que não tinha salva-vidas. E reparei que, quem quer que tivesse pulado, não estava vindo à tona para respirar.

Ele diz isso com orgulho, como se fosse uma investigação no nível de Sherlock Holmes.

— Então você pulou e me salvou? — pergunto.

— Exatamente. — Ele sorri, vaidoso. — Não desperdicei um minuto. Foi fácil puxá-la para a superfície. Tão leve! Como se fosse um pedaço oco de madeira!

Não tenho certeza de já ter sido comparada a um pedaço de madeira.

— Não havia outras pessoas na área da piscina?

— Acho que mandaram todos saírem. Paul teve que correr para pedir ajuda. Quando um guarda chegou eu já tinha a reanimado. — Seus olhos brilham. — Você se lembra disso?

— Eu já falei. Não me lembro de *nada*.

— Ah! — Desmond confirma com a cabeça. — Então, imagino que você queira saber sobre mim? Seu salvador impetuoso que a trouxe de volta à vida?

Pisco. Talvez este seja o motivo para pessoas normais convidarem seus salvadores até em casa: agradecer. Afagar o ego. Prometer a eles o seu primogênito. Ou descobrir como eles são e poder *contar* ao citado primeiro filho. Tenho vontade de rir, mas não quero ferir o orgulho de Desmod. Ele poderia ir embora.

Antes que eu possa dizer qualquer coisa, Desmond vai em frente:

— Não seja tímida. Vejamos. Meu nome do meio é Lawrence. Nasci em dezembro, sou capricórnio. Adoro absinto, o de verdade, não a bobagem que vendem aqui nos Estados Unidos. Tenho um fornecedor em Nice. — Ele se reclina para trás. — Você já experimentou? O jeito verdadeiro de tomá-lo é como os *artistas* faziam em Paris, despejado sobre um cubo de açúcar em uma colher.

— Parece asqueroso — digo, distraída, porque tenho medo de que qualquer entusiasmo possa levar a um convite para beber absinto.

Desmond fica com uma expressão magoada.

— Não é asqueroso. É transcendente. Entrei nessa durante meu trabalho paralelo. Sou o César principal no Circus Maximus, em San Fernando.

— O quê?

— O Circus Maximus! No Vale? A celebração da antiga cultura greco-romana? Entre outras coisas, recriamos a história do desastre com o vulcão de Pompeia, além de todos os cinco atos de *Júlio César*. Temos um bom público. — Devo estar olhando para ele confusa, porque acrescenta: — Não posso acreditar que não tenha ouvido falar no Circus Maximus. Pensei ter lido que você fosse formada em inglês.

Eu me pergunto o que mais ele leu a meu respeito.

— O que tem a ver o fato de ser formada em inglês com estar a par de uma feira renascentista no Vale?

Ele bufa.

— Não é uma feira renascentista. Você deveria conferir. Durante duas semanas, em julho, acontecem eventos com gladiadores, um adivinho, uma réplica do Oráculo de Delfos, uma encenação da *Odisseia* de Homero...

— Isso pertence a um período completamente diferente!

Ele franze o cenho.

— Bom, sim, tomamos algumas liberdades criativas.

— Você é César, então. — Posso imaginá-lo de toga, com uma coroa de louros no cabelo. — Você gosta?

Ele ergue o rosto.

— É intenso. Sou assassinado vinte vezes num período de duas semanas. Tento entrar no personagem, o que significa que todas as vezes que caio, parece uma morte de verdade. — Ele me olha de maneira expressiva, e, por um instante, um instante muito, muito breve, fico um pouquinho curiosa. Penso se é possível que ele pense na morte tanto quanto eu. Penso se ele gosta de ler bilhetes de suicidas tanto quanto eu.

Temi ter deixado meu olhar demorar-se nele por tempo demais, e desvio os olhos.

— O que foi mesmo que o levou ao Tranquility?

— Bom, sou uma celebridade também, sabia? — diz Desmond com arrogância. — Além de Júlio César, sou peça-chave do Departamento de Marketing da Comic Con de Los Angeles. Estava num encontro com a minha equipe para traçar as estratégias do evento deste ano. Decidimos assuntos importantes, como a maneira de ter membros da Umbrella Corp, do *Resident Evil*, protegendo os *cosplayers*. Esse pessoal da Umbrella Corp é sinónimo de *negócio*.

Não faço ideia do que ele esteja falando. Quero rir de novo, mas acho que ele está dizendo coisas que pensa serem sérias. Posso visualizar o cartaz no saguão do Tranquility, o logo do evento com instruções para os participantes se dirigirem às salas de conferência no segundo andar.

— Presumo que você ame convenções?

Seus olhos brilham.

— Adoro! Por sorte, no futuro haverá convenções para tudo que imaginar. Pessoas com o mesmo interesse vão se juntar em torno de um tema, como álbuns de figurinhas ou espécies de esquilos.

— Não é para isso que servem as redes sociais?

Ele suspira.

— Fico triste ao perceber como elas mudaram a maneira como interagimos.

— Você não tem uma conta no Instagram ou no Facebook para a convenção?

— Claro que sim. Mas isso é diferente, é *útil.*

— Por acaso você foi para o bar Shipstead depois de terminar as tarefas relacionadas à convenção? — pergunto, decidindo mudar de assunto mais uma vez, e esperando que a bobajada de "conhecendo um ao outro" já tenha sido suficiente.

Ele brinca com os pelos do queixo.

— Não sei o nome do lugar aonde fomos. Como ele é?

— Os donos gostam de dizer que parece um iate clube, mas está mais para um cruzeiro barato.

— Não, estivemos em um que parecia a Ilha de Páscoa.

Suspiro.

— Eu esperava que você pudesse preencher alguns lapsos de memória para mim. Ao que parece, eu estive no Shipstead naquela noite.

— Eu achava que você não bebia.

— Em geral, não. — respondo. Neste instante, algo no meu cérebro apita. — Como é que você se eu bebo ou não?

Mesmo que seja quase imperceptível, percebo uma discreta tremida em seus lábios por baixo do bigode.

— Acho que você me contou. Lembro que falou muita coisa quando recobrou a consciência. — Então ele se inclina. — Você não se recorda de *nada*? — Faço que não com a cabeça. — Isso parece com o que aconteceu com o nosso melhor condutor de biga romana. Ele foi pisoteado e teve um traumatismo, não só esquecendo o que aconteceu naquele dia, mas todas as duas semanas do *ludi circenses.*

O pior é que nunca recuperou nada daquilo. — Desmond parece pesaroso.

Tenho vontade de revirar os olhos. Minha sensação é que o circo assemelha-se ao que ouvi sobre os atletas na vila olímpica: ficam todos amontoados em dependências próximas, vestidos com roupas duvidosas e estão tão excitados com toda a pompa e circunstância que comemoram fazendo muito, muito sexo. Só que, na vila olímpica, todos são atletas tesudos, enquanto no Circus Maximus, a maioria trabalha todo dia na Best Buy. Mesmo assim, gosto de Desmond aceitar a minha memória remendada. Ele é a primeira pessoa que não me julga como se fosse tudo culpa minha.

— Bom, fico feliz que tenha conseguido me salvar — digo.

— Eu também. — Seus olhos brilham. — Não é todo dia que alguém como você cai no fundo de uma piscina.

— Eu não pensava em cair, sabia? — Deixo escapar, antes de conseguir me conter.

— Eu sei — diz ele, sem perder tempo. Mas depois, inclina a cabeça e me olha de um jeito estranho. — Como assim?

Sinto um aperto no estômago, mas resolvo contar para ele. Desmond parece ser um monte de coisas, mas duvido que vá me julgar.

— Eu não pulei lá dentro. E também não caí por acidente.

Ele franze o cenho. Não consigo discernir sua expressão, talvez, alarme, um disparo súbito no cérebro.

— Então você... — Ele para. Reflete.

Meu coração dá um pulo.

— Acho que alguém me empurrou. Você sabe de alguma coisa a respeito?

Ele olha para trás, como se estivesse com medo de ter sido seguido.

— Não sei... Não tenho certeza. Pode não ter sido nada.

— Por favor. — Chego o mais próximo dele que estive o tempo todo. Ele cheira a estufa de plantas. Musgo e alga. — Me conte o que sabe.

Ele olha para trás novamente. O silêncio parece se fechar sobre nós. O sol penetra por uma nuvem, pegando-nos de lado, queimando fios do meu cabelo. A língua de Desmond projeta-se da boca, rosada, parecendo um peixinho.

— Acho que vi alguém fugindo.

De As Dots

Mesmo depois da remoção do tumor cerebral, Dot passou pela radioterapia, mas suas convulsões ainda ocorriam toda semana. Nas mais assustadoras, ela estava em casa, longe de equipamento médico e de mãos competentes. Dorothy estava sempre presente e disposta, com os braços estendidos para amparar as quedas da sobrinha. A caminho do hospital, telefonava para a mãe dela. Numa das vezes, até a colocou no viva-voz.

— O quê, mais uma? — A voz da mãe de Dot saiu esganiçada pelo carro. — Que porra está acontecendo?

Dorothy comprimiu os lábios e rapidamente desabilitou o viva-voz. Ao terminar a ligação, olhou para Dot no banco de trás e disse:

— Tenho certeza de que a sua mãe não quis dizer nada com isso. Só está preocupada. — Mas a garota sentiu-se alarmada. Nunca tinha ouvido a mãe usar a palavra *porra*, muito menos em relação a ela.

A tia animou-a até o hospital, mas a levou a um diferente daquele ao que ela tinha feito a cirurgia, o St. Mother Maria's, localizado na parte oeste da cidade.

— É o melhor entre os melhores — disse Dot.

Dorothy tinha um conhecimento enciclopédico do melhor entre os melhores. Sabia qual era o melhor lugar para engraxar sapatos, alinhar a coluna ou para a banana split perfeita. Conhecia os melhores restaurantes para conhecer um bombeiro ou um executivo de estúdio. Sabia as melhores maneiras de simular um acidente de carro se, por acaso, você estivesse no clima de fraudar a companhia de seguros, e o melhor lugar para comprar cartões de cumprimentos para ocasiões específicas: solidariedade por cirurgias malfeitas, congratulações pelo sexto casamento. Sabia, ainda, onde conseguir costurar cílios falsos e conhecia o melhor lugar para limpar um sofá estofado coberto de sangue. "Não que alguma vez eu tenha usado os serviços, mas é um bom recurso para se ter à mão", dizia. A mãe de Dot não sabia nem qual era o melhor lugar no bairro para comprar pizza.

A dra. Koder, a quem foi destinado o caso de Dot, entrou, um dia, em seu quarto no hospital para conversar sobre o problema.

— Olha, não identificamos o que poderia estar causando essas convulsões. Gostaríamos de mantê-la aqui no hospital até chegarmos a uma conclusão.

A mãe de Dot, sentada na cama ao lado dos pés da filha, se irritou:

— Corrija-me se eu estiver errada: não é o tumor cerebral que provoca as convulsões?

— Em geral, com a cirurgia e a radiação, esse tipo de tumor é completamente eliminado, e os pacientes ficam curados. Dot já passou por essas etapas, então acreditamos que pode haver mais alguma coisa em jogo.

A mãe limpou uma mancha inexistente em sua roupa de hospital.

— Só não entendo como poderia ser outra coisa. Só não entendo como isso continua acontecendo.

Dorothy tocou no braço dela.

— Não precisa ficar nervosa.

A mãe de Dot olhou para ela.

— Isso está durando tempo demais. Estamos no século XXI. Imaginei que a medicina estivesse mais avançada do que isso.

— A vida seria bem menos complicada se a sua menininha não estivesse doente, não é? — Dorothy sorriu com afetação. A mãe lançou-lhe um olhar furioso que Dot não entendeu.

A dra. Koder tossiu.

— Temos vários outros caminhos. Precisamos ter certeza de que não seja um problema ambiental, por exemplo.

— *Um problema ambiental?* — repetiu a mãe. — A senhora está sugerindo que nossa casa esteja com veneno?

— Claro que não. — A dra. Koder analisou a ficha de Dot. Um ruído metálico ressoou no corredor. — Entendo a frustração, mas estamos fazendo o possível. Juro. Vamos descobrir o que está acontecendo.

Dorothy sorriu com simpatia para a médica.

— Claro que vão. — A voz como um xarope morno de bordo.

Enquanto Dot estava no hospital, Dorothy alugou um quarto no Sheraton da mesma rua. Poderia ter voltado para sua suíte no Magnólia, em Beverly Hills, onde morava desde que Dot se conhecia por gente, mas ela disse que gostaria de estar por perto, caso alguma coisa acontecesse. Até comprou um beeper, e fez com que os médicos entrassem em contato com ela antes de tomarem qualquer decisão. Dot gostava da dedicação da tia e da sua perseverança. Só uma vez perguntou a ela se precisava trabalhar em seu romance, *Os cavaleiros de Carrowae*, em vez de passar tanto tempo ao seu lado.

— Ora, trabalho — caçoou Dorothy. — Ele pode esperar.

Enquanto isso, a mãe de Dot voltou para o consultório dentário. Retomou, inclusive, o horário integral.

— Preciso manter meu trabalho para termos nosso plano de saúde — explicou.

Mesmo assim, doía. Dot estremecia quando via a mãe entrar no quarto pela manhã em seu uniforme estampado de bexigas, sabendo que logo ela iria embora. Às vezes, parecia que ela deixava o hospital aos pulinhos. Uma vez quando a mãe estava no banheiro, Dorothy remexeu na bolsa dela e encontrou um envelope com fotos impressas recentemente. Pelo jeito, ela tirara fotos em uma festa de aniversário no consultório.

— Ah, veja, eles estão comendo bolo de chocolate. — Dorothy colocou a foto nas pernas de Dot. — E a sua mãe está com um belo sorriso no rosto, não está? Seja como for, é bom ver alguém feliz.

Dot decidiu tentar o máximo para não precisar da mãe. Desviava-se dos beijos e não respondia às perguntas dela.

— Você não deveria ser tão dura — dizia Dorothy. Mas depois, no minuto seguinte: — É claro que sempre estarei ao seu lado.

Era isso mesmo, Dot pensava. A tia Dorothy era mais que suficiente.

Havia uma equipe rotativa de enfermeiras, auxiliares, médicos e especialistas para ver Dot, ansiosos em saber por que seu cérebro ficava travando. Ela passou por tomografias, densitometria óssea, exame de plasma sanguíneo e punção lombar. Dorothy controlava cada tratamento, querendo saber todos os aspectos nos cuidados com Dot: o que determinava a mudança de lençóis, por que colhiam sangue com tanta frequência, os tipos de agulha que usavam na intravenosa, que espécie de medicamentos davam quando ela tinha convulsão e o valor nutricional da vitamina que sempre lhe serviam no almoço. Aprendeu tanto que, provavelmente, poderia fazer sozinha muitos dos procedimentos mais simples. Na verdade, um dia, enquanto cochilava, Dot sentiu a faixa do aparelho de pressão enrolar-se ao redor do seu braço e, ao abrir os olhos, descobriu a tia aferindo seus sinais vitais.

— Eles agora deixam você fazer isso? — perguntou, rindo.

Dorothy piscou.

— Como é?

Era uma voz diferente, mais aguda e menos rouca. Dot tornou a olhar. A mulher que media a pressão tinha cabelo escuro e um rosto com estrutura delicada, exatamente como o de Dorothy. A única diferença eram os olhos verdes.

Dot contou à tia sobre a semelhança, e não muito tempo depois, Dorothy passou pela mesma experiência. A enfermeira, cujo nome era Stella, entrou para aferir a pressão da menina, sem notar a tia na cadeira. Esta, por sua vez, não se deixou ver. Quando a funcionária saiu, Dorothy suspirou:

— Que incrível! Foi como se eu estivesse num evento paranormal! Eu, dividida em duas! Ela deveria ser a minha sósia nas festas.

— Ou você poderia ser a sósia dela — brincou Dot.

Dorothy franziu o nariz.

— Por que eu faria isso?

Na próxima vez em que Stella veio, a tia convidou-a se sentar na cama da menina e conversar. Stella era mais nova do que Dorothy e as unhas estavam roídas até a carne. Dorothy se aproximou, levantou um cacho do cabelo de Stella e o cheirou.

— Você tem cistos no ovário de vez em quando? — perguntou. — É um pouquinho míope?

Os olhos de Stella mostraram surpresa.

— O quê?

Dorothy olhou para Dot.

— Quero ver se, por dentro, ela também é parecida comigo. — Depois, encostou o rosto no de Stella. — Quem é a mais bonita?

A essa altura, uma enfermeira tinha entrado no quarto e olhava para Dorothy com uma expressão cética. Dot apontou na direção da tia, não querendo magoar Stella, mas era verdade, Stella era mais nova, mas Dorothy era mais bonita.

— Precisa de alguma coisa, meu bem? — perguntou Stella a Dot, levantando-se e colocando o medidor de pressão debaixo do braço. Dot sacudiu a cabeça e Stella saiu.

Dorothy deu uma risadinha depois que ela se foi.

— Era de se pensar que ela fosse gostar disso. Nem todo mundo tem uma sósia.

Para avaliar a dor de Dot, uma das enfermeiras sugeriu que a menina classificasse os seus dias, com A para os perfeitamente saudáveis e F, quando ela se sentisse à beira da morte. Dot classificou vários dias no hospital como C e D. Nesses, os cantos do quarto distorciam-se em dragões e abomináveis homens das Neves. O couro cabeludo coçava tremendamente, e em todas as vezes caía um chumaço de cabelo. O buraco aberto em seu peito para inserir medicamento direto na veia doía, e infeccionou várias vezes. Os piores dias eram quando tinha convulsões, pois pouco antes de começarem, sentia a pior náusea da vida, a visão virava para dentro por conta própria e ela perdia o controle dos membros. Escapava, então, para algum lugar no fundo da alma, testemunhando tudo, mas sem conseguir controlar o que o corpo fazia. Quando a tormenta passava, as dores de cabeça eram excruciantes, a pele parecia estar queimando. Uma vez, a convulsão foi tão violenta que ela quase cortou a língua fora com os dentes. Por quatro dias teve que ficar com um curativo gigante ao redor do músculo para não pegar outra infecção. Era propensa a infecções. As bactérias adoravam-na.

A única coisa que a fazia superar tudo isso era a presença da tia. Se Dot precisasse que Dorothy ficasse sentada ao seu lado a noite toda, ela faria isso. Se Dot precisasse que ela enfiasse um dedo em sua boca durante a convulsão, fazendo com que ela o mordesse até chegar ao osso, em vez da própria língua, ela o faria — e fez, as marcas estavam lá para provar. Todos os dias, Dorothy entrava no quarto da sobrinha com livros médicos volumosos, comprados na livraria da Faculdade de Medicina da Universidade da Califórnia, e pesquisava raras doenças cerebrais, linfáticas, sanguíneas e metabólicas, além de doenças autoimunes, que poderiam ser as culpadas pelas convulsões de Dot. Requisitou encontros reservados com médicos e até procurou o número do telefone da casa da dra. Koder. Encurralava as enfermeiras no corredor e perguntava "qual era a verdadeira situação", caso os médicos de Dot estivessem medindo as palavras. Uma vez, a menina a viu esgueirando-se para dentro de um posto de enfermagem vazio e mexendo no computador.

— O que estava procurando? — perguntou Dot depois que Dorothy saiu às pressas, justamente quando uma enfermeira surgiu no corredor.

— As observações na sua ficha, é claro — cochichou Dorothy. — Só para o caso de ter alguma coisa que eu possa pesquisar. Pode ser que esses médicos não leiam todas as publicações. Estou preenchendo as lacunas.

Ela se sentava ao lado de Dot durante horas, lendo livros, assistindo aos programas preferidos da sobrinha na TV, inventando histórias. As duas fantasiavam a respeito da comida que Dot comeria depois que saísse dali; o hospital mantinha-a em um regime alimentar muito severo, pensando, talvez, que ela desenvolvera alguma alergia bizarra. Dorothy indicou um restaurante chamado M&F Chop House, do outro lado da rua.

— A gente vai comer hambúrguer lá. Me disseram que eles preparam sanduíches deliciosos.

Dot analisou o restaurante pela janela. Do interior vazava uma luz dourada. Estava cheio. No canto, uma TV apresentava o jornal e um grupo em uma mesa da frente conversava animadamente.

— Pode ser que eu vá simplesmente morar lá — divagou Dot.

Uma semana antes, sua mãe tinha anunciado que ia se casar com o namorado, um homem que Dot mal conhecia e que tinha uma criança que ela nunca vira.

— E onde você iria dormir? — perguntou Dorothy. — Numa banqueta?

— Não, na sala onde cortam a carne. — A menina tinha uma afinidade extraordinária com o cheiro de sangue.

A tia riu.

— Você tem uma imaginação sem limites.

— Eu poderia jantar sempre com pessoas interessantes, cartomantes, bruxas, elfos.

— Elfos! Quem mais?

Passou a ser uma brincadeira entre as duas. Todos os dias elas prosseguiam com a história de Dot no restaurante. Ela descobriria uma caverna secreta no porão cheia de cristais, estalagmites e moedas de ouro; um elevador que levava a um portal de volta à Inglaterra gótica e ela seria amiga de Jack, o Estripador. A Dot do restaurante tinha vários bichos de estimação, mas os favoritos eram o cachorro Ko e o morcego Tristan, que podia falar, mas só por meio de sonetos. Dorothy ficou impressionada com a menina, tão nova e já sabendo o que era um soneto.

— *Pois te jurei lealdade, e te pensei luminosa, quando és negra como o inferno, como a noite trevosa* — recitou Dot, alegremente.

— Um gênio! — proclamou Dorothy.

— Sua tia é uma verdadeira festa, hein? — disse a dra. Koder um dia, surgindo no quarto de Dot sem avisar, quando Dorothy saíra para um café.

Dot mirou os olhos úmidos da médica, da cor de um bombom Kiss, da Hershey's. Ela tinha algo de Anna Nicole Smith, com o cabelo louro e os seios enormes, mas os óculos suavizavam isso, deixando-a inteligente. Quase.

— É — respondeu Dot com orgulho. — Você sabia que ela já foi modelo? E cursou metade da faculdade de medicina. Na Tunísia, enquanto estava dando um tempo da CIA.

O sorriso da dra. Koder vacilou um pouco.

— Bom, mas aqui ela não é médica.

Dot franziu o cenho.

— Eu sei.

A dra. Koder se aproximou.

— Se alguma vez você quiser ficar sozinha, se algum dia parecer um pouco além da conta, é só dizer para a gente.

— O que parecer um pouco além da conta?

— Bom, às vezes a família pode ser um pouco... sufocante. E deve ser difícil não estar na companhia de crianças da sua idade.

Você deveria conhecer nossa área de convivência. A gente tem uma máquina de fliperama da Ms. Pac-Man!

Dot ficou confusa. Talvez a dra. Koder não gostara da decoração de Halloween que Dorothy trouxera: pedaços de boneca saltando de caixões, morcegos decapitados, globos oculares decompostos dentro de caldeirões. Talvez não gostasse da maneira como Dorothy flertava com os especialistas homens. Talvez não tivesse aprovado aquela garrafa de Sauvignon Blanc que a tia bebeu no quarto de Dot. Mas não era como se ela tivesse dado um pouco para Dot.

Sinceramente, se fosse para os médicos ficarem bravos com alguém, deveria ser com a mãe de Dot. Ela mal aparecia. Jogara toda a responsabilidade em cima da irmã, enquanto frequentava festas de aniversário em consultórios e comia bolo de chocolate. Concomitantemente, a tia de Dot fazia de tudo. Às vezes, entrava no quarto dela e caía exausta em uma cadeira, chegando a cochilar por alguns minutos, mas acordando num salto só com uma tossida da sobrinha.

— Ela precisa mesmo de uma folga — disse Dot. — Está se esforçando demais.

Menos de quinze minutos depois, Dorothy entrou usando um tailleur Chanel e a echarpe Hermès estampada com leopardos, a favorita de Dot.

— Você viu a dra. Koder no corredor? — perguntou Dot. — Ela disse que você poderia querer uma folga daqui. De repente voltar para o Magnólia. Sei que sente falta dos ovos beneditinos de lá.

Dorothy tirava a echarpe e parou no momento em que escutou o que a sobrinha disse.

— Por que ela diria que preciso de uma folga?

— Talvez eu tenha dado a dica que você estava cansada...

— O que mais disse sobre mim?

— Eu.... sei lá — respondeu Dot, cautelosa. A voz da tia ficara muito alta e esganiçada. — Nada, para falar a verdade.

Dorothy andou pelo quarto batendo os pés.

— Jesus! Esses cuzões ciumentos. Uma delas enfia uma ideia na cabeça e todo mundo fica contaminado. Enquanto isso, quem sofre é você. Minha querida! — Então, Dorothy deu as costas para a janela. — Você não concorda de verdade com isso, concorda? Quer mesmo que eu vá embora?

— Eu... Claro que não. — Dot não fazia ideia do que a tia estava falando.

Dorothy desmoronou na cadeira e cobriu o rosto com as mãos.

— Ai, Deus. Você concorda, você concorda. É assim que começa. É assim que sou abandonada.

— Tia Dorothy — sussurrou Dot. — Por favor, não chore.

— Todo mundo me deixa — disse Dorothy, ainda com as mãos no rosto. — Thomas, sua mãe, minha mãe, meus maridos. Agora você.

— Não diga isso.

A tia continuou com a cabeça abaixada, enquanto saía trôpega do quarto.

— Não posso ficar aqui neste momento. Não posso olhar para você.

— Espere! — Dot deixou a cama com esforço, se embaraçando em todos os fios ligados ao seu corpo. — Desculpe! Não sei o que fiz, mas me desculpe!

Mancou pelo corredor atrás de Dorothy, arrastando o suporte de intravenosa, mas a tia já passara pelas portas duplas da saída. Uma enfermeira encontrou Dot na beira da escada e a levou de volta para o quarto, dizendo que ela não podia deixar o pavilhão infantil. Dot se jogou em sua cama hospitalar, e zapeou os canais da TV. Tudo o que passava naquela hora do dia era violento ou programas de entrevistas com pessoas gritando e chorando. Desligou e olhou para o teto, escutando os murmúrios suaves do interfone no corredor. Depois de um tempo, adormeceu, com o travesseiro áspero ensopado de lágrimas.

Naquela noite Dot teve outra convulsão. Só se lembrava da cabeça indo para trás, de encontro ao travesseiro. A próxima coisa que percebeu foi estar amarrada à cama, com uma espécie de mordedor de metal na boca. Dorothy estava junto dela com lágrimas nos olhos. Apesar de resmungar uma reação de alegria, ela se contorcia de dor com a cabeça latejando.

— Querida, temos que dar o fora daqui — disse Dorothy prontamente.

— O-o quê? — perguntou Dot, num tom cansado, a língua grossa. — Por quê?

— Porque este lugar é uma merda, por isso. Acabei de achar um artigo que diz que este hospital foi advertido três vezes diferentes nos últimos dez anos por contaminação. Aposto que está acontecendo de novo. Aposto que é isso que está deixando você doente! — Ela começou a jogar os bichos de pelúcia na sacola. — Vamos lá. Tenho um carro esperando. Vamos para outro lugar.

— Agora? — Dot tentou se sentar.

— É. — Dorothy estendeu o braço. — Você acha que consegue ficar de pé?

Dot mostrou as amarras à sua volta. Dorothy acenou com a cabeça e as soltou. A menina se levantou, mas a cabeça ainda latejava. Pensou que fosse vomitar. Não queria ir embora, queria se deitar.

— Estou tão cansada — murmurou. — Vamos deixar para amanhã de manhã.

— Não dá para esperar até amanhã. — Dorothy passou o braço em volta dos ombros de Dot. — Você pode dormir no carro.

— Os médicos concordaram com isso?

— Assinei todos os papéis para sua alta. É uma decisão nossa, não deles. De qualquer modo, eles e este hospital imundo que se fodam. Sinto muito por tê-la trazido aqui.

Quando chegaram ao corredor, ele estava estranhamente vazio. Dot olhou pela janela. Lá fora estava um negrume. Um relógio de parede na sala do café mostrava 3h15. Ela deu outro passo esquisito. As solas dos seus pés pareciam ter alfinetes e agulhas.

— Gostaria de me despedir da dra. Koder — disse Dot. — Gostei dela.

Dorothy abanou a mão.

— Ela não está respondendo.

— Posso ligar para a mamãe?

— Depois que a gente chegar no lugar novo — assegurou a tia. — Depois que a gente se instalar.

Dobrando uma esquina, Dot viu de relance um tecido se movendo e cabelos escuros. Após uma segunda olhada, percebeu que era a outra Dorothy, imóvel ao lado do terminal do computador. A verdadeira Dorothy endireitou as costas e agarrou o braço da sobrinha. A enfermeira Stella olhou fixo por longos e completos cinco segundos. Depois, erguendo o queixo, virou-se sem dizer uma palavra. Dot e Dorothy desceram rápido pela escada, os sapatos ecoando nos espelhos metálicos.

As paredes do pavilhão infantil do novo hospital eram pintadas de amarelo-sol. Dot deu entrada em um quarto e adormeceu imediatamente. Quando acordou, a mãe discutia com Dorothy.

—Você não tinha o direito de mudá-la no meio da noite. O outro lugar era bom.

—Você não leu aquele artigo que eu descobri?

—Você deveria ter me telefonado para resolver isso, em vez de simplesmente fazer.

— Eu fiz porque tinha que ser feito. Foi a pior convulsão dela até agora. Você não estava lá. Eu estava.

Dot abriu um olho. Sua mãe tinha virado de costas. Os olhos estavam cheios de lágrimas. *Você merece isso*, pensou Dot.

Um novo médico apresentou-se meia hora depois. Disse que assumiria o caso de Dot. A tia sorriu, entusiasmada. O dr. Osuri, jovem, inquieto e com um excesso de canetas enfiadas no bolso, mexia no estetoscópio em volta do pescoço.

— É muito bom conhecer você, Dot — disse ele, folheando a ficha médica que Dorothy tinha trazido do St. Mother Maria's. — Vamos descobrir o que está acontecendo com você.

— Não é maravilhoso? — falou Dorothy, com as mãos apertando o pescoço.

O que Dot poderia dizer, além de concordar?

ELIZA

— **VOCÊ TEM QUE** contar isso para a polícia — digo a Desmond. Agarro o meu celular e começo a discar 911, depois mudo de ideia e procuro, na internet, o número da delegacia de Palm Springs. — Imediatamente.

— Tudo bem — diz Desmond, embora pareça na dúvida.

Digito os números. O telefone começa a tocar e passo o aparelho para ele, que o segura com o braço esticado, como se fosse uma cobra se contorcendo.

— Não estou acostumado a falar com autoridades policiais — diz. — O que quer que eu diga?

Pego o celular de volta e ouço quando uma recepcionista atende com uma voz animada, dizendo que liguei para a delegacia de Palm Springs, e perguntando para quem ela deve encaminhar a minha chamada.

— Procuro por Lance — respondo, seca.

— Qual Lance? — pergunta ela, toda bolhas e luz solar.

Como se houvesse mais de um Lance trabalhando na delegacia de Palm Springs! Mas não me lembro do sobrenome dele. Será que Lance chegou a me dizer?

— Lance, o psicólogo forense. O que visita pacientes em hospitais.

— Por favor, aguarde.

Enquanto espero, eles tocam "Maneater" de Hall & Oates. Quem escolheu *isso*?

— Você consegue descrever a pessoa que viu? — pergunto a Desmond. — Era uma mulher? Um homem?

— Não sei. — Ele parece envergonhado. — Só me lembro de... uma escuridão repentina. *Obsidiana.*

— Por que não contou para os policiais quando eles o entrevistaram? Eles falaram com você, certo?

— Bom, claro, eles vieram quando a ambulância chegou e me perguntaram o que acontecera. Mas isso foi quando eu deduzi que você tinha caído lá dentro. Eu não sabia que devia ter ficado atento para um criminoso. E eles não *perguntaram* se eu tinha visto alguma coisa.

Fecho minha mão. É claro que os policiais não perguntaram. Provavelmente já tinham decidido que eu estava bêbada e era suicida.

— Você tem que contar para eles o que viu — insisto.

Percebo como deve soar a minha voz. Visualizo Desmond mais tarde, de noite, tomando absinto com Paul, o amigo da Comic Con que estava ao seu lado à beira da piscina, conversando sobre o encontro doido com a mulher paranoica que quase tinha se afogado. Mas também estou aliviada. Havia uma parte minúscula em mim que me perguntava se a minha família estaria certa. Talvez eu *tivesse* pulado naquela piscina exatamente como das outras vezes. Talvez eu estivesse passando por outro surto psicótico. Ou talvez meu tumor tivesse voltado. Vai ver eu estava doente de novo. Mas não, havia um agressor. Tive vontade de cantar isso do alto dos telhados. Estava certa.

Uma voz interrompe o "Maneater":

— Alô, você ligou para o disque-denúncia da delegacia de Palm Springs. Se tiver informações sobre algum crime, por favor deixe-a depois do bipe.

Meu coração se aperta. Por outro lado, imagino que o que eu tenho é uma informação, e é melhor que nada. Depois do bipe, digo o que preciso e desligo.

— Bom, tomara que eles liguem de volta. Quando isso ocorrer, ponho você na linha, se estiver disponível. Ou, pelo menos, dou para eles o seu número.

— Claro — diz Desmond. — Vou lhe dar o meu endereço. Fico feliz em ajudar. *Muito* feliz.

Então, ele olha para mim. Levanto-me para levá-lo até a saída, mas ele continua sentado. Os olhos se suavizam. Há um sorriso de expectativa em seu rosto, como se ele esperasse que a verdadeira festa começasse agora. Algo me vem à mente. É possível que eu tenha feito alguma coisa à beira da piscina quando acordei no deque. Tenho o mau costume de fazer sexo com estranhos, não importa o quanto eu os ache ridículos.

Quase posso visualizar. Desmond me tirou da piscina, me reanimou e, por gratidão, eu arranquei toda a minha roupa e agarrei o saco dele. Talvez a gente tenha realmente feito sexo ali, no concreto, antes da chegada dos paramédicos. E, em vez de ser como todos os outros caras e desaparecer assim que a coisa toda acaba, Desmond é legal e veio ver se estou abalada e vulnerável. Ou talvez ele queira fazer sexo *de novo*. Avalio minhas opções. Ele é um estranho esquisito, que se diverte recolhendo mulheres assassinadas, mas acredita em mim. E, para ser sincera, o interesse por mim é lisonjeiro. Acho que meus padrões não são tão altos.

Respiro fundo e chego mais perto dele. De uma hora para a outra, o cheiro de estufa é atraente e os bicos dos meus seios endurecem. No instante em que meus lábios entram em contato com o seu rosto, ele dispara para longe.

— Opa — diz, remexendo em seu colete. — Acho que esquentou.

Eu também me atrapalho, pulando para trás, fazendo com que minha panturrilha bata na mesa.

— Eu, hã... — Desmond está fazendo um monte de barulho com suas chaves. — Tenho um... — Ele dá uma olhada no relógio. — Trabalho para fazer. Uma porção de fornecedores para visitar. Então, hã...

— Ok, acompanho você até a porta.

Chegamos à porta de tela ao mesmo tempo, e tentamos abrir o trinco, resultando numa dança esquisita: ele me deixando sair primeiro, depois eu o deixando sair primeiro; em seguida, nós dois tentando nos espremer pelo espaço. Passamos pela cozinha reluzente, e nunca na minha vida fiquei tão agradecida por aquele cômodo — ele me confere credibilidade e sanidade, ainda que, se Desmond desse uma espiada na despensa, repararia numa quantidade insalubre de macarrão com queijo Kraft, que eu como às toneladas, mesmo não sendo recomendável.

Paramos à porta, e não sei o que fazer com as mãos. Por fim, estendo-a para cumprimentá-lo.

— Obrigada por ter vindo! Obrigada por me salvar! — O que mais eu poderia dizer?

Após ficar sozinha, ando pela casa e sinto o silêncio. A sala de visitas está cheia de baús antigos esquisitos e armários que comprei em um antiquário em Santa Cruz. O sofá rosa-claro tem uma mancha misteriosa que poderia ser de sangue; já estava assim quando foi comprado. No canto tem um RCA Theremin empoeirado, da década de 1920. Eu pretendia fazer aulas, mas nunca arrumei tempo para isso.

De repente, os cabelos atrás do meu pescoço se arrepiam. Alguém me observa. Percebo um lampejo no canto do olho e me viro rapidamente, certa de que vou descobrir o culpado. As cortinas esvoaçam, como se alguém tivesse acabado de pular pela janela aberta. Ou talvez fosse apenas a brisa.

— Oi? — chamo, tremendo.

Nenhuma resposta.

E se isso não tiver terminado? E se a pessoa que tentou me machucar ainda estiver por aí, esperando uma nova oportunidade?

Tapo o rosto com as mãos. Minhas unhas afundam cada vez mais, até eu perceber que estou perto de tirar sangue. Mas não é o bastante, então torço uma mecha de cabelo nos dedos e puxo com força. A dor é aguda, de entorpecer os olhos. Reprimo um gemido. Corro para o andar de cima o mais rápido que posso, louca por uma porta fechada, louca pela escuridão, louca para escapar do que quer que seja.

■ ■ ■

Meu quarto é comprido e estreito como uma pista de boliche. Nas paredes, há caveiras de animais e pôsteres de Wandinha Addams, que foi minha ídola na infância. Na cômoda há cápsulas e pós-vitamínicos, uma pedra curativa que me foi dada por um xamã que visitei no deserto, um iPod cheio de gravações de meditação que tento usar mas que, na verdade, não funcionam, e os desenhos energéticos que fiz com um arte-terapeuta, que revelaram que minha alma era um nó escuro e retorcido. Tento ao máximo impedir que o tumor volte a invadir o meu corpo, mas, às vezes, acho que a merda preventiva é pior que a doença.

Acho que vi alguém fugindo.

Engulo com dificuldade. É libertador que Desmond tenha confirmado isso, mas me assusta tal violência existir de fato. Quem poderia ter me empurrado?

Visualizo o rosto da minha mãe acima de mim, ontem, no hospital. E os de Bill e Gabby. Quem os avisou para virem? Como chegaram tão rápido? Depois me lembro de que não foi *tão* rápido. Dormi algumas horas antes de encontrá-los. Mesmo assim... Será possível que eles já *estivessem* em Palm Springs? O que estou presumindo, que um *deles* me empurrou? Por que fariam isso? Porque os irrito? Porque estão fartos das minhas besteiras? Porque *fiz* alguma coisa para um deles? Algo se inquieta dentro de mim. Talvez. Mas por que não consigo me lembrar do que seja?

Penso de novo em Gabby. Não somos muito próximas. Depois que Bill nos apresentou, fui para a cozinha e ela foi atrás. Não a convidei. Nem mesmo a queria ali.

— Oi — disse Gabby baixinho, depois que estávamos sozinhas. — Soube que o seu pai morreu. A minha mãe também.

Bufei. Até parece que eu ia ter *aquele* tipo de conversa. Alongando-me em frente ao freezer, pego uma garrafa de vodca. Meus dedos queimaram com o frio, enquanto eu abria a tampa e me servia um copo alto.

— Quer um pouco?

Os olhos de Gabby se arregalaram.

— Nem pensar!

Bebi como uma profissional. Nunca tinha tomado isso, mas precisava me impor com aquela garota desde o começo; assim, ela ficaria ciente da hierarquia. Dei um gole mínimo, e tentei não estremecer. Gabby me olhou fixo, horrorizada.

— Talvez você não devesse fazer isso — cochichou.

Então, minha mãe e Bill entraram. Imediatamente, ela percebeu a garrafa sobre o balcão.

— O que é isso?

Nenhuma de nós respondeu. Gabby empurrou os óculos mais para cima do nariz.

— Quem pegou isso? — perguntou minha mãe, me encarando.

Gabby limpou a garganta.

— Fui eu. Só queria provar.

Bill pareceu chocado.

— *Você?*

— Ah, tenha dó. — Minha mãe revirou os olhos. — Está na cara que foi Eliza.

— Não. — A voz de Gabby estava mais forte, agora. — Fui eu.

Não sei por que ela assumiu a culpa. Talvez por eu ser tão louca e imprevisível, ela achou melhor neutralizar minhas ações e não fazer marola. Mas não fiquei de todo certa. Precisava ter certeza.

Precisava que ela tivesse medo de mim. Não lembro o motivo para essa obsessão, mas escrevi no meu diário: *Não preciso que ela tenha pena de mim. Ela não sabe do que sou capaz.*

Ao longo dos anos, provei a Gabby do que eu era capaz. Tranquei-a em um armário e fiquei do lado de fora, lendo fatos sobre a decomposição do corpo humano em um livro de criminologia. Pus animais empalhados que descobri em lojas de penhores no travesseiro dela à noite. Coloquei aranhas de plástico em caixas de cereais, uma mão desmembrada de borracha na sua mochila e, uma vez, empurrei o velho caixão infantil que eu mantinha no quarto até a entrada da casa, me espremendo dentro dele, pouco antes dela passar pela porta. Gabby desmaiou ao me ver, simplesmente desmoronou no chão, batendo a cabeça no batente da porta. Precisou levar pontos na sobrancelha. No entanto, quando Bill perguntou a ela o que tinha acontecido, ela respondeu que tropeçou. Ela nunca me dedurou por nada do que fiz a ela. Só absorvia em silêncio, estoicamente, fingindo que nada acontecera.

Por que ela nunca revidou? Ouvi-a discutindo com as amigas ao telefone. Hackeei os e-mails dela e descobri debates acalorados em um fórum de discussão para fãs de *Harry Potter e o enigma do príncipe*. Soube que ficou puta da vida quando uma menina na escola chamou-a de "cara de cu". Eu já a tinha chamado de coisas bem piores. Ela fazia isso porque tinha percebido que não reagir era o caminho para a vitória? Ou registrava cada incidente em um caderno, consultando-o com frequência, para ficar cada vez mais zangada, até acabar em vingança total? Seria ela um vulcão quase em erupção?

Alguém iria mesmo querer machucá-la? Lance tinha perguntado. Gabby poderia ter a vontade, mas não consigo imaginá-la fazendo uma coisa dessas. Ela não teria coragem.

Abro os olhos. A luz parece diferente no meu quarto. Por um instante, perdi minha linha de pensamento. *Tive um derrame*, penso. Mas o relógio diz que só se passaram alguns minutos e sinto todos os meus membros. Pego o celular, mas não recebi chamadas. Estou prestes a largá-lo, quando aperto o botão que abre a minha galeria de fotos. Há um vídeo que não me lembro de ter gravado, o mais recente feito.

Aperto play.

A câmera passeia pelo quarto de hospital que acabei de sair: primeiro vejo o canto da pia, depois aqueles lençóis estampados horrorosos, um pedaço da janela e a vista do estacionamento. Ouço um leve suspiro. A câmera se vira e mostra o meu corpo adormecido na cama do hospital, o braço, os meus dedos e o meu queixo.

Olho a hora exibida no vídeo: 22h09. Ontem à noite. O ângulo é o mesmo como se eu estivesse filmando estilo selfie, mas não posso ter feito isso. Só descobri que o meu celular estava no quarto de manhã.

Com uma ideia na cabeça, retorno para a galeria de vídeos e fotos do celular para ver se registrei algo no resort... mas não. O último arquivo salvo é uma imagem de um brinquedo antigo de um macaco tocando címbalo. Um cliente o levou até a loja em que trabalho, na esperança de fazer uma troca. O animal era velho e muito amado, com um pouco de falha no pelo, e o pequeno compartimento da pilha na sua bunda estava enferrujado e corroído.

Fico com o olhar perdido, arrepios dançando na minha espinha.

Quando comprei meu celular, o sistema do aparelho me sugeriu que escolhesse uma senha de acesso. Achei melhor não. Eu tinha o dom para esquecer números, e parecia inevitável que esqueceria a senha repetidas vezes. Tentei instalar o reconhecimento por biometria, mas a tecnologia não conseguiu ler a minha impressão digital de imediato, então desisti. Em outras palavras, qualquer um poderia ter usado o celular sem problema algum e gravado o vídeo com a maior facilidade... mas, quem?

Cliquei no vídeo procurando por mais detalhes, mas tudo o que ele informa é que foi feito no hospital. Olho o mapinha de Palm Springs na tela. Nunca tinha percebido que a cidade parecia uma rede.

Minha garganta está seca. A cabeça lateja. De repente, parece idiotice minha ficar simplesmente ali deitada, sem fazer nada. Agora tenho uma prova. Alguém me seguiu até aquela piscina e poderia estar me seguindo *agora*.

Levanto da cama e desço a escada. Ainda estou com o jeans desbotado do hospital, mas não tenho tempo para trocá-lo. Encontro as chaves de casa no fundo da bolsa e abro a porta. Como meu carro não está aqui, tenho que chamar um Uber. Não tenho certeza para onde estou indo. Apenas sei que preciso ir a *algum lugar*. Tenho que resolver isso

Então, sinto a mão de alguém agarrando o meu ombro. Solto um guincho e pulo para trás.

— Você não vai a lugar algum.

Viro-me e vejo a pessoa que divide a casa comigo, Kiki Ross. Ela pega as minhas chaves e bloqueia a porta. Está com os olhos arregalados, a boca virada para baixo, com medo e, possivelmente, raiva.

— Venha cá, Eliza — diz em voz baixa. — Precisamos conversar.

De As Dots

Alguns meses depois, Dot estava novamente no hospital. Os médicos do novo estabelecimento pensaram ter resolvido o problema com uma nova mistura de medicamentos, mas as convulsões voltaram num dia de primavera em casa, logo depois do almoço. A primeira veio forte, com luzes girando como um caleidoscópio em seus olhos. Sua mente saiu do corpo e jazia em flocos no chão.

Dorothy correu com ela de volta ao hospital, de volta ao dr. Osuri e ao pavilhão infantil com as paredes de um amarelo alegre e um mural com balões de ar quente. De volta ao mesmo quarto com o controle remoto da televisão que só funcionava esporadicamente. Dot esperou que a mãe aparecesse. Passaram-se horas. Por fim, ela entrou às pressas, ainda com o uniforme do consultório.

— Me desculpe — disse, num tom suplicante —Vim o mais rápido possível. Tinha um paciente de emergência, e eu não estava com o celular. E ninguém me contou. — Ela mordeu o lábio. — Sua tia deveria ter ligado para a recepção, como eu sempre digo para ela fazer.

— Tudo bem — Dot disse, calma e distante. Dorothy estava ali, afinal de contas. Tinha ido comprar revistas na loja de lembranças.

Após alguns dias se sentindo melhor e vários exames, uma nova recaída. Dot imaginou o que Stella, a sósia do St. Mother Maria's estaria fazendo. Agora, uma mulher de olhar triste, com um lenço de cabeça marrom, tirava sua pressão a maior parte dos dias. As mãos eram muito frias e ela fazia um curioso som de fungada ao verificar o medidor.

Todas as enfermeiras eram distantes na checagem. Sem sorrir, como se escondessem da menina um segredo grave. Dot perguntou a Dorothy o que estava acontecendo. Dorothy fungou.

— Elas não passam de umas vacas esnobes e ciumentas. Não conseguem suportar que a gente seja tão bonita.

— Mas elas são boazinhas com as outras crianças. Sabe aquela menina no fundo do corredor, Sarah? Elas dão pirulito para ela o tempo todo.

— É, mas isso é porque o pai dela é rico. Tudo tem um lado, Dot. — Dorothy balançou o dedo. — Tudo tem um lado.

Então, veio um dia bom. Dot conseguiu se sentar direito e comer. Na hora do almoço, uma auxiliar veio com um carrinho da biblioteca infantil circulante do outro lado da rua. Depois, provavelmente, ela iria para um pavilhão adulto, porque Dot reparou em uma revista *Los Angeles* numa prateleira mais baixa. Quando viu o próprio rosto na capa, levou um susto. Parecia drogada, com os braços da circunferência de um lápis, as veias visíveis através da pele translúcida. Ao seu lado estava a tia, o cabelo preto lustroso e arrumado, a pele impecável e os olhos violetas. *Guerreiras*, dizia a grande manchete amarela. E depois, *Dorothy Banks, moradora do Hotel Magnólia, deixou as esperanças e os sonhos para salvar a vida da sobrinha moribunda.*

Moribunda. A palavra percorreu rapidamente as veias de Dot, quente como café. É óbvio que ela tinha pensado o suficiente em morte, até na própria, mas não se dera conta que estava realmente *morrendo*. Parecia impossível.

Folheou as páginas. A história estava encaixada entre artigos sobre reformas de casas em Beverly Hills e anúncios de cirurgiões plásticos. Dot leu cada palavra do artigo, concentrando-se nas expressões *cancerígeno*, *inoperável* e *terminal*. Nunca ouvira os médicos descreverem sua doença nesses termos.

Correu para o banheiro e vomitou pedaços rosados e viscosos na pia. Ao voltar para o quarto, Dorothy tinha reaparecido. Afofava os travesseiros e cantarolava. Uma enfermeira chamada Lisa estava no canto, fingindo se ocupar dos medicamentos de Dot. Então, Dorothy notou a revista na cama.

— Ah, você viu — disse Dorothy.

— Quando é que tiraram essa foto? — perguntou Dot, tão furiosa que seus dentes batiam.

— Alguns meses atrás, querida. Quando você estava no outro hospital. Não lembra?

— Não. — Dot repassou rapidamente as lembranças. Deixou de lado visões inúteis, como se fossem camisetas sem graça que não tivesse interesse em usar. Não havia nada que remetesse a uma sessão de fotos. Jamais teria permitido que um fotógrafo tirasse uma foto enquanto estivesse com a aparência tão grotesca. Mas esse era o problema com o seu cérebro: às vezes, as lembranças abandonavam-na, como água passando por uma peneira.

Agarrou a revista e a enfiou na lata de lixo, não sem antes dar uma olhada em sua foto pela última vez.

— Estou medonha.

— Ah, querida, o artigo desperta consciência para o seu caso. Todos vão ver o quanto você está doente. Estou pensando em começar uma fundação para doações. Esse artigo fala sobre você!

Lisa limpou a garganta. Dorothy olhou para ela e travou os lábios.

— O artigo mal fala de mim, a não ser para dizer que estou morrendo — disse Dot. Era difícil até falar a palavra em voz alta. — Diz que meu tumor é cancerígeno e inoperável. Pensei que meu tumor tinha ido embora. E ninguém me contou que estou com câncer!

— Você não está — respondeu Lisa bem alto.

— Onde está escrito isso? — Dorothy olhou para a lata de lixo. Dot teve medo de que ela fosse recuperar a revista, mas, em vez disso, dobrou as mãos sobre o colo e continuou sentada. — Sinceramente, querida, às vezes os repórteres exageram. Não tem importância. Provavelmente ninguém vai ler o artigo. As pessoas só dão uma olhada na foto e na manchete.

— Mesmo assim, elas vão ver a minha foto.

— Você não está tão feia assim.

Dot não estava no clima para mentiras.

— A mamãe viu isso?

A cabeça da tia deu um pulo. Sua pele pareceu envelhecer.

— Sabe, eu fiz isso como um favor para você. Só estou tentando fazer com que você não termine como Thomas. Tenho certeza de que havia alguma coisa errada com o cérebro dele, mas médico algum me deu atenção. São artigos como este que fazem os médicos prestarem atenção e se dar conta. Mas vou deixá-la sozinha, já que é isso que você quer. — Ela saiu e bateu a porta com força.

Dot olhou para a porta, chocada. Do outro lado do quarto, Lisa suspirou.

O olhar da garota recaiu nos ladrilhos do chão. Eram verde-abacate claro, e estavam cobertos por marcas de solas de sapato. Dot tocou a pulseira de contas que Dorothy lhe dera na primeira vez em que ficou doente, que tinha pingentes de esqueletos pendurados. Naquele ano, as pulseiras com pingentes caíram em desgraça na sua escola, mas ela não tirava porque magoaria a tia.

Lisa andou até ela e tocou seu ombro.

— Ei, meu anjo, quer que eu fique aqui mais um pouco? A gente pode jogar dominó.

Dot fez que sim com a cabeça, depois disse:

— Talvez minha tia ainda esteja aqui.

O rosto de Lisa desmoronou.

— Veja se ela está lá fora. Por favor.

Foram precisos mais dois *por favor* para que Lisa fizesse o que Dot pedia. Dorothy entrou com uma expressão amarga no rosto.

— Você deve me odiar — falou Dot.

— Sorte sua que o elevador demorou um tempão — disse Dorothy ao mesmo tempo.

Elas se entreolharam. Dorothy se curvou e pressionou seu peito em Dot.

— Ora, eu jamais a odiaria, meu bem — disse, olhando nos olhos de Dot, tão sincera quanto sempre fora. — Sou sua maior fã.

Alguns dias depois do incidente *Los Angeles*, Dorothy entrou animadíssima no quarto de Dot, que olhou para ela com uma expressão de exaustão. Andava tendo muitas convulsões, como ondas imensas batendo em um litoral rochoso. Seu cérebro de fato sentia-se cansado de tanta tremedeira. Às vezes, nos momentos tranquilos, ela achava que a morte poderia ser agradável.

— Os médicos vão fazer uma reunião para discutir o seu caso — explicou Dorothy. — Pelo que parece, você é um mistério da medicina. E sabe de uma coisa? Eles vão me deixar participar! Não é maravilhoso?

Dot piscou para ela. Ficou pensando na parte *mistério da medicina*.

Enquanto se arrumava no quarto, a tia comemorou:

— Graças a Deus eles começaram a me respeitar. Agora vamos ter certeza de que eles não estão mentindo para nós. Vou pôr a mão na massa.

— Você acha que os médicos estão mentindo? — perguntou Dot.

Dorothy não respondeu.

Para o encontro, ela vestiu um caftã de seda e escarpins Chanel, além de contratar um maquiador.

— Deseje-me sorte — disse, antes de ir para a sala de reuniões.

O encontro estava marcado para dez da manhã. O relógio arrastou-se até as onze, depois meio-dia, e nada de Dorothy. Ao 12h30, ela, finalmente, voltou. Tinha comido todo o batom e resmungava.

— O que aconteceu? — perguntou Dot, desligando a TV, que passava *Days of Our Lives*.

— Os médicos estão enganados — disse Dorothy. — É uma estupidez. Uma irresponsabilidade.

Dot sentiu uma fisgada no peito.

— O que eles disseram?

Será que o tumor tinha voltado? Ela teria que passar de novo por radioterapia, aquela linha direta liquefazendo suas entranhas e reduzindo-a a pilhas de pedras derretidas? Era bizarro, apesar de todas as convulsões, as ressonâncias magnéticas continuavam vindo sem problemas. Talvez os exames não estivessem mostrando tudo.

— Eles vão transferi-la. Querem você na UTI, sem visitas. Dizem que, assim, vão poder eliminar qualquer fator ambiental que possa estar provocando as suas convulsões. Acho que isso é bobagem, uma conspiração.

— Eles vão me colocar em um quarto sem visitas?

— Estou preenchendo uma reclamação, não se preocupe, mas não tenho certeza de que ainda esteja em minhas mãos. — O olhar de Dorothy recaiu em Dot. Suas pupilas eram como alfinetes negros e severos. — O que você disse a meu respeito?

Dot agarrou o lençol.

— Nada.

— Eles a enganaram. Fingem que são seus amigos... "Meu bem, você precisa ter dito alguma coisa. Acho que eles vão colocá-la na UTI como castigo para nós duas."

Castigo? Por causa do quê? Será que Dot tinha deixado escapar sobre o gole no vinho de Dorothy quando a tia estava de costas? Ou teria contado sobre o roubo do pacote de M&M's da mesa do posto de enfermagem? Dot também tinha se mexido em uma ressonância recente. O técnico não tinha comentado, mas também não dissera que eles precisavam repetir o exame. Era só que ela tinha se sentido tão inquieta!

— Sinto muito — Dot sussurrou, com o lábio inferior tremendo. — Não sei por que eles fariam isso.

Dorothy tirou o sapato esquerdo, esfregou o tornozelo, depois calçou-o novamente.

— Saiba apenas que você não pode confiar neles. Nunca.

— A gente não pode simplesmente mudar para outro hospital?

— Não é tão fácil, meu bem. Não mais. Eles ligaram para a sua mãe.

— Com certeza ela não vai querer que eu fique lá completamente sozinha!

A tia pigarreou.

— Ouça, não estou tentando fazer dela o inimigo, mas acho que a sua mãe também tem parte nessa decisão. — Ela firmou o maxilar. — Seja como for, preciso ir.

— O quê? — Dot se sentou com as costas retas. — Você não pode ir embora!

— Tenho um compromisso. — Ela acariciou o braço de Dot. — Eu volto, não se preocupe. Seja boazinha, tá? Enquanto você estiver calma, tudo vai dar certo.

Dorothy saiu deixando para trás um inebriante perfume de flor de laranjeira. Dot não conseguiu controlar as lágrimas; soluçou por, no mínimo, dez minutos. Ficou surpresa que o choro não a impeliu a uma nova convulsão. Não soube o que fazer com nada daquilo. Sua mãe teria participado da decisão? E se tivesse sido ela a *propor* a ideia? E se essa fosse uma maneira de se livrar de Dorothy? Talvez estivesse com ciúmes por Dorothy ter, claramente, tomado o seu lugar.

Mas por que Dorothy fora embora? Por que não estava lutando contra isso? Teve tanto empenho por tudo mais.

Alguns minutos depois, a enfermeira Lisa entrou com pressa e arrancou os tubos de intravenosa ligados à menina. Mandou que ela saísse da cama para poder tirar os lençóis. Colocou outra camisola em Dot e a levou para tirar raio X e coletar sangue.

— Mas você já tirou sangue hoje — gemeu Dot.

— Só queremos fazer algumas comparações — disse Lisa, animada.

Dot também teve outra ressonância magnética e outra tomografia naquele dia. Depois de tudo, foi levada, sem explicação, para a UTI.

O setor era mortalmente silencioso. O quarto era minúsculo e tinha um cheiro que ela não reconheceu. Dot já estava com idade suficiente para entender que, à sua volta, estavam outras crianças muito, muito doentes; provavelmente, algumas delas morreriam em breve. Lamúrias de bebês acordavam-na à noite. Sons de vômito. Uma mulher, parada em frente à sua porta, chorava descontroladamente. Que raios Dot poderia ter feito para acabar ali? Teria dito algo depreciativo durante o sono? Será que as enfermeiras sabiam que ela e Dorothy caçoavam de algumas delas quando não estavam de plantão? Talvez os quartos tivessem pequenos microfones escondidos, como nos filmes, e as enfermeiras ouvissem tudo. Se Dot simplesmente pedisse desculpas, poderia voltar para a ala de antes?

Ou estaria realmente muito doente?

Então, certa manhã, ouviu a voz do dr. Osuri:

— Eu disse que você não poderia vir aqui! Não consegue entender?

Dot se esforçou para ouvir com quem o médico estava falando. Será que algum maluco tinha entrado na UTI? Teve alucinações com doidos do machado, nuvens de tempestade laranja, cabras-montesas com chifres pontudos. As drogas que tomava para reprimir as convulsões deixavam-na sonolenta, e ela voltou a dormir. Contudo, pouco antes de ficar inconsciente, viu a mãe parada na entrada do quarto, braços cruzados, uma expressão rígida e preocupada no rosto. Provavelmente, Dot poderia ter lutado para ficar acordada e lhe dizer oi, mas não quis.

Algumas horas depois, o dr. Osuri entrou para dar uma olhada nela, elogiando-a por não ter tido convulsões à noite.

— Estou melhor! — gritou Dot. — Já posso ir embora!

O dr. Osuri riu.

— Logo, logo, prometo. — Seu rosto tinha uma expressão triste e bondosa. A menina teve certeza de que aquele não era o mesmo médico que andara gritando com alguém mais cedo.

Três dias na UTI, nenhuma convulsão. Dot jogava paciência em um iPad. Uma enfermeira lhe deu a senha do wi-fi, e ela também pode assistir ao YouTube. Sua mãe aparecia na porta, mas em todas as vezes, Dot fingia estar dormindo. Os pacientes à sua volta gemiam. Uma vez, o alarme disparou no meio da noite; enfermeiras e médicos correram para um quarto vizinho, e houve uma enxurrada de instruções tensas e bipes de aparelhos. Dot ficou surpresa de adormecer no meio da cacofonia. Pela manhã, ao acordar, não fazia ideia se a pessoa que tinha tido o problema tão tarde da noite vivera ou morrera. Seu celular novinho comprado por Dorothy, mas que Dot ainda não sabia muito bem como usar, recebeu mensagens de texto, uma grande novidade.

Você está sendo boazinha? Dorothy tinha escrito. Dot respondeu que sim. *Não está conversando com ninguém?* Dot respondeu que não. *Ótimo, e também não pense em nada*, disse. *Porque eles podem ler os seus pensamentos*. Quem? Dot sempre perguntava. Dorothy nunca respondia.

ELIZA

KIKI ME LEVA até a cozinha. Estou calada. Meu coração bate forte. Seu irmão, Steadman, que também mora com a gente, está parado junto ao balcão do centro, quadril projetado para a frente, segurando uma caneca com os dizeres EU AMO ZUMBIS. Me encara.

— Hã, oi? — digo, em dúvida. — O que está acontecendo?

Steadman bufa, o que faz sua franja loura erguer-se da testa. Os olhos têm as bordas escuras, como se ele tivesse passado delineador. Seu corpo tem formato de pera, bunda grande e bastante carne para pegar. Hoje, está com um blusão cinza e jeans, ambos justos demais, e tênis de cano alto de couro lustroso. Pelo cheiro, tem caldo de carne na caneca. Tenho um pouco em casa, porque dizem que elimina todas as células ruins do corpo e, embora eu não suporte o gosto, ele acha delicioso.

Kiki para junto dele com uma expressão meiga. A única similaridade entre os dois são os impressionantes olhos azuis-claros. Conheci Kiki no grupo de redação do qual participei um tempo atrás. Eu trabalhava no *As Dots*, e precisava que alguém lesse um esboço, mas não queria que fosse uma pessoa que eu conhecesse. Não me imaginava deixando minha mãe dar uma olhada, e todos os meus amigos da faculdade estavam se formando em administração ou alguma espécie de inutilidade, do tipo científico, que tinha a ver com quarks. Duvidava que teriam alguma utilidade como críticos. Quando vi o pôster para um grupo de escritores anunciado em um quadro de avisos no Trader Joe's, pensei *Por que não?*

A mulher que começou o grupo, Sasha, fazia o encontro no seu apartamento, que dava para o estacionamento do próprio Trader Joe's. O apartamento tinha decoração latino-americana: máscaras, objetos com contas, penas, uma canoa de madeira presa na parede; e cheirava a tabaco. Do som saía um canto grave, atonal. Havia uma vasilha cheia de pedras pequenas e lisas na mesa de centro. Brinquei com elas entre os dedos, apavorada de tirar da bolsa as seis copias de oito páginas grampeadas que tinha feito para o grupo. Eram os dois primeiros capítulos de *As Dots*. Tive pavor que qualquer pessoa lesse. Aí o texto começaria a se tornar real.

Naquele primeiro dia, Kiki sentou-se ao meu lado. Tinha algumas mechas grisalhas no cabelo e postura de uma mulher muito mais velha e mais sábia, de modo que fiquei surpresa ao descobrir que ela só tinha 27 anos. Usava uma saia diáfana feita de tiras de retalhos com as cores do arco-íris e cheirava como a cabeça da boneca Moranguinho. Quando reparou em mim, eu devia estar com expressão de medo, porque ela me deu um tapinha de consolo na mão.

As outras pessoas do grupo sentaram-se nas cadeiras de vime ou nos pufes que a anfitriã juntara na sala. Sasha limpou a garganta e olhou para mim.

— Eliza, está preparada para circular o seu texto?

Meus dedos apertaram os papéis. Não tinha certeza de que conseguiria me separar delas. Eram tão cruas e inadequadas. De repente, tive uma vontade desesperada de ir ao banheiro. Isso sempre acontece quando fico nervosa.

— Que tal eu ir primeiro? — ofereceu-se Kiki. — Tenho alguns poemas novos.

Sasha olhou para ela sem se alterar. Alguém gemeu perto da porta.

Kiki distribuiu seus versos. Páginas farfalharam. A sala ficou em silêncio.

Comecei a relaxar enquanto lia. Eles eram sobre astrologia e vaginas. Estavam escritos em pentâmetro iâmbico e dísticos. Tinha rimado *uterus* com *Oedipus*.

A crítica começou. Enquanto cada um fazia uma análise respeitosa do seu trabalho, Kiki ficou tranquila no sofá, com a postura perfeita, a expressão serena e pensativa. Ao fim do encontro, me senti pronta para mostrar meu trabalho, mas Sasha achou que bastava por aquela noite. Todos se levantaram para ir embora. Kiki se virou para mim e sorriu.

— Bom, acho que preciso de um drinque depois *disto*.

Fui com ela por causa da culpa. Ela tinha mandado seu trabalho de quinta para o massacre, em vez do meu. Mas Kiki não enxergou assim.

— Gostei do feedback, mas vou mandar esses escritos pra *Poetry* exatamente como estão — avisou, dando um tapa, enquanto andava.

No bar, Kiki desinfetou o balcão, enquanto esperávamos o barman preparar o drinque.

— Balcões de bar são piores que banheiros públicos — disse, naquele mesmo tom plácido que nunca parecia deixar a sua voz.

Contou uma história comprida e complicada sobre vários relacionamentos e rupturas com homens aparentemente sórdidos, no mínimo trinta anos mais velhos do que ela. Quando era pequena, os pais tinham tido uma fazenda de dentes-de-leão, e faziam um chá especial que os hippies compravam pelo correio. Mas agora, a indústria de dentes-de-leão acabara e eles viviam em uma região próxima a Pasadena, onde Kiki também morava. A certa altura, ela bebeu sua vodca, fez uma careta e pegou um limão extra no cubículo atrás do bar, que continha cerejas marrasquino, azeitonas e frutas já cortadas. Gostei da maneira como ela encarou o barman ao fazer isso, desafiando-o a lhe dizer alguma coisa sobre atrevimento e higiene pessoal.

Alguns meses depois, quando *As Dots* foi vendido e recebi algum dinheiro, perguntei a Kiki se ela queria dividir uma casa comigo. Não gostava de ficar me esfalfando sozinha. Eu meio que queria ainda estar no alojamento da UCLA; gostava da ideia de ter 55 colegas numa distância de uma batida na porta. Kiki ficou feliz de deixar a casa dos pais. Mas, no acordo, ficou acertado que seu irmão, Steadman, viria junto.

— Caso contrário, ele nunca vai deixar os meus pais e os dois já estão fartos dele — disse ela. Eu conhecia a sensação.

Perguntei o que Steadman fazia, e Kiki disse que ele era gerente de uma loja de bugigangas, em Venice.

— Ele precisa de funcionários extras? — falei imediatamente. Tinha passado dezoito horas por dia trabalhando no meu livro, mas depois de terminado, precisava de alguma coisa para ocupar o meu tempo. Tomava até quatro banhos por dia. Passavam-se horas onde o máximo que eu fazia era folhear uma antologia de Edward Gorey.

Vou descalça até a geladeira, abro-a e pego uma garrafa d'água. As prateleiras estão cheias de comida do Trader Joe's. O nome de Steadman está escrito no leite de soja e em potes individuais de iogurte Grego. Ele escreve *S.R.* na casca de cada tangerina do saco. Foi por isso que levei minhas vitaminas lá para cima. Não quero ter que pôr o meu nome nelas.

Posso sentir os olhares de Kiki e Steadman em mim.

— Então, é verdade? — pergunta Steadman.

— O quê? — falo, depois de dar vários goles.

— A *piscina*, Eliza! — Kiki levanta o celular. — Você quase se afogou mesmo?

Engulo com dificuldade.

— Como é que vocês sabem disso? — Será que Desmond teria contado a eles?

— Um site em Palm Springs escreveu um artigo sobre você. Acabei de ler. Pensei que fosse por causa do livro, mas é sobre alguém retirando-a de uma piscina.

— Então, está no noticiário?

Arranco o telefone da mão dela. *Mulher salva de afogamento*, diz a manchete. A história foi postada há vinte minutos. Meu Google Alert, programado para bipar sempre que eu for mencionada on-line, deve ter perdido essa. O artigo diz que uma jovem de 23 anos caiu na piscina e que a polícia foi chamada. Eles mencionam o meu nome, mas sem uma foto. Não fazem menção a um possível empurrão.

Devolvo o celular rapidamente, sentindo-me nauseada.

— A história não está completa.

— Esclareça, por favor.

— O que aconteceu em Palm Springs é problema dela, Kiki — diz Steadman.— *Mas* se você estiver passando por algum problema, talvez devesse conversar com a gente. Tenho um negócio para administrar e, quando você aparece nos seus dias de folga com um comportamento reprovável, perco dinheiro.

Espremo os olhos.

— Oi?

— O que aconteceu na sexta-feira, Eliza. Você apareceu toda... Sei lá. Esquisita. — Ele agita os braços e ombros, estilo polvo, numa demonstração de *esquisita*.

Forço os olhos, tentando me lembrar de sexta-feira. Até onde sei, não saí de casa. Minha grande excursão para Palm Springs foi no dia seguinte.

— Do que você está falando? — pergunto.

Steadman dá um gole na caneca, fazendo barulho ao engolir.

— Herb disse que você chegou desorientada, mas que, quando ele tentou conversar, você se fechou e foi embora. Deixou ele pirado, o que não é pouca coisa, sabia?

— Herb está enganado. Não era eu.

Ele mexe os braços em desespero.

— Eliza, tenha dó. Era você. Então, com o que a gente está lidando aqui? Drogas? Álcool? Precisa ir para uma clínica de reabilitação?

— Olhe, estou bem. E se eu fiz mesmo isso, sinto muito. — Esboço um sorriso. — Que tal a gente esquecer isso?

Kiki pega um porta-guardanapos de baquelite no formato de uma tarântula. Acima da cabeça de Steadman há um esqueleto de esquilo. Quando ele se mudou para cá, trouxe toneladas de quinquilharias da loja e, embora eu não ligue para a maioria delas, o pênis de guaxinim, que ele transformou na peça central de um apanhador de sonhos pendurado sobre a pia, não me deixa exatamente no clima de lavar a louça.

— Isso tudo é muito preocupante — diz Kiki, baixinho. — Todos os lapsos de memória, e agora esse lance do afogamento...

— Eu não me afoguei. Ainda estou aqui.

— Mas você *tentou* — observa Kiki.

— Não, não tentei. — Considero mencionar a perspectiva de assassinato, mas decido não contar para eles. — Foi um acidente.

Silêncio.

Steadman bate as unhas compridas na caneca. Kiki olha pela janela e parece que quer chorar. Eu ainda tenho o "Maneater" na cabeça. *Oh-oh here she comes...*

— Quando você diz todos os meus lapsos de memória... — falo. — Dá para citar outro exemplo?

— Bom, lembra quando a vi na ioga há duas semanas? — diz Kiki. — Você estava saindo, eu entrando? Eu acenei e juro que você me viu. Mas aí toquei nesse assunto mais tarde, e você me olhou como se eu fosse maluca.

Tento rir.

— Eu me lembro disso... Ou me lembro de você contar que me viu na ioga. Mas eu não estava lá. Há meses não vou à academia. — Tentei gostar de ioga, tentei mesmo, mas ria durante os cânticos do professor e revirava os olhos com os nomes em sânscrito das posições.

— Mas eu a vi — afirma Kiki. — Você olhou na minha cara!

Meu olhar abaixa. Será que eu estava lá? Por que não me lembro disso?

— Acho que você se confundiu — insisto.

Os irmãos trocam um novo olhar. Steadman começa a andar para lá e para cá.

— Há outras coisas também. Não manter as responsabilidades da casa, quando você diz que vai. Não fazer a limpeza combinada entre nós.

Pisco com força.

— Espera aí, aquilo era para valer?

Steadman montou um esquema de tarefas num quadro no hall de entrada. Eu realmente caçoei disso com Kiki. Talvez até na frente de Steadman.

— Além disso, você às vezes come a nossa comida, usa o papel higiênico que não comprou e não pagou a TV a cabo no mês passado, e nós tivemos que ficar *sem* até que conseguíssemos algum dinheiro — fala Steadman. — E você *disse* que pagaria. Disse que tinha chamado a empresa para resolver.

— A casa é minha! — exclamo. — Se eu não quiser ter TV, a gente não vai ter.

Mas, assim que vejo sua expressão de raiva, percebo o erro. Se Steadman for embora, provavelmente Kiki vai junto.

Resmungo um pedido de desculpas pouco enfático e saio sem bater a porta. Isso poderia ser interpretado como um comportamento instável, o tipo definido por pessoas que bebem demais, que não admitem quando faltam à ioga e que se jogam dentro de piscinas. Sigo até o limite do terreno, antes de me virar e mostrar o dedo para a casa. Esquemas de tarefas? TV? Jura?

Lá fora está agradável, com o sol se pondo atrás das árvores. Começo a andar, esperando que o movimento me acalme. Andando em direção a Riverside Drive, ouço passos e me viro. É Kiki. Está descalça, os olhos, vermelhos, e o cabelo dourado voa num rabo de cavalo.

— Eliza — grita ela.

Penso em correr, mas ela me alcançaria no final do quarteirão. Então, paro. Meus braços pendem pesados ao lado do corpo.

— Me desculpe. — Ela respira forte. — Não sabia que o meu irmão ia falar todas aquelas coisas.

— Você poderia ter me defendido.

Kiki contrai a boca.

— Eu sei. Mas ele... Bom, tanto faz. — Kiki sorri, encabulada. — E tem um pouco de verdade, querida. Ultimamente, você não parece se dar conta da vida. — Ela coloca a mão no meu braço. — Tem certeza de que não quer conversar?

Olho para a mão sardenta e branca de Kiki. Ela usa um anel grosso de plástico com uma barata de mentira presa dentro dele. Arrumou isso na loja de Steadman, apesar de não trabalhar lá. Atua meio período como Elsa, do *Frozen*, em festas de aniversário, encontros de empresas, cerimônias de inauguração e para membros de fraternidade com ressaca. É esquisito alguém solicitar uma Elsa. Nunca se sabe. Seja como for, ela usa o anel enquanto desempenha a princesa, com o inseto virado para a palma da mão. Diz que ele lhe dá poder.

Tudo o que preciso contar é um fardo que quase já não consigo mais suportar. Não apenas o afogamento e a pessoa que Desmond viu fugindo, mas todo o resto também. Nunca contei a Kiki sobre as tentativas de suicídio e o tumor. Não quero que ela me olhe de um jeito diferente, e sei que olharia. Não quero que tenha pena de mim, embora pareça que tenha, de qualquer forma.

Mas talvez fosse bom ter uma amiga que se preocupasse comigo. Uma coisa é minha família não acreditar em mim quanto a ter pulado na piscina; outra é Kiki dizer, espontaneamente, que estou tendo problemas de memória. E se eu ainda *estiver* doente? E se o tumor tiver voltado? Algumas pessoas são boas em palavras cruzadas ou jiu-jítsu. Talvez eu seja boa em fazer tumores dentro do meu crânio.

E aquela pessoa fugindo? O que era *aquilo*, então?

Não posso contar a Kiki. Só o fato de soltar essas palavras, só o fato de dar forma ao meu problema, significa que esta preocupação, definida de maneira súbita e aguçada, poderia ser verdade.

— Estou bem — digo baixinho. — Só estou... cansada. Surtada por causa do livro, talvez. Com medo de que as pessoas não gostem.

— Claro — diz Kiki. — Deve ser muita pressão. Mas você deveria ficar feliz com isso, Eliza. Vai ser publicada em, o quê, um mês? Vai ser incrível. — Ela dá um tapa no lado das coxas. — Quer jantar em algum lugar? Topo qualquer coisa.

Sinto um nó na garganta.

— Só quero dar uma volta sozinha.

— Claro, claro. — Ela me puxa para um abraço. Cheira a fumo e seu peso contra o meu aumenta em seis vezes meu nó na garganta. — Coma um Baked Alaska no Bob's Big Boy — murmura ela em meu ouvido. — E tome um copão de leite.

Começo a andar.

Já passa das cinco. As ruas largas estão vazias, perfeitas para um racha. Uma garota limpa as mesas de uma espelunca mexicana, e o tilintar do mariachi escapa pelos alto-falantes. Uma Mercedes de luxo sai silenciosamente pelos portões da Warner no final da rua, depois vira para a Olive, escapando da estrada. Seu movimento furtivo desencadeia uma enxurrada de lembranças de todas as coisas estranhas e inexplicáveis que fiz recentemente, como pular a cerca de um hotel e mergulhar no primeiro recipiente de água que encontrei — que era, por acaso, uma grande banheira quente ao ar livre. Forcei o meu rosto dentro da água quente e só quando não consegui respirar foi que senti alívio. *Vai acabar. Vou ficar livre.*

Ou a lembrança de andar de bicicleta pelo caminho que atravessa as praias de Santa Monica e Venice e, de repente, sentir um medo palpável de que alguém estivesse me perseguindo. Virei para trás e vi *mesmo* alguém, talvez uma porção de alguéns, todos com olhares furiosos e vingativos. A única maneira de escapar foi mergulhando no Pacífico. Então fiz uma corrida alucinada pela areia. Uma onda me cobriu na mesma hora. Um pai e um filho arrastaram-me de lá, depois que a respiração abandonou meu corpo.

— Por que ela está tossindo? — perguntava o garoto. — Ela vai ficar bem?

A recordação de duas noites atrás, quando desabei na piscina do Tranquility. A água fria fora petrificante, mas de novo senti-me salva. Fiquei me debatendo de costas e, por um instante, abri os olhos.

Paro de repente. *Tinha* alguém no deque da piscina, como disse Desmond. O brilho de um holofote vedou qualquer traço discernível, mas, fosse quem fosse, estava parado acima de mim, o peito ofegando em triunfo, enquanto eu afundava.

Agarro meu celular e disco mais uma vez para a delegacia. A mesma recepcionista atende, e *mais uma vez* não consigo me lembrar do sobrenome de Lance. Não posso suportar a lenga-lenga da mensagem mais uma vez. Desligo e peço que o assistente automático do meu celular me dê o número do Tranquility.

— Pode me ligar com o bar Shipstead? — peço, depois que a recepção atende.

Há uma pausa e então alguém responde.

— Shipstead. — É um homem com sotaque australiano... *Sheepstid.*

— ᐳDia — digo. Sempre que ouço um sotaque, tenho vontade de também falar com algum. — Sou detetive particular e estou fazendo uma averiguação sobre a esposa do meu cliente. Ela diz que esteve em seu bar algumas noites atrás e quero verificar se esteve aí o tempo todo ou se saiu e foi embora com alguém.

— *Okaay.* — Ele parece circunspecto. — Que dia foi? — Digo a ele. — Eu não estava aqui no sábado. Foi Richie que trabalhou.

— Ele está trabalhando hoje?

— Não.

— Quando é seu próximo turno?

— Hã... Acho que amanhã. Ou depois de amanhã.

— Até lá posso estar morta! — Meu sotaque vai embora. — Dá para você me passar o número do celular dele?

O barman cai na risada.

— Hum, não. — E desliga.

Ouço uma buzina e dou um pulo. Acabei entrando na faixa de pedestres. Corro para a calçada com o coração na boca. A imagem que acabei de ver de alguém parado acima de mim, enquanto afundo na água, move-se à minha volta como um gato soturno. Havia uma sombra parada acima de mim, confirmando que eu estava indo até o fundo da piscina.

No celular, procuro na internet por *Acidente na piscina do Tranquility Resort*. O artigo que Kiki me mostrou é o único que aparece. Não foram registrados acidentes nesta piscina além do meu.

Busco então por *Assediadores de Palm Springs*. Uma moça de 24 anos foi perseguida por um ex-namorado. Uma enfermeira de 45 anos postou no Facebook fotos sensuais dela mesma e algum lunático perseguiu-a até o Elvis Honeymoon Hideaway. Nenhuma dessas situações tem muito em comum com o que me aconteceu.

Digito agora *Assediadores de Los Angeles*, mas isso traz acessos demais para verificar. Em seguida, pesquiso *A polícia pode mentir para você* e *Acobertamentos policiais*. Finalmente, *Como recuperar uma lembrança do seu cérebro*. Isso me leva a um artigo sobre Transtorno do Estresse Pós-Traumático, que relata algo que já sei: as lembranças, sobretudo as importantes e emocionais, são arquivadas na amígdala, onde estava o meu tumor. Essas mesmas lembranças são frágeis e facilmente destruídas quando não recebem tempo e espaço para se formar. Existe todo um processo bioquímico e elétrico que fixa a lembrança no lugar. Além disso, só porque você pensa que se recorda de algo não significa que tenha realmente ocorrido da maneira como lembra. O cérebro tende a reescrever as lembranças baseando-se no que você *gostaria* de lembrar ou no que alguém lhe *disse* para lembrar. A mente poderia, também, fundir duas memórias em uma, emaranhando e confundindo as sinapses no cérebro.

Será isso? Estou confundindo o incidente na piscina com um mergulho anterior? Quero pensar que sim... mas não. O rosto parado acima de mim está nítido demais na minha mente. Tenho que acreditar nele. Se começar a duvidar de mim mesma, a lembrança vai sumir para sempre.

Preciso me deitar em algum lugar. Olho para a calçada. A rua está tão limpa que eu poderia comer direto do chão. Então, avisto uma opção ainda mais tentadora: um bar de esquina em frente à Warner's, que costumava ser um puteiro. Tem uma pintura de uma prostituta piscando na janela, uma garrafa de vinho de néon acima do bar. Eu me pergunto se certo alguém estará lá dentro. Fico com água na boca. Meu corpo se lança para o lugar, como uma planta que se inclina em direção a um raio de luz.

Empurro a porta e sou recebida por uma melancolia obscura. Um bar com múltiplas personalidades: a jukebox, a má iluminação e um banheiro com uma limpeza questionável sugerem decadência, mas há uma adega de vinho no canto, o menu fala em bochecha de vaca e a TV transmite um noticiário da PBS.

Acomodo-me em um banquinho e olho a escassa fileira de clientes. A maioria, como qualquer pessoa que esteja à toa em Burbank nessa hora do dia, trabalha no estúdio e não quer ser incomodada ou é roteirista que sonha em sentar ao lado de alguém que caia na sua lábia. O barman, Brian, resmunga ao jogar um descanso de copo na minha direção. Está sempre cochichando com algum cara sobre como as mulheres são umas putas, como são mentirosas, como não falam coisa com coisa e são indecentes, oportunistas e superficiais. Não suporto sua barba hipster.

— Gim tônica — grito para ele.

Ele prepara o drinque de má vontade, coloca-o com força e em silêncio à minha frente, e enfia a conta num copo vazio.

Sinto uma espécie de atração magnética e sei que a pessoa que vim procurar está aqui. Lá está ele: jaqueta de brim, barba por fazer, cabelo rebelde, queixo quadrado. Está sentado na outra ponta do bar lendo uma revista. Como se, repentinamente, percebesse a minha presença, levanta os olhos e me encara também. Seus lábios se retorcem. Ele se levanta e vem até mim com uma passada de urso. Estico-me para fora do banquinho, o coração aos pulos, agitada por vê-lo, mas também relaxando, sabendo exatamente como isso vai se desenrolar.

— Liza — diz ele, ao chegar perto. — Faz tempo que não a vejo.

Não sei se ele fala o meu nome errado de propósito ou se realmente não sabe. É possível que eu tenha dito desta forma para ele, em vez do verdadeiro.

— Andei ocupada — respondo.

Ele dá um longo gole no seu drinque, alguma coisa amarronzada com cubos de gelo tilintando, e o passa para mim. Sabe que não sou enjoada. Sabe que vou bebê-lo. É uísque, do tipo barato. Minha garganta parece esfolada.

Ele me olha de alto a baixo, os olhos faiscando.

— Está ocupada?

Levanto as sobrancelhas para ele.

— Na verdade, não.

Pode haver um pouco mais de conversa fiada além desta, talvez até um gim tônica ou dois, provavelmente mais olhares de Brian. O que importa é que depois de pouco tempo, Andrew agarra minha mão com urgência, e lá estamos nós, naquele banheiro horroroso, com o reboco despencando, a privada manchada de merda, a crosta de urina fedorenta, meu corpo pressionado contra a parede, os dedos dele afoitos para abrir o zíper, eu febrilmente tirando pela cabeça a camisa grunge do hospital. Fecho os olhos e faço o melhor que posso. Minha garganta está ácida. Pode ser que eu vomite logo. Mas por alguns segundos, posso esquecer tudo o que sou e ser uma moça que não conheço, um desperdício, uma Liza podre e repulsiva que um homem queira arrasar. Lá no fundo, é só para isso que sirvo. Não entendo por que esse tipo de depravação é necessário. Talvez seja outro truque da minha amígdala.

Logo acaba. Andrew me passa um cigarro, ele sempre tem um maço. Ele também fuma um. Sopramos a fumaça no beco, pela janela do banheiro. Uma mecha de cabelo cai na testa de Andrew. Bato no seu braço.

— Isso que você tem no pescoço é um crachá do estúdio?

Ele bate as cinzas do cigarro na privada; a água chia.

— Pode ser.

— Você está trabalhando numa equipe de roteiro?

— Pode ser.

Quando nos conhecemos, ele admitiu que esperava trabalhar numa série dramática para a televisão, talvez numa série policial. Isso foi quando tivemos uma conversa normal, de paquera no bar, antes de Andrew perceber que eu era fácil e desesperada, e não seriam necessários antecedentes verbais para que eu me despisse. Mas não joguei o jogo por completo; não contei nada ao meu respeito. Agora meio que quero lhe contar uma coisa. Só não sei o quê.

Penso nisso enquanto ele puxa o zíper.

— Quase fui morta há duas noites.

Ele olha com atenção, para e levanta uma sobrancelha. Depois bufa e revira os olhos.

— Conta outra.

— Estou falando sério! — Um pensamento surge na minha mente com força impressionante. *E eu também poderia matá-lo.* Quase reprimo a respiração, chocada que a minha mente tenha pensando nisso.

Ele lambe o dedo e o usa para apagar o cigarro, que chia de um jeito intimidante. Joga-o na privada. Outra olhada de esguelha e, por fim, ele abotoa a calça.

— Todos nós temos as nossas histórias, Liza. Todos nós temos as nossas histórias.

De As Dots

Depois de Dot ter sido isolada na UTI, o cronograma de Dorothy ficou muito atribulado. Escrevia cartões, entregues pelas enfermeiras, explicando que ela estava em "reuniões". Talvez *Os cavaleiros de Carrowae* fosse, finalmente, publicado. Talvez ela tivesse encontrado um homem, o marido número três. Dot tinha superado o incidente da revista *Los Angeles*, em grande parte porque seu efeito fora o contrário do que ela temia. Recentemente, os médicos haviam decidido permitir-lhe quinze minutos de visitas diárias, e sete colegas da escola foram vê-la. Trouxeram balas, DVDs e livros que ela ainda não havia lido. Uma menina pálida, chamada Matilde, que Dot sempre admirara, sentou-se ao lado da sua cama e se encantou com as marcas de agulha nos seus braços.

Dois dias depois, chegou mais um cartão de Dorothy. Viajaria por três meses, realizando pesquisas para o livro. Dot ficou horrorizada. Ligou para o celular da tia.

— Como é que você pode me deixar aqui? — perguntou.

— Eu sei, eu sei — respondeu Dorothy. — Mas você é forte, vai aguentar. Eu deixei de trabalhar por muito tempo, meu bem. Finalmente apareceu um agente interessado, e eles me deram um prazo. Tenho que retomar isso.

— Eu pensei que o livro estivesse pronto! — disse Dot.

— Essa é a questão — disse Dorothy. — As pessoas não estão interessadas em romances bárbaros. Meu agente quer que eu dê uma reestruturada e faça com que o livro seja sobre o Santo Graal. É fundamental que eu vá para o sul da França, entendeu? Esse novo enfoque não vai funcionar a não ser que eu conheça a região antes.

Dot pareceu perceber uma distância nela, como se a tia estivesse zangada com alguma coisa que ela fizera. Será que achava que Dot tinha dito alguma coisa para as enfermeiras para afastá-la do hospital? Mas o que seria?

No entanto, ela se sentia melhor. Mais lúcida, sem convulsões. No dia seguinte, os amigos voltaram e Dot conseguiu conversar bastante com eles, sem se sentir tonta e nauseada. A mãe surgiu na entrada do quarto de jeans e camiseta, em vez do uniforme de trabalho. Dot não teve tempo de fingir que dormia. O rosto dela desabou quando a viu acordada. Colocou as chaves do carro na bolsa, com grande espalhafato e, ao olhar de novo para ela, tinha lágrimas nos olhos.

— Você não deveria estar trabalhando? — perguntou Dot, com frieza.

A mãe sentou-se na cama.

— Tirei o dia de folga. — Ela a examinou com cuidado, com uma espécie de hesitação. — Me desculpe mesmo, Dot.

— Desculpar pelo quê? — perguntou a menina.

Os olhos da mãe de Dot marejaram.

— Por tudo.

Então, ela tirou algo da bolsa. Uma caixinha de música com uma bailarina que girava em cima. Ao dar corda, uma música tocou: "Somewhere Over the Rainbow".

— Bailarinas? — disse Dot, fazendo careta.

O sorriso da mãe se contorceu.

— Sei que não tem a ver com você, só pensei que... — Ela fez a bailarina voltar a girar. As duas observaram a dança em silêncio.

Não muito tempo depois, o nevoeiro que pairava na cabeça de Dot sumiu completamente. Os médicos anunciaram que os índices do seu exame de sangue estavam perfeitos, e não havia mais o inchaço suspeito no cérebro. Chegaram até a fazer uma experiência, deixando-a um dia sem medicação e, mesmo assim, as convulsões não voltaram. A mãe de Dot, o futuro padrasto e a meia-irmã reuniram-se com os médicos e, embora fosse uma reunião alegre, a menina não conseguia deixar de pensar que havia algo de errado no retrato familiar. Era para Dorothy estar ali com ela, vendo finalmente a luz no fim do túnel.

— Quando Dorothy volta? — interrogou Dot.

A mãe arrumou as coisas da filha numa mala xadrez.

—Você vai adorar a casa nova. A reforma está quase pronta.

— Dorothy conhece essa casa?

— O seu quarto é enorme! E tem um assento na janela, como você sempre quis.

— Dorothy está fora da cidade?

Por fim, a mãe olhou diretamente para ela.

— Não faço ideia — admitiu com indiferença, como se a pergunta fosse um pouco absurda, como se Dot perguntara sobre o paradeiro de algum esquilo visto no parque ou sobre a joaninha que frequentava o banheiro do andar de cima da casa delas.

—Você sabe por que ela foi embora?

A mãe deu de ombros.

— Ela é assim mesmo. Sempre foi. Vai e vem. Não dá para confiar nela. — Algo mudou em seu rosto e ela engoliu em seco. — O quarto é um pouco alongado e fora dos padrões, mas acho que você vai se virar com ele.

Dot sentiu raiva e desespero ao mesmo tempo. Era óbvio que a mãe ainda sentia ciúme da ligação especial entre a tia e a sobrinha. E se sua mãe não tivesse passado para Dorothy o novo endereço? E se ela nunca mais conseguisse encontrá-las? O que havia de errado com sua mãe? Então, ela lembrou: tinha um celular; ela mesma poderia mandar o endereço para Dorothy.

Já mais animada, perguntou:

— Posso escolher a cor das minhas paredes?

A mãe parou de arrumar a mala.

— Em que cor estava pensando?

— Preto. — Dot abriu um sorriso maldoso.

A mãe fechou o zíper da mala com eficiência, e depois sorriu de volta.

— Talvez amarelo seja melhor. Eu estava pensando em amarelo e cinza.

Aguardando à porta, a enfermeira Lisa sorriu.

— Amarelo e cinza é uma combinação maravilhosa. — Entrou para dar um abraço de despedida em Dot, mas a garota se esquivou. Será que Lisa também teria algo a ver com o sumiço de Dorothy?

Elas não passam de umas vacas esnobes e ciumentas, pensou Dot, lembrando-se do que Dorothy havia dito em relação às enfermeiras. Mesmo que fosse só na sua cabeça, xingar a fazia se sentir constrangida e envergonhada. Mas também fazia com que se sentisse melhor.

ELIZA

NA MANHÃ SEGUINTE, minha agente, Laura, telefona enquanto ainda estou na cama. Eu já devia ter me levantado, é claro, fazendo saudações ao sol, correndo ou cumprimentando o dia com um grito bárbaro e saudável, mas, em vez disso, estou babando debaixo de um cobertor espesso de pelo do mink.

— Você com certeza arrumou uma maneira criativa de chamar atenção para este livro — exulta Laura, depois da assistente colocá-la na linha.

— Oi? — Sento-me e olho para o relógio: 6h14.

— Essa proeza na piscina! A imprensa é incrível. Foi tirado daquele site insignificante de Palm Springs e agora viralizou. *As Dots* está com tudo! Saíram três artigos sobre você em blogs de livros. Tem mais gente pedindo por uma prova impressa da obra e as pré-vendas estão bombando. Boa sacada, menina!

Começo a dizer alguma coisa, mas ela fala por cima de mim.

— Corre um boato até de que você acha que alguém quer assassiná-la. — Ela solta um ligeiro suspiro. — Você é mesmo parecida com a Dot do livro. Uma atuação digna de Oscar. A vida imitando a arte. Continue assim!

Nunca encontrei a minha agente ao vivo, ela mora em Nova York e tenho medo de avião. De qualquer forma, concebi um retrato mental dela: alta, tipo vareta, uma mulher estonteante de cabelos lisos, mechas perfeitas e um anel de diamante enorme e quadrado na mão direita. Aposto que tem olhos grandes e frenéticos que raramente piscam. Aposto que é uma dessas pessoas que vivem fazendo contato visual. Aposto que grita com as assistentes, mas mesmo assim elas são dedicadas à chefe, como cachorrinhos de colo torturados e mimados.

Ainda não consigo acreditar que ela até gosta do meu livro. Uma semana depois de enviar o primeiro esboço, Laura me telefonou, histérica.

— É incrível! De arrepiar!

— Jura? — Parecia tão incompreensível! Eu tinha orgulho do livro, mas também ficava constrangida. Talvez a história fosse idiota. Talvez fosse a coisa mais ridícula já escrita. Não sei distinguir muito bem uma ficção boa de uma ruim, considerando que tudo o que li na vida foi poesia épica e horror de quinta categoria. Fiquei imaginando se todos os escritores passaram por tal montanha-russa de ambivalência ou se sou apenas eu.

Coloco meus pés para fora das cobertas e levo um susto. Tinha me esquecido que pintei as unhas dos pés de preto ontem à noite, numa comoção alcoólica medíocre pós-sexo com Andrew.

— Eu não tentei me matar — digo a Laura. — Temos que soltar um comunicado.

— Não é que qualquer um acredite no que lê na internet — caçoa Laura. — O fato é que você é oficialmente interessante. Recebi alguns pedidos para entrevistas. Sua editora quer soltar mais provas impressas para críticos importantes. Tem alguém para quem você gostaria que eu mandasse?

— Só não mande para minha família! — digo com hesitação, quase gritando. Engulo com dificuldade, constrangida com meu surto de emoção.

— Não estava me referindo à família — diz a agente. — A não ser que eles trabalhem para a *Entertainment Weekly* ou para a *People*. Você conhece alguém de lá? Conhece algum influenciador digital?

— Nem sei o que isso significa — admito.

— Ah, tudo bem, não importa! Sabe do que mais? Não dei o número do seu celular ainda, mas não se assuste se repórteres descobrirem e começarem a ligar para você.

— Como eles vão descobrir? — pergunto, sentindo um aperto no peito. — Eu preciso *falar* com eles?

— De jeito nenhum. Não quero que você solte nada a respeito do livro antes do lançamento. Acho que deveria ser um grande mistério. Quem é essa Eliza? O livro dela é verdadeiro ou falso?

— O livro é falso! — falo, quase gritando.

— Eu sei. Só estou dizendo que as pessoas vão começar a imaginar. Oficialmente, você tem mística. As equipes de marketing e publicidade estão nas nuvens. Depois que o livro estiver nas lojas, você vai fazer uma turnê.

— Turnê? — repito, de um jeito grotesco, como se nunca tivesse ouvido o termo.

— Sessões de autógrafos, de leituras, de perguntas e respostas. — Ela estala a língua. — A maioria dos autores estreantes nem ao menos recebe um convite desse. Isto é bem importante. Fique feliz!

Já posso sentir o pânico se aproximando.

— Mas e se as pessoas começarem a me fazer perguntas malucas durante os eventos? Como coisas pessoais que eu não queira responder?

Laura dá uma risadinha.

— Então, não responda. Não é como se fosse uma espécie de teste onde você tem que preencher todos os espaços. Mas você deveria mesmo fazer uma turnê, Eliza. O mercado editorial tem a ver com a construção de relacionamentos. Não dá para operar num vácuo.

— Thomas Pynchon faz isso — balbucio. Só sei isso sobre o autor. Nem ao menos li um dos seus livros. Comecei *V.*, mas li a mesma página umas vinte vezes, pensando que houvesse uma espécie de erro importante na impressão, e todas as frases tivessem sido rearranjadas. Com a segunda página foi a mesma coisa.

Laura disse alguma coisa sobre Thomas Pynchon que não ouvi. Volto a acompanhar a conversa.

— ... pelo menos consiga alguma presença nas redes sociais, ok? Instagram, Facebook, Snapchat, tanto faz. Diga alguma coisa sobre Dorothy e Dot, a inspiração para as personagens. Aposto que depois do que aconteceu na piscina, você está cheia de pedidos de amizade. Detesto despejar isso em você, mas sabe a sua editora, Posey? Está em Los Angeles e quer almoçar com você no Ruby Slipper Café. Acho que fica em Beverly Hills. Provavelmente para discutir estratégias sobre a história da piscina e como você pode conseguir ainda mais burburinho antes do lançamento. Consegue encontrá-la hoje às 12h30?

— Eu não caí naquela piscina para provocar burburinho nenhum — digo baixinho. — Preciso que você entenda isso.

— Claro que não — diz Laura, me tranquilizando. — Mas vou tomar isso como um sim para o encontro com Posey. Agora, ouça: chegue na hora porque ela é muito ocupada. — Ouço a outra linha tocando. — Boa sorte, querida! Ela vai amar você!

Antes que eu possa responder, ela me manda um *adieu* e desliga. Olho para o celular, depois para o céu cinzento matinal que desponta na janela, tentando entender que raios acabou de acontecer.

Meu olhar recai nas quatro caixas grandes no chão. Recebi-as no sábado, no dia em que fui para o Tranquility. Cada uma delas traz ao lado a logo da minha editora. Logo abaixo, numa letra sisuda, lê-se: *As Dots, Eliza Fontaine.* Sento-me, inclino-me para a frente e puxo uma delas. Não é preciso muito esforço para abrir com as unhas a aba de papelão e pegar um dos exemplares.

O livro pesa nas minhas mãos. As páginas não refiladas são agradáveis ao toque das pontas dos dedos, e o papel emana um cheiro celestial. A capa é brilhante e rosa, como o interior de uma boca, com duas mulheres de cabelo escuro, uma mais alta do que a outra, paradas lado a lado. Dot e Dorothy, minhas protagonistas.

Penso em algo que eu possa escrever sobre elas nas redes sociais. Alguma coisa inócua. A maioria das minhas postagens no Instagram consiste em fotos de bonecas assustadoras e de roupas que vi em brechós. Mas hoje, levanto um exemplar do meu livro junto ao rosto, tiro uma foto e a público. *Faltam menos de quatro semanas*, escrevo como legenda. Não sei o que posso dizer mais.

Exatamente como Laura previu, uma conta cujo nome é uma confusão de letras e números me dá uma curtida. E o mesmo fazem outras três. Depois, aparece um comentário: *Por que você pulou naquela piscina?*

Engulo em seco e olho para o livro. Viro para a minha foto na orelha de trás: rosto pálido, lábios vermelhos e atrevidos, cabelo despenteado e preto. Esta imagem não se parece comigo. Parece uma pessoa segura, desenvolta. Uma pessoa que sabe o que está fazendo. Uma pessoa que não seria empurrada em uma piscina.

Não sei o que aconteceu, elaboro mentalmente uma resposta ao post. *Mas tenho esperança de que logo saberei.*

■ ■ ■

A caminho do Ruby Slipper Café, localizado na faixa mais turística da Beverly Drive, mando uma mensagem de texto para Desmond Wells perguntando se ele recebeu uma resposta da delegacia de Palm Springs. Já passou tempo suficiente. A maioria das pessoas receberia uma chamada de volta imediatamente. Mas Desmond não responde. Sinto-me esnobada. O que esse cara tem para fazer melhor do que conversar comigo?

Meu celular toca de novo, assustando-me. Olho para a tela. É Gabby.

— O que você está fazendo? — diz ela, animada, quando atendo com um alô desconfiado.

Paro em frente a uma loja de sabonetes, que tem como logomarca um querubim rechonchudo.

— Nada demais. E você?

— Trabalhando. Tenho um monte de coisas para pôr em dia.

Posso ouvir Gabby teclando ao fundo. Aposto que está conversando comigo usando um fone de ouvido.

— Então, só queria ter certeza de que você está... bem. Está em casa?

— Gabby... — Limpo a garganta, percebendo que talvez essa seja uma oportunidade. — Eu juro, juro que não tentei me suicidar naquela noite. Você acredita em mim, não acredita?

— Hã...

Ouço-a tomar fôlego para dizer alguma coisa, provavelmente que não acredita, e me precipito. Não posso suportar outra declaração de desconfiança quanto à minha estabilidade mental.

— Mas, além disso, como vocês ficaram sabendo que eu estava no hospital?

— O quê? — A voz de Gabby soa muito distante.

— Quando acordei, vocês já estavam lá. Todos vocês. Como isso aconteceu, exatamente? O médico chamou vocês? Alguém do hotel?

Gabby tosse. Mais digitação.

— Eles acharam sua carteira de motorista na bolsa. De algum modo, isso ligou você à mamãe. Você devia perguntar a ela. Foi para ela que eles ligaram. Depois ela ligou para mim e fomos juntos até Palm Springs.

— Então vocês chegaram lá na manhã em que acordei ou na noite anterior?

— Na manhã. Quando a gente chegou lá, você ainda estava dormindo. O doutor pôs a gente oficialmente a par do que acontecera.

Oficialmente. Contraio o maxilar. A história dela parece crível. Não sei no que estou tentando surpreendê-la. Só sinto que tem um buraco no meu cérebro em relação àquela noite. Alguma coisa importante da qual não me lembro.

— Por que você assumiu a culpa pela vodca quando a gente se conheceu? — pergunto.

— Oi?

Do outro lado da rua, uma criança de colo se atira no chão e começa a gritar. A mãe cruza os braços e olha para o céu sem nuvens.

— Você deveria ter dito que fui eu quem pegou — digo. — Deveria ter feito minha mãe cheirar o meu copão de vodca. Por que não fez isso? Aliás, sinto muito por aquilo. Eu era uma grande cuzona.

Ouço um barulho estranho do fundo da garganta de Gabby.

— Não me lembro de um copão de vodca, Eliza. Tem certeza de que isso aconteceu?

— Aconteceu. Escrevi sobre isso no meu diário na época.

— Bom, você sempre foi boa com histórias.

Claramente, isso é uma espécie de estratégia. Gabby *precisa* lembrar.

— E por que não ficou brava quando peguei aquele suéter de cashmere que Bill lhe deu de Natal, e o devolvi todo sujo de cerveja? Por que nunca me falou pra parar de pôr merdas esquisitas na sua cama? Por que não disse o que aconteceu de verdade, quando eu a assustei naquele caixão?

— De onde saiu isso? Que diferença faz?

A criança se levanta e agarra a perna da mãe. Observo enquanto as duas mancam em direção ao cruzamento.

— Só andei pensando — digo desanimada. — Apenas quero saber.

— Você está esquisita — diz Gabby. — Devo chamar a mamãe?

— Não, credo, estou bem.

Desligo, furiosa. Olho pela vitrine da loja de sabonetes. Todas as vendedoras estão usando asas de anjo e glíter, e andam com passinhos controlados. Jamais vou entrar nessa loja, decido. Por mais que o sabonete seja incrível.

Como é que Gabby pode não se lembrar do caso da vodca? É tão significativo! Ainda consigo visualizar os mínimos detalhes: a fúria no rosto da minha mãe, a adrenalina que senti de poder manipular Gabby com tanta facilidade, o tom na sua voz quando disse *Talvez você não devesse fazer isso*. E então, a rapidez com que tudo foi deixado de lado, depois que Gabby assumiu a culpa, como se fosse melhor não ir muito a fundo.

Será que eu poderia ter inventado uma coisa daquelas? Se sim, o que realmente teria acontecido? Será que nós duas tínhamos nos conhecido e jogado dominó no sofá assistindo ao Disney Channel? Trocado cartas Pokémon? Isso não seria eu. Jamais. A única outra alternativa, então, é que ela esteja mentindo; ela lembra, só não quer tocar no assunto. Mas por que não? Ainda mais levando-se em conta que pedi desculpas.

Ocorre-me que nunca descobri o motivo de Gabby ter ligado. Não que eu vá ligar de volta.

O Ruby Slipper Café, restaurante onde vou me encontrar com Posey, é despojado e despretensioso para Beverly Hills, um lugarzinho escuro com mesas lotadas e bambas e música brasileira tocando alto. Quando entro, todas as mesas estão ocupadas. Olho em volta. Só estive com Posey em uma tela desfocada do Skype, o que significa que uma grande porcentagem de pessoas neste lugar poderia ser ela. Fico no final da fila de comida, sendo, de vez em quando, empurrada por outros clientes.

Toda vez que alguém me dá um encontrão, meu corpo inteiro estremece de desconforto. O barulho das vozes, o cheiro de café, o *bass line* grave da música... Sinto-me exposta. Insegura. Tem gente demais. Enquanto estou nessa reflexão, um homem no outro lado do restaurante olha para mim e sustenta o meu olhar. Usa óculos coloridos, tem um nariz longo e afilado e queixo quadrado. Um boné dos Yankees está afundado na sua cabeça, contendo um cabelo grisalho e rebelde. Congelo. Muito tempo atrás, antes de ter medo de aviões, eu estava em Nova York com a minha mãe, e um homem com capa de chuva riu para nós de um canto entre prédios. Abriu o sobretudo e mostrou o pênis e os testículos enrugados. Nunca esqueci o rosto dele.

Chega. Não posso ficar aqui. Não estou pronta para sair pelo mundo, ou talvez alguém *esteja* me observando. Encolho os ombros, espremo-me entre dois homens que admiram os doces e saio para a varanda da frente. O trânsito flui rapidamente. Grupos de meninas bonitas com saltos altos requebram pela calçada. Meus pulmões endurecem no peito. Meus dedos tremem quando busco o celular no bolso. Preciso pegar um carro para casa *agora*.

— Eliza?

Uma mulher alta, de olhos gentis, está parada no portão pequeno que separa o café da rua. Tem, no mínimo, trinta centímetros a mais que eu. Sua postura lembra a de um macaco. O cabelo é um tufo preto de algodão-doce ao redor da cabeça, e ela está com um vestido de alças, apesar de a temperatura ser apenas de quinze graus, com céu nublado. O tecido da roupa está bem esticado em seu estômago inflado de grávida.

— Posey? — pergunto, quase inaudível.

— Sim! — Ela coloca minha mão entre as suas. — Você acabou de chegar? Vamos entrar?

Os dedos da minha outra mão ainda seguram o celular.

— Eu, hã...

Mas ela já está me arrastando para dentro do restaurante.

— É horrível da minha parte que eu tenha levado tanto tempo para conhecê-la. Seu livro está praticamente à solta no mundo! Tive que fazer fertilização in vitro para isto — ela aponta a barriga — e pareceu levar a vida toda. Sabe que eles fazem toque vaginal em você todos os dias? Você perde a liberdade. E ainda tem o enjoo matinal. Eu praticamente não podia sair de casa. — Ela se inclina sobre si mesma e fala para o estômago: — Por que vocês tornaram isso tão difícil para mim? Não dava para me dar uma folga? — Seu tom é duro e agressivo.

— Quantos você tem aí dentro? — pergunto, nervosa, ao subirmos os degraus.

— Três. — Posey abre um sorriso. — Três garotinhos.

— Uau!

Ela pega o cardápio e vai para o fundo do restaurante, como se estivesse acostumada com o lugar. Gesticula para me sentar em um reservado, e não sei mais o que fazer além de obedecer. Conversarei com ela por alguns minutos, cogito. Depois inventarei uma desculpa para sair. Dou uma espiada no meu celular e cancelo o pedido de Uber. Olho ao redor. Ninguém mais se importa comigo. Talvez esteja tudo bem. Agora que não estou sozinha, sinto-me mais segura.

Logo aparecem, na frente de Posey, três sanduíches, uma garrafa grande de suco e uma fatia enorme de bolo de laranja que eu vira na vitrine. Peço uma vitamina com açaí, mas não me imagino tomando aquilo.

— Me conte tudo. Fale de você — diz ela, cruzando as mãos debaixo do queixo e me olhando fixo.

Dou de ombros e coloco a bebida na mesa sem derramar, o que é um espanto porque minhas mãos ainda tremem muito.

— Ah, sabe, não tenho nada de especial.

— O mundo está fascinado com a sua pessoa. Você é a autora misteriosa que se atirou em uma piscina.

— Eu não me atirei — digo rapidamente, e então inclino a cabeça. — O *mundo*?

— Bom, talvez não o mundo, mas uma porção de gente. Devo admitir que atiçamos um pouco o fogo, dissemos que a mulher no romance passa por uma provação, e talvez a criação dessa personagem tenha sido demais para você. Talvez você estivesse exorcizando os próprios demônios, o que a levou ao incidente.

— Mas... — Fico atônita. — Isso não é *verdade*!

— Outra razão para explicar tudo em entrevistas, depois da publicação do livro — comenta Posey, feliz. E antes de eu poder rebater isso, ela continua: — Então, como foi que resolveu escrever *As Dots*? Só para a gente esclarecer as coisas.

Esta é apenas a função de Posey, é claro, e é natural que esteja curiosa. Ela comprou o meu romance, me deu um adiantamento que provavelmente equivale a dez anos de um salário típico de alguém de vinte e poucos anos, e agora quer que o livro dê certo. Não posso usar essas perguntas contra ela, mas toda essa coisa de "ascensão à infâmia" me faz sentir... suja. Como se eu tivesse a edição esgotada quando ainda nem vendi um exemplar. Os livros de sucesso deveriam ser avaliados pelo mérito literário, e só por ele, não é mesmo?

Tem outra coisa. Nenhum dos meus outros episódios de afogamento foi comentado; não havia motivo para isso, já que eu não era alguém digna de nota. Mas se uma pessoa quisesse desencavar, descobriria registros a meu respeito. O cara e o filho que me arrastaram para fora do oceano Pacífico, em Santa Monica, poderiam oferecer um relatório; ou o zelador que veio limpar a piscina de água quente do Days Inn e me encontrou de bruços no meio da espuma. Eu até podia ver essa história impressa: *Ela nem estava hospedada com a gente,* diria o zelador. *Não tinha um cartão-chave, nem nada disso. Também não sei como entrou na área da jacuzzi, já que, em geral, ela fica trancada. E a mulher disse que tinha alguém atrás dela, só que não vi ninguém...*

Sinto que Posey espera pela minha resposta. Não sei o que me impele a dizer o que digo em seguida, não sei o que me leva a dar esse passo.

— Quando eu estava na metade do meu primeiro ano na Universidade da Califórnia tive um tumor no cérebro.

— Que nem Dot? — pergunta Posey, a mão do lado do rosto. — Deus do céu!

— Mais ou menos como ela. Um tumor parecido. Roubei esse detalhe porque sabia como funcionava e dava para imaginar qual seria o tratamento.

Posey estreita os olhos. Ela ficou com um pedaço de alface no rosto, mas não quero constrangê-la chamando atenção para isso.

— O que quer dizer com dava para imaginar qual seria o tratamento?

— Meu tratamento foi meio que um borrão. Eles operaram imediatamente e fiquei numa espécie de... névoa.

— É mesmo? — Ela se inclina para a frente e examina meu couro cabeludo. — Você deve ter um bom cirurgião plástico. Não vejo cicatriz alguma.

— Los Angeles, certo? — Eu rio, um pouco constrangida. — Eles usaram uma tecnologia nova, onde não é preciso cortar muito. De qualquer modo, acho que estou bem. Surpreendentemente. Todo mundo diz que é um milagre.

Posey fecha os olhos.

— E eu aqui, reclamando com todo mundo sobre fertilização in vitro e o fato de estar carregando três melancias. Deve ter sido horrível para você. Me desculpe.

— Foi, principalmente porque sempre tive medo de ter um tumor cerebral — admito, odiando por estar praticamente repetindo as palavras da minha mãe. — Foi uma profecia autorrealizável. Enfim, depois que me recuperei, voltei para a casa dos meus pais. Estava empacada no meu quarto, sentindo-me deslocada e precisando fazer alguma coisa. Então, foi aí que escrevi.

Os olhos de Posey brilham.

— E você escreveu este livro em poucos dias, não foi?

— Bom, não foram dias, foram algumas semanas. Não conseguia parar. Apenas precisava seguir escrevendo até terminar.

— Você estava num estado de fuga. — Posey parece encantada. — Sempre quis conhecer alguém que tivesse passado por isso. Como foi? Você assumiu uma personalidade diferente?

— Não. Na verdade, não. Só tive essa ideia e quis garantir que ela fosse escrita, antes que eu me esquecesse.

Ela entrelaça os dedos sobre a barriga.

— Vocês, autores, e seus processos. Sabia que trabalho com um homem que escreveu todo o seu romance no metrô, indo e voltando do seu trabalho de merda, no consultório de algum médico no Upper East Side? Ele escreveu no próprio BlackBerry. O pobrezinho nem ao menos tinha um celular novo. Teve que usar aquele teclado horroroso. — Ela se inclina para a frente. — Então, por que escreveu *esta* história em particular? O que a levou por esse caminho?

— Só comecei escrevendo. Primeiro foi para tentar pôr a minha experiência em palavras, sabe como é, o fato de ter ficado doente. Então, escrevi sobre uma menina que estava presa em um quarto de hospital, olhando para o restaurante do outro lado da rua. Ela se imaginava ali, com um elenco de personagens interessantes. Fiz com que ela tivesse alguém com quem conversar. E então, ele simplesmente... se transformou.

— Você teve que reescrever muito? Fez um esboço?

Talvez eu estivesse em estado de fuga, porque não me lembro exatamente do meu processo ou de como as ideias vieram até mim. Só sei que, quando elas vieram, eu as coloquei no papel. Vai ver que havia algum monstro invisível parado ao meu lado, cochichando no meu ouvido. Uma deusa romana da ficção. Provavelmente Desmond iria gostar disso.

Sinto-me insegura por não ter respostas simples; os escritores mais velhos e mais sábios devem tê-las. Eliza, a diletante, passando o tempo no seu teclado, martelando algumas palavras, transformando-as em frases, as palavras fazendo o trabalho por ela, dando cambalhotas e catapultando por lá até formar uma história. Foi essa a sensação de escrever esta obra. Como se alguma coisa assumisse o controle, e eu apenas fizesse parte da viagem.

— Minhas melhores ideias vieram no meio da noite — desencavo, mesmo não sendo verdade. — Depois de um sono profundo.

— Maravilha! E você acha que vamos ler algum outro livro sobre Dot?

Faço uma careta. Por que eu escreveria outro livro sobre Dot? No final, ela não tem para onde ir. Ela sela o próprio destino.

— Com licença.

O Tarado de Nova York está parado na nossa frente. De perto, ele cheira a xampu. Os olhos não são tão desvairados quanto eu esperava, mas, mesmo assim, meu coração dá pulos no peito. Está tão perto que estamos quase nos tocando.

— Sim? — Posey toca na barriga, defensivamente.

O homem olha para mim.

— A gente se conhece, não é?

Pisco. As sementes dos poucos goles da vitamina que tomei parecem areia na língua. De uma hora para a outra, meu coração pulsa na garganta. Eu deveria saber o que responder?

Uma testa franzida invade seu rosto sulcado.

— Bom, talvez não. Me desculpe. Sinto muito em incomodá-la. — E então, com novo aceno de cabeça, ele sai.

Posey enruga o nariz.

— Los Angeles é tão esquisita quanto Nova York. — Ela diz isso alegremente. Percebo que o mundo é um lugar divertido para a maioria das pessoas. Um lugar fascinante. Não há nada do que ter medo. Se ao menos eu fosse como todo mundo...

Posey pega na minha mão.

— Então, escute. Recebemos um convite da mídia realmente incrível para você. Vai ao ar no dia do lançamento do livro. Está preparada? *Dra. Roxane.*

Franzo o cenho.

— Um programa *médico*?

Ela bate na testa numa espécie de *Ai, como eu sou boba.*

— Você é do tipo que não vê televisão, não é? Claro que sim. O *Dra. Roxane* é um programa de entrevistas. Ela é quase tão conhecida quanto a Oprah. Assumiu o clube do livro quando Oprah saiu do ar.

— Espera aí. Você quer que eu apareça na televisão?

— Laura me disse que isso não seria um problema para você. Por favor, Eliza! A gente vai saber todas as perguntas antes de ir para o ar. Se não quiser, não precisa tocar na sua história de saúde. Pense nisso como um dia num spa. Vão arrumar seu cabelo, fazer sua maquiagem, vesti-la de uma forma legal. Todo mundo vai adorar você. — Ela coloca um pedaço de bolo na boca. — Além do mais, você *merece* isto. Principalmente depois da sua provação no hospital.

A porta do café se abre. O Tarado foi embora. Entra um homem lindo e alto que sorri para mim. É uma troca estimulante.

Pressiono meus joelhos e aceno positivamente para Posey.

— Tudo bem — digo. Porque quero que ela goste de mim. Não quero decepcioná-la.

Além disso, até que ponto isso poderia ser ruim?

De As Dots

Quando Dot estava no ensino médio, ficou muito amiga de Matilda. Assim como ela, a amiga gostava de picotar os cabelos e se vestir com trajes pós-modernos que envolviam papel-alumínio. As duas se sentavam num pufe cheirando a suor no quarto de Kyle, irmão de Matilda, e ouviam punk rock em vinil: The Dead Kennedys, Descendants, Alice Donut. Matilda furou o umbigo de Dot com uma agulha e álcool. Dot raspou a cabeça de Matilda com a máquina de barbear do pai. Elas ainda davam uns amassos. Liam os sonetos da Dark Lady de Shakespeare seguidamente, desejando que pudessem inspirar tais sentimentos frenéticos e irregulares em uma pessoa.

Um dia, quando estavam criando um diorama chamado Barbie se envolve em um acidente de carro, a mãe da amiga entrou no quarto e disse que ela precisava visitar a avó naquele dia. Ela estava muito doente e era provável que morresse em poucas horas.

Dot perguntou se poderia ir junto. A mãe de Matilda olhou para ela de um jeito estranho:

— Tem certeza?

— Tenho — respondeu Dot, olhando para ela por trás de quase um tubo inteiro de rímel e um bastão de delineador.

A mãe de Matilda concordou, ainda que com relutância. Talvez só estivesse com medo da dupla fantasmagórica ou talvez estivesse dando a Dot uma pequena tolerância extra. Dot podia não ter tido nenhuma recaída desde os nove anos, mas, afinal de contas, aquele artigo do *Los Angeles* afirmava que ela morreria.

Elas entraram na Mercedes da mãe. Dot esperava ir parar num hospital, mas, em vez disso, elas serpentearam por Mulholland Drive e acabaram em uma casa de um andar só que dava para o cânion.

— Sua avó está no quarto dos fundos — disse a mãe de Matilda.

Dã, Dot teve vontade de observar com sarcasmo. Onde elas achavam que ela estaria, nadando na piscina?

Depois, a mulher se virou para Dot:

— Você pode se sentar na cozinha e esperar.

— Não, vou entrar também — disse Dot. Não tinha ido até lá para nada.

A avó estava sentada em uma cadeira de balanço, com uma manta afegã jogada sobre as pernas. Os olhos brilhavam, mas havia todo tipo de tubos ligados a ela. Uma máquina prateada bombeava oxigênio. As pessoas reunidas à sua volta surtavam a cada movimento que ela fazia, perguntando se estava confortável, se queria beber alguma coisa, se o oxigênio estava suficiente, se estava com frio, com calor, entediada, com medo. Dot ficou perplexa com a cena; havia algo de errado. Então, entendeu: em geral, ela era a avó de Matilda. Hoje, era a saudável, a pessoa com quem ninguém estava preocupado.

Olhou para si mesma, atônita. Como é que tinha tido convulsões seguidas e agora... nada? Quando é que os demônios iriam se esgueirar de volta para dentro do seu cérebro? Será que os exames ainda poderiam estar realmente normais?

Gostaria que tia soubesse o quanto estava saudável, mas Dorothy nunca voltou da pesquisa para o livro. Cinco anos haviam se passado sem sinal dela, nem sinal do livro. Ao deixar o hospital, Dot tinha tentado mandar seu novo endereço para Dorothy por mensagem de texto, mas nunca obteve resposta. Mandou cartas para o Hotel Magnólia, mas eram sempre devolvidas dizendo que Dorothy não deixara informações quanto ao seu paradeiro. Pesquisava na internet por notícias da tia, mas nunca havia nada. Folheava revistas, achando que Dorothy poderia surgir em uma foto de coluna social. Afinal de contas, ela não tinha sido da alta sociedade? Digitava o nome completo da tia-vírgula-Alabama, o nome completo da tia-vírgula-Alaska, e assim por diante pela lista dos estados, investigando cada Dorothy Banks, para ver se tinha sorte. Fez a mesma coisa com cidades da Inglaterra, da Itália, do Japão e do Leste Europeu. Tentou se lembrar dos pseudônimos de que Dorothy gostava quando as duas jogavam Funeral e Noite do Oscar: Teresa di Vicenzo, Honey Ryder, Kissy Suzuki. Dot ficou chocada ao descobrir que todas foram Bond girls; nunca soube. Assistiu aos filmes de James Bond pensando que poderiam dar uma pista. Quis procurar o Sr. Lentes de Contato ou o funcionário do governo que ela namorou, mas não sabia nem os nomes nem os sobrenomes. Até Milton Banks, cineasta falecido, não rendeu resultado algum.

Dot vagou por cemitérios, procurando o túmulo de Thomas, filho de Dorothy, mas jamais o encontrou. Até revirou a própria caixa de recordações, analisando as poucas fotos de Dorothy que tinha guardado. Uma delas era uma foto das duas na pérgula da piscina do Magnólia. Dot se lembrava que tinha sido o dia em que Dorothy havia lhe contado sobre o rio Estige. Daquele dia em diante, Dot ficava longe da água. Em outra foto, elas estavam com estolas de pele parecidas; Dorothy segurava um cigarro de verdade em uma longa piteira; Dot, um cigarro de chocolate.

Esta pessoa já esteve aqui, pensou Dot, virando a foto nas mãos. *Mas agora ela se foi*. Seria possível se desligar do mundo?

Algumas vezes pensou ter visto Dorothy na cidade. Via uma mulher de cabelo escuro, delgada, esperando o ônibus ou parada na fila da farmácia, e ficava sem fôlego. Certa vez, depois de um almoço miserável com seus pais no Terranea, em Rancho Palos Verdes, Dot saiu do toalete feminino e viu Dorothy empurrando um carrinho de limpeza pelo corredor, em direção aos quartos de hóspedes.

— Dorothy! — gritou, agarrando seu braço. Quando a tia se virou, usava ao redor do pescoço a echarpe Hermès estampada com leopardos. Dot atirou os braços ao redor de Dorothy com alegria, esquecendo todas as sensações de raiva ou abandono. Dorothy tinha sido encontrada! Viva!

Mas a tia recuou.

— O quê? Quem? Não!

Sua voz estava mais aguda, mais instável. Quando levantou a cabeça, seus olhos eram verdes. Olhou para Dot com medo, talvez por ela estar a poucos centímetros do seu rosto.

Dot pulou para trás. Algo na voz da mulher encaixou um dente de engrenagem no seu cérebro. Reviveu uma memória difusa da sua tia infernizando uma enfermeira do hospital por ser sósia dela. Será que esta era a mesma pessoa? Dot sabia que conhecia o nome, mas não conseguiu lembrar.

— Me desculpe — disse logo, e se virou. Correu todo o caminho de volta até o restaurante, quase derrubando o carregador que empurrava um carrinho cheio de frasqueiras Louis Vuitton.

De vez em quando, perguntava à mãe sobre Dorothy. Dot estava ressentida com a mãe. Sem dúvida alguma, ela tinha algo a ver com o afastamento da tia. A mãe parecia perceber a tristeza, mas, em vez de tentar recuperar seu amor, como poderia ser o caso de alguns pais, era um pé no saco com a filha, infernizando-a para endireitar as costas, pentear o cabelo, fazer a lição e não usar o delineador até as têmporas para não ficar parecendo uma louca. Dot revidava e as discussões tornavam-se briga homéricas, até a mãe, enfim, virar-se para o marido e dizer, como se Dot não estivesse na sala:

— Não sei mais como agir com ela. Estou pouco me lixando para o que ela faça.

Dot achava que perguntar para a mãe sobre Dorothy desencadearia uma nova discussão, mas normalmente a mãe era indiferente em relação a essas perguntas.

— O problema com Dorothy é que ela pode estar em qualquer parte — respondeu, após considerar por um instante. — Vendendo tapetes em Mônaco, fazendo um curso de escrita na Sorbonne.

— Onde fica isso? — perguntou Dot, com interesse.

— Em Paris — disse a mãe.

Os olhos de Dot brilharam. França! Ela tinha mesmo dito que iria para lá!

— Mas como é que ela está lá há tanto tempo? — peguntou Dot. — A França não é cara?

A mãe deu de ombros.

— Dinheiro não é problema para a boa e velha Dorothy.

Dot colocou as mãos no quadril.

— Se ela é tão rica, por que você nunca pediu dinheiro para ela quando eu estava no hospital? — A mãe olhou para a filha, confusa. — Você não ia ter que trabalhar tanto. Ela poderia ter pago parte das contas. Você me visitaria mais — explicou Dot. Ela detestava ter que explicar. Sentia-se muito fraca, muito exposta. A mãe poderia ter concluído isso anos atrás.

Mas ela sacudiu a cabeça.

— Não, não. O dinheiro de Dorothy é para Dorothy. Ela não gasta com mais ninguém. Bom, a não ser com Thomas, quando ele era vivo.

Dot se animou.

— Como Thomas era?

— Ele era... esquisito. — A mãe evitou os olhos de Dot. — Olhe, não estou dizendo que Dorothy não teve sua parcela de dor. Mas isso não significa que a gente deva ignorar os seus defeitos.

Dot disse com desdém:

— Que são exatamente quais?

— Dot, está na hora de você entender. Sua tia... ela não é o que você pensa.

— O que quer dizer com isso?

— Estou dizendo... mentalmente. Ela é... — A mãe virou de costas.

— Você está dizendo que ela é louca? — perguntou Dot. — Como pode dizer isso da sua irmã?

A mãe deu de ombros.

— Eu sei que você a ama. Mas sei disso porque ela é minha irmã. Cresci com Dorothy e sempre foi assim.

Dot refletiu a respeito. Os detalhes de que ela tinha conhecimento sobre o fato da mãe e da tia crescerem juntas eram questionáveis: elas eram filhas de um banqueiro de Nova York que estava sempre viajando a trabalho e de uma mãe que tentou ser modelo, mas que passava a maior parte do tempo ingerindo comprimidos, bebendo e recebendo amigos. Viviam numa propriedade em Long Island, tinham motorista e frequentavam escolas particulares em Manhattan. Tinham uma babá para o dia e outra para a noite. As festas de aniversário eram elaboradas, embora a mãe dela não se lembre jamais da presença dos pais. Mais tarde, as irmãs foram para um colégio interno, embora não para o mesmo. Então, como é que a mãe de Dot poderia sequer saber como era Dorothy, se as duas foram mandadas para escolas diferentes? Sua mãe sentia ciúmes; a irmã se sobressaía em beleza, talento e estilo. A mãe de Dot, por outro lado, tinha acabado com o dinheiro da família, vivia de consertar dentes e possuía cabelos finos e oleosos.

— Você gostava dela.

— Não se trata de eu gostar ou não, e sim, do que é verdade.

— Bom, ela me parecia perfeitamente saudável. — A mãe trocou um olhar significativo com o padrasto.

A ausência da tia tinha aberto um buraco no peito de Dot. Houve uma vez em que foi ao terapeuta da escola por conta própria, entrando na sua sala, sentando-se à mesa e exigindo que ele interrompesse o que quer que estivesse fazendo e conversasse com ela. Dot sabia que ele queria falar com ela havia um tempo. Vira-o espiando-a nos corredores, enquanto Dot tentava queimar as meninas populares com o poder da mente. Vários dias por semana, ela usava asas de quase dois metros presas nos ombros, e ouviu o terapeuta cochichar para outro professor:

— Elas são feitas de pele humana?

Na sala, Dot contou ao terapeuta como a querida tia devia tê-la abandonado por causa de alguma coisa que ela fizera.

— Por que diz isso? — perguntou ele. — O que acha que fez?

Dot refletiu a respeito. Tinha ficado doente? Dissera a coisa errada no hospital? Não se mostrara suficientemente agradecida? Tivera aquele ataque por causa da revista, mesmo sendo justificado?

— Acho que poderia fingir que ela morreu — considerou ele. (Mais tarde, Dot soube que ele não era um verdadeiro terapeuta, apenas um orientador escolar com formação de professor.) — Converse com ela e ela escutará, mas você tem que se conformar com o fato de ela ter ido embora. Temos que acreditar que ela esteja num lugar melhor e você também precisa ir a um lugar melhor.

Dot jamais tinha ouvido tanta merda. Mas seguiu um pouco do conselho do orientador: toda noite, escrevia cartas para Dorothy, no seu diário. Em grande parte, elas expunham detalhes do seu dia: *Fiz outra ressonância magnética, e continuo sem nada. Troquei um amassos com Brody Fish na sala de dissecação. Ele parecia assustado porque a gente estava sentado ao lado de vinte gatos semiabertos. Matilda e eu pusemos fogo no nosso cabelo depois da escola. O cheiro era horroroso.*

Ela também escreveu as respostas de Dorothy. Cada uma delas contava as coisas incríveis que a tia estava vivendo em Paris. Morando num apartamento com vista para o Arco do Triunfo, vivendo com o presidente da França, apresentando-se nas ruas de Cannes com um ukulele e um poodle gigante. Dorothy sempre foi boa em cantar The Who a plenos pulmões. Mas as respostas não preencheram o vazio. Mal serviram de ajuda.

No leito de morte da avó de Matilda, cercada por todo aquele equipamento médico, Dot observou uma senhora idosa, que sem dúvida alguma iria morrer logo, dar um abraço feroz em Matilda. Tinha um olhar corajoso que deixou Dot desconcertada. Seria uma coragem verdadeira ou apenas uma fachada por não querer que a família se preocupasse? Isso, Dot considerou, era a última demonstração de amor, um amor do qual ela estava sendo privada havia muito tempo. Sentiu uma pontada no peito, ansiando por Dorothy com tanto desespero que praticamente podia sentir isso, um sabor metálico, frio e viciante no fundo da língua.

ELIZA

NA QUARTA-FEIRA, faço uma lista das pessoas que poderiam me odiar. Amigos de infância, antigos vizinhos, meus pais, Steadman, pessoas do grupo de redação do qual Kiki e eu fazemos parte, cuja ficção critiquei de um jeito talvez duro demais, clientes da loja de bugigangas que esnobei, aquele homem do carro que bati na traseira há uns meses e, em vez de passar os dados do meu seguro, fugi do local. Qualquer um pode ser a resposta certa, mas nenhuma me agrada. Fiz coisas piores, sei disso. Só não sei quais são.

Então como é que posso me inteirar mais do que aconteceu? Tento o Shipstead várias vezes, sem sucesso. Ouço minhas fitas de auto-hipnose na esperança de entrar num transe que me trará de volta a memória. Dou uma olhada em *Tumores na amígdala*, para ver se eles reincidem regularmente. Pode acontecer. Olho as fotos de alguns tumores neste local por um tempo. São feios, manchas brancas em uma massa escura e esponjosa.

Aí, digito "Eliza Fontaine vírgula tumor amígdala", na esperança de... Bom, sei lá do quê. Não é que o hospital enumeraria meus registros médicos em um fórum público. Mas seria bom ver uma tomografia do *meu* tumor; ficaria mais fácil visualizá-lo novamente na minha cabeça. As únicas histórias a meu respeito são sobre o mergulho na piscina e links para o livro, que leio rapidamente, depois saio porque todos eles sugerem que ou sou suicida ou que preciso muito de atenção.

Procuro por amigos antigos que possam ter estado em Palm Springs na noite em que caí na piscina. Nada. Também pesquiso por Desmond Wells. Seu retrato está em destaque site oficial do festival *Ludi Circensus*, em San Fernando. Lá está ele com uma guirlanda de louro no cabelo e uma toga com uma corda como cinto. Reparo que as pernas dele não têm pelos. Pergunto-me por que diabos estou olhando para elas.

Também preciso provar para Kiki que sei me virar e que não preciso de cuidados especiais. Tudo se encaixa perfeitamente com um convite que lhe faço para a Exposição de Gatos Greater Los Angeles Kitty Splendor nesta tarde. Dizem que quando Kiki era pequena, ela e sua família exibiram pelo país um Maine Coon chamado Buster, na esperança de chegarem às finais nacionais. Ela ainda tem fotos de Buster pelo quarto todo, e corre um boato de que seus pais mantêm o animal estufado de palha sobre a lareira. Não temos um gato agora, Steadman detestou a experiência tanto quanto ela amou, e não resta dúvida de que ele decide as regras. Kiki diz que só o fato de estar na presença da excelência felina ajuda a preencher o vazio.

A exposição é no salão de baile de um hotel Westin, a um quarteirão do Teatro Chinês e da Calçada da Fama de Hollywood. Todas as mesas estão encostadas nas paredes e a sala está repleta de miados. A maioria dos felinos está em gaiolas e é difícil distinguir os juízes porque todos são uma espécie de clone, homens e mulheres parecidos, atarracados, cabelo frisado, óculos, falantes. Percebo cerca de uma centena de agasalhos com estampas de gatos em 3-D. Homens com barrigas de cerveja usam camisetas com mensagens que dizem *Miau Power*. Passamos por um grupo de babacas contando uma piada que acaba com alguma coisa que tem a ver com siamês. "Mister Mistoffelles", de *Cats* retumba pelos alto-falantes. Não há dúvida de que os gatos são lindos. A maioria parece de espécies completamente diferentes dos estrupícios sarnentos com que estou acostumada a lidar. Um gato persa olha para mim com tal inteligência que tenho certeza de que ele está lendo a minha mente. Sacudo uma pena que arranquei de uma gaveta em casa para um gato pelado canadense, e juro que ele revira os olhos, como se não estivesse acreditando em tal bobeira.

Cutuco Kiki.

— Você gostava mesmo disso quando era criança?

— Ah, era uma maravilha. Dei meu primeiro beijo num concurso de gatos. — Kiki lança um sorriso debochado para mim. — Está achando que é boa demais para mim, agora que vai aparecer na *Dra. Roxanne*?

Não resisti em contar para Kiki sobre o *Dra. Roxanne*; ela assiste à televisão o dia todo, então deduzi que saberia quem era essa doutora. Como era de se esperar, quando contei a novidade, ela gritou:

— Aquela mulher é o máximo! Seu livro vai bombar. — Kiki pegou as minhas mãos e ficou dando pulinhos. — A gente deveria dar uma festa quando for para o ar!

Ainda assim, estou com medo das perguntas de Roxanne. Tenho certeza que uma delas vai ter que ver com a minha doença. Não quero falar nisso. Não quero que isso me defina. Eu nunca deveria ter contado a Posey sobre o assunto, mas senti que precisava esclarecer as coisas. E se ela já contou para todo mundo? E se agora o departamento de marketing estiver focado *nisso*?

Não quero ficar conhecida como o fenômeno que teve o crânio aberto por alguma espécie de inovação tecnológica em cirurgia cerebral, e duas semanas depois começa — e termina! — um romance. As pessoas vão me ver como um Rain Man, uma erudita fantasmagórica, possivelmente com partes robóticas. Os sofredores são mais do que o resultado do seu sofrimento, mas o restante do mundo não vê isso. Se a dra. Roxane me cutucar para falar sobre a minha doença, nunca saberei se a audiência comprou o meu livro porque sou a menina que superou o tumor cerebral ou porque ele realmente parece interessante. Eu não devia me importar, me limitando a ficar feliz com que eles comprem, ponto. Mas quero que *gostem*. Quero que gostem de *mim*.

Os olhos de Kiky estão viajando, enquanto ela caminha para um engradado de Russian Blues.

— Eles são descendentes do Mr. Azure Enchantress? — pergunta ao dono, um homem pálido e careca que, com toda certeza, é um serial killer. Ele concorda com um gesto de cabeça e Kiki sai falando.

Afasto-me do estande. As gaiolas são todas iguais. Há estandes de brinquedos para gatos, comida orgânica, vitaminas para felinos. As fitas e os troféus, ainda não concedidos, estão expostos em uma mesa coberta com veludo azul. Estou aqui há cinco minutos e já deu. Pego o corredor que leva ao hall de entrada e aspiro ar frio e hipoalergênico.

O hall tem pouca gente a esta hora do dia. Os sons ecoam pelo ambiente. Gosto que os funcionários de um hotel tenham que ser simpáticos e flexíveis o tempo todo. Por exemplo, se você surtar no hall, alguém da recepção correrá para perto de você e lhe oferecerá um copo de vinho. Uma criancinha afunda a mão num cesto de pot-pourri no balcão e ninguém diz nada. Um homem de terno, talvez um gerente, repara em mim e me lança uma piscada. Algo em sua expressão me provoca uma leve sensação de déjà vu, e depois um arrepio de terror. Talvez seja o fato de estar em um hotel, com seu cheiro de limpeza e o esquema de iluminação sexy. Olho novamente para o homem, certa de que seja alguém nefasto. Ele já se foi.

Então escuto uma voz. Tem um tom de poder e sarcasmo ao serpentear pelo lobby. Viro-me em direção a ela e vejo um indivíduo se levantar. Ele tem um cabelo absurdamente ruivo, cabeça grande e um corpo comprido e magro. A voz pertence a um menino-homem que está no celular. O andar é uma mistura de trote e balanço, como o de um ganso, mas é um andar que eu já vi. Se meu cérebro pudesse vibrar, estaria vibrando agora.

Eu o conheço. Só não me lembro de onde.

Fico tão atônita que tropeço para trás, batendo com força em uma mesa com folhetos de programas a se fazer em Los Angeles.

— Você está bem? — uma senhora mais velha, com um agasalho de gato em relevo, pergunta atrás de mim.

Dirijo-lhe um sorriso distraído. Meu olhar se volta para o ruivo no sofá. Em parte quero ir até lá para que ele me veja, mas como não consigo me lembrar de onde o conheço, talvez seja uma má ideia. Esquivo-me junto à parede, e me acomodo em uma cadeira mais próxima a ele. Enfio a cabeça no pescoço, como uma pomba, e encolho o corpo para que ele não me note. Minha esperança é que a proximidade acenda alguma faísca na minha memória.

— Ei, tudo bem — murmura o rapaz ao telefone. — Vai dar tudo certo.

O ruivo relaxa no sofá e coloca os pés sobre a mesa de centro. *Grosso*, penso. Eu conhecia alguém que fazia isso. Quem? Ele tem um cheiro hormonal masculino misturado com o de roupas mofadas: roupas não lavadas, dormitórios, sexo. Meu estômago se retorce.

— Não acho que a polícia vá perguntar nada — diz ele. — Por que perguntariam para *você*? E não precisa tocar no nome de Eliza ou falar de Palm Springs.

O quê?

Uma lufada gelada do ar-condicionado bafeja pela minha camiseta, somando-se ao meu suor frio. O sujeito se levanta, novamente, e desvio o olhar, sentindo-me pega, visível. Curiosamente, no entanto, ele não parece me ver.

— Então não se estresse com isso. De qualquer modo, pode não dar em nada. Eles ainda não ligaram para você, certo? Pode ser que nem liguem. — Uma longa pausa. — Bom, eu posso lhe dar algumas dicas quanto ao que dizer, coisas que não vão levá-los a fazer mais perguntas.

Abruptamente, ele sai do canto do sofá e se dirige para a porta giratória, saindo para a rua. Endireito-me na cadeira. Atrapalho-me ao pegar meu celular. Ainda intrigada com quem ele é, tiro uma foto sua de perfil. Assim que enfio o celular de volta no bolso, ele some. Como foi embora tão rápido?

Levanto-me em um salto. A porta giratória está próxima, mas um grupo de turistas está na minha frente, alguns entrando, outros saindo. Preciso deixar que todos passem. Depois de várias malas e sacolas de compras desajeitadas, um carrinho de bebê dobrável que se abre dentro da porta giratória, de dois adolescentes mascando chicletes e uma mulher que, literalmente, param bem na minha frente, mas não empurram a porta para que ela se mova, saio para a rua.

O ar cheira a escapamento e perfume Chanel. A Calçada da Fama, visível à minha direita, está uma loucura: grupos de igreja com camisetas iguais, universitários sacanas, meninas bonitas com saias curtas e óculos escuros enormes, mães com bebês em slings. Não vejo uma cabeça ruiva em parte alguma. Fico na ponta dos pés. Ele não pode ter ido longe. Se eu ao menos conseguisse ver o alto da sua cabeça, saberia que direção tomar. Mas é como se ele tivesse desaparecido em um buraco no chão. Meus ouvidos ainda tilintam. Meu corpo está tomado de suor. O que acabei de ouvir? Como posso ficar sem fazer nada?

A porta giratória se move novamente e três moleques saem em disparada, dando um encontrão em mim. Rodo para trás, e minha bolsa vira, espalhando tudo no chão.

— Ah — diz a mãe deles, apressando-se enquanto eles correm para a rua. — Deus, me desculpe. São uns animais.

Ela se agacha para me ajudar a pegar o Kleenex, a carteira e o rímel que estão no chão.

— Estou bem, está tudo bem — digo, e ela vai embora.

Um exemplar de *As Dots* também caiu. Coloquei-o na bolsa hoje, antes de sair. O livro caiu sobre uma pilha de folhetos de imóveis para alugar, de cabeça para baixo. Aquilo me lembra quando uma cartomante de tarô coloca uma carta invertida. Pego-o, imaginando se, como uma carta de tarô, as páginas de dentro refletem a mensagem oposta ao que escrevi originalmente. Estalo a coluna e leio algumas frases lá pelo fim. Realmente, parece mesmo ter funcionado. Quem age como um monstro é Dot, Dorothy é a mártir. É incrível como a linguagem pode se voltar para si mesma com tanta facilidade, contendo tantos significados diferentes.

— *Aí* está você.

Kiki passa falando alto pela porta, agora também envolta em um agasalho com imagem de gato em relevo. Ao ver meu rosto, ela para e começa a empalidecer.

— O que aconteceu?

Olho para ela sem expressão, a garganta seca. Busco no celular a foto que acabei de tirar. Lá está o ruivo, maxilar projetado, cabelo no rosto, olhos grandes, dois tênis sujos, os pés virados para dentro.

— A gente conhece essa pessoa?

Kiki olha para a tela, depois busca o meu rosto. Sua garganta ondula, ao engolir.

— Eliza — diz ela com muito cuidado. — Eliza, este é o Leonidas. Tenho certeza de que foi seu namorado.

De As Dots

Dot conheceu o namorado no primeiro ano da faculdade. Marlon sentava-se nos fundos da sala de aula de Introdução à História da Arte, matéria a que todo universitário tinha que comparecer, não importando qual fosse a carreira pretendida. Corria pela classe um rumor de que, no ensino médio, seu futuro namorado era adepto da arte performática. No começo do ano, ele tinha roubado ratos de uma loja de animais local e os soltou nos corredores da escola. Depois, gravou a coisa toda. Aparentemente, foi tão fantástico que uma galeria de arte em Silver Lake estava lhe oferecendo sua própria exposição.

Marlon parecia estar sempre chamando atenção no fundo do anfiteatro, contando alguma história fantástica, provocando muitas risadas. Sempre que o professor o chamava, tinha interpretações interessantes sobre as motivações dos artistas. Surpreendentemente, porém, Dot entreouviu alguém dizendo que ele cursava física e queria estudar quark depois de formado. Ela não fazia ideia do que fosse um quark. Quer dizer que o rapaz não era um artista?

Certo dia, Dot viu-o abraçando uma garota muito baixa na quadra e ferveu de ciúmes. O que ela tinha que Dot não tivesse? Mais tarde, descobriu que a garota era vizinha dele desde a época do jardim da infância. Dot ficou surpresa com seu alívio. Àquela altura, percebeu que não poderia negar sua fissura por ele. Ela era boa em tomar a iniciativa com os meninos; assim, quando deu com ele em uma festa natalina no seu alojamento, foi exatamente o que fez.

Aparentemente, Marlon também sabia a respeito de Dot.

— Você é famosa — disse, depois do primeiro beijo.

Dot olhou para baixo. Pensou que ele fosse mencionar o tumor. Sua doença tinha angariado uma atenção inesperada ao longo dos anos. No final do ensino fundamental, as meninas mais velhas mimavam-na como se ela fosse uma boneca. No ensino médio, os meninos angustiados achavam-na intrigante porque ela tinha andado pela tênue linha entre a vida e a morte. No vestiário, quando se trocava para a aula de ginástica, reparou nas meninas dando uma espiada na sua cabeça. Ouviu o nome Frankenstein dirigido a ela mais de uma vez. Além de receberem uma explicação de que Frankenstein era, na verdade, o criador, e sua criação com cérebro costurado era chamada de "o monstro", essas meninas também receberam camundongos mortos em seus armários. Matilda dava risadinhas, ao fazer papel de vigia, enquanto Dot colocava-os ali, em cima de conjuntos de roupas íntimas de renda, cartas de amor e testes de gravidez fechados. Mas nos últimos três anos na faculdade, não tinha se dado ao trabalho de mencionar o tumor às pessoas. Não queria que aquilo continuasse acompanhando-a. Queria recomeçar. Mesmo assim, não ficou surpresa que alguém tivesse descoberto.

Porém, Marlon disse que ela era famosa por ser sobrinha de Dorothy Banks.

— Meus avós moram perto do Magnólia — disse, entusiasmado. — Lá, ela é uma instituição.

— Ela não mora mais no Magnólia — falou Dot, baixinho.

— Não?

— Não. Ela se mudou anos atrás.

Ele pareceu confuso.

— Juro que eles disseram que a viram faz pouco tempo.

— Ela tem uma espécie de sósia — disse Dot. — Vai ver que foi ela quem eles viram. Acho que ela ainda mora na cidade, mas não vejo minha tia há doze anos.

— Para onde ela foi? — ele perguntou.

— Pode ser que esteja na Sorbonne, em Paris.

— Jura? Você devia visitá-la. Paris é incrível.

Dot deu um pulo. Por que não? Só porque sua mãe tinha dito aquela besteira sobre Dorothy ser perturbada não significava que ela tivesse que acreditar. E agora tinha idade suficiente. Poderia ir à Sorbonne e rastrear Dorothy.

Naquele final de semana, em casa jantando com a família, mencionou à mãe que ia comprar uma passagem.

— Paris? — A mãe franziu o nariz. — O que tem em Paris?

Dot não podia acreditar que a mãe tivesse esquecido.

— Dorothy — respondeu, com arrogância. — Na Sorbonne? Não lhe diz nada?

A mãe pareceu chocada.

— Ah, Dot, não acho que isso seja mesmo verdade.

— Do que está falando?

— Eu disse que ela *poderia* estar lá. Mas provavelmente está em outro lugar.

— Não, você disse que ela estava lá.

Assim que a menina disse isso teve certeza de que sua mãe tinha razão. Ela nunca tinha dito nada em definitivo. Isso a enfureceu. Tinha apostado suas fichas em Paris. Todas as cartas fictícias que escrevera em nome de Dorothy eram de Paris. Tinha comprado livros ilustrados com fotos parisienses para poder imaginar a tia sentada no Jardim das Tulherias ou explorando as catacumbas da cidade.

— Você pelo menos sabe onde ela está? — perguntou.

A mãe sacudiu a cabeça.

— Não tenho notícias dela desde que você estava no hospital.

Dot ficou possessa.

— Se eu tivesse uma irmã, daria valor a ela. Sairia pra procurá-la caso desaparecesse.

— Você tem uma meia-irmã — observou a mãe, apontando a cadeira vazia da sua enteada. A meia-irmã estava no ensaio da banda marcial da faculdade. — Sinceramente, Dot? Eu costumava ouvir você falar dela às escondidas com aquela menina esquisita que era sua amiga no colegial, num tom que me diz que talvez você não estivesse dando tanto valor a ela. Quem tem telhado de vidro não deveria atirar pedras.

Quando Dot fez alguns telefonemas, descobriu que ninguém na Sorbonne tinha ouvido falar em Dorothy Banks. Ela bateu o telefone, contemplando o globo terrestre que ficava sobre a escrivaninha do escritório do padrasto. A tia poderia estar em qualquer lugar do planeta. Em uma daquelas cadeias acidentadas de montanhas, numa ilha do oceano Pacífico.

Dois dias depois, enquanto Dot estava em uma palestra sobre literatura americana, um estudante da graduação chamou-a da porta.

— Tem alguém lá embaixo procurando por você. Estão gritando que é urgente — disse ele, em uma voz alterada.

Dot saiu da escola devagar, com medo de que fosse o padrasto. Talvez a mãe estivesse doente ou até tivesse morrido. Quando sua visão se ajustou, ficou sem fôlego. Era Dorothy. A própria. Estava em casa.

ELIZA

QUARTA À TARDE, recebo uma mensagem de texto de Bill que diz, simplesmente *Precisamos ver você. Pode vir jantar?* Horas atrás, eu a teria ignorado. Eles só vão enfiar um pouco mais da ideia de me internar em um centro de reabilitação. Mas depois do que aconteceu bem em frente à Exposição de Gatos, talvez precise ir mesmo. Com certeza, preciso de *alguma coisa*.

Como estou abalada demais para dirigir, um Hyundai com um adesivo de Uber na janela me deixa na casa da minha mãe. A casa fica em North Beachwood Drive, uma rua sinuosa em Holywood Hills. É um bangalô circular, rosa-chá, que, quando nos mudamos, me fazia lembrar de um cupcake. Aparentemente, na década de 1930, pertenceu a um mágico que morreu tentando um truque de abrir um cadeado debaixo d'água. Soube que ele instalou uma passagem secreta que levava a uma toca particular, mas embora eu tivesse passado dias batendo nas paredes, nunca a encontrei.

Eu amei o lugar assim que me mudei com a minha mãe. Compramos por uma pechincha em um leilão de imóveis. Aparentemente, era assombrado, motivo pelo qual ninguém mais o quis. A construção era dividida em vários cômodos pequenos com paredes de estuque, cada um deles entrecruzado com teias de aranha e cheirando a mofo. Capas empoeiradas, em formato de fantasma, estavam jogadas sobre os sofás, que aparentemente vinham com o lugar, embora estivessem tão sujos que os pusemos na calçada para o lixeiro. Um candelabro gigante de latão ficava no meio da mesa da sala de jantar, cada vela vermelha derretida em poças de cera sangrenta. No tapete oriental do andar de cima, havia manchas macabras vermelho-escuras que eu rezava para serem sangue. Uma pérgola no quintal dos fundos tinha a aparência de ter sido cortada com um machado cego. Um pequeno cemitério lá atrás estava cheio de pedrinhas com a inscrição *SEGREDOS*; desenterrei-as, mas não encontrei covas. Inscrições trêmulas preenchiam o interior das paredes do armário do quarto que ficou para mim. Todas as mensagens manuscritas faziam referência à morte: *No prazo de três dias depois da morte, as enzimas que digeriram seu jantar começarão a comer você.* Que pessoa notável viveu aqui antes de nós, pensei com alegria. Poderíamos ter sido amigos íntimos.

Um amigo de quem eu me lembraria. Amigos são inesquecíveis. A mesma coisa com namorados, por mais insignificantes que tenham sido. Como pude esquecer um namorado por completo? Lembro-me de garotos ao acaso que levei para a sala de dissecação para dar uns amassos no ensino médio. Lembro-me de um menino maluco chamado Darius, que me apalpou em uma viagem de ônibus escolar para o Rancho do Poço de Piche de La Brea. E mesmo assim, um deles foi apagado do meu disco rígido. Como é possível?

— Ah, ele — disse a Kiki na Exposição de Gatos, rapidamente, com urgência, para encobrir meu desconforto. — Me desculpe. É que ele parece tão diferente agora. — Dei um tapa dramático na lateral da minha cabeça. — Deu curto!

Contudo, por dentro, eu estava entrando em pânico. Já tinha esquecido o nome que Kiki tinha me dito. Só me lembrava que era um nome comprido, complicado e pretensioso. Com certeza, o tumor tinha voltado. Só podia ser isso. Os médicos não tinham tirado a coisa toda. Depois da cirurgia, disseram-me que eu poderia esquecer situações, nomes, rostos, detalhes... mas isso parecia pior do que qualquer uma dessas coisas. Tratava-se de uma pessoa inteira.

Kiki me olhava, preocupada.

— Na verdade, eu não o conheci. Só lembrei por causa da sua página no Facebook.

Franzi o cenho.

— Não tenho uma página no Facebook.

— Claro que tem. Dei uma olhada nela depois que fomos para o bar, naquela primeira vez depois do workshop. Lá tinha fotos suas com o Leonidas. Os dois estavam usando agasalhos da UCLA. Você parecia muito feliz.

Eu não sabia se devia continuar revidando essa afirmação ou ir em frente com o que ela estava dizendo, numa tentativa de parecer no controle da minha realidade. Decidi pela última opção.

— Ah, é. Bom, andei tentando tirá-lo da cabeça

Ela limpou a garganta.

— Ele não foi... abusivo, foi?

O palpite dela era tão bom quanto o meu, mas como não queria que ela se preocupasse, sorri com segurança.

— Não, não, nada do tipo. Só que dá um frio na barriga quando você ouve alguém falando sobre você em uma sala.

Ela franziu o cenho.

— O que ele estava dizendo?

— Esquece — falei. Nem pensar em mencionar aquela história sobre Palm Springs e os policiais. Então, toquei a barra do seu agasalho. — *Isso* está bem na moda por aqui.

Kiki acariciou a cara saliente do gato.

— É. Encontrei esta criadora que era amiga dos meus pais, e começamos a conversar. Ela vende estes agasalhos no Etsy por oitenta dólares. Não dava para dizer não.

E então ela tagarelou sobre o mais recente abissínio dos MacDonalds, e como a vencedora Maine Coon parecia um cu e soltara um gás podre. Achei que o assunto Leonidas estava esquecido, mas ela lançou olhares nervosos quando entramos no carro e fomos para casa. Ao entrar no meu quarto, ouvi-a cochichando lá embaixo com Steadman. Dá para imaginar o que ela disse:

— Eliza esqueceu o ex! Isso é normal?

Assim que tranquei a porta do quarto, acessei o Facebook e digitei o meu nome. Eu tenho uma *fanpage* para *As Dots*, com 834 likes. Não há fotos na página, além da arte da capa e da minha foto. Com certeza, nenhuma fotografia minha com esse tal de Leonidas com agasalho da UCLA. Mas se Kiki realmente me encontrou no Facebook logo depois de nos conhecermos, eu ainda não teria a página do livro, pois ainda não tinha terminado o romance.

Continuo procurando, mas não consigo encontrar o perfil Eliza Fontaine. Quem é louca, eu ou Kiki? Será que alguém excluiu minha conta pessoal? Mas como alguém poderia remover uma conta da qual eu nem me lembro?

Então, me concentrei na lista de endereços do ano passado, do meu alojamento na UCLA. Não tinha ninguém com o nome de Leonidas nela. Não que isso de fato prove alguma coisa, ele poderia ter morado em algum outro lugar. Será que ele era como o namorado que escrevi em *As Dots*? Será que o conheci na aula de História da Arte? Mas me lembrei dessa aula. Lembrei-me da professora com sua plataforma de cabelo escuro, e como ela sempre usava saris, ainda que não fosse indiana. Lembrei-me de Mariel, a menina que sentava ao meu lado todos os dias. Uma vez, ela me disse que se Pablo Picasso ainda fosse vivo, ela com certeza chupava ele. Não me lembro de um menino sentado no fundo da sala chamando atenção, ou de um menino dando respostas espertas sobre Mondrian, ou de um menino pelo qual fui, aos poucos, ficando obcecada, quase contra a minha vontade.

Então, como nos conhecemos? Por que terminamos? Por que ele estava falando a meu respeito, citando Palm Springs e a polícia? Com quem conversava? E então, enquanto eu estava ali, deitada na cama, fui atingida por uma lembrança, como se uma bola dura de futebol batesse na minha cabeça. Me vi num chão de lajotas de um corredor. Senti cheiro de muçarela e gordura, e ouvi um glam rock dos anos 1990 tocando alto em um rádio minúsculo. Vi aquele mesmo ruivo do saguão do hotel parado acima de mim.

Leonidas — deduzi que fosse ele, embora essa lembrança viesse para mim como um programa de televisão que eu nunca tinha visto, e eu precisava me virar para imaginar os personagens — olhava para mim, as faces absurdamente lívidas.

— Você *prometeu* — dizia ele entre dentes. — Não posso acreditar em você.

— Sinto muito — ouvi a mim mesma falando. Na recordação, eu estava coberta de sangue. Aquele sangue era *meu*? Será que meu cérebro só estava evocando sangue para efeito dramático? Olhei para ele, que cambaleou na minha direção, e soltei um guincho. — Sinto muito mesmo!

E então, *puf*, nada mais. Se houver alguma coisa verdadeira nessa história, por que ele estava tão bravo comigo? Que tipo de crime eu cometera? Tivera um caso? Eu não descartaria essa hipótese. No colégio, traí quase todos os meus namorados. Era como se fosse algo impossível de evitar.

Talvez esse seja o motivo de eu ter bloqueado Leonidas. Sinto vergonha do que fiz com ele. Vai ver que tenho medo dele, e do que ele poderia fazer como vingança. Será que o rapaz poderia ter estado em Palm Springs, querendo me machucar?

Fico doente de não ter uma resposta. Acho que meu cérebro sabe, mas não consegue me contar, possivelmente por causa de um novo ataque do tumor obstruindo acessos vitais. Então, por que tomei todas aquelas vitaminas? Por que comi todas essas porras de mirtilos? Eu deveria estar me entupindo de pizzas e cigarros. Deveria ter evitado o xamã no deserto e todos esses exercícios onde andei me matando. Vai ver que é por isso que tomei aquelas garrafas de Stoli no Tranquility. Vai ver que é por isso que ando atrás de álcool onde quer que possa encontrá-lo. Na verdade, ainda me sinto zonza por causa da dose de uísque que tomei antes de vir para a casa dos meus pais. Estou cavando minha própria cova, em vez de deixar que o meu cérebro defeituoso cave para mim. Existe um conforto naquilo que consigo controlar.

Pego meu celular e digito o número do dr. Forney, o neurologista que me lembro de estar ligado ao diagnóstico do meu tumor. A enfermeira do consultório atende e peço para falar com o médico.

— É uma emergência? — pergunta ela.

— Não tenho certeza — sussurro, mas então me recomponho e digo que só quero agendar uma ressonância. Apenas para dar uma olhada. Extraoficial. Ninguém precisa saber.

— Para isso, você vai precisar de um pedido médico — diz ela. — Posso marcar uma hora com o dr. Forney aqui no consultório. Ele tem horário na semana que vem.

Pensando melhor, talvez eu não queira falar com o médico. O dr. Forney teria meios de saber que ando bebendo, e vai me dar uma dura. Pode ser que ele saiba da minha queda na piscina, e deduza que fiz isso de propósito. Poderia recomendar que eu me recuperasse em uma casa de reabilitação. O que quero é apenas uma prova. Uma foto em um exame. Uma mancha desastrosa e amorfa.

— Obrigada, eu volto a ligar — digo à enfermeira, e desligo.

Caminho para a casa da minha mãe. Esta é a rua que os turistas usam para entrar no Griffith Park e subir até o letreiro de Hollywood. Hoje, como sempre, ela está cheia de veículos alugados, estacionados em fila dupla. Turistas idiotas, equipados com câmeras e garrafas d'água, caminham devagar no meio da rua, como se estivessem indo a um grande concerto ao ar livre. Todos eles ostentam sorrisos encantadores e ansiosos de pessoas que não têm que ficar em Los Angeles tempo algum. Quando eu era adolescente, costumava me pendurar em uma janela do andar de cima e jogar balões de água neles.

— Pare — dizia Gabby, quando me flagrava. — Isso não é legal. — Eu revirava os olhos. Ela sempre foi obcecada em ser simpática.

Paro na varanda da casa. Subitamente sinto um perfume que reconheço, mas que não consigo situar. Ele de fato me atordoa por um momento, deixando-me inebriada. Ouço um guincho na minha cabeça.

A porta abre de repente.

— Eliza! — Os braços de Bill estão abertos. — Como você está? Aqui fora não está um cheiro gostoso?

Sorrio, aturdida.

— Está. O que é?

Ele aponta para uma árvore que eu nunca tinha notado. Ela tem grandes frutos laranjas, que parecem seios, pendendo de galhos baixos.

— Quando foi que você plantou isso? — pergunto.

Ele dá de ombros.

— Já estava aqui quando nos mudamos. — Ele me olha com curiosidade. — Você está bem?

Parte de mim quer cair aos seus pés e lhe dizer o contrário, mas tenho medo de onde isso vai levar. É melhor lidar com a situação sozinha, calada, sem deixar ninguém em pânico.

— Ótima — digo. — Simplesmente ótima.

Bill entra comigo em casa. Depois que ele e Gabby vieram morar conosco, o interior da casa assombrada foi posto abaixo e transformada em um retângulo aberto, arejado, com pouco móveis e eletrônicos de ponta. A mobília mofada que estava aqui quando chegamos foi embora, as tumbas *secretas* foram destruídas, as janelas de vitrais com santos e pecadores de olhos vazados foram removidas e substituídas. Por um tempo, consegui manter no meu armário as assustadoras palavras sobre a morte, mas, um dia, sem mais nem menos, minha mãe disse que as cobrira de tinta.

— Eram simplesmente mórbidas demais — falou.

Chorei durante dias. Lamentei a perda daquelas palavras. Reescrevi a lápis o que consegui me lembrar, mas não foi a mesma coisa. Eu não tinha a caligrafia tremida e não consegui repetir a inclinação das letras.

Como eu me lembrava tão bem disso, mas não de Leonidas?

— Tenho que dizer que você parece ótima.

Dou um pulo e me viro. Bill está na entrada, esfregando as mãos.

— Obrigada — digo, embora saiba que não pareço ótima. Gosto do entusiasmo ensaiado dele. No dia em que o pai e o filho me tiraram do oceano, Bill me levou de carro até o hospital. Dirigia como se estivéssemos indo para um lugar comum, como o Home Depot.

— Ah, olhe, uma barraca de produtos orgânicos. — Lembro-me de ele ter dito a meio caminho do hospital, estacionando. — Eliza, você quer um pêssego? — Muitas vezes acho que minha mãe não o merece, mas talvez eles funcionem de um jeito "os opostos se atraem", a bondade dele contrabalanceada com a irritação dela.

— Posso servi-la alguma coisa? — pergunta meu padrasto. — Temos água, soda, suco de laranja...

— Água está bom — minto. Daria tudo por uma dose de bourbon.

Ele faz um ligeiro som de relincho e some dentro da cozinha. Caminho em direção às estantes embutidas, outro acréscimo que veio depois de eles se mudarem. Elas contêm uma série de títulos enfileirados, a maioria deles sobre a Guerra Civil, o assunto preferido de Bill. Também há romances água com açúcar, aqueles com capa pastel, e uma biografia sombria sobre uma mulher que cresceu em uma cabana de um único cômodo com pais psicóticos. Devem ser da minha mãe, embora eu raramente a tenha visto lendo. De repente reparo em um livro fininho, não passa de um folheto, pousado sobre a mesa lateral acrílica: *Sobre a meditação da mente*. Na contracapa, há uma foto de um homem com olhos saltados e cabelo arrepiado, tipo Einstein.

Paro, sentindo um arrepio subir pela espinha. Parece o cara que me cumprimentou no café quando eu estava com Posey. Seu nome é Herman Lavinsky. Suo frio. Conheço esse nome.

Pego o celular e abro o navegador. Herman Lavinsky é um "curandeiro" em Los Angeles. Leva pessoas em "jornadas espirituais" pelo Vale da Morte. Estou prestes a entrar no seu site, quando o chão estala atrás de mim.

— Aqui está! — Bill aparece com uma Perrier. Um limão flutua em cima.

Mostro-lhe o livro

— Quem é este cara?

Bill dá de ombros.

— Não faço ideia. Deve ser um livro da sua mãe. — Ele o tira da minha mão e o coloca de volta na estante. Pega no meu braço. — Vamos, querida. Precisamos conversar com você.

Olho novamente a lombada do livro. Pensando bem, talvez o escritor não seja o cara do café; aquele lá não parecia capaz de escrever uma linha sequer. Mesmo assim, esta obra tem alguma coisa que começa a formigar no meu cérebro. Tenho um flash, breve, enevoado, mais um cheiro e um som do que uma verdadeira imagem, de estar em um lugar desinfetado, os tamancos de alguém batendo baixinho no chão, uma voz dizendo:

— Ok, contagem regressiva a partir de dez.

Estremeço. De onde vem isso? Uma enfermeira aplicando-me anestesia enquanto eu tratava o tumor? Algum lunático que visitei depois da cirurgia, para garantir que eu não voltasse a ficar doente?

— Tudo bem — digo, virando-me para Bill. — Também quero conversar com vocês.

Quero contar a eles sobre Leonidas. Se eles o viram por aqui, precisam me contar. Se ele bater à porta, não podem deixá-lo entrar. Talvez eles também possam me pôr a par de quem ele é.

Bill pode ter reformado a maior parte da casa com madeiras exóticas, persianas de última geração e sistemas robóticos que sugam a poeira antes que ela tenha tempo de assentar, mas minha mãe manteve a cozinha quase do mesmo jeito que era quando nos mudamos. Os armários foram repintados de branco, mas os trincos permaneceram os mesmos botões de latão, redondos e sem graça. O fogão tem quatro bocas, as bancadas não são de mármore, mas de um material poroso, com partículas de alguma coisa que eles querem que você pense que é pedra incrustada na superfície. Nossa antiga mesa de cozinha, que eu costumava espetar um garfo, ainda está no canto, bem como as cadeiras de madeira com as pernas bambas.

Minha mãe e Gabby ficam paradas junto à mesa da cozinha, embora, com a minha entrada, elas se separem em um salto.

— Oi — digo para minha mãe. E para Gabby: — Não sabia que você vinha.

Elas não sabem o que dizer. Então, algo na mesa chama a minha atenção. É o meu livro. Está logo ali, fechado, a capa brilhante. Meu coração vem à boca. Aponto para ele.

— Onde foi que vocês conseguiram isso?

Gabby arregala os olhos. Minha mãe não responde.

Começo a tremer.

— Estou falando sério. Por que *As Dots* está aqui?

— Recebemos pelo correio hoje — diz minha mãe, em voz baixa. — Sem endereço de remetente.

Minha mente dispara. *Puta que pariu, Posey*. Eu tinha dito especificamente para ela que não queria que a minha família o recebesse. Tinha sido muito *clara*. Ela não teria agido contra a minha vontade. Laura também não. Será que isso tem o dedo de outra pessoa?

A pessoa que quer me machucar? Engulo com dificuldade. Será que pirei?

Minha mãe suspira.

— Temos um problema.

Salivo mais que o normal. Preciso de três engolidas para fazer descer tudo aquilo.

— O que quer dizer?

Minha mãe aponta para o livro. Seus olhos estão furiosos.

— Você não pode publicar isso, Eliza.

O suor escorre pelas minhas costas. Por um instante, acho que ouvi errado, mas então, Bill acrescenta:

— Já tentamos entrar em contato com a sua editora, mas ela não retornou.

— Espere um pouco — digo lentamente. — Vocês leram?

Minha mãe parece exasperada.

— Lemos.

— Imagino que não tenham gostado, então. — Eu rio, constrangida, embora tenha saído um riso sufocado.

Os olhos da minha mãe saltam, como se esta fosse a pergunta mais idiota que eu poderia fazer. Estou morrendo de vergonha. Vai ver que o motivo de ter me preocupado esse tempo todo tem sua razão de ser: o livro é a peça literária mais estúpida, mais insignificante, mais ridícula que já foi escrita. Mas se for, por que foi aplaudido pela minha agente? Por que foi comprado pela minha editora? Que porra está acontecendo aqui? Revejo o que minha mãe acabou de dizer e sinto uma bola de raiva dentro do meu peito.

— Vocês telefonaram para a minha editora?

— Telefonamos, e você também vai ter que ligar para ela — diz minha mãe, com veemência.

Agarro meu livro e o aperto junto ao peito.

— Não pedi para vocês o lerem. Nunca contei para vocês sobre ele porque sabia que não iam gostar. Exatamente como não gostam de nada que eu faço.

— Eliza — diz Bill. — Não é isso...

— Não, esqueça. — Meu rosto está queimando. — Preciso ir. Vejo vocês depois.

— Espere! — Bill agarra meu braço. — É só que... A história que contou... Você tem certeza? Talvez devesse desistir, pensar um pouco. Você escreve muito bem. Deve ter outras tramas dentro da sua cabeça.

Desvencilho-me dele.

— Todos que leram acharam incrível. Minha agente falou que está sendo bastante elogiado por aí.

Minha mãe olha horrorizada para Bill.

— *Outras* pessoas leram isso?

— Minha editora e minha agente, e talvez algumas outras pessoas da editora, mas os críticos estão começando a recebê-lo. — Por uma fração de segundo imagino se Laura recrutou minha mãe numa iniciativa distorcida de psicologia reversa, porque agora eu *quero* que o livro chegue até os críticos. Quero que o mundo todo faça uma resenha. Quero mostrar para ela que outros seres humanos acham-no decente. Por que ela o considera uma coisa impublicável? É como se tivesse levando aquilo para o lado pessoal.

Então, entendo. Dou um passo atrás e começo a rir.

— Você está puta com o personagem da mãe, não está? Porque no começo eu fiz dela uma pessoa simpática, mas depois ela é totalmente desagradável. Você acha que é você.

Minha mãe morde com força o lábio inferior, mas não diz nada.

É tão significativo! É claro que esta foi a única coisa que ela notou e não consegue ver além dela, decidindo, baseada nesse fato, e apenas nesse fato, que o livro é uma merda. Sua desaprovação da única coisa verdadeira que fiz na vida até agora combina com tudo que ela sempre sentiu ao meu respeito. Eu não deveria ficar surpresa.

Então, por que *me sinto* desta forma? Por que me incomodo tanto? Por que isso dói fisicamente?

Ela vai com passos firmes até o telefone, tira-o da parede e o entrega para mim.

— Por favor. Ligue agora para a sua editora e diga que você mudou de ideia.

Solto uma risada, furiosa.

— Só porque você pensa que o livro é ruim não significa que pode cancelar o lançamento.

— Eliza! — Os olhos dela estão alucinados. É como se ela fosse chorar. — *Por favor!*

Tiro o fone da mão dela e o coloco de volta no gancho, com força.

— Não — digo. — Você não está sendo justa.

Bill coloca as mãos na mesa.

— Eliza, por que você escreveu esse livro?

Parece uma pergunta capciosa.

— Não sei. Porque... sempre quis escrever um romance.

Alguma coisa borbulha no fogão, um cheiro de queimado invade o ar. Minha mãe olha para Bill. Ele ergue as mãos para cima. Ninguém se move.

Minha pele formiga.

— Isso tem alguma coisa a ver com quem me empurrou na piscina?

Minha mãe fecha os olhos.

— Ninguém empurrou você, Eliza.

— Mas o cara que me tirou da água viu alguém correndo da cena.

— Não, não viu.

Caçoo.

— Como é que você sabe? Por que ele mentiria? Acho que foi o Leonidas.

Minha mãe vira-se para Bill:

— O namorado da faculdade? Então, para mim: — Ele não faria isso.

— Como você sabe?

Por fim, Bill sente o cheiro do molho queimando e vai até o fogão salvá-lo.

— Leonidas não pesa, no máximo, 45 quilos?

— Isso não impediria que conseguisse me empurrar — digo entre os dentes. — Ele poderia ser perigoso. Ele me machucou quando a gente namorava.

— *Machucou*? — Minha mãe parece perplexa.

Abaixo a cabeça. Na verdade, não faço ideia.

— Não acho que foi Leonidas — diz Gabby, do seu jeito tímido e manso.

Viro-me para ela, louca por mais.

— Por que diz isso?

Ela dá de ombros.

— Ele... — Ela vai diminuindo a voz. — Ele sempre pareceu legal.

— Ele não resgatou uns ratos na loja de animais? — A voz da minha mãe falha. — Não foi essa sua grande reivindicação para a fama?

— Não, você está pensando no namorado de Dot. Está confundindo. — Fico chocada por ela ter guardado seja o que for do livro, levando-se em conta a veemência com que o odiou. — Olhe, eu o ouvi conversando com alguém hoje. Sobre *Palm Springs*. E sobre chamarem a polícia.

— Mas não poderia ter sido uma coincidência? — pergunta Gabby, com cautela.

— Isso é ridículo — diz minha mãe ao mesmo tempo.

Minha cabeça gira entre as duas.

— Não é ridículo. Alguém está *atrás* de mim. Alguém quer me *machucar*.

— Eliza. Querida. — Bill apoia sua mão quente e grande no meu ombro. — Ninguém quer machucar você. Estamos do seu lado. Queremos que você melhore.

Do outro lado da mesa, Gabby concorda com a cabeça. Quando olho para minha mãe, seus olhos já se suavizaram. O clima muda. De repente, eles parecem muito sinceros. Como se meu bem-estar fosse, realmente, a única coisa que têm em mente. Neste momento parece possível que, se eu disser a eles que estou mentindo e que o que aconteceu em Palm Springs foi exatamente como das outras vezes, o amor que sentem por mim florescerá, e eles me manterão a salvo. Se o que me preocupa também é que eu esteja doente, por que não posso deixar que me ajudem? Imagino a mim mesma sendo carregada lá para cima e colocada na minha antiga cama. Bill levando a televisão para o quarto e me trazendo sopa. Gabby lendo uma revista para mim. Minha mãe abafando o choro em um lenço.

Quando abro a boca, percebo que, para conseguir esse tipo de tratamento, preciso contar a eles uma coisa que não é verdade. E não posso fazer isso.

— Tinha alguém na piscina naquela noite — digo, me sentindo muito cansada. — Sem dúvida alguma.

Os ombros de Bill desmoronam. A cabeça de Gabby cai e o queixo encosta no peito. Minha mãe pressiona as mãos sobre os olhos, e solta um longo suspiro. Ela se vira e sai da cozinha. Simples assim.

— Por favor, ligue para a sua editora — diz ela, numa última tentativa. — Estou falando sério.

Vejo-a desaparecer. No andar de cima, uma porta se fecha. O ar-condicionado, outro acréscimo depois da chegada de Bill e Gabby, continua funcionando.

Viro-me para Bill e Gabby:

— Que diabos está acontecendo aqui?

— Estamos preocupados com você — diz Bill, baixinho. — Não temos certeza do que você se lem...

Um movimento à minha esquerda me distrai. Fico em estado de alerta. Um rosto escuro e indistinto está no quintal, olhando para dentro. Corro para a janela.

— Tem alguém no... — A sombra se mexe. Pisco e sou eu lá fora. Pisco, e tudo volta a mudar. É apenas o meu reflexo.

Esfrego as mãos nos olhos. O quintal está vazio; até o meu reflexo no vidro sumiu. Encosto o nariz na janela, esticando o pescoço para à direita. Pétalas estão espalhadas no chão de tijolos. Folhas boiam na piscina. As palmeiras estão imóveis. A cobertura cromada sobre a churrasqueira está imaculadamente brilhante.

Viro-me para Bill e Gabby. Os dois estão grudados na bancada central, como se tivessem sido empurrados para lá por uma lufada de vento. Flagrei-os em poses estranhas: os ombros de Gabby virados para dentro e as mãos como garras frouxas na altura do peito. Bill está com um braço ao redor da cintura dela, e os pés parecem enraizados. É como se tivesse acontecido a nossa própria Pompeia, congelando e endurecendo-os em cinzas.

— Vocês também viram? — murmuro.

Bill engole em seco.

— Vimos o quê? — Ele olha para Gabby e, entre eles, transcorre uma conversa silenciosa. Os dois se desgrudam da bancada e voltam a se sentar à mesa.

— Me desculpem. Só pensei que... — Limpo a garganta, ainda com a sensação arrepiante de que alguém está me observando. Volto-me para Bill. — O que dizia?

Ele sacode a cabeça.

— Esqueça. — Ele me empurra um prato. — Coma. Você está tão magra que daqui a pouco vai desaparecer.

De As Dots

Dorothy esperava no estacionamento da faculdade num Mustang conversível preto. Usava um chapéu grande de abas moles, amarrado sob o queixo, e enormes óculos escuros encobriam os olhos. O coração de Dot quase explodiu de tanta emoção. Era uma miragem. Não tinha como sua tia ter voltado para ela depois de todo esse tempo. Ela perdera as esperanças.

— Querida — disse Dorothy, afastando-se do carro e abrindo os braços. Era sua voz, exatamente como Dot lembrava. Ao se abraçarem, a menina sentiu como se tudo fosse como antes. — Ah, querida, senti tanta falta de você!

Dot estava perplexa demais para falar, mas quando o fez, as perguntas saíram como um gêiser:

— Onde você esteve? O que andou fazendo? Estava em Paris? Estava escrevendo? Você tinha um ukulele e um poodle? — A única pergunta que ela não fez foi a mais importante: *Por que você foi embora e por que me abandonou?*

— Vamos, vamos — disse Dorothy, abrindo a porta do carro. — Vou contar tudo. Mas é melhor não falar nada para sua mãe.

— Não se preocupe com isso.

Elas rodaram por Los Angeles por um bom tempo. Dot não falou muito; estava maravilhada demais, intimidada demais, e não queria dizer a coisa errada. Estacionaram em um bairro conhecido, a oeste da cidade.

— Achei que poderíamos vir aqui, em nome dos bons tempos, já que inventamos tantas histórias sobre este lugar — disse Dorothy.

Apontou para um restaurante ao longe: M&F Chop House, dizia o letreiro em néon. Do outro lado da rua, St. Mother Maria's, o segundo hospital de Dot, surgia cinzento sob a luz forte do meio-dia.

Dot não tinha vontade de estar lá. Não voltara para essa parte da cidade desde o tempo em que estivera doente, mas de modo algum decepcionaria a tia, então não falou nada. Em vez de passar pelas portas duplas da frente, Dorothy estacionou no fundo e se encaminhou para uma entrada lateral. Desceu uma escada, dando em uma porta em que bateu três vezes.

— É como um um bar clandestino — disse, animada. — Esta entrada é para as pessoas importantes.

Um homem de rosto redondo e sorridente, pele rosada como a de um porco e uma voz infantil, abriu a porta e abraçou Dorothy. As duas o acompanharam até o andar de cima, passando por escadas internas ladeadas por críticas do restaurante. No salão, as paredes eram revestidas de madeira de cor quente, e o ar cheirava a carne. O homem se apresentou como Bernie. Colocou as duas em um reservado tão longe, que Dot teve absoluta certeza de que ninguém sabia que estavam ali. A menina ficou desconfiada. Quando ela era criança, Dorothy costumava se queixar sempre que não recebia a melhor mesa de um estabelecimento. Ao lembrar deste fato, os olhos da tia brilharam.

— Querida, esta é a melhor mesa. As pessoas vão nos deixar em paz. Agora, olhe para esse lugar. Lembra-se de todas aquelas histórias?

Dot sorriu timidamente. Claro que lembrava. Ficou empolgada que a tia lembrasse também. No intervalo de doze anos, ela não tinha mais certeza do que significava para Dorothy.

Dorothy pediu um espumante, depois tirou os óculos escuros e removeu a echarpe da cabeça e do pescoço. Dot ficou sem fôlego. Durante todo aquele período, visualizara Dorothy envelhecendo e ficando mais enrugada, mas a mulher que olhava para ela tinha a pele lisa e sem marcas. Não havia um único fio de cabelo grisalho em sua juba negra. A maquiagem nos olhos era composta de linhas escuras e brilhos. Quando ela sorria, os dentes eram mais brancos do que os da sobrinha. Dot poderia soltá-la no campus da sua faculdade e metade dos rapazes daria em cima dela. Apenas as mãos, com suas veias destacadas, um punhado de manchas e um levíssimo começo de enrijecimento, entregavam a idade.

Dorothy também olhou atentamente para Dot. Tanto tempo, na verdade, que a sobrinha começou a se sentir constrangida. Passou a mão pelo cabelo e endireitou o suéter. Usava um cashmere preto, decote canoa, que tinha encontrado em um brechó. Cheirava levemente a naftalina e fumaça. Na cabeça, um chapeuzinho com véu. O véu ficava caindo nos olhos.

— Você se transformou numa moça incrível — elogiou Dorothy.

Dot ficou tão sensibilizada que pensou que fosse chorar.

— Obrigada.

— É bem impressionante o quanto a gente se parece, não é? Poderíamos ser gêmeas! — Dorothy apertou as mãos contra o peito e suspirou. — Se pelo menos eu estivesse aqui para assistir à sua transformação...

— Por que não estava? — perguntou Dorothy, antes de conseguir se refrear.

Dorothy suspirou.

— Não foi possível.

O garçom trouxe as bebidas. Dot ficou surpresa por também receber o espumante. Analisou as bolhas subindo até o alto da taça, sentindo-se indecisa. Ao longo dos anos, a molecada achava que ela tinha se fodido tanto com remédios para convulsões quanto com drogas em geral, mas ela levara a sério a recomendação dos médicos. Bebia um pouquinho de vez em quando, mas apenas cerveja. Qualquer coisa mais forte a assustava. Temia que um excesso trouxesse a lesão de volta ao cérebro, como adolescentes fracassados espremendo-se pela fresta de uma porta dos fundos de um clube VIP.

— Posso beber mesmo? — Dot apontou para a bebida.

— Pergunta por causa da doença? — Dorothy abanou a mão. — Não tem o menor problema. Além disso, você tem quase 21 anos. — Suspirou de prazer. — Minha pequena dama.

Dot levou a bebida aos lábios. Tinha, ao mesmo tempo, um sabor frutado e ácido. As bolhas explodiram em sua língua. Sentiu um calor surpreendente, conforme o líquido descia pela garganta, mas ele aqueceu seu estômago de um jeito agradável. Sorriu para a tia do outro lado da mesa, e Dorothy sorriu de volta.

— Duas lindas mulheres tomando um coquetel — proclamou Dorothy, piscando para a sobrinha. Dot abriu um sorriso e tomou outro gole. Estavam juntas novamente. A sensação era perfeita.

Dorothy estava mais uma vez hospedada no mesmo bangalô no Magnólia.

— Eles guardaram a velha suíte para mim — disse, empolgada. — Voltei há alguns dias.

— De onde? — perguntou Dot.

— Ai, de um monte de lugares — respondeu Dorothy, terminando rapidamente sua bebida.

Num primeiro momento, passara um tempo trabalhando em uma parte do livro, disse, cuja pesquisa levou-a a castelos franceses e austríacos, depois para o Marrocos e outras partes da África. Na Somália, conheceu um chefe tribal chamado Otufu, e eles começaram a ter um caso. Dorothy não conseguiu imaginar uma vida com ele; os costumes africanos eram muito diferentes de qualquer coisa a que ela estivesse acostumada, mas achou que seria uma pesquisa interessante para um livro, então ficou. Só que descobriu que Otufu estava envolvido com combatentes da região, contrabandeando armas ou algo parecido, uma "verdadeira roubada", explicou.

— Tive que me livrar dele. Precisava ir até a embaixada americana, mas era arriscado sair da casa. O lugar era cheio de homens armados. Uma criada me ajudou a escapar no meio da noite. Corri descalça até a embaixada. Alguns dos homens de Otufu estavam atrás de mim. Por uma questão de segurança, foi preciso me mandar de helicóptero até a Itália, mas me aconselharam a permanecer escondida por um tempo. Otufu tinha conhecidos por toda parte. Achava que eu abriria a boca. Minha cabeça estava a prêmio.

— Puta merda! — exclamou Dot.

— Fiquei por um tempo em Roma, num apartamento decrépito que mal tinha aquecimento. Até escrevi, mas quase só comi, li livros e arrumei namorados. — Ela dirigiu a Dot um olhar atrevido. — Foi um período arrebatador que passou muito rápido. Depois de um tempo, a embaixada disse que era seguro eu voltar aos Estados Unidos. Senti muita falta sua, queria vê-la. Então, aqui estou.

Dot piscou para ela.

— Isso é incrível!

— Ah, bom, você sabe.

Dorothy fez um gesto para o barman trazer mais um coquetel, mas então os olhos se arregalaram com algo do outro lado do bar. Dot se virou na mesma direção. Uma mulher de tailleur preto estava sentada a uma mesa perto da janela. O cabelo estava um pouco menos louro do que antes, e nos cantos dos olhos havia pés de galinha. Dot reconheceu-a na hora.

— Dra. Koder — disse, começando a se levantar. E então, seu coração deu uma baqueada. A médica estava em uma cadeira de rodas, do tipo motorizada, pesada e imensa. Os dedos retorcidos se atrapalhavam para comer uma salada. Uma tira ao redor da cintura mantinha o corpo erguido.

Dot levou a mão à boca.

— O que aconteceu com ela?

— Pare com isso. — Dorothy puxou-a de volta para a cadeira. — É falta de educação ficar encarando.

Suas unhas se afundaram no braço da sobrinha. Dot olhou para elas. Por um instante, pareciam garras. Seu olhar recaiu em seu prato. O sangue da carne era muito vermelho e ensopava as batatas.

— Esta era minha única reserva em vir aqui — afirmou Dorothy, baixinho. — Tinha medo que encontrássemos alguém daquele tempo. Sei que também foi difícil para você, querida. Muito difícil. Mas você não imagina o que eu passei, dia sim, dia não, sem saber se você resistiria.

Dot assentiu. Tornou a olhar para a dra. Koder, observando como a mulher se servia de uma porção de creme de espinafre. Caiu um pouco na sua camisa e o homem que estava com ela, um sujeito gentil num paletó de tweed, inclinou-se sobre a mesa para limpá-la. A dra. Koder deu-lhe um sorriso sincero e lindo.

Depois disso, Dot desviou o olhar, decidindo não pensar mais na médica. Dorothy conseguiria o que quisesse. Ela sorriu ao registrar isso.

— E você? Conte-me tudo. Sei que está na faculdade! Não posso acreditar!

— Bom, estou pensando em me formar em inglês — disse Dot.

Dorothy bateu palmas, extasiada.

— Que maravilha! O mundo precisa de mais professores de literatura.

— Na verdade, estou pensando em me tornar escritora — respondeu, baixinho.

Dorothy pareceu não ouvi-la.

— E talvez você leia o meu livro para o seu curso! — exclamou. — Tenho certeza de que depois que for publicado, vai fazer parte do currículo. Quero dizer, não sou nenhum Henry James, mas atualmente eles têm uma porção de ficção moderna nos cursos, não é? Sou muito melhor do que esses modernistas horrorosos, com certeza. E Stephen Crane? — Ela fez um som de quem engasga. — Eles poderiam se livrar dele de uma vez por todas.

Dot pegou a taça de espumante mais uma vez, e tentou não se sentir ignorada. Dorothy tinha perdido a prática de conversar com as pessoas, só isso. Dot devia deixá-la falar. Não queria que nada desse errado nessa noite. Queria que ela transcorresse exatamente do jeito que a tia desejava.

ELIZA

É UM SACO ir à loja de bugigangas de Steadman; tem marginais demais, faróis demais, idiotas em mountain bikes, sem-tetos drogados deitados no meio da rua. É ainda pior porque até agora não peguei meu carro em Palm Springs, o que significa que dependo de um taxista para me levar. O anda e para do trânsito me dá enjoo. Quando, finalmente, chego lá para começar o meu turno naquela sexta-feira, dois dias depois da exposição de gatos, sinto o meu desapontamento costumeiro com o ambiente. O lugar sempre parece muito melhor na minha mente. A loja é pouco mais que uma cabana, enfiada em uma travessa perto dos canais e iluminada por uma lâmpada laranja. O único cômodo parece ficar menor e mais estreito conforme as horas passam, pesando sobre mim as cabeças empalhadas, o antigo equipamento médico e os colares feitos de ossos. Às vezes, fico na dúvida se trabalhar aqui compensa os 8,50 dólares que Steadman me paga, o que nem chega a ser o salário mínimo da Califórnia.

Sento-me em um banquinho acolchoado, atrás da caixa registradora antiga, sacudindo os pés de acordo com a estação de música clássica no rádio. Embora um instrutor de meditação tenha me dito que esse tipo de música dissolve caminhos dolorosos no cérebro, ainda me parece unhas num quadro-negro. Quero mudar a estação, mas Steadman afixou inúmeras regras sobre músicas adequadas a este lugar: *Nada de pop, nada de country, nada de rap, nada de Halloween.* Acho que esta última foi escrita só para me provocar. O que ele acha que vou fazer, escutar "Monster Mash" o dia todo?

Sombras compridas se inclinam das cabeças de animais penduradas nas paredes. Vários caixões de bebê se equilibram sobre uma pilha alta de caixas etiquetadas com itens como *Dentes de jacaré, Tartarugas liofilizadas, Grinaldas vitorianas de cabelo humano.* Uma caixa de joias comporta coisas como brincos feitos de pernas de bonecas em miniatura, asas de cigarras e pés de galinha para a prática de vodu. Do outro lado da sala, que fica a pouco mais de um braço de distância, há um folheto que diz: *Interessado em taxidermia? Venha à nossa aula no dia 12 de maio!* Adivinha quem vai dar essa aula? Eu.

Claramente, sou qualificada apenas para isso. Não para escrever livros.

A peça de Dvořák acaba e o DJ, sonolento, diz o que vamos ouvir a seguir. Atualizo a tela do meu celular repetidamente, pensando que posso ter perdido uma chamada de Lance, o detetive, ou do barman, que pode ou não se chamar Richie. Dentro da loja, o celular pega muito mal; a alta concentração de ossos humanos parece interferir no sinal do aparelho.

Ouço um tilintar e quase deixo cair o celular: está tocando. Percebo, porém, que é a porta de entrada, o que é quase tão improvável quanto. A maioria dos clientes é formada por aberrações que compram só pela internet. Uma figura se inclina para passar pela porta estreita e para ao lado do manequim em tamanho natural. À medida que seus traços aparecem, solto uma risada. Hoje ele está com uma capa cor de vinho, com capuz

— Desmond!

Ele protege os olhos e firma a vista cobrindo os três metros até onde estou, atrás da caixa registradora.

— Eliza, é você?

Ele contorna algumas caixas abertas e se aproxima de mim. Está com um grande sorriso no rosto, embora ele se desmanche em desapontamento ao ver minha expressão.

— Como soube que eu trabalho aqui? — pergunto.

— Procurei você na internet. Tinha uma foto de um esqueleto de gato no seu Twitter e seu localizador estava acionado. Foi fácil. — Ele sorri em triunfo.

Ouço o meu coração vibrar. Localizador? E se Leonidas também estiver me seguindo pelo Twitter?

— Você devia ter me telefonado. Andei mandando mensagens de texto para você a semana toda.

— Ah, mas aí perderia o mistério. Eu queria *achar* você.

Então, Desmond olha ao redor. Há um forte cheiro de carne carbonizada. Uma dentadura movida a corda bate em uma prateleira.

— Este lugar é magnífico — diz ele. Gira nos calcanhares e analisa o outro lado do cômodo. — Tem uma convenção para pessoas que gostam de tabuleiro Ouija? — Desmond aponta para um folheto ao lado de algumas perucas antigas.

— Em Baltimore — digo, envergonhada. — Foi onde nasceu o tabuleiro.

Ele olha para mim, entusiasmado.

— Se você for, eu vou!

Respondo com um franzir de testa.

— Não, obrigada.

Ele aponta para uma ferramenta de metal que parece um saca-rolha gigante. Está encaixada em uma caixa de pau-rosa, à venda por 930 dólares.

— Uma trefina — diz, me adulando.

Rio, contra a minha vontade. Não consigo deixar de ficar impressionada.

— Você é uma das poucas pessoas que realmente sabe o nome disso.

— São fascinantes. Os médicos achavam que se abrissem buracos nos crânios dos pacientes com problemas cerebrais, soltariam os maus espíritos.

— Sei disso.

— Uma das minhas pinturas favoritas é de Hieronymus Bosch, com um menino deitado em uma cadeira e um médico perfurando sua cabeça.

— Tenho uma cópia dela, se estiver interessado.

Pego um fichário debaixo do balcão, contendo imagens plastificadas que podemos encomendar como pôsteres. Quando encontro Bosch, Desmond bate na página com o dedo mindinho. Está usando um anel de brasão.

— Ele parece o Homem de Lata — fala ele, apontando para o homem com a broca. Tem um funil de metal na cabeça.

— Os entendidos em arte falam que esta é a dica de que o homem é um charlatão — digo, gostando de exibir a única coisa da qual lembro, da única aula de história da arte a que assisti no meu primeiro semestre na faculdade.

— Bom, *claro* que é um charlatão. Está furando a *cabeça* do cara. Quem faria um negócio desses?

Fecho o fichário.

— Por que está aqui? A polícia finalmente entrou em contato com você?

—Nenhum sinal deles. Só queria saber como você está, minha linda. — Ele mexe as sobrancelhas.

De repente, tenho um flashback da minha investida humilhante em direção a ele, no dia em que veio à minha casa. O que foi que deu em mim para fazer uma coisa dessas? Dá um certo alívio ele ter aparecido hoje. Nos últimos dias, imaginei várias vezes aquela cena do absinto com Paul: "Puta merda, você não vai acreditar o que aquela menina esquisita fez comigo."

Cruzo as mãos e tento parecer respeitável e sóbria, embora seja difícil, cercada por papagaios empalhados em gaiolas antigas e um enorme aviso acima da minha cabeça que diz: *Acabamos de receber! Pênis de baleias!*

— Vou levando — respondo, embora isso soe tão miserável que mal dá para acreditar que seja verdade.

Desmond contrai as sobrancelhas. Então, sua voz fica mais baixa, como se ele não quisesse que os animais empalhados ouvissem.

— Bom, então é melhor eu ir direto ao assunto e deixar você trabalhar. Gostaria de compartilhar uma bebida comigo alguma hora?

Olho para ele.

— Você quer dizer, sair para tomar um drinque?

— Em termos leigos, sim.

Um encontro. Estou sem condições para uma coisa dessas. Sinto-me como se nunca tivesse tido um. Por outro lado, houve Leonidas. Se pelo menos eu lembrasse que tipos de encontros tive!

Desmond apoia os cotovelos no balcão.

— Eu a levo aonde você quiser. Faço qualquer coisa. — Ele dá um sorriso safado, o que não é exatamente desinteressante.

— Ando um pouco ocupada — digo, automaticamente.

— Tem certeza? Não dá nem para gastar um tempinho num aperitivo?

— Não sei o que é isso.

— E um café? Nem que seja por dez minutos. Na hora em que você sair do trabalho hoje. — Ele inclina a cabeça e suas sobrancelhas espessas encobrem os cílios. — A gente se separou de um jeito muito pouco elegante na última vez. Abrupto demais para o meu gosto.

Talvez ele quisesse fazer sexo comigo; talvez passara os últimos quatro dias lamentando o fato de ter amarelado. Brinco com um pé de coelho que Steadman mantém ao lado de uma das chaves da caixa registradora de latão. O fato é que estou terrivelmente sozinha. Anseio por sexo, mas posso transar. O mais difícil é a cumplicidade. Às vezes, tenho vontade de caminhar em um estacionamento ao lado de alguém. De segurar na mão de alguém. De ter alguém que me faça um sanduíche ou coloque uma compressa úmida na minha cabeça quando fico doente. Não sei se essa pessoa é Desmond. Ainda não consigo me imaginar beijando-o sem cair na gargalhada, mas um pouco de companhia seria bom.

Então, volto a pensar em Leonidas. Tenho que entender *isso* e decidir o que vou fazer.

— Tem uma coisa que preciso resolver depois do trabalho.

— Vou com você! — Na mesma hora, ele parece acanhado. — Me desculpe, mas é que é muito raro eu ter dias de folga quando a convenção está a todo vapor, e adoraria ver você. Mas, se eu estiver sendo insistente demais, é só me dizer para desistir.

— Tudo bem — falo lentamente, considerando. Não deveria meter Desmond nisso, mas pode não ser uma má ideia levá-lo junto.

Respiro fundo.

— Na verdade, estou investigando meu assassinato. Ou, melhor, a tentativa de assassinato.

— Você está falando do lance na piscina? — Ele infla a estreita caixa torácica. — Vou junto, sem dúvida. Você precisa de proteção.

— Tem certeza? Porque tenho uma ideia do que preciso fazer, e talvez você não goste.

Desmond finge soltar alguma coisa do pulso e atirá-la à minha frente.

— A sorte está lançada. Eis a minha manopla. — É um espanto que ele não tenha uma manopla de verdade. — A que horas você sai? Encontro-a aqui em breve.

Respondo, e ele arremete sua capa e sai em um estilo eduardiano. Sou deixada com uma sinfonia de cordas e um bando de animais de olhos fixos, sem vida. Olho para eles, querendo perguntar se aquilo de fato aconteceu. Sinto-me meio que empolgada. De um jeito de revirar os olhos. Mas antes que possa realmente pensar a respeito, um ônibus lotado para e, lá de dentro, salta o outro tipo de pessoa que compra nesta loja: passageiros de ônibus, sabe lá Deus de onde, com suas imensas caixas vazias. Parecem muito normais, desajeitados, suburbanos e amigáveis, mas entram aqui e brigam por objetos esquisitos recuperados de estômagos de bebês, e ferramentas arcaicas de coisas horrorosas que costumávamos fazer uns nos outros, antes de não sermos tão idiotas. É um fenômeno, juro.

Duas horas depois, Steadman chega, liberando-me do meu turno.

— Vendemos muito bem hoje! — digo.

Tento não andar muito trôpega, nem enrolar a voz, mas, na verdade, tomei três *shots* de hidromel, a única bebida que consegui encontrar debaixo de uma pilha de papéis de meio metro de altura no quarto bagunçado dos fundos. Precisava acalmar os nervos para minha grande investigação sobre Leonidas.

— Recebemos um ônibus de turistas de Pasadena!

Steadman bate com a pasta no balcão, e estende o polegar para a porta da entrada.

— Alguém está esperando por você lá fora. — De início, acho que ele está puto porque sabe que andei bebendo, mas acrescenta: — Está dirigindo um Batmóvel, e ocupando vagas para os clientes estacionarem.

— Está dirigindo o quê? — Saio às pressas detrás do balcão. Levo apenas um segundo e meio para atravessar a loja e abrir a porta da frente. Sem dúvida, Desmond está parado junto à calçada e, puta que pariu, ele roubou o carro do Batman.

De As Dots

— Tenho uma coisa para contar — diz Dor baixinho a Marlon, durante a aula de história da arte. Naquele dia, falavam sobre os impressionistas, pinturas de flores etéreas e ruas salpicadas de chuva. Era exatamente o tipo de arte que não fazia a cabeça de Dot. Quando era menina, se entrasse em um consultório com uma reprodução de Monet nas paredes, virava e saía na hora. Dorothy aceitava isso, dizendo que Monet também a fazia ter vontade de se matar.

Marlon olhou-a com interesse, pousando sua caneta. Mas Dot teve medo que alguém entreouvisse e escreveu em um pedaço de papel, passando-o para ele: *Minha tia voltou. Você sabe quem*. É claro que ele sabia. A essa altura, eles estavam juntos. Dot só falava em Dorothy.

Encontro-me secretamente com ela todas as quartas-feiras, Dot escreveu, depois que ele leu a primeira parte e arregalou os olhos. *Ela quer conhecer você.*

Tornou a passar o papel para Marlon. Ele leu, concordou com a cabeça, e depois escreveu: *Claro, eu topo.*

Dot fez com que ele comesse o papel para que ninguém pudesse ler aquilo.

Na quarta-feira, eles entraram no carro de Marlon.

— Onde vamos encontrá-la? — perguntou ele, empolgado. — No Ivy? Aquele lugar novo, coreano, no Melrose? No S&M club? Quero dizer, ela é incrível e disposta a qualquer coisa, certo?

— Na verdade, ela gosta de um restaurante em Alhambra — respondeu Dot. O namorado fez uma careta. Ela apertou a mão dele. — É legal, juro. Espere até ela contar suas histórias. Você vai pirar.

Mesmo assim, Marlon franziu a testa ao ver M&F, que parecia, Dot notou subitamente, apenas um nível acima da cadeia Texas Roadhouse.

— Dentro é bem legal — disse ela, fazendo um gesto para a fila de manobristas. É claro que eles não usaram o serviço. Como sempre, Dot foi para a entrada dos fundos, batendo na porta como uma profissional.

— Qual é a dessa coisa tipo bar secreto? — resmungou Marlon, em dúvida.

Dot abriu um sorriso.

— Foi exatamente isso que Dorothy disse! — Pronto, era o destino, ele e Dorothy iam se dar bem, com certeza.

A tia ainda não tinha chegado. Dot sentou-se na sua cadeira costumeira e Marlon, à sua frente.

— A gente não deveria pegar uma mesa melhor? — perguntou ele. — Estamos ao lado do armário de limpeza. A comida vai ficar com gosto de água sanitária.

— Ah, para. Ninguém grampeia a gente aqui. Podemos conversar.

O barman, que agora era bem conhecido de Dot, passava pano no bar; olhou e sorriu.

— Espumante? — perguntou, e a garrafa materializou-se imediatamente. Bernie, o garçom, colocou três taças na mesa: uma para Dot, uma para o namorado e a terceira para o assento vago de Dorothy.

Marlon comentou, nervoso.

— Pensei que você só gostasse de cerveja.

Dot desferiu-lhe um olhar.

— Não seja tão puritano.

Dorothy surgiu no salão do fundo, num turbilhão de mink e seda. A jovem se levantou de imediato; Marlon demorou-se timidamente atrás dela. A tia abraçou os dois, exclamando repetidas vezes como era bom conhecer o namorado de Dot.

— Tão alto! — exclamou, tocando o alto da cabeça dele. — E esse cabelo! Você deveria engarrafá-lo! E o que você faz para ficar tão elegante?

Marlon corou.

— Genética, acho.

— Sortudo — disse Dorothy, piscando para ele de um jeito sedutor.

Eles se sentaram. Marlon continuava nervoso e inquieto. Dorothy tomou um grande gole de espumante e fez uma careta.

— Não é de se estranhar que ninguém beba isso. — Tirou um frasco da bolsa e estalou os dedos; dois copos curtos apareceram. — Da minha reserva especial. — Despejou um líquido marrom para os dois.

— O que é isso? — perguntou Marlon.

— Uísque, querido. — Dorothy sorriu.

Marlon olhou para Dot com uma expressão cética.

— Não sou chegado em uísque.

Dot chutou-o debaixo da mesa. *Então, não beba*, pensou com raiva. *Só não seja um desmancha-prazeres*. Bebeu o uísque com entusiasmo, dando grandes goles, ignorando a queimação no estômago.

Dorothy começou a contar a Marlon a história do seu amante de tribo africana, Otufu. Incluiu detalhes que não tinha contado a Dot: o fato de ter se escondido em um puteiro em alguma aldeia somali, de ter tido um rifle automático enfiado nas mãos para o caso de precisar se defender, de assistir aos capangas de Otufu assassinarem um homem dentro do território do chefe. Marlon piscava rapidamente. Por fim, a tia abanou a mão na frente do rosto do rapaz.

— A-lô? Você ainda está aí?

— É como se estivesse num filme — Marlon murmurou.

Dorothy passou o braço em volta dele.

— Ame este daqui, querida — disse para Dot. — É um achado!

Filés, então, e uma limusine até um clube para dançar, sobre o qual Dorothy ficara sabendo. Para se chegar à entrada do clube, era preciso descer alguns degraus imundos. A meio caminho da porta, Dorothy parou e olhou para a calçada.

— Acho que era um paparazzo — cochichou, apontando para alguém com uma câmera. Puxou a echarpe sobre a cabeça e olhou para baixo para não ser vista.

Dentro do clube, tipos estrangeiros, modelos emaciadas, fisiculturistas bêbados. Dorothy manteve a echarpe sobre a cabeça o tempo todo, um *hijab* improvisado. Dot dançou freneticamente, sentindo-se enlouquecida e livre. Às duas da manhã, Marlon afastou Dot com delicadeza, quando ela tentou enfiar as mãos dentro da sua calça.

— Amor, parece que você está muito bêbada — disse calmamente.

Dot os encheu de beijos.

— Estou ótima!

— Estou preocupado com você. Quero ter certeza de que isso não está fazendo mal para o seu cérebro, entende?

— Eu mal bebi — respondeu Dot. E era verdade; só alguns goles de uísque no restaurante, e talvez um drinque ali, no decorrer de sete horas. Estava bêbada de vida, invadida pela euforia que amadurecia seus vales, verdejava suas folhas!

Mas então, ela despencou no chão como se seus joelhos tivessem sido cortados fora. As pessoas riram e se afastaram. Tentou se levantar, mas sua cabeça pendia em seu pescoço. Vomitou. As pernas vacilaram, depois a deixaram. A última coisa da qual ela se lembrava era de ter ouvido o baixo ressoando no chão do clube e notar pés, ao seu redor, um copo de plástico caído, e o chiclete de alguém.

Acordou em uma cama branca de um quarto tranquilo. Algo apitava ao seu lado e sentiu uma dor aguda no braço. O primeiro pensamento foi de ter caído num buraco negro e estar novamente com nove anos no hospital. O quarto começou a ganhar forma. Viu cortinas listadas de verde e branco, uma televisão de tela plana na parede. Pela janela, uma piscina reluzente, palmeiras.

Um homem de jaleco branco apareceu acima dela. Tinha um nariz largo, sobrancelhas revoltas, olhos escuros e intensos. Cheirava a loção pós-barba, o que revirou o estômago de Dot.

— Está se sentindo melhor, srta. Dot? — perguntou, com sotaque indiano.

Ela olhou ao redor.

— O que aconteceu? Cadê o meu namorado?

— Apenas descanse, ok?

— Cadê a minha mãe?

A porta se abriu e Dorothy entrou correndo.

— Querida, você acordou! — Tocou no braço do homem, logo abaixo do cotovelo. — Este é o dr. Singh. Fiz ele vir para dar uma olhada em você.

Dot piscou. Devia ter desmaiado na noite anterior. Por causa de uma convulsão, com certeza. Outro tumor. Mordeu a língua com força.

Dorothy afofou um travesseiro ao lado da sobrinha.

— Você está na minha suíte. No Magnólia.

— É... ruim? — sussurrou Dot.

— Ruim o quê?

— O tumor. Ele voltou, não voltou?

Os ombros da tia relaxaram e ela sorriu.

— Ah, meu bem. — Ela pressionou as mãos frias na testa de Dot. — Você só bebeu demais ontem à noite. Só isso.

Dot tentou se sentar.

— Tem certeza? Talvez você devesse me levar para fazer exames, chamar alguém.

Dorothy abanou a mão, desconsiderando.

— Apenas descanse. Você está desidratada, só isso. Excesso de álcool. Você deveria me agradecer. O dr. Singh foi muito gentil em vir aqui com todo este equipamento. — Ela se inclinou para mais perto. — Esta intravenosa vai fazer você se sentir bem melhor.

— Obrigada — disse Dot, como um robô. Alguma coisa estava faltando. Talvez fosse só por ela estar exausta, e ainda haver um resquício de medo agarrado a ela. Aquele tumor pulsava dentro dela, Dot sabia, ainda escondido. Aquelas celulazinhas desagradáveis estavam se rearranjando, se transformando, envenenando-a. Ela ainda acreditava muito nisso.

— A propósito — Dorothy deu as costas para ela e se olhou no espelho, afofando os cachos. Dot pensou ter visto a tia enlaçar a cintura do dr. Singh, mas, quando se esforçou para se erguer um pouco, os braços estavam moles —, não conte isso para sua mãe. Ela nunca gostou de festas. — Os olhos encontraram os de Dot no espelho. — Vai ser o nosso segredinho.

ELIZA

— QUE DIABO é isso? — pergunto, ao sair para a calçada.

Desmond trocou a capa por uma camisa de botão brilhante, um jeans que mostrava exatamente o quanto seu quadril era magro e uma boina vermelha. Está parado ao lado da porta do carona.

— O Batmóvel. E você é minha Vicki Vale.

— Eu não me pareço nem um pouco com Vicki Vale. — O veículo espalhafatoso é todo ângulos e asas, coberto por uma tinta fosca que parece de segunda. A frente é comprida, com um lança-mísseis. As laterais têm aberturas, e atrás, asas exageradas e uma espécie de propulsor de foguete, onde deveria haver um tubo de escapamento.

— Ele anda? — pergunto.

— Claro que sim.

— E é *seu*?

Desmond abre a porta do carona, que funciona como a do DeLorean.

— Claro que sim.

— Por que eu não vi isso na minha casa no outro dia?

— Estava na loja, recebendo uma nova pintura — diz Desmond. — Naquele dia eu estava de bicicleta.

O carro usa uma chave normal e tem um logo da Buick na direção. Os mostradores e indicadores são menos tecnológicos do que pensei que seriam. A maior velocidade do velocímetro é um inofensivo duzentos quilômetros por hora. Conforme nos afastamos da calçada, as pessoas mal nos olham. Mas é Venice. Poderíamos ser homens-polvos numa espaçonave no formato de um pênis, e ninguém daria a mínima.

— Para onde? — pergunta Desmond.

— Este escritório em Westwood. Não fica longe.

Descobri Leonidas esta manhã no Facebook. Deu um pouco de trabalho. Em primeiro lugar porque ele é uma *fanpage* e se apresenta como "O único Leonidas que você precisará conhecer na vida". Ele não curtiu minha *fanpage*, mas talvez estivesse naquela outra página que eu costumava ter e que desapareceu no espaço, se é que ela existiu mesmo. É o único Leonidas Lorre de 22 em Los Angeles, o único que você, claramente, precisará conhecer, e graças a Deus, sua página é pública. Voltei atrás com todo cuidado para ver se havia fotos de nós dois juntos. O cara tem uma fissura por tirar fotos de pôr do sol, de tatuagens péssimas que vê pela cidade e do seu café da manhã, mas não tem nenhuma de mim.

A página diz que Leonidas trabalha meio período na recepção do consultório de cirurgia plástica do pai, em Westwood. Fica no mesmo quarteirão dos prédios de escritório onde minha mãe trabalha como assistente de podólogo. Posso visualizar o Whole Foods à frente no quarteirão, com seu estacionamento e suportes para bicicletas. Procurei o número de telefone do consultório, liguei para lá e ouvi a voz dele atendendo. Aquilo fez um sino tocar na minha cabeça. Aquela voz já falara comigo, dissera coisas boas. Mas também teria gritado, como na lembrança que eu tinha dele? Teria gritado muito?

Aperto a minha têmpora. Uma ressonância magnética está agendada em um ambulatório em Los Feliz, que não faz nenhuma pergunta e não aceita seguro. O horário está tão lotado com outras pessoas querendo mamografias, tomografias ósseas e seja lá o que for que preciso esperar três semanas. O tumor parece uma conclusão inevitável, realmente; vai ver que eu nem preciso de uma ressonância. Afinal de contas, o que mais poderia ter roubado as minhas lembranças com tanta competência? Visualizo o tumor como o Grinch que roubou o Natal, rindo enquanto enchia um saco de Papai Noel com minhas experiências de vida e subia pela chaminé.

Seguimos em silêncio por vários quarteirões de Venice cheios de murais, Desmond dirigindo o Batmóvel com apenas uma das mãos no volante. *This American Life*, da NPR, sai pelos alto-falantes com uma porção de interferências. A voz anasalada de Ira Glass não faz sentido nesta nave.

— Fala sério — digo. — Você roubou essa coisa de um museu?

— De jeito nenhum. Consegui num leitão há alguns anos.

— Não custou uma fortuna?

Ele me dá um sorriso safado.

— Eu tinha uma pequena herança.

Que estupidez gastar dinheiro nisso, quase digo, mas me contenho. Quando recebi o adiantamento pelo meu livro, passei por uma fase de pedir meus alimentos em uma empresa que jurava que todos os seus produtos tinham sido abençoados pelo Dalai Lama.

O trânsito está impressionantemente tranquilo em Santa Monica, e conseguimos passar direto por quase todos os sinais. Quando estamos em direção a Westwood, Desmond mostra um prédio de apartamentos na Camden Avenue.

— É ali que eu moro. Camden Arms, apartamento 105 — diz, olhando-me com um sorriso. — Ele tem estacionamento para carro elétrico Tesla, caso você tenha um desses.

Contemplo o prédio enorme e reluzente. Um Porsche acabou de estacionar na rotatória.

— Os marqueteiros de convenção conseguem dar conta de um lugar tão legal?

— Tecnicamente, o apartamento é dos meus pais. Mas eles raramente estão lá. Meu irmão também vive ali. Stefan. É um diletante.

— Um o que?

— Ele se aventura. Em muitas coisas. Você vai ver quando conhecê-lo.

Escorrego mais para junto da janela. Nem pensar que eu vou conhecer o irmão sinistro de Desmond, Stefan, o Diletante.

Sinais, pedestres, shopping centers. Atualizo Desmond em relação a Leonidas, e sobre o que entreouvi no hotel, esforçando-me para não entregar o fato de que só recentemente voltei a me inteirar da sua existência.

— Ele parecia estar conspirando com alguém. Aparentemente, a polícia andou fazendo perguntas. — Isso me anima; no fim das contas, talvez a polícia tenha me levado a sério. — Quero saber se Leonidas estava em Palm Springs naquela noite. Se sim, ele poderia ter feito aquilo. — Mordo meu lábio com força. — Só não sei por quê.

— Foi um rompimento difícil? — pergunta Desmond.

— Foi — respondo quase com certeza, lembrando de mim mesma no chão daquele lugar de pizza, cheirando a gordura, e Leonidas sendo prepotente comigo, dizendo que eu tinha feito alguma coisa horrível, que não poderia ser consertada.

— Você contou para o seu contato na polícia sobre esse cara?

Explico que deixei uma porção de mensagens no telefone da delegacia, mas ninguém ligou de volta.

— Você tem certeza de que Lance é mesmo um detetive? — pergunta Desmond. — Ele poderia ser um repórter atrás de fofocas. As pessoas pagam um bom dinheiro para um furo sobre uma pessoa interessante.

— Por que alguém iria querer fofocas sobre mim? — Então, tranco a boca. Penso no que Posey disse: *O mundo todo conhece a sua história*. Por outro lado, Lance apareceu treze horas depois do episódio da piscina. Ele ainda não sabia que eu era interessante. Será que a notícia poderia correr tão rápido?

Desmond arruma a boina, de modo que ela fique em sua cabeça num ângulo jovial.

— O que estou dizendo é que esse Lance mostrou para você um distintivo, alguma coisa que o ligasse ao departamento de polícia?

Coço o nariz.

— Bom, não...

— Você simplesmente acreditou no que ele disse?

— Acho que sim. Embora, na verdade, Lance não seja um detetive em si. É um psicólogo forense.

Agora Desmond parece confuso.

— Por que mandariam *ele* conversar com você?

— Acho que ele achava... — Suspiro. — Passou pela cabeça dele que talvez eu estivesse tentando me matar.

Desmond não reage de imediato.

— Acho que consigo imaginar por que as pessoas deduziriam isso. Considerando que você estava no fundo da piscina.

— Eu estava no fundo da piscina porque alguém me empurrou lá para dentro e não sei nadar.

— Sei disso. Mas por que ele não sabe?

Suspiro de novo.

— Lance sabia coisas a meu respeito antes mesmo de entrar no quarto. E aí, minha mãe contou o resto.

— O resto do quê?

Não tem como eu escapar de explicar isso. Já estou atolada demais.

— Há cerca de um ano, tive um tumor no cérebro.

Desmond franze o cenho.

— Como é?

— Um ano atrás. Fui operada. Estou melhor, mas...

Parece que ele vai cair no choro.

— Ah, minha doçura.

Explico meu tumor e as tentativas de suicídio que levaram a ele.

— Minha mãe pensa que a queda na piscina foi só mais uma tentativa. Acho que ela não acredita que eu esteja melhor. — Faço uma careta. — Às vezes, parece que é como se ela *quisesse* que eu estivesse doente. Doente não, mas talvez contida.

— De que jeito?

Penso um pouco.

— Na primeira vez em que tentei suicídio, ela fez as coisas normais que uma mãe faz. Chorou, andou de um lado para o outro, ficou realmente preocupada. Mas depois de cada tentativa subsequente, ela começou a dissociar. Era quase como se estivesse irritada que aquilo continuasse acontecendo, que eu simplesmente já deveria ter saído dessa. Ela me colocava no hospital e, quando eu saía, ficava puta, e vinha com esse *Eu avisei* sempre que eu tentava me afogar de novo.

— Qual foi a reação dela quando diagnosticaram o seu tumor?

— Eu me lembro dela marchando até a enfermeira um dia e dizendo: *Bom, ela já está boa? Está curada?*

— Isso faz parecer que ela a queria fora do hospital, e não dentro.

— Parecia que ela estava impaciente. De qualquer modo, ela fica muito irritada comigo o tempo todo; era assim desde antes da história do suicídio. Ela nunca me entendeu. Tudo que me interessava, tudo que eu dizia, ela só... rebatia.

Desmond suspira.

— Mães e filhas. Sempre ouvi dizer que é um vínculo complicado. — Então, ele olha para mim. — Obrigado por me contar isso. Você é muito corajosa.

Retorço-me no banco. Não há necessidade dele comemorar o momento. Por outro lado, Desmond tem razão. Há um bom tempo, não conto a ninguém tudo isso sobre mim mesma ou sobre a minha família. Nem para Kiki. Talvez seja porque ele não tem noções preconcebidas a meu respeito, e porque não espero voltar a vê-lo depois de hoje. Ou talvez seja porque ele fica muito quieto e ouve, sem interromper a todo momento para dar uma opinião.

As ruas passam pela janela do carro. Conto três carros pretos, seis prateados. Várias pessoas encaram o Batmóvel.

— Como era o hospital durante o tratamento do seu tumor? — pergunta Desmond.

— Como falei, mal consigo lembrar. Sentia-me o tempo todo bêbada, talvez calibrada pela morfina e por outras drogas. Só queria dormir. Eu me lembro de falar muito, mas deve ter sido só em sonhos. Quando estava acordada, não tinha capacidade de atenção e sentia muita enxaqueca.

— Minha nossa! — murmura Desmond.

— Havia momentos silenciosos no meu quarto, quando eu ficava sozinha, e me lembro de olhar para as minhas mãos como se nunca as tivesse visto. Sussurrava algumas palavras pra ter certeza de estar dizendo do jeito certo. *Leite. Balão. Cachorro.* Pareciam estrangeiras. Também parecia que tinham tirado alguma coisa de mim, escavado um buraco enorme no meu cérebro.

— O tumor?

— Não sei. Nunca vi uma ressonância cerebral onde ele aparecesse.

— Por que não pratica natação? — Desmond pergunta depois de um longo silêncio. — Pensei que toda criança na Califórnia soubesse nadar.

— Você sabe nadar?

— Claro. Nado até estilo borboleta.

Exibido.

— Provavelmente eu nadava quando era criança, mas depois de um tempo, comecei a pensar que todas as piscinas, lagos ou oceanos eram o rio Estige. Li muito sobre mitologia grega. Minha mãe me fez ter aulas de natação, mas todas as vezes eu me afastava da piscina, imaginando as gravuras de Doré de uma criatura saindo das ondas, me puxando para o inferno. Nunca entrava. Começava a chorar. — Desmond estala a língua. — Depois de um tempo, minha mãe cancelou as aulas. Tenho certeza de que ficava constrangida.

— Você poderia ter aulas agora — incentiva ele. — A não ser que *ainda* ache que toda água leve para o inferno...

— Não acho. Mas agora a água tem essa... associação. Eu pulava nela, corria para dentro dela ou mergulhava nela esperando morrer. Tem história demais. Prefiro ficar em terra firme.

— Saquei. — Desmond bate na testa. — Anotação mental: não levar Eliza para nenhum resort de praia a curto prazo. — Ele levanta um braço pálido. — Não que eu goste especialmente de praia.

O escritório do pai de Leonidas fica a vários quarteirões de onde estamos. Estacionamos no Whole Foods, que visualizei com facilidade. Costumava vir aqui depois da escola, às vezes, quando minha mãe estava terminando o trabalho. Achava o máximo roubar frutas: ameixas, nectarinas, tomates-cereja.

Caminhamos pela rua lendo a numeração dos prédios. Ao chegarmos ao 1.104, Desmond analisa a placa do dr. Lorre e franze o rosto.

— Seu ex-namorado é cirurgião plástico?

— Hã... — Detesto não ter certeza. — O pai dele é. Leonidas trabalha na recepção.

— Então, qual é o seu plano de ataque? Quer ter acesso ao celular dele, certo? Ver com quem ele estava falando? Onde tem andado?

— Isso.

— E como quer fazer isso?

— Não sei ao certo, mas espero que você arrume um subterfúgio, enquanto resolvo esse problema.

Desmond tira a boina e passa a mão pelo cabelo liso.

— Aguardo instruções — diz, galantemente.

— Diga que você tem hora marcada. Entre na sala de espera e finja que machucou a perna no corredor. Ele vai correr para ajudá-lo, e enquanto estiver longe da mesa, eu agarro o celular dele e dou uma olhada. Se precisar, tiro umas fotos.

Desmond pisca rapidamente.

— Você quer que eu finja que preciso de uma cirurgia plástica? — Ele parece mortificado. — Isso é totalmente contra os meus princípios.

— Não é que você vá mesmo fazer a cirurgia.

—E se alguém que eu conheço me vir?

Bufo.

— Você realmente acha que os seus coleguinhas gladiadores vão fazer hora no consultório de um cirurgião plástico? Relaxa. Vai dar certo. Entre lá e diga que quer fazer implantes na panturrilha.

Ele olha para uma perna levantada.

— Mas as minhas panturrilhas são ótimas. Na verdade, várias senhoras já me disseram que tenho panturrilhas lindas.

Fecho os olhos.

— Quer saber? Tudo bem. A gente não precisa fazer isto. Eu nem conheço você. Foi muita gentileza sua me dar carona até aqui.

Desmond coloca a boina de volta na cabeça.

— Não, não. Eu faço isso. Vou deixar de lado os meus preconceitos e fazer por você.

— Sério, Desmond, tudo bem.

— Eu quero fazer isso. É a minha missão!

— Se você tem certeza...

— Tenho mais do que certeza. Mas e se o homem não tiver uma hora marcada por agora? Ele vai saber que tem alguma coisa estranha.

— Você vai fingir esse machucado segundos depois de entrar lá, então não vai ter que explicar muito.

A porta do prédio está aberta. Entro e seguro a porta para Desmond. Meus músculos parecem se lembrar do caminho até a sala. Talvez eu tenha estado aqui antes.

Paramos na porta de vidro com o nome do dr. Lorre. Espio por ela e vejo a silhueta oscilante e assustadoramente alta de Leonidas na recepção. Ele está inclinado sobre um celular, provavelmente o mesmo que terei que bisbilhotar. Sinto um aperto ao vê-lo, a cabeça dobrada, usando fones de ouvido. Dá para imaginar o que ele está escutando: My Chemical Romance. 311. Um country antigo e ranzinza. Sei disso sem saber como sei.

Dou uma olhada em Desmond.

— Tudo certo? — Ele acena com a cabeça de um jeito hesitante. — Então entre, diga que precisa usar o banheiro e faça a coisa da perna.

— Qual perna?

Aponto para a direita, depois mudo de ideia e escolho a esquerda. Giro a maçaneta para ele e gesticulo para que entre.

Uma lufada de ar gelado sai, quando Desmond empurra mais a porta. Ela volta a se fechar e encosto o ouvido no batente, rezando para que não entre outro cliente para uma consulta e testemunhe aquilo. Espio pela janela com o coração disparado. Uma versão de Desmond em vidro pontilhado vai até o balcão, e uma versão de Leonidas em vidro pontilhado diz alguma coisa. Ouço murmúrios que não consigo definir. Desmond caminha para a sala de espera. Em segundos, ouço um grito agudo, completamente exagerado, vindo do corredor. Mesmo assim, quero dar um beijo nele por realmente estar levando isso a cabo.

Ao ouvir o grito de Desmond, Leonidas praticamente pula da recepção e some do campo de visão. Conto até cinco e giro a maçaneta da porta. Um ar frio e cheirando a lavanda invade o local. Olho à direita e à esquerda, mas a sala de espera está vazia. Fotos de mulheres com olhar sem vida, pele flácida e seios enormes me encaram das paredes. Do outro lado da sala há uma foto ligeiramente pornográfica das coxas de uma mulher. Uma amostra de alguns seios siliconados está na mesa de centro, ao lado de um vaso cheio de flores.

Desmond geme no corredor.

— Você está bem? — Ouço a voz de Leonidas.

— Ai, que dor! — geme Desmond.

Meu olhar vai para a mesa da recepção. Tem um monitor, uma agenda de horários, uma revista sobre fisiculturismo, alguns formulários. Vejo um celular ao lado de uma bolsa a tiracolo imunda, coberta de adesivos de vários grupos ecológicos ativistas. Estendo a mão e agarro o aparelho.

A tela ainda está acesa pelo uso de Leonidas, o que é uma bênção, porque não vou precisar adivinhar a senha. Olho uma série de aplicativos. Com os dedos trêmulos, aperto o ícone de telefone e navego pelas chamadas recebidas. Surgem nomes na tela com as datas e horários correspondentes. Primeiro, olho as chamadas que ele fez e recebeu desde sábado à noite, quando eu estava em Palm Springs, até domingo, quando eu já estava no hospital. São poucas, mas é difícil saber onde *Leonidas* estava quando elas foram feitas. Isso é uma coisa em que eu não tinha antecipado quando planejei essa aventura. Este celular não vai simplesmente soltar a informação. Eu teria que ter acesso a torres de wireless e não faço ideia de como conseguir essa espécie de dados.

— Você tropeçou no sapato? — Leonidas diz no corredor.

Tento me lembrar da hora exata em que o vi na Exposição de Gatos na quarta-feira. Manhã? Começo da tarde? Volto atrás. Números flutuam perante meus olhos. Algumas das ligações foram feitas por nomes que ele registrou em seus contatos: mamãe, papai, alguém chamado Burt. Outras só trazem os números. Pego meu próprio celular e tiro uma foto de toda a tela de números, encolhendo-me ao som feito quando a câmera tira a foto. Faço a mesma coisa com as chamadas feitas por ele.

— Vamos ver se você consegue se apoiar no seu pé — grita Leonidas para Desmond.

— Nunca mais vou conseguir andar! — diz Desmond. — Estou acabado.

Ouve-se um tumulto no corredor. Resmungos.

— Vamos levantar — diz Leonidas.

Largo o celular e corro para fora da recepção. Quando Leonidas e Desmond contornam a dobra do corredor, já saí do consultório. No silêncio do hall, meu coração ressoa alto como um tambor nos ouvidos. Respiro devagar, tentando me acalmar, mas ele continua disparado.

Alguns instantes depois, a porta se abre.

— Posso chamar uma ambulância — oferece Leonidas.

— Eu me viro — diz Desmond, baixinho.

— Falando sério. Não cus... — Leonidas começa a dizer, mas Desmond fecha a porta na cara dele.

Ele se vira para mim com uma expressão que não consigo decifrar muito bem; é como se estivesse prestes a vomitar.

— Vamos embora.

Ele agarra a minha mão e corremos pelo hall até o começo da escada. Nossos sapatos ressoam alto nas escadas de metal. No patamar, inclinamos a cabeça para ouvir a porta acima e ter certeza de que Leonidas não está nos seguindo. Tudo que ouço é um cachorrinho latindo ao longe.

No estacionamento, Desmond se agacha.

— Não consigo acreditar que fiz isso. Coitado do cara! Menti para ele. Provavelmente, agora ele está preocupado comigo. Provavelmente vai chamar uma ambulância.

— Tudo bem. Você está bem.

— Eu disse que queria fazer uns implantes na panturrilha. — A voz dele fica mais estridente. — E se acontecer alguma coisa com as minhas panturrilhas como uma espécie de carma?

— Como o quê? Ter um câncer na panturrilha? — pergunto. Desmond parece horrorizado. Acaricio o braço dele. — Não se preocupe. Não existe câncer de panturrilha.

O suor escorre pelo seu rosto.

— Isso pareceu muito errado.

— Acalme-se. Foi você quem quis vir, e eu ofereci uma saída. Pensei que fosse ser mais corajoso nessa coisa toda, considerando o fato de ser um cavaleiro, ou algo similar.

— Um César. — Desmond parece miserável. E então, diz consigo mesmo: — Não posso acreditar que *menti*!

Voltamos para o estacionamento do Whole Foods em silêncio. Sou uma idiota de arrastá-lo para isso. Desmond destranca o Batmóvel com a mão tremendo.

— Não precisa me levar para casa — digo.

Ele levanta a cabeça.

— Mas como você vai sair daqui?

Mostro-lhe o aplicativo do Uber.

— Sem problemas.

Desmond enfia as mãos nos bolsos. Uma sirene de ambulância grita à distância, e percebo que ele está ficando preocupado que tenha sido chamada por Leonidas.

Ri, desanimado.

— Acho que não fui feito para agir disfarçado, não é?

— Não, você foi ótimo.

— Acha mesmo?

— Sim. Consegui o que precisava.

— É para isso que estou aqui.

Com um sorriso esperançoso no rosto, ele quase fica fofo. Se fizesse a barba, cortasse o cabelo e depilasse aquelas sobrancelhas... O material bruto está ali. Nem mesmo ligo para o fato de ele ser baixo, não ligo mesmo. E as mãos dele, apesar de pequenas, são bem feitas, até bonitas. Tem alguma coisa de cativante na sua preocupação extrema com o câncer de panturrilha. É o tipo da coisa que também me deixaria preocupada.

De repente, tomo consciência do cabelo batendo no meu rosto, da sensação de que minhas narinas estão se abrindo como as de um touro, e que dá para ver meu sutiã através do suéter. Quase consigo me imaginar indo até ele e passando os braços em volta dos seus ombros. Talvez eu devesse.

Uma buzina atravessa o ar e damos um pulo.

— De qualquer modo — digo baixinho, abaixando o rosto —, obrigada.

— Foi um prazer. — Desmond faz uma reverência. — Me avise se descobrir alguma informação interessante nas chamadas telefônicas

Viro-me, dou um aceno de leve e sigo em direção ao Whole Foods, como se meu carro fosse estar lá, embora nunca se saiba onde os carros do Uber vão estacionar, e o tempo que levarão para aparecer. Parece algo cinematográfico afastar-me dele; espero que esteja me avaliando pelas costas. O ar está mais fresco, mais limpo. Até assobio metade de um refrão.

Quando ouço passos atrás de mim, deduzo que seja Desmond vindo me dar beijo cinematográfico, exatamente como César e Cleópatra. Não acredito no quanto quero que ele faça isso, nem no quanto parece inevitável. A mão de alguém pousa nas minhas costas. Viro-me pronta para sorrir para Desmond, mas o sol bate nos meus olhos e só consigo ver uma silhueta difusa que, com certeza, não é a dele. Algo em relação ao brilho do sol, à adrenalina e ao fluxo do álcool no meu sistema me deixa subitamente zonza. Quando pisco com a figura à minha frente, ainda obscurecida pela luz do sol, mas se aproximando ameaçadora, meu campo de visão se estreita e minhas pernas cedem.

— Ah, merda — murmura uma voz, quando caio no chão. E então: — Não! Que diabos? Levante-se, por favor, levante-se!

Giro de costas, desesperada para manter os olhos abertos. Alguém está tentando me levantar. Ele, ou ela, tem dedos magros, braço com músculos competentes, embora não particularmente fortes. Hálito de hortelã. Talvez o cabelo comprido faça cócegas no meu pescoço. Só que, antes de me dar conta do que aconteceu, meus olhos se fecham aos poucos e desmaio numa ruela encardida, longe da visão de todos os pedestres que passam pela Weyburn Avenue.

De As Dots

Depois de acordar com a intravenosa no braço, Dot sabia que teria que moderar a bebida para não acabar viciada. Mas o verdadeiro vício era Dorothy. Dot não conseguia parar de vê-la. Todas as quartas-feiras, encontrava-se com ela. Suas saídas à noite eram relegadas ao M&F, àquele clubinho escuro em West Hollywood, ou a longos passeios pela cidade, de limusine, assimilando seu glamour por detrás do vidro fumê. O espumante circulava no banco de trás do carro. Dorothy sempre tinha um frasco de alguma coisa. Bernie, do M&F, presenteou-as com seu melhor vinho, e o barman no canto escuro de um clube forneceu-lhes um líquido azul néon diretamente da garrafa.

Dot vivia sôfrega pelas histórias e pela atenção de Dorothy. Sorria quando a tia passava o braço ao seu redor e dizia que ela era bonita, interessante, engraçada, fantástica, a melhor sobrinha que uma mulher poderia querer. Mas, no final de cada noite, Dot apagava, acordando no dia seguinte com a boca pegajosa e largada no divã listrado de verde e branco do bangalô de Dorothy, no Magnólia. O dr. Singh nunca mais apareceu, mas Dot vivia assombrada pelas mesmas dores de cabeça, a mesma desorientação, o mesmo medo.

Devia ser uma dessas pessoas que simplesmente não conseguem se dar bem com álcool.

— Deite aqui, meu bem — dizia Dorothy. — Descanse o dia todo, se quiser. — Trazia cestos de pão e encomendava travessas de ovos. Pressionava compressas geladas em sua testa e levava horas passando os dedos pelo seu cabelo. Às vezes, limitava-se a relaxar junto a Dot, agarrada a ela, dizendo:

— Ai, você não faz ideia de como é bom cuidar de você!

— Só queria não ficar de ressaca todas as vezes em que a gente sai — resmungava Dot.

— Não se preocupe — respondia Dorothy, rapidamente. — Além disso, quero cuidar de você. É um presente. Thomas foi tirado de mim quando eu era muito moça.

Mais uma vez, Thomas. Dot tinha diversas perguntas, mas ainda achava que era indelicado demais fazê-las.

O namorado de Dot não saiu mais com elas depois daquela primeira noite. Usava como desculpas as provas, depois o trabalho de laboratório, um show da Phish a que queria assistir.

— Por que tenho a impressão de que você não quer vir comigo se encontrar com Phillis? — perguntou ela, irritada. Estavam no refeitório. Chamavam Dorothy de Phyllis sempre que estavam em público. Dot não se arriscava; sua mãe poderia ter mandado espiões.

Ele deu de ombros, arrastando-se com sua bandeja até a próxima área de comida. Dot seguiu-o até o bufê de saladas, a seção de cereais, e depois até a máquina de frozen yogurt. Por fim, ele respirou fundo.

— Eu queria ter levado você para casa naquela noite em que desmaiou no clube. Queria cuidar de você, mas ela insistiu. Na verdade, ela foi agressiva quanto a isso.

— Bom, ela é minha tia. Que idiotice discutir sobre isso. É minha família.

— É, mas você conhece mesmo ela?

Dot o observou. Estava extremamente concentrado em empurrar um copo de plástico debaixo do dispensador de iogurte.

— Pensei que gostasse dela...

— Em teoria, ela é fascinante. Mas, pessoalmente, também pareceu muito... — Ele olhou para ela, depois foi até a fila de alimentos quentes.

Dot foi atrás.

— Muito o quê?

— Esquece.

Ela olhou enquanto o funcionário da cafeteria colocava purê de batatas no prato do namorado. Ele foi se sentar. Estava jantando purê de batatas e frozen yogurt.

— Está com medo de uma mulher de cinquenta anos? — Dot riu.

Ele olhou para ela, a garfada a meio caminho da boca.

— Só tome cuidado, está bem?

Tome cuidado. Isso divertiu Dot durante dias. Tomar cuidado com o quê?

ELIZA

ABRO OS OLHOS e me sento na calçada, o sol esquentando a minha pele.

— Eliza? — diz uma voz.

Pisco com força. O sol arde em um círculo inclemente nas minhas retinas. Uma sombra surge acima de mim, e sinto cheiro de um desodorante ultrapoderoso.

— Você é Eliza? Você me chamou?

O homem usa óculos Ray-Ban, camisa amassada de listas fininhas e jeans bem apertado ao redor da cintura. Atrás dele, um Honda branco trepida. Olho em volta e vejo os prédios conhecidos do Westwood Center, especialmente o Whole Foods. Mas, tirando nós dois, o beco está vazio. Quando me retraio, uma dor explode no meu rosto. Toco-o com cuidado, esperando ver sangue, mas só sinto que está dolorido.

— Perguntei se você é Eliza. — O homem aponta para o carro. — Você chamou o Uber?

— Cha... Chamei — falo, esforçando-me para ficar sentada. Olho em volta mais uma vez. Parece que não há ninguém à espreita. Mas *havia* uma pessoa.

— Eu estava esperando — diz o homem, irritado. — Devo ter telefonado para você umas seis vezes. Estava quase indo embora.

Tento ficar em pé e me examino. Continuo com todas as roupas. Minha bolsa está no chão. Apanho-a e remexo dentro dela. A carteira está ali, assim como o celular. Aperto o botão na parte de baixo e vejo a hora; passaram-se apenas alguns minutos desde que o conferi pela última vez.

— Tinha mais alguém aqui — digo para o homem. — Você viu?

Ele já está caminhando para o Honda.

— Só estou aqui atrás há dois segundos. Quer a corrida ou não? — Ele me dá uma olhada. — Só não vá desmaiar de novo. E não vomite.

Eu me encolho.

— Não estou bêbada.

— Sei. — Ele acrescenta mais alguma coisa, baixinho.

Não sei o que fazer, e meu coração disparado não facilita as coisas. Se for embora, abandonarei a cena do crime. Preciso chamar a polícia agora, enquanto a pessoa que fez isso ainda estiver na área. Mas se nada foi levado, houve um crime? De uma hora para a outra, os detalhes parecem confusos. O sol está quente demais no alto da minha cabeça.

Ouço uma sirene, e olho para cima. Um carro de polícia está entrando no beco. Ainda sentada, vejo um policial se inclinar para fora no lado do motorista.

— Acabamos de receber um chamado de que alguém desmaiou por aqui.

Viro-me de imediato para o motorista do Uber.

— Você chamou a polícia?

O motorista ergue as mãos.

— Não. Acabei de chegar aqui.

O policial olha fixo para nós. Seu colega no banco do passageiro espia por sobre o Ray-Ban e me pergunta:

— Está tudo bem, moça?

Sinto a garganta como se estivesse revestida de metal enferrujado.

— Alguém me abordou aqui. Acho que aconteceu um crime.

O olhar do policial vai para o motorista do Uber, que sai do carro com as mãos protegendo o peito.

— Acabei de chegar aqui, cara. Pode conferir o meu GPS. Não vi nada.

— Não foi ele — digo, sentindo-me totalmente segura em relação a isso. — Foi outra pessoa. — Mas algo não faz sentido. Confiro o beco mais uma vez. Se eu estava sozinha quando o motorista me encontrou, e se não foi ele quem chamou a polícia dizendo que eu tinha desmaiado, quem diabos fez isso?

O policial olha para o colega. O Ray-Ban assente com a cabeça. Eles descem do carro ao mesmo tempo, num ato maravilhosamente coreografado. Seus sapatos ressoam firmes, enquanto cruzam o asfalto até mim.

— Por favor — diz o motorista do Uber —, posso ir embora?

— Ainda não — responde o policial. — Pode ser que a gente precise de uma declaração sua.

O homem do Uber diz alguma coisa baixinho, em espanhol. O policial que estava dirigindo se abaixa e coloca as mãos nos joelhos. Seu uniforme é de um preto impecável. No bolso da frente, um distintivo brilhante diz O'Hara. O nome é melodioso demais, poético demais, para pertencer a um policial.

— Como você se chama? — pergunta ele.

— Eliza.

— O que aconteceu? — O Ray-Ban aponta para o meu rosto. Toco-o com cuidado e me encolho. Dá para sentir um machucado.

— Eu caí — digo. — Alguém me deu um susto. Girei, mas não consegui ver quem era, e me senti muito grogue. — Depois que tudo isso sai da minha boca, percebo como soa inconsistente. Não se pode prender alguém só porque a pessoa vem até você e cutuca o seu ombro.

— A pessoa lhe disse alguma coisa? — pergunta O'Hara.

— Não, acho que não. Mas no final, depois que caí, a pessoa disse: "Que diabos? Levante-se, por favor."

— Por favor. — O'Hara parece se divertir. Olha para o colega. — Que educado.

Tento me levantar, mas minha pisada parece vacilante, instável. Agarro-me ao ombro de O'Hara para me equilibrar, quase beijando o seu rosto. O'Hara estende o braço para me dar firmeza e, depois que fico em pé, reparo que as suas sobrancelhas se ergueram. Seu colega olha para ele numa fração de segundo. A boca retorce-se em um esgar.

— Tudo bem com você? — Com quase dois metros de altura, O'Hara eleva-se sobre mim.

— Não sei — respondo. — Posso ter me ferido na cabeça. Sinto-me... tonta. — Olho para eles, ansiosa. Nenhum dos dois faz um gesto para anotar isto. Não há empenho para chamar uma ambulância.

— Bom — O'Hara limpa a garganta. — Acho que o que você precisa, Eliza, é de um café.

— É possível que tenha interpretado errado a pessoa que viu no estacionamento — diz o colega cujo distintivo diz *Larkin*. — Vai ver que era alguém tentando ajudar. Vai ver que estava preocupado com você.

Meu rosto queima. *Não estou bêbada*, decreto em silêncio. *Posso ter um tumor cerebral. Não é culpa minha*. Mas então me lembro do hidromel que tomei antes de sair da loja de Steadman. Quantos shots tomei? Dois, três, mais do que isso? O que tinha naquele hidromel, afinal de contas? Foi por isso que fui tão corajosa ao pegar o celular de Leonidas?

— Podemos lhe dar uma carona para casa — diz O'Hara com gentileza. — Ou até o hospital, se quiser que a examinem.

— Hospital, não — digo.

— E eu, posso ir? — O motorista do Uber volta a perguntar.

— Pode, pegue seu rumo — Larkin faz um gesto para que ele vá.

Não tenho opção. Caminho penosamente até a viatura e me jogo no banco de trás. Cheira a couro velho. Uma espécie de pulseira de papel está jogada no chão, com a logomarca de uma espelunca de strip-tease. Larkin fecha a porta do meu lado. Afundo-me o máximo que posso no banco. Se minha mãe me visse agora, provavelmente me mandaria à força para uma reabilitação. Eu não teria a mínima chance.

Toco no meu celular e aperto o botão de fotos, louca para ver a foto que tirei da tela de chamadas de Leonidas. Um dos números da lista faz algo soar minha memória; conheço-o, só não sei de onde. Mas então, acesso a minha galeria e a imagem some. Procuro, procuro e ela não está em canto algum.

— Como assim? — falo, projetando o queixo à frente em direção às figuras silenciosas no banco da frente. O'Hara levanta os olhos para mim pelo retrovisor. *Aconteceu um crime*, quero dizer. *Tiraram uma coisa de mim. Quando desmaiei, alguém foi até o meu celular e apagou uma foto.*

Tento compor as palavras, mas mesmo antes de dizê-las, sei como vão parecer. Terei, então, que explicar o fato de ter entrado furtivamente no consultório do pai de Leonidas, o que parece um enorme erro, e não algo sobre o qual deveria falar. Suponho que este seja o meu castigo por bisbilhotar.

Só que não parece que castigo esteja à altura do crime.

De As Dots

Em meados de Abril, Dorothy surpreendeu Dot, levando-a a um resort. Ficava no meio do deserto, e Dorothy adorava o lugar porque dava para ouvir os coiotes uivando a noite toda.

Reservou uma suíte para as duas dividirem. Tinha um terraço grande que dava para o pátio, parecido com um labirinto gramado, canteiros floridos e bancos de madeira polidos. Uma mulher tomava banho de sol, deitada nua sobre uma toalha.

Dorothy se virou para Dot, sorrindo:

— Existe uma história maravilhosa sobre um assassinato neste hotel. Na década de 1960, as celebridades costumavam vir aqui, especialmente as que usavam a cama como uma forma de chegar ao topo. Essa garota específica deve ter se metido com o pessoal errado, porque foi morta no pátio com uma pancada na cabeça. No dia seguinte, quando foi encontrada pelos funcionários, eles a identificaram como uma outra jovem atriz, mais famosa. Foi planejado um enterro sofisticado para ela. Amigos e membros da família de fora do estado vieram em peso. O FBI começou uma ampla investigação. Mas então, a jovem atriz apareceu sã e salva. O que aconteceu depois é que o fato de ter ficado morta por três dias fez maravilhas para a sua carreira. Ela estrelou vários filmes e se casou com um grande amigo de Sinatra!

— Mas e a garota que foi morta de verdade? — perguntou Dot, contendo a respiração.

Dorothy deu de ombros.

— Não faço a mínima ideia do que aconteceu com ela. Provavelmente se meteu numa fria com alguns delinquentes e foi morta por isso.

— Eles nunca descobriram quem a matou?

— Acho que não. Essa outra garota não era tão importante.

— A atriz que sobreviveu fez alguma espécie de homenagem a ela? — perguntou Dot. — Foi por causa dessa pobre garota morta que a carreira dela decolou, certo? Espero que ela tenha ficado agradecida.

Uma expressão pensativa cruzou o rosto de Dorothy, e então ela olhou fixo para Dot:

— Sabe o que seria interessante? Se a jovem atriz famosa fosse realmente a que estivesse correndo perigo com os bandidos em Palm Springs, mas mandou esta outra garota em seu lugar para se virar com a fúria deles. Ela conseguiu sair de uma enrascada e teve um impulso na carreira, golpe de sorte e tanto.

— Oi?

— Não preste atenção no que estou dizendo. — Dorothy deu um tapinha de brincadeira no braço de Dot. — Só estou criando um enredo.

Quando elas foram para o bar, Dorothy colocou os óculos escuros e a echarpe.

— Por que não quer que ninguém repare em você? — Dot questionou enquanto a tia dava uma olhada no espelho.

A boca de Dorothy formou uma linha reta.

— Só não quero responder a perguntas.

— Que perguntas?

— Tenho muitas atividades, Dot, estou envolvida em muitas coisas.

Alguém começou a tocar piano, alguma música antiga da década de 1920, com muitos trinados e floreios.

— Por que a minha mãe detesta você? — Dot deixou escapar.

Dorothy ficou imóvel.

— Ela disse isso? Que me detesta?

Dot não respondeu.

A cabeça de Dorothy pendeu. Ela estalou a língua.

— Nós duas éramos muito amigas, amigas incríveis, principalmente quando éramos jovens. Não é que a gente se visse muito, mas havia uma ligação, entende? Eu sempre fui a bonita, mas não tinha sorte no amor. O marido da sua mãe, seu pai? Era um fofo. Um homem bom. Cuidava dela e de você. Vivia em Los Angeles, por isso todos vocês se mudaram para lá. Eu fui para seguir você. Aposto que não sabia disso.

Dot sacudiu a cabeça. Não sabia.

— Mas a sua mãe é... Bom, você a conhece. Ela não dava ao seu pai o que ele precisava. Eu ia muitas vezes lá, sabia o que estava acontecendo com o casamento deles. Também percebi que ele me olhava. Tentei ignorar isso, mas eu também tinha necessidades, acabara de me divorciar, de perder Thomas. Estava solteira, rica e miserável. Só beijei ele uma vez, mas a sua mãe viu. Dali em diante, ela me baniu da vida dela, disse que eu não era mais sua irmã.

— Você beijou o meu pai?

— Não, querida, ele me beijou. Mas não era um homem ruim. Por favor, não pense isso. Simplesmente... aconteceu. Às vezes, as coisas acontecem. Mas, seja como for, sua mãe entendeu do jeito dela. Pensou que eu é que provocava. Ficamos um tempo sem nos falar. Acho que ela entendeu o significado que eu tinha para você e você para mim. Ela também sabia como eu podia ajudar financeiramente. Então, concordou que você e eu ainda poderíamos nos ver. Mas deixou claro que não estava satisfeita comigo.

“Fiz o possível para ter sua mãe de volta. Depois que seu pai morreu, sua mãe descobriu que ele estava devendo muito e não tinha seguro de vida. Ela realmente trabalhou feito um cão para manter vocês duas. Eu disse que ajudaria, mas ela não quis aceitar o meu dinheiro. — Dorothy parou para dar um gole. — Sua mãe é muito orgulhosa."

Dot arregalou os olhos. Então, Dorothy se oferecera para ajudar! Fechou o punho debaixo da mesa.

— Daí em diante, as coisas voltaram a desmoronar entre nós — explicou Dorothy. — Ela gostava de trabalhar e inventava desculpas para ir ao trabalho, mas acho que percebeu que não estava certo. Sentiu o peso da culpa e descontou em mim. Tinha ciúmes da nossa relação. Eu podia fazer por você o que ela não podia.

— Ela a mandou embora? — perguntou Dot.

Dorothy olhou fixo para a mesa. Lambeu lentamente os lábios.

— Não quero cavar um fosso entre vocês, querida — disse baixinho.

Dot bufou. O fosso já existia.

— Mamãe diz que você é doente.

Um músculo repuxou o rosto de Dorothy. Ela pegou as mãos de Dot e olhou firme para ela. Seus olhos estavam muito claros e violetas.

— O que você acha? Acha que sou doente?

— Não — respondeu Dot. Mas então, pensou no que o namorado dissera. Que Dorothy era agressiva. *Você conhece mesmo ela?* Por que ele estava tão desconfiado?

Um grupo de rapazes da idade de Dot passou pelo bar. Ela os observou atentamente: eram barbudos, estavam sujos, os jeans tinham corte skinny, os sapatos estavam cuidadosamente gastos. Provavelmente vinham do show de três dias que acontecia na cidade vizinha. Era o tipo de evento onde as pessoas acampavam e usavam muitas drogas. Dot e Marlon tinham pensado em ir, mas depois desistiram porque nenhum dos dois tinha a roupa apropriada para usar.

Os rapazes se esgueiraram até alguns hóspedes no bar, e cochicharam em seus ouvidos. Ao que parecia, procuravam outras pessoas jovens, e cada uma a quem se dirigiam franzia a testa, digeria a pergunta e depois sacudia a cabeça. Por fim, os meninos foram até Dot, mas quando perceberam que Dorothy era mais velha, seguiram em frente.

— Esperem! — gritou Dorothy. Os rapazes se viraram. — Ou vocês têm alguma coisa ou estão procurando por alguma coisa. O que é?

Dot a cutucou:

— O que está fazendo?

O olhar de Dorothy se manteve no grupo.

— Não sou da polícia. Estou apenas curiosa.

Os rapazes se ajeitaram, enfiaram as mãos nos bolsos, entreolharam-se e deram de ombros.

— Temos um monte de flakka — disse o mais baixo e mais sujo, seus dreadlocks literalmente emplastrados de lama. — Estamos procurando quem queira.

— O que é flakka?

— Não é para você — disse o mais alto, rapidamente.

— Como você sabe? — perguntou Dorothy. Dot olhou-a horrorizada.

O menino do meio, com a aparência mais normal, o cabelo castanho apenas um pouco desgrenhado, o rosto barbeado, deu de ombros.

— É um pouco parecido com ecstasy e um pouco parecido com *roofie*, mas menos perigoso. — Os amigos deram cutucões nele e lhe lançaram olhares duros. — O quê? — murmurou para eles. — Ela perguntou.

— Ela nem deve saber o que é um *roofie*, cara — disse o de dreadlocks imundos.

Dorothy caçoou.

— Eu sei o que é um *roofie*, meninos. Vamos tomar um pouco.

— Não, não vamos! — gritou Dot.

Dorothy já estava tirando algum dinheiro da bolsa. A sobrinha olhou em volta, paranoica com a possibilidade de que alguém no bar percebesse a transação. A polícia viria, Dorothy iria para a cadeia e, de alguma maneira, Dot seria cúmplice. Então sua mãe descobriria.

Mas tudo terminou rapidamente, a transação foi fluida e discreta, os meninos escapuliram. As risadas de todos eles eram lentas e idiotas. Dot se pôs a pensar se já estariam chapados.

Virou-se para Dorothy:

— O que está querendo provar?

— Nada — respondeu Dorothy com altivez. — Ah, bem, talvez um pouquinho. Estava ensinando a eles a não serem tão preconceituosos em relação a idade. Às vezes, as mulheres na casa dos cinquenta também gostam de se divertir.

Dot olhou para o bolso onde Dorothy havia enfiado as pílulas.

— Você não vai tomar isso, vai?

— Não sei. Talvez. — Ela esvaziou o que restava do seu drinque. — Não se preocupe, querida, será num dia em que você não estiver por perto. Uma tarde ao acaso, quando eu me sentir solitária.

— Então, vou ter que grudar em você todos os dias. Nunca tome essa coisa. Pode acabar matando você.

O rosto de Dorothy se iluminou.

— Querida, se você ficasse grudada ao meu lado todos os dias, seria certamente adorável.

Ao voltar para casa, Dot revelou o acontecido a Marlon num tom de brincadeira.

— Minha tia é maluca! Ela não é demais? — Dot contou depois de fazerem sexo, quando ele estava de bom humor. Mas Marlon empalideceu.

— Merda — disse ele numa voz distante. — Isso nem tinha me passado pela cabeça.

— O quê? — Dot se sentou. — Do que está falando?

— *Roofies*. Vai ver que ela está drogando você.

Dot soltou uma risada irritada.

— Não acredito que você disse uma coisa dessas!

— Eu fico matutando isso na minha cabeça, Dot. Naquela noite em que a gente saiu com ela? Você realmente nem bebeu muito. Tinha que ter alguma coisa a mais ali dentro. Alguma coisa que fez você desmaiar daquele jeito.

— Minha tia me ama! — exclamou Dot. — Ela jamais me drogaria! Retire o que disse.

Ele levantou as mãos.

— Eu não queria lhe dizer isso, mas conferi alguns fatos daquela história do Otufu. O lugar que a sua tia visitou é bem tranquilo. Não tem guerra lá.

— E daí? Ela confundiu a história.

— Ou vai ver que estava inventando tudo. Também conversei com os meus avós. Eles disseram que ela era bem maluca. Costumava caminhar nua pelos jardins do Magnólia. Jamais nade na piscina do bangalô dela. Ela fazia orgias ali. — Ele fez uma careta.

Dot se levantou da cama e vestiu o agasalho.

— Você andou sondando a respeito dela? Quem lhe deu esse direito?

— Eu só fiz algumas perguntas. Quero protegê-la.

Dot olhou furiosa para ele.

— Mesmo que tudo isso seja verdade, isso faz dela uma má pessoa? Uma pessoa que drogaria outra?

— Talvez.

— Não acredito que esteja dizendo isso. — Ela vestiu a calcinha e o jeans, agarrou a mochila e foi para a porta. — Ligue para mim quando crescer.

— Por favor. Não faça isso. Só estou preocupado.

Dot olhou para a entrada encardida do alojamento.

— Acho que deveríamos terminar.

— Dot, eu te amo. Não estou falando isso pra magoá-la.

Dot fechou os olhos. Ela sabia que ele a amava. Mas por que não poderia amar Dorothy? Por que estava tentando acabar com ela?

— Por favor, não saia mais com a sua tia — disse Marlon. — Só por um tempinho. Só até a gente descobrir o que é verdade e o que não é.

Dot olhou para a porta que dava para o corredor. Um raio fino de luz fluorescente passava pelo buraco da fechadura.

— Não consigo fazer isso.

Ele suspirou atrás dela. Suas mãos afastaram-se, ela sentiu seu calor recuar. Escancarou a porta e correu, com um nó na garganta, até o cubículo onde estavam as máquinas de venda automática do alojamento. Enfiou-se entre a de Pepsi e a de fazer gelo e descansou a cabeça entre os joelhos durante muito, muito tempo.

ELIZA

SEGUNDA DE MANHÃ, acordo de repente, desorientada. *Onde estou?* Um cenário nebuloso à minha volta: cortinas listradas de verde e branco, uma cama California King luxuosa. Mas então, o mobiliário desfaz-se em névoa. Abro os olhos e estou na minha cama de dossel. Onde mais estaria?

Alguém bate à porta. A julgar pela falta de barulho para resolver isso, deduzo que Kiki e Steadman não estejam em casa. Sento-me devagar, com um gosto podre e pegajoso na boca. No celular, há uma mensagem de Laura: *Recebi um recado de voz esquisito desta mulher que diz ser sua mãe?! Ela não quer que a gente publique o livro!* Mas nada da minha própria mãe. Nem mesmo sei por que estou checando. Nada de Bill se desculpando por ela. Nada de Lance, o psicólogo forense. Nada de Richie, o barman.

Mais batidas. Dou uma olhada no espelho e tento abaixar meu cabelo maluco, parecido com o de uma bruxa. O entorno dos meus olhos está emplastrado de rímel, e devo ter retocado o batom entre os drinques sete e oito, porque ele faz um círculo irregular ao redor de toda a região da boca, alcançando boa parte dos dentes. O galo, no lugar onde bati a cabeça quando caí na sexta-feira, passou no final de semana de um berrante roxo-enegrecido para um amarelo--esverdeado ainda pior. Dói quando toco nele.

Vou ao banheiro e esfrego bem o rosto. Sem a maquiagem, os olhos ficam minúsculos, os lábios inchados, as faces da cor de uma couve-flor crua. Ajeito o cabelo na testa de modo a encobrir um pouco o machucado. Engulo vinte variedades de vitaminas, na esperança de que seus poderes maravilhosos neutralizem o álcool. Então, respiro fundo e escuto, esperando que as batidas tenham cessado. Seja quem for, a pessoa começou a bater com mais força.

E se for Leonidas? E se ele souber que estou sozinha e veio me agredir por ter espionado o seu celular?

Abro a cortina no alto da escada e espio pela janela. O Batmóvel está na entrada de casa. Fico tão perplexa que caio na gargalhada. Achava que depois de sexta-feira, Desmond iria querer se livrar de mim.

Desço a escada correndo e abro a porta. Encontro-o numa camiseta preta inusitadamente normal, jeans velho também preto e botas de amarrar de camurça, talvez algo que um bardo da Idade Média usaria. Ele inclina a cabeça para mim.

— Você estava sonhando?

— Não, mas estava dormindo — murmuro. — Virei de um lado para o outro na cama a noite toda.

— Ficou acordada resolvendo o mistério? Devia ter me chamado.

Cruzo os braços sobre o peito.

— Pensei que você tivesse saído do jogo de detetive.

— Ora, nunca falei que saí em definitivo.

Lembro-me da minha esperança de que ele estivesse vindo para me abraçar e me beijar. Acho que sonhei com isso ontem à noite. Tenho vagos flashes do seu rosto pontudo sobre o meu, aquele cabelo grosso e lustroso roçando o meu rosto, as mãos ágeis.

Enfio as mãos nos bolsos, e o chumaço de cabelo que encobria o meu galo sai da posição e revela a pele esverdeada. Desmond nota e prende a respiração.

— O que aconteceu?

— Só um tombo.

— Contra o punho de alguém?

Ele estende a mão para tocar no machucado, mas desvio. Arrependida, conto-lhe o ocorrido no estacionamento na sexta-feira, e que a foto que eu tirara tinha sumido. Ele pareceu consternado.

— Eu devia ter ficado com você! Garantir que entrasse em segurança no Uber!

— Não *aconteceu* nada comigo. Só tive um ataque de pânico e perdi a consciência. Aí a polícia veio e me levou para casa. — Sabe como é, um dia totalmente normal.

— Que intrigante o agressor ter apagado o arquivo — disse Desmond ponderando. — Tem que ser alguém que saiba alguma coisa, certo? Alguém que não quer que você descubra com quem Leonidas conversava.

Concordo com a cabeça. Deduzi a mesma coisa.

Desmond coloca as mãos no quadril.

— Sabe, dá para requisitar registros telefônicos. A gente devia explicar isso para a polícia.

Faço uma careta.

— Baseado no quê? Não é que eu tenha grandes provas, além de entreouvir a conversa de Leonidas.

— Hum. — Desmond parece mortificado. — Deveríamos procurar por uma prova.

Concordo, embora não tenha ideia de como poderíamos fazer isso.

— Tenho certeza absoluta de que conheço um número que estava naquela lista de chamadas. Passei todo o fim de semana tentando lembrar, mas não consegui. — Suspiro. — Gostaria de, pelo menos, recordar com quem eu conversava naquela noite em Palm Springs. E talvez até de quem me empurrou na piscina.

Desmond anda de um lado para o outro da sala e, repentinamente, estala os dedos.

— Tenho uma ideia.

Encolho o estômago. Existe algo de proposicional em sua voz.

— O quê?

— Li sobre como destravar memórias. Às vezes, a chave é voltar à cena onde você as perdeu. As lembranças podem voltar apenas com os mesmos cheiros ou com os mesmos sons. A gente devia voltar para o Tranquility.

— Hoje?

— Estou de folga. — Seu olhar vai novamente para o meu machucado. — A não ser que esteja se sentindo doente demais.

Corro a língua pelos dentes e, de uma hora para outra, eles parecem lisos e limpos. Não é que eu tenha algo para fazer, além de entrar em pânico. O Tranquility afeta minha mente como um livro que não quero abrir, por não ter certeza de querer saber como ele termina. Porém, talvez Desmond tenha razão. Talvez tudo se encaixe se formos até lá.

— Tudo bem — digo. No mínimo, seria uma oportunidade para eu retirar o meu carro da garagem do resort. Pensei que minha família fosse trazê-lo de volta para mim, mas até onde sei, ele continua lá.

Mais uma vez no Batmóvel, Desmond põe a música preferida de uma complicação de CD no seu rádio, alguma coisa pesada, com bandolins. Em seguida, escolho um: Sleater-Kinney. Observo sua expressão, subitamente estou curiosa sobre o que ele pensa.

— Interessante — diz Desmond, e acha outra música no seu CD. Um alaúde, uma espécie de choramingo. Mantenho a expressão neutra, mas reparo que ele me observa da mesma maneira que eu o observei. Caio na risada.

Seguimos um velho fusca, uma limusine rosa estendida com *Happy Chicks* pintado ao lado, um ônibus azul cheio de idosos. Desmond acena para eles e muitos acenam de volta. Na parte final do ônibus, surge um rosto mais jovem e sombreado e me encolho. Estou olhando para uma imagem de mim mesma.

— Você está bem? — pergunta Desmond, porque devo ter feito algum tipo de barulho.

O veículo fica um pouco para trás. O ângulo da luz do sol muda e o rosto na janela desaparece. O suor desce pelo meu pescoço até entrar pela calcinha. Começo a roer as unhas com violência.

— Só pensei ter visto alguma coisa ou *alguém*.

— Quem?

Aperto o joelho com força. *Eu*, quero dizer, mas sei que é impossível. Falo em voz alta:

— Não sei. Mas era alguém que olhava como se me conhecesse, talvez.

Quando chegamos na grande entrada do Tranquility, sinto-me suada e faminta e penso que talvez aquela não era uma ideia muito boa. Eu ainda não conheço Desmond de fato. Quem sabe se ele não é perigoso? Deveria ter prevenido Bill e a minha mãe? Da última vez, eles pareceram tão ofendidos por eu ter sumido e ido a Palm Springs sem avisá-los.

Paramos o carro e, na mesma hora, surge um valete para nos ajudar.

— Boa tarde — diz Desmond, usando um sotaque fingido de Drácula. Joga as chaves para o valete e noto que seu arremesso é molenga. Aposto que era o último a ser escolhido nos times da aula de ginástica do começo do ensino médio.

— Belo carro — elogia o manobrista, estendendo-nos um tíquete. — Vocês vão se hospedar com a gente?

Desmond olha para mim com uma sobrancelha levantada.

— Vamos? Talvez uma suíte *par deux*?

Meu sorriso hesita, mas ainda me sinto longe disso, então replico:

— Claro que não. E acho que seu francês está errado.

Ele entra e o sigo com relutância. Tenta pegar no meu braço, e por alguns segundos, eu permito, para depois deixá-lo cair. A meio caminho, o cheiro de tequila bafeja no meu nariz e fico zonza. Na mesma hora, trechos de lembranças com os quais não sei o que fazer correm ao meu cérebro. Vejo-me mais nova, sentada num banquinho do bar, rindo com alguém. Eu e uma pessoa, fazendo hora em um sofá. Leonidas?

Desmond toca no meu braço.

— Está acontecendo? Está se lembrando?

— Não sei — murmuro, respirando fundo, na tentativa de firmar as pernas.

Passamos por um jardim interno com cachoeiras, cactos e esculturas de terracota. O átrio é perfumado com florais. Um pot-pourri de pessoas em trajes provavelmente comprados na loja do hotel, relaxa nas cadeiras grandes, em frente a uma janela que vai do chão ao teto e dá para uma vista do deserto.

— Isso é mesmo um oásis — diz Desmond, com os dedos apontando para baixo. — Eu costumava vir aqui com o meu pai quando era criança. É por isso que trago minha equipe. Sempre me senti muito centrado nesse lugar. Você também?

Pisco com força, perdendo, subitamente, as lembranças que rodopiavam ao redor da minha cabeça.

— Talvez.

— Você também vinha aqui quando era criança?

— Eu... *Acho* que sim.

— Você *acha*?

Sinto algo sobre o qual eu tinha certeza há poucos dias, talvez minutos — como conheço este lugar, minha história dentro dele e por que escolhi vir aqui no dia do meu quase afogamento. Não é como se fosse um Ritz-Carlton. Não é como se ele aparecesse regularmente no *Travel + Leisure*. É um desses lugares que você precisa conhecer para achar. Devemos ter vindo aqui quando eu era mais nova: minha mãe, Gabby, Bill e eu. Lembro-me perfeitamente de andar por aquela trilha lá atrás, gritando meu nome entre os dois cânions para ouvir o eco. Só falta o que aconteceu entre essa época e o agora.

Mas não preciso me concentrar nisso no momento. Preciso pensar na minha visita mais recente. Se eu conseguir refazer meus passos, posso me lembrar de quem me agrediu. Vejo-me no lobby, andando até a recepção para fazer o check in. Lembro-me da chave-cartão lisa na minha mão. Lembro-me de uma mulher, usando uma camisa branca engomada, passando meu cartão do American Express com um sorriso contraído. Lembro-me de comer uma bala de menta.

"Gostaria de reservar algum serviço no spa, senhorita?", a mulher me perguntara, mas sacudi a cabeça. Sem massagens para mim, sem limpezas de pele ou manicures. O que eu tinha vindo fazer aqui afinal?

Beber. E beber muito. Mas por quê? Porque no meu subconsciente eu sabia que o tumor tinha voltado? Gostaria que fosse simples assim. Alguma coisa poderia ter me motivado? O que tinha acontecido naquele dia antes de eu ir para lá? Tento pensar. Provavelmente acordei, como sempre, e engoli minhas vitaminas. Talvez tenha falado com Kiki. Naquele dia, recebera as caixas com os exemplares do meu livro. Isso significava alguma coisa?

— Venha — digo, puxando o braço de Desmond. — Vamos até o bar onde eu estava antes da piscina.

Descobrimos pelo mapa na parede que se chega ao Shipstead por um corredor, passando por duas lojas de presentes e pelo spa, pegando o elevador e atravessando o restaurante mais chique.

Do lado de fora, o ambiente da piscina chama atenção pelos tecidos laranjas das barracas ondulando com a brisa. Algumas pessoas estão deitadas nas espreguiçadeiras, lendo. A água azul brilha. Na verdade, estou surpresa que a piscina esteja aberta. Parece ridículo, mas esperava que a tivessem fechado depois do que aconteceu comigo. Um homem desliza na água com um bebê flutuando em uma grande boia redonda. O sorriso dele é só gengivas. Ele espirra água no pai alegremente. Nenhum dos dois faz ideia de que eu estava deitada ali no fundo nove dias atrás. Eu me pergunto o que o pai faria se eu lhe contasse.

São três da tarde, uma hora morta, principalmente em uma segunda-feira. O barman do Shipstead, vestido com roupa de marinheiro, faz caretas, enquanto limpa o balcão próximo às garrafas. O papel de parede mostra diagramas de como dar diferentes nós de vela. O ambiente cheira a Old Spice.

Desmond inspeciona a sala, depois olha para mim.

— Você se lembra de onde estava sentada?

Escolho um banco no bar, embora não tenha a mínima lembrança. O barman coloca à nossa frente descansos de copo impressos com vistosas âncoras azul-marinho, e pergunta se queremos o cardápio. Meu companheiro pergunta que tipo de absinto eles têm. O barman cita uma marca, e Desmond reage com uma careta.

— *Amateurs* — cochicha, mas pede mesmo assim.

Penso em não pedir nada, já me sinto naturalmente alta, mas digo sem pensar:

— Um *stinger*. — Parece a resposta certa. Tomei um naquela noite.

O barman acena com a cabeça. Quando pega o copo de martíni, precisa ficar na ponta dos pés. Um forte cheiro de desodorante emana das suas axilas.

— Por acaso, você não é Richie, é? — pergunto.

Ele dá meia-volta e pisca para mim.

— Não, sou Sam.

— O Richie... está?

— Não. — Ele junta vários líquidos numa coqueteleira de aço inoxidável. — Hoje, não.

Pelo menos, Richie existe de verdade.

— Você sabe quando é o próximo turno dele?

O barman franze o cenho. Ele é bonito, mas é baixo, e o macacão boca de sino faz com que pareça ainda menor, quase uma criança. Tem tatuagens de números num padrão aleatório em todos os dedos. Um número de telefone? Datas de nascimento e morte?

— Você é amiga dele?

— Não. Eu estava neste bar há dois sábados e foi ele quem me atendeu. Quero me lembrar ao lado de quem eu estava sentada — digo na voz mais agradável e saudável possível. — Conversei por um tempo com uma pessoa naquela noite, mas não me lembro do nome dela. Tinha esperança de que Richie pudesse me ajudar.

O rosto do barman se abre num meio sorriso. Ao colocar nossos drinques, parece solidário.

— Isso também já aconteceu comigo algumas vezes. Eu me dou bem de cara com uma pessoa, parece que vai rolar alguma coisa e a pessoa vai embora antes que eu pegue o número do telefone. Você podia colocar um anúncio no Craigslist, sabia? *Ligações perdidas*. Já leu? *Caixa do 76 da Main Street, sou o cara alto e magro que aparece de manhã para tomar chocolate quente e Red Bull. Você acenou para mim, talvez veja isso*. Você podia fazer algo assim.

Tenho certeza de que minha boca está aberta.

— Ah, não estou tentando arrumar um namorado com isso.

O barman pisca para mim.

— Ah — diz, sem expressão, e sai abruptamente para atender um casal mais velho que tinha acabado de entrar.

Desmond despeja o líquido verde sobre o seu absinto.

— Eu costumava postar no *Ligações perdidas*. Nunca tive uma resposta. Não conheço ninguém que já tenha recebido uma resposta. Meio que faz você pensar por que aquilo ainda existe.

Aponto para ele, brincando.

— Pensei que as redes sociais deixassem você triste.

— O Snapchat me deixa triste. As selfies me deixam triste. Pensar que uma mensagem de texto funciona como uma carta de amor me deixa triste. Postar no *Ligações perdidas* é poesia.

— Você é tão esquisito!

Bebo meu coquetel e engasgo. O *stinger* tem um gosto amargo, diferente do que bebo normalmente, mas o sabor não evoca novas lembranças. Desmond bebe devagar, batendo o polegar no ritmo suave do jazz comandado pelo saxofone que vem do aparelho de som. O casal mais velho bebe vinho e conversa baixinho. O barman nos ignora, dando grande importância à limpeza dos utensílios do bar. À distância, uma empregada aspira o tapete febrilmente, mexendo a cabeça ao som da música que sai dos seus fones de ouvido.

— Então, me conte como você acha que aconteceu — sussurra Desmond. — Você entrou neste bar, certo?

Olho em volta.

— Acho que sim. E conversei com alguém. Tenho certeza. Alguém que disse *Você precisa se controlar.* — Aperto os olhos com força. — Se pelo menos eu soubesse quem!

— Acha que é alguém que você conhece?

— Sinto como se fosse. Mas também fiquei surpresa de ver a pessoa aqui. Pareceu muito... inesperado.

— Então talvez fosse Leonidas. Se vocês já tinham terminado, você não iria esperar vê-lo aqui, certo?

— É, acho que não.

— Vamos assumir que fosse. Ele se senta ao seu lado no bar. Vocês conversam. Ele diz: "Você precisa se controlar." Isso faz sentido?

— Pode ser...

— E depois? Sobre o que acha que conversaram?

— Não sei.

— Sobre o rompimento? Será que você estava muito nervosa? Será que foi por isso que ele disse que você precisava se controlar?

— Talvez...

— Mas o que a levou até a piscina? — questiona Desmond. — Leonidas deve ter dito alguma coisa que a fez ir até lá. Você precisava de um pouco de ar? Ou será que ele queria algo mais... íntimo?

Ele fica com uma expressão idiota ao dizer isso, e enrubesço.

— Duvido. Eu estava com medo, não com tesão.

— Tudo bem. Então, Leonidas disse alguma coisa que a assustou. Que ia machucá-la, por exemplo. Você correu para a piscina. Vocês discutiram mais ainda, talvez sobre o rompimento. Ele a empurrou. — Desmond sorri em triunfo.

— Pode ser... — digo, sem convicção.

— Pode ser que não?

Giro e olho para a piscina pela janela. Agora, dois garotos jogam água um no outro na parte rasa. Uma mulher de biquíni preto mergulha, suas pernas longas perto do trampolim.

— Minha sensação é de que fui empurrada por uma mulher.

— Ah! — Desmond franze o cenho, analisando o guardanapo do seu coquetel, uma ilustração de vários nós, como o papel de parede.

— Mas pode ser que a minha lembrança esteja errada. Quer dizer, Leonidas me conhece. Estava falando sobre mim no telefone. A coisa se encaixa.

— Ou talvez não — diz Desmond. — Bem, eu o conheci, Eliza. Ele pareceu... Bom, ele pareceu um cachorrão idiota, sem querer ofender. Então, talvez tenha sido outra pessoa.

Lá no fundo, concordo com ele. Seria fácil se a resposta fosse Leonidas, mas não parece certo.

Ficamos um tempo sem falar nada. Alguém usava o soprador de folhas lá fora. Para soprar o quê?, eu me pergunto. Estamos no deserto.

— Você já ouviu a história sobre a jovem atriz que foi assassinada aqui na década de 1960? — pergunto a Desmond, para quebrar o silêncio.

Ele sacode a cabeça, então explico o mal-entendido. Quando termino, Desmond parece mortificado.

— Pobre Diana Dane! — exclama.

— Do que você está falando? Ela foi a que sobreviveu. Você deveria ter pena de Gigi Reese. Alguém a matou e eles nem se preocuparam em saber quem foi. O mistério nunca foi resolvido.

— Eu sei, isso também é triste, mas é uma espécie de tristeza esperada. Mas imagine com o que Diana Dane teve que lidar. Todos aqueles artigos falando sobre a sua morte. Pensa que todos foram simpáticos? Vai ver que alguém enfiou alguma coisa depreciativa no meio, já que ela não estava lá para se defender.

— Tenho absoluta certeza de que eles a cobriram de elogios.

— Ah. — Desmond limpa o rosto com um guardanapo. — Mesmo assim, a ideia de alguém confundir você com outra pessoa é assustadora. Eu me pergunto se, em alguns momentos, ela pensou: "Ei, todo mundo acha que eu estou morta, *vai* ver que estou!" A opinião pública pode influenciar todos os tipos de verdade.

— Você está perdendo o foco da minha história.

— Ou vai ver que pensou: "Ei, isso me dá uma saída. Posso deixar Hollywood, começar uma vida nova, partir para uma onda de crimes... Ninguém vai me pegar porque todos acham que morri."

— Mas ela amava Hollywood. Ela não partiu para uma onda de crimes.

Desmond toma seu drinque.

— A história dela ganha muitas outras possibilidades se ela decide embarcar na coisa toda da morte.

Aperto os olhos com força, sentindo-me cada vez mais irritada.

— A questão é que a coitada da falecida Gigi Reese passou despercebida. A questão é que algumas pessoas são lembradas porque se parecem com outra.

— Se eu tivesse um duplo, partiria para uma onda de crimes

— Não, você não faria isso.

— Ok, provavelmente não, mas faria alguma coisa inesperada. É o que quero dizer.

Tento imaginar o que seria fora do normal para Desmond. Entrar numa liga de futebol de fantasia, talvez. Adotar uma criança. Especulo a anti-Eliza. Moraria num *ashram*. Respiraria profundamente e me preocuparia pouco.

Chega mais um *stinger*, embora eu não tenha pedido. Engulo-o, estremecendo novamente por causa do gosto. Quem no mundo tomaria um coquetel com *creme de menta*? Os primeiros acordes de uma música soam pelo bar e minha cabeça dá um estalo. "Low Rider". É a mesma música que ouvi quando estava aqui. Fico quieta, concentrando-me em cada nota, tentando imaginar a última vez em que ouvi a canção. Eu poderia estar sentada neste mesmo banquinho, com a mesma vista. E quando virei a cabeça...

O medo me percorre. Vejo uma sombra. Fico em pé na mesma hora.

— O quê? — pergunta Desmond, também deslizando para fora do banco.

— Alguém quer me machucar.

Os olhos de Desmond se arregalam.

— Quem?

Eu não sei. Só me veio esse pensamento, exatamente esse. E mesmo assim o medo corre pelas minhas veias. Alguma coisa neste bar me assustou naquela noite. Desci rapidamente do banco, exatamente como fiz hoje, e procurei a primeira saída que pude encontrar. Também faço isso agora. Só que, hoje, meu corpo vai para outra direção, e a saída para a qual me dirijo é a que passa pelo corredor de volta ao hotel. Vago por lá com os braços esticados como um zumbi, a música de elevador saindo pelos alto-falantes numa altura anormal.

— Eliza! O que você...

Ouço o barman protestar sobre o pagamento dos drinques, mas não me viro. Desmond também não. Só sei que tenho que me mandar deste local. *Para longe.* O que quer que tenha me dado medo semanas atrás ainda está aqui. Aperto o botão do elevador e, graças a Deus, a porta se abre no mesmo instante. Vou para o lobby. Desmond pula para dentro quando as portas estão se fechando.

— O que está acontecendo? — pergunta, ofegante. — Eliza, o que está acontecendo? Me diga o que está pensando. Do que tem medo? O que foi que você viu?

Meu cérebro resiste. Estou lutando por mais e não consigo resposta alguma. Aperto os polegares contra os olhos até ver estrelas. Quando volto a olhar para Desmond, ele está com uma expressão nervosa e insegura.

— Alguém que você viu antes? — diz. — Com quem essa pessoa se parece?

Comigo, quero dizer, mas não sei de onde veio isso. Com certeza não é invenção minha. Mas, então, me lembro do rosto no ônibus. Aquele rosto na janela da casa da minha mãe. Meu rosto, meu rosto, meu rosto. Por que fico vendo a mim mesma? Olho para Desmond apática, perdida. Meu maxilar parece deslocado do crânio.

O elevador tilinta. A porta se abre no lobby. Encolho-me para trás com o pessoal que espera para entrar, mas Desmond me pega pela mão, e me senta em uma poltrona de couro, perto de um grande cacto que, de algum modo, está crescendo em ambiente fechado.

— Eliza — diz com a voz falhando. — Você está queimando.

— Estou bem.

— Não, não está. Fale comigo, por favor. Quem você viu? Por que saiu correndo?

— Não sei. — E então, repentinamente, começam os tremores. Todo o meu corpo se sacode com eles; percorrem até a ponta dos dedos, leves zumbidos incisivos. Bato os dentes. Sinto meus olhos revirarem para dentro. Estou tendo uma convulsão, percebo. Fecho os olhos e sinto a minha cabeça bater no assento de couro. Ouço Desmond gritado acima de mim, mas não consigo fazer nada para chegar até ele ou falar com ele. *Só não chame outras pessoas*, gostaria de poder lhe dizer. *Deixe eu me virar sozinha*. Algo me diz que já tive uma convulsão em público. Algo me diz que recebi atenção demais por conta disso.

Da mesma forma que começou, ela acaba. De repente. Meus olhos voltam a focar. O som retorna e retomo o uso da minha voz. Sento-me, notando que deixei na poltrona uma poça de suor do meu cabelo. Quando olho para Desmond, ele está me encarando, horrorizado. Várias outras pessoas estão paradas, olhando-me de cima, inclusive alguns homens com uniforme do hotel.

— Ela está bem? — pergunta um deles. Além deles, alguns hóspedes esticam o pescoço. Ouço as palavras *Ambulância, desmaiada* e *bêbada.*

Alguém limpa a garganta atrás de nós. É o barman do Shipstead; ele trouxe a conta. Desmond levanta-se e se afasta um pouco com ele para cuidar do pagamento. Fico sentada, olhando as linhas da minha palma, sentindo um constrangimento frio e pegajoso.

Desmond não diz nada quando volta a se sentar.

— Sinto muito — murmuro, finalmente, porque sinto que preciso dizer alguma coisa.

Ele faz uma pausa, antes de falar.

— Quero chamar uma ambulância.

Levo um choque.

— Está falando sério?

— Talvez você precise de um profissional, alguém que possa ajudá-la.

Fecho as mãos.

— Não posso acreditar.

— Eliza, você estava apavorada. Precisa desbloquear o que está assustando você.

— Quer me internar? Igual a todo mundo?

Ele parece horrorizado.

— Claro que não! Só quero saber o que há de errado!

Talvez não seja isso que ele quer dizer. Poderia ser apenas uma tática para me acalmar. Viro de costas.

— Você não tem a mínima ideia de quem eu sou, Desmond. Então, não finja que tem.

Ele dá uma volta rápida, para ficar de frente a mim.

— Não queria que você pensasse...

— Sabe quando falei num tumor cerebral? — interrompo. — Bom, acho que ele continua por aqui. Bagunçando a minha cabeça. Fazendo-me dizer e lembrar de coisas sobre as quais não tenho controle. Levando meu corpo a se mover de maneiras estranhas. Não é um surto psicótico, ok? Não sou louca.

Ele fica de boca aberta.

— Ah, Eliza. Ah, querida. Sinto muito.

— Sentir muito não resolve nada. — Isso é injusto. Estou dizendo tudo isso porque me sinto constrangida e vulnerável. Mas preciso que ele me deixe sozinha. Que finja que aquilo nunca aconteceu. Vir aqui foi uma péssima ideia.

— O que posso fazer? — pergunta ele. — Como posso ajudar? Talvez você precise mesmo de uma ambulância.

— Eu sei me virar. — Cruzo os braços sobre o peito, sentindo que uma parede se ergueu à minha volta. Ele tenta me fazer olhar para ele, mas não olho.

— Estou encantado com você, Eliza — diz Desmond. — Você é como a Dama do Lago. Não entendo uma porção de coisas a seu respeito, mas passaria o resto da vida tentando compreender. Quero ajudá-la da maneira que puder, inclusive descobrindo o que a assustou tanto. Quero *salvar* você.

— Não preciso de salvação.

— Claro que não. Você é forte. É impenetrável. Mas quer saber quem a agrediu, não quer? Acho que o seu cérebro e o seu corpo acabaram de lhe dar uma pista enorme. Como eu disse, andei lendo sobre memória e acho que só o fato de estar aqui já está ajudando.

Encaro-o.

— Como posso saber que *você* não me machucou, Desmond?

Ele recua. Perde a cor.

— O-o quê?

— Você estava passando, por acaso, e me tirou da água na noite da tempestade? Só por acaso, você viu uma pessoa fugindo? Você poderia estar dizendo isso para desviar a atenção de si mesmo.

Desmond leva as mãos à boca.

— Por que eu faria uma coisa dessas?

— Porque você é estranho. Vai ver eu fui sacana com você no bar. Vai ver zombei de você quando éramos mais novos e só não me lembre da sua pessoa. Você é perfeitamente o tipo de gente que eu zoaria.

Desmond sacode a cabeça, os olhos arregalados.

— Você precisa acreditar em mim. Não a empurrei. Jamais faria isso.

Viro-me ostensivamente. Não acredito de verdade que Desmond tenha me empurrado. Talvez tenha sido bom eu ter desabafado, mas sei que é mentira, só queria magoá-lo. É difícil demais para mim ter alguém que se preocupe tanto. Tenho a sensação confusa de que as coisas com Desmond terminarão mal, decepcionantes, devastadoras. Talvez seja melhor afastá-lo antes que ele me afaste. Talvez eu já tenha passado por isso. Talvez com Leonidas. Mas o mais provável é que tenha sido com a minha mãe.

Os ombros de Desmond se erguem e ele se levanta.

— Vamos jantar e esquecer tudo isso.

— Nem pensar — digo, tensa. — Vou pegar meu carro na garagem e vou embora.

— Você está louca? Acabou de ter um ataque! Não está em condição de dirigir!

— Vou ficar bem.

— De jeito nenhum. Eu levo você.

Desmond pega o meu braço, mas me desvencilho e lhe dirijo o olhar mais cáustico que consigo.

— Eu disse *não*.

Caminho pelo lobby. Sinto-me zonza por causa da bebida, e não de um jeito bom. Lembranças e sensações colidem dentro da minha cabeça. Eu afastando Desmond, sentindo medo, aquela convulsão; uma visão começa a tomar forma na minha mente, mas ainda está encoberta. Eu me pergunto se chegarei a ver o que é.

Na entrada de carro, os mesmos valetes estão aguardando. O que pegou o carro de Desmond me vê, e fica em posição de sentido.

— Quer o Batmóvel, senhorita? — Depois ri. — Cara, sempre quis dizer isso.

Sacudo a cabeça com raiva. Estou furiosa até com o carro de Desmond.

— Não, obrigada. E quer saber? Aquilo é basicamente um Buick com um upgrade.

— Teve uma boa estadia no Tranquility? — pergunta ele, sem perder a pose.

Reflito a respeito. Do outro lado do passeio, pessoas saem para uma caminhada sob o sol escaldante. Cactos sobressaem no platô.

Parecem pitorescos e inócuos a duzentos metros de distância, e não como são, espinhosos, inflexíveis, quase mortais.

— Na verdade, não — resmungo por sobre o ombro, a meio caminho do estacionamento. Não sei ao certo se alguma vez me diverti neste lugar.

De As Dots

Na quarta-feira seguinte, Dot foi até o estacionamento do Vons, sem tirar da cabeça as coisas ditas por Marlon.

Como ele pôde pensar que Dorothy a drogaria? Ele não se lembrava de tudo que ela havia dito sobre a presença constante da tia no hospital quando ela era menina? Ela fora a única da família a vir todos os dias. Preocupava-se imensamente com ela. Mas Dot também sabia que Marlon não mentiria para ela, mesmo que sentisse ciúmes da relação entre elas. Ele não era sua mãe. Amava-a com sinceridade e só queria o seu bem.

A preocupação permaneceu pela noite toda. Sentia como se tivesse que escolher entre os dois.

Dorothy esperava no carro, como sempre, e recebeu Dot com um aceno entusiasmado.

— Está pronta para jantar, querida?

Dot tentou sorrir, mas os músculos da boca não funcionaram, e ela se viu fazendo uma careta bizarra no retrovisor. Durante todo o caminho, não conseguiu pensar em nada para dizer, então ficou lidando com o rádio para ter o que fazer. Optou por um locutor esportivo, só por ser o que mais gritava. *Roofies*. Aquilo vibrava em sua mente como uma contaminação. Por que Dorothy faria uma coisa dessas? Por que Marlon tinha posto aquela ideia na sua cabeça? Ela lera um pouco a respeito da droga e seus efeitos; os sintomas, com certeza, eram familiares. Ela ainda estaria com a droga no organismo? Deveria fazer um exame?

— Por que está tão quieta hoje?

— Coisas da faculdade. Logo vamos ter as provas finais.

— Mas você não está cursando inglês? Qual é a dificuldade nas provas finais?

No M&F, o garçom já estava com a mesa preferida delas arrumada, mas, quando chegou a hora dos drinques, Dot disse que queria água. Dorothy virou a cabeça abruptamente.

— Nada de coquetel?

— Não estou no clima.

Dorothy caçoou:

— Desde quando você ficou tão sem graça?

Ele serviu um copo de água gasosa para Dot, que deu um gole e moveu as bolhas de um lado para o outro da boca, como que para limpá-la. Na outra ponta da mesa, Dorothy bebia vinho, olhando-a com frieza. Perguntou sobre os livros que estava lendo e recebeu respostas monossilábicas. Tentou inventar histórias sobre os outros clientes do restaurante, mas Dot não se virou para ver de quem ela estava falando.

Lembrou-se, subitamente, de ter visto a dra. Koder na cadeira de rodas, na primeira vez em que tinham estado ali. Depois de chegar em casa, pesquisou sobre ela e soube que, não muito tempo depois de sair dos seus cuidados, a médica tinha sofrido uma queda trágica no poço da escada do edifício chique onde vivia. Quebrara o pescoço. Isto constava em uma página do Facebook criada pelo marido, um homem chamado Evan Koder, e não em um site de notícias. Uma pessoa comentou que a doutora deveria prestar queixa, insinuando que a queda não era um acidente, mas ninguém acompanhou essa linha de raciocínio. Dot não encontrou evidências de uma ação judicial.

— Você fez alguma coisa contra a dra. Koder? — disse ela, sem pensar.

A cabeça de Dorothy levantou-se de um tranco.

— Quem?

— Você sabe quem. Ela está numa cadeira de rodas por causa de uma queda na escada. Sei que ficou nervosa com a maneira como ela nos tratou. Aconteceu logo depois de termos ido embora.

Dorothy ficou boquiaberta. Passaram-se alguns minutos até ela conseguir falar.

— Como se atreve a me acusar de uma coisa dessas?

— Eu só... — Dot sentiu os olhos marejarem. Isso era muito mais difícil do que ela imaginava. — O período bate. O acidente dela foi no dia 11 de julho. Eu tinha acabado de entrar no novo hospital, mas ainda não estava bem. Daria para entender se você estivesse nervosa...

— Onze de julho. — Dorothy estreitou os olhos, pensando. — Sei onde estava nesse dia. Onze de julho é o aniversário do meu marido, Milton, e me dou de presente um dia num spa todos os anos, em sua homenagem. — Milton era o falecido produtor de cinema. — Fui me cuidar no Hyacinth, na Beverly Boulevard. Depois disso, fui para o hospital visitá-la.

— Ah, me desculpe — disse Dot.

Dorothy cruzou os braços sobre o peito. O queixo tremia.

— Sabe, vou fingir que você nunca falou nada disso. Vou fingir que isso não aconteceu.

— Me desculpe — murmurou Dot, sentindo-se como uma criança. — Não devia ter duvidado de você.

Dorothy apertou os lábios, como que para não chorar.

— Sabe, quando seu humor fica para baixo, eu me lembro de Thomas.

Dot prendeu a respiração.

— É mesmo?

— Sim. Nossa, ele ficava possesso, às vezes. Eu achava que ele fazia aquilo de propósito. — Ela cruzou as mãos sobre a mesa. — Mas eu era tudo o que ele tinha no mundo, a única pessoa com que ele podia contar. Tentei tomar isso como um elogio, é claro, mas doía. Dediquei-me muito a ele.

Dot ficou admirada como as palavras da tia eram levemente veladas. Mas talvez Dorothy tivesse razão. Ela era a única pessoa em sua vida, realmente.

As duas foram pegar, ao mesmo tempo, o último pretzel na cesta. Em geral, frente a essa situação, Dot retiraria a mão e deixaria a tia ficar com o último, mas naquele dia, ela o agarrou e o enfiou na boca.

A comida chegou, pratos enormes de carne.

— Opa — disse Dorothy, animada, cortando a dela.

Olhou para Dot várias vezes. Pegou o guardanapo, deixando o garfo cair no chão.

— Pode pegá-lo para mim, querida? — pediu. — Minhas costas não são mais as mesmas.

Dot se inclinou para baixo, mas como ele estava ao lado de Dorothy, ela teve que se ajoelhar no tapete e se esticar para pegar o talher. Quando voltou à mesa, teve a impressão de que a tia estava se acomodando de novo na cadeira. Talvez tivesse apenas chamado o garçom, porque ele apareceu na mesma hora, e ela lhe entregou o garfo caído.

— Então — disse, cruzando os braços e olhando para Dot com um sorriso tranquilo. — Agora, me diga o que a está incomodando, meu bem.

Dot espalhou ketchup pelo prato.

— Nada.

— É o seu namorado?

Ela sacudiu a cabeça, arrasada.

— Sua mãe? — Dot fez um barulho evasivo. — Você pode me contar qualquer coisa.

A sobrinha fechou os olhos com força, surpresa com as lágrimas que surgiram. Desejava que aquilo fosse verdade.

— Algum dia eu lhe contei sobre o amante que tive na Itália e que fazia parte de uma máfia siciliana? Chamava-se Federico. Meu Deus, que homem!

— Se é que ele exista mesmo — murmurou Dot, sem conseguir se conter.

Dorothy franziu o cenho.

— Como é?

— Nada.

Dorothy pousou o copo de vinho.

— As minhas histórias entediam você?

Dot engoliu com dificuldade.

— Eu não passo de uma tagarela?

Dot tocou nos dentes do garfo, balançou a colher.

— Porque pensei que eu fosse importante para você. Você é muito importante para mim. Pensei que fosse querer ouvir essa história, mas se quiser, a gente encerra a noite agora mesmo.

Subitamente, Dot odiou Marlon. Ele levantou uma cerca entre ela e a tia. Que importância tinha se ela distorcia alguns detalhes do seu tempo além-mar? Se contava um montão de mentiras? Isso não significava que fosse má pessoa. Não significava que estivesse machucando alguém. Ela dava tanto amor; era a pessoa menos egoísta que Dot já conhecera. Marlon fora tacanho, talvez tão preconceituoso em relação à idade quanto aqueles meninos grunges do bar.

— Eu só voltei por sua causa. Mas se isso não tem valor para você, compro uma passagem agora mesmo para a Itália.

A garganta de Dot ficou seca. Ela pegou o copo e bebeu.

— Por favor, não.

Dorothy assentiu lentamente.

— Ótimo. — Apontou para o copo d'água de Dot. — Beba. Você parece rouca.

Depois disso, as luzes ficaram mais claras e Dot sentiu-se solta. Dorothy contou histórias, algumas das melhores, e Dot começou a rir. Os membros se descontraíram e ela aproveitou o jantar. Até se sentir nauseada. Num minuto estava à mesa, no outro, no chão do banheiro, metade dentro de uma cabine, o resto ao lado da pia.

— Ah, querida — disse Dorothy acima dela.

Dot se deitou no banco de trás do carro da tia. A voz de Dorothy flutuava do assento do motorista. As luzes do St. Mother Maria's perderam-se na distância.

— Me diga se eu estiver indo rápido demais — disse a tia.

A próxima coisa que ela percebeu é que era manhã de novo, e estava acordando no Magnólia. O peito contraiu-se em pânico. Isso não fazia sentido. Ali estava a mesma dor de cabeça, o mesmo vazio confuso.

— Apenas descanse — disse Dorothy à sobrinha.

Dot levantou-se num salto.

— Mas eu só tomei água ontem à noite, nada mais!

— Deve ter sido alguma intoxicação alimentar. Ou vai ver que você pegou uma gripe. Eu não me espantaria, morando naquele alojamento imundo.

Dot não sentia que estava gripada. Sentia ressaca. Estava prestes a dizer isso, mas alguém bateu à porta.

— Aposto que é o serviço de quarto! — falou Dorothy, a barra do seu quimono de seda estampado com tulipas indo atrás dela. — Você vai se sentir melhor depois de comer alguns ovos.

Ela abriu a porta de uma vez e fez um som de surpresa. Dot se sentou, a cabeça pulsando, e viu quando a tia tentou fechar a porta novamente. Quem quer que estivesse do outro lado teve mais força, escancarando a porta e batendo com força contra a trava na parede.

A mãe dela surgiu iluminada pela luz forte do sol da Califórnia. Ao ficar na ponta dos pés e ver a jovem, sua expressão se tornou sombria e retorcida.

— Eu vou matar você — cochichou e foi direto até a cama onde Dot estava.

ELIZA

A IDA PARA casa é uma repetição da minha fuga do hospital de Palm Springs, só que estou com roupas melhores e no meu bagunçado Toyota Rav4, não no Porsche de Bill. Ainda posso sentir o perfume do spray corporal de Desmond em mim, como se tivéssemos nos atracado loucamente, nossas peles se tocando em todo tipo de lugar. Tiro um dos seus fios de cabelo sedosos e pretos da minha calça e o jogo pela janela.

Depois de um tempo, o cenário ao longo da 1-10 passa a ser familiar. Para evitar o trânsito da hora do rush, saio da via expressa e entro em uma via movimentada em Alhambra, passando por shopping centers degradados e barraquinhas que vendem VHS pornográficos. Depois de um tempo, a vizinhança melhora e surge um hospital à frente. Vejo uma imagem familiar e perco o fôlego. Perplexa, atravesso quatro faixas de trânsito e entro em uma passagem para carros. Um sinal em néon paira no alto. *M&F Chop House*.

Estaciono, tremendo. A churrascaria surge na minha frente, tijolo, argamassa, concreto, tudo *real*. Minha visão começa a girar. Quando viro no sentido horário, vejo o St. Mother Maria's Hospital do outro lado da rua. Devo ter visto isso pela janela, ou em um anúncio, e aproveitado no meu livro. É exatamente como descrevi em *As Dots*.

Abro a porta e olho ao redor, cautelosa, como se esperasse que tocassem sirenes com a minha presença. Um homem corpulento com manchas vermelhas nas faces sorri para mim, distraído, depois me leva pelo restaurante.

— Esta mesa está boa? — pergunta. Fica no meio do ambiente. Um menu aguarda vistoso entre uma vela apagada e um vaso.

Concordo com a cabeça e desmorono na cadeira. Parece um restaurante normal: bar revestido de madeira, fotografias emolduradas de velhos artigos de jornal, placas de latão com nomes de clientes habituais nas paredes. O único problema é que conheço surpreendentemente bem cada centímetro do lugar. Ele até cheira como imaginei em *As Dots*: carne, molho, vinho tinto, dinheiro e sexo. Talvez porque todos os restaurantes assim sejam parecidos?

Travessas chiando passam por mim. Um jogador de beisebol acerta uma jogada na televisão e banqueiros yuppies de vinte e poucos anos comemoram com seus uísques.

Forço minha memória. Será que estive aqui com Leonidas? Talvez com Bill e minha mãe? Devo ter vindo aqui enquanto pesquisava para o livro. De que outro jeito poderia saber que existe um hospital chamado St. Mother Maria's do outro lado da rua? Como saberia o número de andares que o lugar tem ou que havia uma grande estrutura para estacionar logo ao lado, mais alta que o próprio hospital? Este não é um bairro que costume ser fotografado ou apareça no noticiário. Não é um bairro que esteja em filmes. É um tipo de vizinhança inexpressiva e, mesmo assim, parece que a conheço de cor.

Meu celular vibra e olho. É Desmond. *Sinto muito. Só queria ter certeza de que você está bem. Eu nunca a magoaria. Por favor, entenda isso. Você é a luz da minha VIDA. Se não quiser que eu a procure mais, é só dizer. Mas vou lamentar até o fim dos meus dias.*

Se liga, respondo. Depois, desligo o celular. Pode ser cruel, talvez eu devesse perdoá-lo, mas é reconfortante demais transformar minha vergonha em raiva punitiva.

Enquanto olho em volta, surpreendo-me ao ver um reservado desocupado bem ao fundo, quase escondido. Algo nele parece descuidado, talvez até condenado. Estico o pescoço. Haveria uma porta secreta ali também? Sinto-me completamente insana. Como é possível que este lugar seja tão vivo? Como é que conheço todos os seus detalhes? Vai ver que sou uma escritora melhor do que imagino. Se minha mãe viesse aqui, se visse como captei bem isso, talvez *então* ficasse impressionada. Em vez de dizer: *Foi isso que você escreveu?* Em vez de dizer: *Outras pessoas leram isso?* Em vez de dizer: *Faça alguma coisa, Bill.*

Em vez de dizer: *Levante-se, por favor.*

O último pensamento derruba uma série de dominós. Um ferrolho cede, uma porta abre. *Levante-se. Levante-se.* É um sino soando no meu cérebro. Círculos concêntricos ondulando em um lago. Uma voz dizendo-me *contagem regressiva a partir de dez.* Talvez seja o cheiro avassalador de carne sangrenta, talvez seja minha cabeça doendo, latejando, talvez seja a misteriosa e estonteante consciência da ficção esbarrando na realidade. De repente, estou parada na calçada em frente ao consultório do pai de Leonidas, sorrindo para Desmond e, depois, estou na calçada. Por uma fração de segundo, antes de desmaiar, olho para cima e vejo o que precisava ver. A imagem por fim entra no seu devido lugar. *Levante-se, por favor.*

Um rosto paira acima do meu. Os olhos estão arregalados. A boca está retorcida e preocupada. A mão se abaixa para checar o meu pulso, e há um suspiro de alívio. O rosto se afasta e duas mãos pegam o meu celular. Tocam na tela. Um recuo e, então, a pessoa foge, as pernas se movendo desajeitadas. É a corrida de um não atleta, a corrida de uma mulher madura.

Minha mãe.

De As Dots

— Querida! — disse Dorothy, correndo atrás da irmã, enquanto ela cruzava a suíte do hotel. — Que surpresa maravilhosa!

A mãe de Dot se esquivou dos braços abertos de Dorothy e agarrou o pulso da filha, que estava de joelhos. — Levante-se. Já.

— Aceita um café? — perguntou Dorothy, afoita atrás dela. — O serviço de quarto chega rápido. Os ovos beneditinos são divinos!

A mãe de Dot encarou a irmã.

— Não diga nem mais uma palavra. — Ela passou o braço ao redor dos ombros da filha. — Vou chamar a polícia.

— Querida, não há necessidade...

— Mãe, o que está fazendo? — gritou, com a voz esganiçada.

— Vou chamar a polícia — insistiu a mãe. — Eu devia ter feito isso anos atrás.

O sol brilhou forte nos olhos de Dot quando elas saíram do bangalô, aumentando sua dor de cabeça. Ela se virou, esperando que Dorothy estivesse no encalço delas, mas a tia ficou murcha na entrada do quarto. Ela chorava.

Dot tentou se desvencilhar das garras da mãe.

— O que está acontecendo? Por que fez isso?

A mãe era mais forte do que a jovem pensava, e não conseguiu se soltar. Com a outra mão, falava com alguém ao telefone.

— Sim, quero denunciar o paradeiro de uma criminosa — disse rapidamente. — Hotel Magnólia, em Beverly Hills. O nome dela é Dorothy Banks.

— Que diabos você está fazendo? — perguntou Dot. — Uma criminosa? Enlouqueceu?

A mãe desligou e olhou para Dot. Parecia brava, chocada e mais alguma coisa. Talvez atormentada. Ou triste.

— Não posso acreditar que você se encontrava com ela, saía com ela e não me contou nada.

— Por que eu contaria? Você detesta ela.

— E não desconfia que existe um bom motivo para isso? — A mãe a puxou pelo estacionamento e destrancou o carro.

Dot fungou.

— Você tem ciúmes. — E, no entanto, não havia muita contundência em sua defesa, como haveria poucos dias antes. A cabeça parecia inchada. O medo jazia gelatinoso no seu estômago. Queria amar Dorothy e queria acreditar nela, mas havia aquela cena desconcertante lá no hotel. Não deveria estar doente hoje.

A mãe de Dot abriu a porta do carro para ela e fez sinal para Dot entrar. Uma vez que a filha estava lá dentro, fechou rapidamente a porta, e deu a volta às pressas para o seu lado.

— Eu queria vê-la e ela queria me ver — falou Dot, quando a mãe ocupou o banco do motorista. — Senti falta dela. Ela sumiu durante doze anos. Você não pode nos separar.

— Você vai ver.

— Sou adulta. Posso fazer o que quiser. — Percebendo que poderia simplesmente sair, Dot estendeu a mão para o trinco da porta do passageiro, mas sua mãe pegou no seu braço e o puxou de lá. Deu partida no motor e engatou ré com tanta pressa que quase bateu no carro estacionado atrás. Dot soltou um grito de surpresa. Sua mãe apertou o volante com força e pisou no acelerador.

— Quantas vezes vocês estiveram juntas? — perguntou.

A filha não respondeu.

— Há quanto tempo isso vem acontecendo? Meses? Anos?

— Só há alguns meses — murmurou Dot com a cabeça baixa. — Acho que desde fevereiro.

A mãe manobrou o carro bruscamente pelo estacionamento.

— E o que vocês fazem? Aonde ela leva você?

— Só para jantar. — Dot olhou furiosa para suas unhas e começou a cutucar uma delas até sangrar. Pareceu gratificante ver o sangue correr pela mão. — Só íamos a esse restaurante. Não é como se estivéssemos fazendo alguma coisa errada. Por que você disse que ela é uma criminosa? Está delirando. O que acha que ela fez, roubou um banco?

A mãe contraiu os lábios.

— Sabe quem me contou sobre essa situação? Seu namorado. Ele disse que, na maioria das noites de quarta-feira, não consegue encontrá-la e que, nas quintas, você não está no seu quarto pela manhã. Não vai à aula. Disse que você vem se comportando de um jeito estranho e que não termina as suas tarefas. Disse o que você anda aprontando, que tem estado com ela, tem bebido. Não é para você beber, Dot. Principalmente com ela.

Dot odiou Marlon. Como ele poderia tê-la traído, ainda mais com sua mãe? Jogou o cabelo da melhor maneira que podia, apesar da enxaqueca.

— Ela é a minha família, e cuidou de mim, caso você não lembre.

A mãe soltou uma risada assustadora.

— Você acha mesmo que era isso que ela estava fazendo? Cuidando de você? Não sabe mesmo?

— Sei o quê?

A mãe pareceu atônita.

— Dot, ela está tentando assassiná-la.

A menina olhou para a mãe sem acreditar, mas então algo na rua a distraiu.

— Olhe para frente! — gritou, apontando. A mãe desviara para a outra pista e um caminhão vinha em sua direção. O motorista buzinou com vontade. Mãe e filha gritaram, mas a mais velha conseguiu sair da frente bem a tempo. — Encosta! — gritou Dot, e surpreendentemente a mãe parou.

As duas estavam ofegantes, escutando a marcha lenta do motor. Carros passaram por elas. Do outro lado da rua, em frente a um 7-Eleven, um casal se abraçou.

— Quero sair — disse Dot, agarrando a maçaneta.

A mãe apertou o botão que trancava as portas.

— Não. Por favor. Você não entende o quanto ela é doente.

— Ela não é doente. — Dot realmente não queria que isso fosse verdade. — Você só está com ciúmes. Sempre esteve. Foi por isso que mandou ela embora do hospital.

— Dot, ela estava tentando envenenar você!

Dot olhou pasma para a mãe.

— O-o quê?

A mãe tirou o cabelo do rosto. Seus traços tinham se alongado em preocupação. Rugas profundas riscavam sua testa.

— Ela estava a envenenando no hospital. Dava estricnina em pequenas doses para você. É um pesticida. Isso causava as suas convulsões e levou os médicos a se reunirem para debater o seu caso. Ela tem uma doença psicológica, chamada síndrome de Münchausen por Transferência. Sabe o que é?

Dot sacudiu a cabeça. De repente, ficara muito quente e úmido no carro, como se elas estivessem no meio de uma floresta tropical.

— É quando um cuidador inventa ou provoca sintomas em uma criança por querer atenção. Bom, e também porque se sente feliz em enganar pessoas que parecem mais poderosas do que são, como enfermeiras e médicos. Mas como esse cuidador parece bastante dedicado, e pode ser manipulador com a equipe do hospital e com a criança, às vezes as pessoas não percebem durante um tempo muito, muito longo. — Ela tocou o braço da filha. — Trata-se de *abuso infantil*. Os médicos perceberam. Foi por isso que isolaram você na UTI. Lá, você melhorou porque ela não conseguia entrar e pôr alguma coisa na sua intravenosa. Tivemos que pedir uma ordem de restrição contra ela. Iam fazer uma grande investigação, ela ia parar na cadeia. Foi por isso que saiu da cidade.

Dot sentiu o vômito subir-lhe à boca.

— Não, ela não fez nada disso. Cadê a prova?

— Seu exame de sangue deu positivo para envenenamento por estricnina. Estou com os resultados, se quiser ver. Assim que foi para a UTI, um mandato de prisão foi expedido contra Dorothy.

— Ela não me envenenou. Tinha que ser uma das enfermeiras.

— Não foi.

— Mas ela cuidou de mim. Ela me ama.

— Não, não ama. Ela fez o oposto, a enganou, enganou todos nós. — A voz da mãe tremeu.

Dot não podia mais ouvir aquilo. Gemendo, ela se virou no banco, destrancou a porta e puxou a maçaneta.

— Não! — gritou a mãe, tentando alcançá-la mais uma vez. Porém, em vez de segurar seu ombro, agarrou as pontas do cabelo de Dot. Ela forçou para um lado, a mãe puxou do outro, e ouviu-se um som horrível de algo sendo arrancado. Uma dor intensa percorreu o crânio da filha, chegando até os olhos. Ela gritou e pressionou a cabeça.

Quando percebeu, a mãe tremia. Tinha algumas mechas de cabelo nas mãos.

— Sinto muito — sussurrou a mãe. — Ah, meu Deus, Dot, eu não queria fazer isso.

Dot não disse nada, só gemeu, tocando o couro cabeludo.

— Vamos para casa, está bem? Eu levo você. A gente janta e passa isso a limpo.

— Quero ir para o alojamento da faculdade.

— Eu jamais a machucaria, você sabe disso.

— *Quero ir para o alojamento.*

Dot chorou em silêncio o caminho todo. Sua mãe, provavelmente, achou que ela estivesse zangada, e estava, é claro, mas as lágrimas eram mais pela perda. Uma história como aquela não podia ser esquecida.

ELIZA

QUANDO CHEGO À casa dos meus pais estou bem abalada. Meu coração está quase saindo pela boca e, trôpega, desço do carro e chego ao gramado inclinado da frente. O céu está em um tom roxo avassalador. Atrás de mim, crianças que acabaram de subir até o símbolo de Hollywood vagam de volta para os seus carros. As risadas soam como vidros se quebrando.

À porta, mais uma vez, sinto o cheiro enjoativo de perfume com aroma de laranja. Endireito os ombros. Penso em tocar a campainha, mas, em vez disso, tento a maçaneta. Ela gira com facilidade, e então se abre sem que eu mova um músculo. Dou um pulo. Lá dentro, Gabby pisca para mim, soltando um *opa*.

— O-oi... — digo. — O que faz aqui?

A boca de Gabby se retorce em um sorriso. Está com um terninho preto e carrega uma bolsa vermelha no formato de uma bigorna.

— Cheguei cedo em casa. Na verdade, estava prestes a ir buscar você.

— Por quê?

— Sua consulta de acompanhamento, esqueceu? Eu não telefonei para você? Achei que ia buscá-la na sua casa, mas assim é melhor. Daqui chegamos bem mais rápido.

Estreito os olhos.

— Que consulta de acompanhamento?

— Por causa da história da piscina. Você se lembra de que eu disse que a levaria?

— É para uma ressonância?

— Eu não... — Ela remexe na bolsa e tira um cartão de lembrete. — Não, é com alguém chamado dr. Sweitzer.

— Quem é ele?

— Hã... um psiquiatra. — Ela disse *psiquiatra* muito rápido, como se eu não fosse perceber. Sorri, esperançosa.

Recuo.

— Não preciso de um psiquiatra.

Então, Gabby repara no meu rosto machucado.

— O que aconteceu?

— Alguém veio por trás de mim, me assustou e eu caí.

— O *quê*?

Estendo a mão para fechar a porta.

— É por isso que preciso falar com a mamãe agora.

— Mas Eliza, a consulta...

— *Eu não vou!*

As mãos de Gabby vão de encontro ao peito. Os cristais do lustre acima da mesa de jantar tilintam em conjunto. Não pretendia gritar tão alto.

— Ouça, vou ficar aqui — aviso, controlando o meu tom de voz. — Preciso falar com a mamãe. É realmente importante. Não vou sair até fazer isso.

— Ela não está.

Dou de ombros e me sento na cadeirinha perto da porta.

— Eu espero.

Gabby checa o relógio, depois fecha a porta da entrada e vem para perto de mim.

— Sobre o que vai conversar com ela?

Ela está muito deselegante no seu terninho baggy. Pessoas sem estilo sempre me fascinaram. Será que é porque não se importam?

Será que ela acha mesmo que está bem? Eu caçoava muito de Gabby na adolescência, mas ela pedia por isso. Usava sapato-boneca com meias soquete até os catorze anos, pelo amor de Deus! Será que não dava para arrumar óculos mais simpáticos? Agora, eu me arrependo, é claro. Se eu tivesse sido mais tolerante com ela, provavelmente seríamos mais amigas.

— Acho que mamãe sabe de algo que não quer me contar — explico.

Gabby me olha fixamente durante vários tiques do relógio.

— Sabe... o quê?

— Eu vi a mamãe no beco atrás de um estacionamento alguns dias atrás, próximo ao trabalho dela. Acho que estava me seguindo. Tive um ataque de pânico e desmaiei. Quando acordei, ela tinha ido embora. — Passo a língua sobre os dentes. — Ela apagou alguma coisa no meu celular, depois foi embora. Mas acho que chamou a polícia para que eles soubessem que eu estava lá caída. Simpático da parte dela, não?

Gabby parece chocada.

— Tem *certeza* de que era a mamãe?

Penso na imagem distorcida do rosto, que veio a mim no restaurante.

— Absoluta.

— O que ela achou no seu telefone?

— Alguma coisa... importante. E a única maneira que ela tinha de saber que eu descobrira essa informação significativa era me seguindo. Tem alguma coisa muito esquisita acontecendo, Gabby. — Olho para ela. — Tem ideia do que seja?

— Nenhuma. — Ela limpa a garganta. — Você vai me odiar por dizer isso, mas parece a época em que teve o tumor. Sempre preocupada que tivesse alguém a seguindo. Esse tipo de coisa.

— Sei que parece a mesma coisa, mas não é. Dessa vez, tenho prova.

— Que tipo de prova?

— *Eu me lembro da mamãe lá* — insisto enfaticamente. — E preciso saber o motivo. — Minha mente está em transe desde que fiz a ligação. Por que ela apagaria a lista de números na tela de chamadas de Leonidas? O número dela seria um deles? Será esse o número do qual me lembro vagamente? É possível. Eu o teria reconhecido, é o mesmo desde que eu era criança, mas não sei de cor o número do celular da minha mãe.

Então, era a minha mãe quem estava conversando com Leonidas naquele dia em frente à Exposição de Gatos? Será que ela estava dividindo alguma espécie de preocupação em relação a Palm Springs, e ele a acalmava? Mas *por quê*? Ela tem alguma culpa, tenho certeza disso.

Olho para Gabby.

— Acho que ela sabe quem me empurrou para dentro da piscina em Palm Springs. Na verdade, tenho medo que *ela* tenha me empurrado na piscina em Palm Springs.

Gabby sorri, nervosa.

— Ok. A teoria é... interessante. Mas... me acompanhe neste raciocínio. É possível que você esteja culpando a mamãe porque ela é a pessoa que mais se preocupa com você?

Eu rio como não faço há muito tempo.

— A mamãe nem ao menos me telefonou desde Palm Springs. A única vez em que falou comigo foi para dizer que o meu livro era um lixo. Eu não chamaria isso de preocupação.

— Ela quer que você volte para o hospital. Está desesperada para você melhorar e...

Interrompo.

— Gabby, em vez de esperar que eu recuperasse a consciência, ela fugiu. Adulterou meu celular e depois me deixou na rua! Quando a polícia chegou, acharam que eu era completamente louca!

— ... mas uma parte doente do seu cérebro luta contra isso. — Gabby atropela as minhas palavras. — Você não está enxergando as coisas racionalmente. Quero dizer, mesmo que a mamãe tivesse corrido em um estacionamento, é claro que ela sabia que a filha estava bem, você mesma disse que ela chamou a polícia, só por garantia. Ela devia ter um bom motivo para ir embora.

Fico de queixo caído.

— E qual poderia ser?

— Talvez ela... — Gabby fecha a boca e desvia o olhar.

Sinto um arrepio subir pela espinha.

— Talvez ela o quê?

— Sei lá. Talvez estivesse atrasada para alguma coisa.

Percebo que não era isso que Gabby ia dizer e bufo. Ela atravessa a sala e olha pela janela, sem que eu possa ver o seu rosto.

— Eliza, sei que ela não é carinhosa e fofa. Sua doença foi um baque. Algumas pessoas crescem nessas ocasiões. Outras... se arrebentam e não conseguem lidar com a situação. Ela não está dando conta de ver você com um comportamento estranho novamente.

— Você quer me deixar mal por ela?

— Não acho que consiga ver a coisa pela perspectiva dela. Nenhum de nós consegue entender o que você passou quando estava doente. Ela devia ter a apoiado um pouco mais, mas a mamãe se importa. Muitas vezes, acordei durante a noite e ouvi o choro no banheiro. Ou na cozinha, sentada à mesa, as mãos em volta de uma caneca de café vazia, o olhar perdido.

Estalo a língua.

— Ela sempre se comportou como se não me aguentasse mais.

— Ela é uma daquelas pessoas que não sabe lidar com a tragédia. Então, fica zangada e distante. Não é a reação certa, mas ela é assim.

— Isso não muda o fato de que está escondendo alguma coisa. Vou continuar aqui até ela voltar.

Gabby olha para o relógio.

— Detesto dar a notícia, mas não acho que ela vá voltar tão cedo. A mamãe e o papai têm uma espécie de jantar essa noite. Você vai ter que esperar por muito tempo. — Ela se levanta. — Então, que tal irmos àquela consulta?

— Nada de consulta — digo. — Não vou mudar de ideia.

Nós nos encaramos por um momento.

— Tudo bem — diz Gabby. — Não precisamos ir à consulta. Mas vamos sair, jantar fora. Trago você de volta, e a gente vê se a mamãe já chegou. Ok?

Travo o maxilar. Parece menos satisfatório, mas sinto que se disser não, ela vai trazer à tona a história da consulta de novo. E, para ser sincera, talvez eu não tenha pensado nisso a fundo. Não tenho certeza de estar pronta para confrontar a minha mãe. *Quero* fazer muitas perguntas, mas ela não vai admitir o que anda aprontando. Vai distorcer a história e transformar num problema *meu*, minha doença, que tudo isso é uma invenção da minha cabeça paranoica. Preciso provar de alguma maneira. Só não estou certa ainda de qual seria essa maneira.

— Está bem — digo. — Mas você dirige. Vou deixar meu carro aqui. — Isso forçará Gabby a me trazer de volta, e talvez, então, minha mãe tenha chegado.

O PT Cruiser bege está estacionado na rua. O interior cheira a vela de baunilha. Os bancos foram aspirados recentemente e a parte dos pés está livre de invólucros, guardanapos, livros e outras merdas que infestam o meu. Abro o porta-luvas com o pé ao entrar no banco do passageiro; o manual do proprietário está bem guardado. Uma bolsinha plástica etiquetada *licença e seguro* guarda os dois documentos. Aposto que ela é do tipo que faz rodízio dos pneus regularmente.

Eu me acomodo no banco do carona e Gabby entra ao meu lado. Há um flash no retrovisor. Uma pessoa está parada na rua, as mãos no quadril e o cabelo escuro caindo ao redor do rosto. Viro-me e analiso a rua atrás de nós. Está vazia. Meu corpo se recobre de suor. É mais uma vez aquele rosto. O meu rosto.

— O quê? — pergunta Gabby, me encarando.

Olho novamente e, é claro, o rosto desapareceu.

— Nada — digo, tentando não parecer sem fôlego. — Só pensei... Nada.

Descemos a colina. Procuro um modo de estabelecer uma conversa com Gabby, mas não consigo puxar assunto. Enquanto dirige, ela se senta com as costas muito retas, como se estivesse equilibrando um livro na cabeça. Em intervalos de poucos segundos, seu celular apita avisando a chegada de uma mensagem de texto. Posso ver as notificações na tela, que desaparecem em seguida. Outra coisa também tilinta na sua bolsa.

— Você quer saber o que é? — pergunto.

— Tudo bem. Não gosto de dirigir e ver o celular.

Quando viramos na Sunset, endireito o corpo.

— Estamos indo para o Chateau?

— Para onde?

Passamos pelo Chateau Marmont sem entrar.

Impávida, aponto o Toi.

— Esse lugar tem ótimos coquetéis tailandeses — aviso. — Sem álcool, quer dizer.

Ela também passa por esse. No final da Sunset, para na fila de valetes e sai, colocando a bolsa no ombro. Eu também desço, o olhar na bainha abaixo dos joelhos da sua saia. Aqui na Sunset, ela parece ainda mais matrona. Um homem tatuado, com shorts curtos e sem camisa, sobe a rua a passos lentos, gritando com alguém ao celular. Um conversível cheio de asiáticos mal-intencionados passa pela rua, a batida do rap explodindo nos alto-falantes. Do outro lado da rua, um bando de meninas usa vestidos que mal cobrem as genitálias. O cabelo de Gabby balança de um jeito infantil.

Ela caminha por clubes de rock, hotéis, restaurantes cinco estrelas, e entra num lugar chamado, à primeira vista, *Gravel*, mas na verdade chama-se *Crave*. *Coma, sare, ame,* diz um cartaz acima da vitrine, com uma foto de uma enorme vitamina de frutas. Provavelmente é feito com abacaxi, mas a cor lembra pus.

Pessoas comem tranquilas enquanto uma música sai pelos alto-falantes do lugar. O único som destoante é de um liquidificador preparando suco. A recepcionista, magra feito um palito, com braços trabalhados por Pilates, nos acompanha até uma mesa vazia e nos entrega menus impressos em um papel tão fino que tenho medo de estragá-lo.

— Este lugar é... gostoso — balbucio.

— Às vezes, janto aqui — diz Gabby. — Com amigos do trabalho.

Tudo no menu tem quinoa, e não há um único coquetel alcoólico (não que Gabby fosse me deixar pedir um, de qualquer forma). Coloco o menu sobre a mesa e olho em volta. Um homem no canto veste um traje budista. Está sentado com a mulher mais linda que já vi, loura e bronzeada, a pele absolutamente perfeita. Prefiro bares com mulheres de aspecto duro, queixo duplo, atores falando rápido, roqueiros fumando feito chaminé. Imagino que aqui é onde que todos os que querem continuar preservados vêm.

O celular de Gabby sinaliza novamente e dou uma risadinha.

— Eles a mantêm em estado de prontidão no trabalho, hein?

Ela checa e recoloca o celular sobre a mesa, virado para baixo.

— Acho que sim.

— Então, como é que você sabe tanto sobre as reações das pessoas às crianças doentes, afinal?

Gabby me olha de uma maneira estranha.

— O que você disse sobre a mamãe — digo. — Aquilo foi muito... perspicaz.

Ela brinca com o hashi.

— O filho do meu chefe tem leucemia. Eu estou meio que... namorando ele. O meu chefe, quero dizer. Dave. Não Linus, o filho dele.

— Que incrível, Gabby! Há quanto tempo?

— Seis meses, duas semanas e cinco dias.

— Qual é o prognóstico do filho?

— Meio a meio. Dave está um caco por conta disso. Não tenho certeza de que deveríamos estar juntos agora. Ele está totalmente focado no filho, o que é o certo. Mas imagino que precise de alguma coisa, de uma... distração.

— Alguma coisa que o deixe feliz.

Gabby bebe a água de maneira afetada.

— Vai ver que é por isso que mamãe ficou tão louca por kitesurf quando você ficou doente. Ela também precisava de uma válvula de escape.

É, mas que válvula de escape mágica e pitoresca, voar sobre o oceano com uma pipa. É terrível, da minha parte, querer que ela tivesse escolhido um hobby um pouco mais melancólico?

— Acho que eu queria que você sofresse tanto quanto eu estava sofrendo — digo.

— As pessoas demonstram sofrimento de diversos modos e, no seu caso e no da sua mãe, talvez não tenham percebido a extensão da situação, mas também não tenho certeza se você está sendo justa com ela agora.

Fungo.

— E por que acha isso?

— Porque... — Gabby desvia o olhar bruscamente. Manchas vermelhas surgem nas suas faces. — Bom, você não lembra como foi.

Ajeito-me no assento.

— Como assim?

Sua boca fica muito pequena, como um botão. Já vi essa expressão nela antes, quando éramos adolescentes, e ela soltou a palavra *foda* à mesa do jantar — uma palavra tão ultrapassada para mim, mas que eu nem sabia que ela *conhecia*.

— Vamos parar por aqui?

Sou tomada pela fúria.

— Não, não vamos parar por aqui. O que está insinuando? As pessoas andam escondendo coisas importantes de mim. Quero saber o que está acontecendo.

Quando Gabby volta a levantar os olhos, sua expressão é estranhamente triste.

— Ah, Eliza. — Mas antes que possa dizer qualquer outra coisa, o celular toca. Ela olha para o aparelho, abaixa os ombros e fecha os olhos. — Preciso atender. Fique aqui.

Ela sai às pressas, contornando as mesas e saindo pela porta da entrada. Fica parada em frente ao restaurante, perto de um suporte de bicicleta; a cabeça um pouco curva, os lábios se movendo com rapidez.

Passo as mãos pelo cabelo. O que as pessoas estão escondendo de mim? Do que não consigo lembrar? Gabby quer me contar que minha passagem pelo hospital não foi como imaginei? Mas o que havia ali para imaginar? E minha mãe realmente *não estava* presente. Na verdade, ela me mandou uma foto sua em uma prancha de kitesurf, flutuando acima do Pacífico, como se eu devesse sentir orgulho dela e perdoá-la.

Algo toca na bolsa dela, aquele mesmo tilintar desde que estávamos no carro. No início, ignoro, dando uma olhada no menu, ainda sem encontrar nada que me anime. Há um segundo bipe, e depois um terceiro. Algo se acende dentro da bolsa. Mudo minha cadeira de lugar e dou uma espiada. É um iPad.

Nem preciso tirá-lo para ver que os textos do celular dela também aparecem na tela. *Tudo bem?*

Deve ser Dave, o namorado. Quero escrever para ele e dizer que ele deveria fazer questão de ficar com o filho no hospital, mesmo nos momentos mais bestas, mesmo quando ele estiver dormindo, porque o filho realmente precisa de alguém ali. *De uma pessoa doente para outra.* Não minta para ele. Não encubra a merda. Isso não é legal.

Mais uma mensagem. Quando olho, há alguma coisa nesse texto que não reparei no primeiro. Tem um nome atrelado. Por um instante, meu cérebro não processa a informação, e deduzo que seja apenas o que quero ver; andei tempo demais no meu próprio mundo, muito absorvida pelos meus próprios problemas. Então, olho de novo. E mais uma vez, porque não é um nome que se vê com muita frequência.

Leonidas.

Leio o segundo texto. *A polícia não ligou para você, ligou?*

Meu coração para.

Lá fora, Gabby continua no celular. Provavelmente, ainda não checou as mensagens que chegaram, mas imagino que elas apareçam, ao mesmo tempo, nesse troço e no celular dela.

Ela está de costas para mim, então tiro o iPad da bolsa. Olho o nome de Leonidas no balão. E então algo surge na minha mente, urgente e ameaçador. É por isso que um dos números na imagem de tela que consegui na lista de chamadas dele me pareceu familiar. Era de Gabby. Ele estava falando com Gabby... a *meu* respeito.

Tento lembrar o que entreouvi Leo dizendo na Exposição de Gatos. *Por que perguntariam para você? E não precisa tocar no nome de Eliza ou falar de Palm Springs.*

Outra mensagem. Leonidas novamente. *Se ligarem, lembre-se do que conversamos. Simplesmente siga o plano.*

Agarro o iPad com força, desejando digitar alguma coisa, mas sabendo que, assim que passar o dedo na tela, aparecerá um pedido de senha e esses textos vão sumir. Olho as palavras, querendo que venham mais. Qualquer coisa que explique isto.

Uma sombra cai sobre mim e dou um pulo. Gabby está com o celular na mão, as mensagens nítidas também naquela tela. Ela olha para a bolsa aberta e para os meus dedos envolvendo o tablet. Quando nossos olhares se encontram, sua expressão é sinistramente calma, não a de quem foi apanhada, nada frenética, atrapalhada ou afobada. É como se ela estivesse esperando que isso pudesse acontecer, e tivesse armado um plano para aquela ocasião.

— Gabby — murmuro.

Ela arranca o tablet de mim, dá meia-volta e corre.

■ ■ ■

— Gabby — grito, irrompendo na rua. — Gabby, espere!

Ela corre com seu terninho e saltos altos, a bolsa batendo nas costas. Contorna a esquina, passando em disparada pelo carro estacionado.

— Gabby! — grito novamente, tentando alcançá-la. Ela continua correndo. —Preciso falar com você!

— Vá embora, Eliza! Por favor.

— Não até você me dizer que porra está acontecendo.

Ela entra em um beco sem saída. Para e gira, protegendo o peito com as mãos. Parece estar com medo de mim, o que é ridículo, porque deveria ser o contrário. Nesse momento, não faço ideia de quem eu deveria ter medo. Talvez de todo mundo.

— Me diga por que o Leonidas está escrevendo para você sobre a polícia — ordeno.

— É tudo um mal-entendido.

— Besteira.

— Deixe para lá!

— Não! Você sabe de alguma coisa. Exatamente como a mamãe sabe de alguma coisa. Como é que você conhece o Leonidas?

— Fomos amigos por um tempo. Por causa da preocupação com você.

— Por que todo mundo está tão *preocupado*? — Esta última palavra explode da minha língua, sibilando.

O lábio inferior de Gabby se contrai. Ela enfia fundo a unha do polegar na palma da mão.

— Por que você e Leonidas estavam conversando sobre Palm Springs? — pergunto, pressionando. — Por que ele menciona a polícia? O que estão tentando encobrir?

Gabby olha para o céu.

— Eliza, isso não é uma conspiração!

— É mesmo? Quase que eu acreditei que fosse! — As luzes néon e piscantes do hotel do outro lado da rua só aumentam minha tontura. Viro as costas para elas. — Sei que você tem respostas, então é melhor começar a falar. O que está escondendo? Diga o que sabe.

Agora, estou a centímetros do seu rosto, nossa respiração se cruzando. Gabby enfia o queixo no peito. Os ombros sobem e descem.

— Eliza — diz ela, num tom esganiçado. — Ao tentar entender essa história da piscina, você só está fazendo mal para si mesma, está ficando paranoica. Tão perturbada quanto antes. Não queremos machucá-la. Não somos os bandidos aqui. Você está doente. O que quer que estivesse acontecendo com você antes do seu incidente cerebral, está acontecendo de novo.

Em parte quero aceitar o que ela está dizendo. Afinal de contas, eu também acho que pode ser verdade. Mas fico vendo aqueles textos na tela do iPad. Não. Isso não é coisa da minha cabeça. Não tudo.

— Não estou caindo em piscinas ao acaso. E no outro dia, ouvi Leonidas dizer coisas suspeitas no celular. Também me lembro da mamãe no estacionamento. Sei que você sabe de alguma coisa, talvez de tudo. Você pode ser presa por omissão de prova — aviso. — Se souber de alguma coisa, tem que me contar. Posso ir até a polícia.

Ela está com os olhos fechados.

— Não vá até a polícia.

— Porque isso vai trazer problemas para você, certo?

— Só deixe o assunto de lado! — As mãos dela se agitam na frente do rosto.

— *Não posso*! — grito.

Afasto-me dela, arfando. Não percebo que estou chorando até as lágrimas chegarem à minha boca. Ficamos as duas ali paradas, por alguns minutos, refugiadas em nossas conchas. Depois de algumas respirações entrecortadas, Gabby volta a olhar para mim. Os olhos estão escuros e molhados.

— Fui eu, Eliza. Eu fiz aquilo.

Minhas mãos desabam. Um caminhão de lixo passa por nós, e por um instante me concentro nisso, olhando o fio de plástico vermelho de um saco que está preso fora do compactador. Tento imaginar o que poderia haver naquele saco: revistas pornôs? Potes de iogurte? Partes de um corpo?

Quando me viro de volta para Gabby, sua cabeça está afundada no corpo.

— *O que* você fez? — sussurro.

— Eu estava numa conferência no Tranquility no mesmo dia que você. Eu... Foi uma estranha coincidência vê-la. Você estava no bar, comportando-se de um jeito muito estranho. Como se fosse ter outra convulsão. Tentei acalmá-la, mas você ficou violenta. Percebi que estava muito, muito bêbada. Então, fui lá para fora tomar um pouco de ar. Mas você continuou surtando. Estava tão bêbada e com um comportamento tão ridículo que tive medo de que fosse dizer... — Ela respira fundo. — Queria deixá-la sóbria. Queria que ao menos... descansasse. Então, a empurrei na piscina. Foi uma reação espontânea. — Gabby olha para mim. — Sinto muito. Sinto muito mesmo.

— Eu estava conversando com você no bar? — Testo a informação, remexendo no meu cérebro. Gostaria de conseguir me lembrar disso. Gostaria de conseguir me lembrar dela.

— É, foi isso. — As palavras saem agitadas, como se estivessem sendo puxadas da garganta. — Mas aí, eu a levei para fora. Não queria vê-la fazendo uma cena. Estava tentando lhe fazer um favor, mas agora percebo que foi uma decisão terrível.

— Por que eu estava surtando?

— Não consegui entender direito.

— Então, você me empurrou na piscina só porque eu estava bêbada e fazendo papel de ridícula? Sabendo que eu não sei nadar?

— Eu sei, é horrível. Fiz sem pensar. — Ela cobre o rosto com as mãos.

— Foi por causa do que aconteceu quando a gente era nova?

Ela levanta a cabeça de imediato.

— *O quê?*

— O jeito que eu... era chata. A coisa da vodca. E quando eu prendi você no armário. E a vez em que precisou levar pontos e nunca me dedurou.

Gabby coloca a mão na boca.

— Nossa, Eliza, não!

Prefiro acreditar nela, porque parece sinceramente confusa.

— Tudo bem, mas por que me empurrou na piscina? Caramba, Gabby, se queria me deixar sóbria, poderia ter me empurrado num poço de elevador ou me atirado numa fogueira. Pelo menos, as pessoas não deduziriam de cara que eu mesma fiz isso.

— Eu não estava tentando ferrar você. Só... aconteceu. Você estava parada ao lado da piscina, praticamente pronta pra mergulhar, então...

— E então, você simplesmente foi embora? — Continuo muito chocada. Nunca, nunca me passou pela cabeça que Gabby fosse capaz de fazer uma coisa daquelas.

Ela revira os olhos.

— Eu ia mergulhar atrás de você, mas ouvi alguém vindo. Então fui embora. — Ela inclina a cabeça em direção ao céu cor-de-rosa. — Não deveria ter feito aquilo. Depois de uma noite sofrida em claro, estava pronta para dizer alguma coisa na manhã seguinte no hospital, porque pensei que eles tinham tudo aquilo gravado e iam descobrir de qualquer jeito. Mas aí descobri que as...

— Câmeras de segurança não funcionaram por causa da tempestade.

Gabby acena a cabeça.

— Certo. Mas, mesmo assim, eu deveria ter dito alguma coisa. Só que, àquela altura, você dizia que alguém queria assassiná-la, e não foi isso que tentei fazer. Depois, aquele cara que trabalha com a polícia chegou, o que não tinha acontecido das outras vezes, porque sempre era uma tentativa de suicídio tão óbvia, e então... — Os olhos dela se arregalam e ela bufa. — Sou horrível, eu sei. Deixei todos acreditarem que você estava tentando se matar, o que era mentira.

— Óbvio que eu não estava — digo, exausta, mas não triunfante. Gostaria de sentir algo grandioso nesse exato momento, mas só me sinto entorpecida. Afinal, isso não esclarece tudo. Não esclarece se estou completamente curada. Não resolve as lembranças que esqueci. — A mamãe também sabe disso, imagino? Foi por esse motivo que ela me seguiu até aquele beco e apagou a foto do meu celular?

Ela concorda, constrangida.

— Ficamos em estado de alerta depois que você mencionou Leonidas na semana passada. Ele também sabe o que aconteceu em Palm Springs. Era comigo que ele estava falando no dia em que você o escutou. Mas a gente não achava que você fosse mesmo confrontá-lo. Aí, ele telefonou para a mamãe, dizendo que tinha acontecido uma coisa esquisita no consultório, que um cara tinha tropeçado e feito um grande escândalo, e que, quando ele voltou para sua mesa, o celular estava fora do lugar. "Tem alguma coisa estranha", disse. Ele teve uma sensação esquisita de que você tinha acabado de estar lá.

Ranjo os dentes. Eu sabia que Desmond não deveria ter sido tão histriônico. E eu tinha sido tão óbvia assim?

— Então, a mamãe saiu do consultório para ver se você estava por lá... e você estava. Ela a encontrou no beco e não pretendia assustá-la, Eliza. Só queria falar com você.

— Mas, em vez disso, apagou uma foto da tela do celular dele que tinha o seu número. Estava tentando proteger as suas necessidades, em detrimento da minha sanidade. — Fungo. — Ela sempre gostou mais de você.

— Não seja boba. — Gabby parece embaraçada. — Nossa preocupação era que, se você descobrisse que eu estava envolvida, poderia ficar ainda mais paranoica. Você precisa entender: eu queria ajudá-la naquela noite em Palm Springs. Mesmo que não estivesse tentando se matar, estava descontrolada. Autodestrutiva. Era para você se cuidar. Você precisa mesmo de ajuda.

— Sabe, fazer com que a pessoa se sinta paranoica ao extremo não é a melhor maneira de ajudá-la.

— Eu sei. — Gabby está cabisbaixa. — Agora percebo isso.

— Cinco minutos atrás você não percebia? Quando me dizia o quanto eu estava doente? Quando dizia que eu parecia exatamente igual a antes do tumor? — Ponho as mãos no quadril. — Não é justo.

— Eu sei — diz Gabby, chutando uma pedrinha. — Me desculpe.

Alguém escreveu o nome na calçada; parece *Anna* ou *Anne*. A raiva ferve no meu estômago e, ao mesmo tempo, estou de coração partido. Visualizo todos eles sentados na sala de espera do hospital em Palm Springs, antes de eu acordar, elaborando o plano. *A gente diz que ela fez isso contra si mesma. Mesmo que não tenha sido, é evidente que Eliza ainda está confusa, e é melhor mandá-la embora de novo. Certo? É, certo.*

Sinto-me estranhamente confortada com o fato de ter uma família que se importa a ponto de elaborar planos complicados para me salvar. Por outro lado, é doloroso que eles pensem que eu seja tão crédula, e que simplesmente aceitaria a ideia de ser louca sem fazer perguntas. Eles não me conhecem. Não me entendem de jeito nenhum.

Gabby chora baixinho. Cruzo os braços sobre o peito, tentando não me importar.

— Eu te amo, Eliza — diz ela. — Penso em você como uma irmã de verdade. Sempre me preocupei com você, mesmo quando era uma pessoa difícil para alguém se preocupar. Mas entendo se me detestar agora. Se isso acontecesse comigo, se eu caísse numa piscina, acordasse e tivesse pessoas que me dissessem que eu tinha feito aquilo de propósito, também estaria implorando por respostas. Mamãe e papai vão ficar furiosos por eu ter me aberto com você, mas estou feliz por ter feito isso. Agora, talvez, você possa esquecer o assunto. Talvez possa simplesmente viver a sua vida, ser feliz.

— Ser feliz? — digo. — *Puf.*

— É tudo que qualquer um de nós deseja para você. Apenas que leve a sua vida de forma tranquila. Sem medo. Sem estar doente. — Ela se aproxima um pouco mais de mim. Posso sentir o cheiro de algo saindo dos seus poros, sabonete e suor. — Você vai contar para a polícia? Eles me fizeram algumas perguntas; sabem que eu estava lá. Mas não contei o que aconteceu. Acho que agora isso está nas suas mãos.

Penso em todas aquelas chamadas para a delegacia, todas aquelas mensagens sem resposta, todas as horas em que passei obcecada com aquilo. O tempo todo Gabby mentia para mim. Isso faz minha cabeça latejar.

Mas também penso na ressonância que está marcada. Posso aceitar que estivesse bebendo no Tranquility porque tinha, novamente, alguma coisa de errado com a minha cabeça. Também posso aceitar que as sensações paranoicas voltaram. Talvez eu tenha caído em uma espiral mortífera de autoaversão. Talvez tenha começado a pensar que alguém me perseguia. Reflito, novamente, sobre o meu passeio de bicicleta em Santa Monica. Naquele dia, eu estava dominada pela certeza de que alguém me perseguia, e fiquei com tanto medo que me atirei no mar. Lembro-me de estar parada à beira da piscina no Tranquility, tomada pela mesma espécie de medo.

Não é improvável acreditar que desde o início minha família tivesse razão. Talvez esteja acontecendo mais uma vez. E talvez, de maneira retroativa, Gabby me empurrar na água seja o jeito dela de chamar a minha atenção e a atenção da minha família, para que eu possa obter a ajuda de que necessito.

Limpo a garganta. Por um lado, quero dizer que sim, vou contar para a polícia. Afinal de contas, fui manipulada. Mentiram para mim. Mas por outro, estou cansada. Quero que isso acabe. Estou cansada de sentir raiva e de ficar paranoica.

— Não — respondo. — Está tudo bem.

O rosto dela se abre como uma flor.

— Jura?

Ela joga os braços à minha volta e me dá um abraço apertado. Ficamos ali por um tempo, no meio da Sunset, nos balançando.

— Me desculpe. — Gabby fica repetindo. — Só quero que você melhore. —Acho que ela quer dizer *que você seja feliz*, mas é muito aflitivo perceber seu engano.

Gabby insiste em me levar de volta para casa, mas, de repente, tem um lugar para onde quero ir, e não vou perder tempo parada no trânsito para pegar meu carro. Posso buscá-lo amanhã. Afinal de contas, me virei bem sem ele esse tempo todo.

Sinto-me esvaziada e enraivecida, traída e chocada, mas também mais calma do que me senti em semanas. Gabby tem razão. Talvez eu precise mesmo encontrar a felicidade, ou pelo menos algo que me distraia da dor, exatamente do jeito que o chefe dela faz, namorando-a, para não ter que pensar o dia todo no filho doente. Imagino que isso seja tudo o que qualquer pessoa possa fazer, embora não seja algo a que eu tenha me permitido. Em vez disso, andei me agachando, gritando e entrando em pânico o tempo todo. Toda a minha vida foi um grande ataque de ansiedade. Talvez essa não seja a melhor maneira de viver.

Depois que entro no Uber, dou o endereço do prédio que tenho pesquisado on-line várias vezes, em Westwood, desde que Desmond me contou. Quando chego lá e espreito as janelas acesas, vejo-o andando de um lado para o outro na janela da frente, conversando com alguém que não está à vista. É como nos filmes. Quando toco o interfone na rua, vejo-o parar e espiar pela cortina. Por um instante, ele fica com a expressão atônita ao me ver. Depois, diz algo ao celular e some de vista. E então, lá está ele, no hall de entrada, escancarando a porta da frente com um sorriso de surpresa e satisfação. Caio em seus braços, decidindo que a minha felicidade, minha vida real, cheia de amor, alegria e verdade, começa agora.

ELIZA

DESMOND GOSTA DE waffles Eggos no café da manhã, especificamente de mirtilos com calda Mrs. Butterworth. Quando pega a garrafa, fala com Mrs. Butterworth com respeito, tomando cuidado para não tocar em seus seios de plástico. Dorme de meia e, mesmo que passe um dia sem se barbear, fica com uma incipiente barba escura que faz som de lixa quando é esfregada com a mão. Fiz com que tirasse aquela barba, e ele já ficou bem melhor. Os lábios são cheios e sensuais; não faço ideia do porquê ele estava os escondendo. No entanto, flagro-o se olhando no espelho, esfregando o lábio superior macio e o queixo num lamento, mas prefiro ignorar. Estou na batalha para ele cortar o cabelo, mas quando mencionei, de forma delicada, ele pareceu horrorizado e se afastou, enfiando o cabelo em um chapéu, como se pensasse que eu poderia tacar fogo nele a qualquer momento.

Ele dorme em um quarto cheio de luz, numa cama grande, bem-feita, com a cabeceira acolchoada. Desmond diz que é o quarto dos pais; os dois são embaixadores e raramente estão aqui. O apartamento tem muitas poltronas de couro e guarda-louças franceses trabalhados, cortesia dos pais, mas algumas peças da decoração foram escolhidas por ele, como as vasilhas de pot-pourri na prateleira do alto. Quando estou sozinha na sala com aquilo, tiro os estranhos pedaços de frutas secas das vasilhas, tentando esmagá-los entre os dedos.

A penteadeira contém um jarro de Sea Breeze. A cortina do chuveiro é estampada com minúsculos veleiros, algo tão incongruente com o seu jeito que me faz rir.

— Ah, foi meu irmão Stefan que pendurou isso — diz ele. Conheço Stefan, o diletante, um cara corpulento com cabelo ondulado até a cintura e narinas enormes. Não se parece nem um pouco com Desmond, embora aparentemente eles tenham uma relação biológica. Stefan usa camisetas manchadas e calças caquis amassadas, e anda por toda parte com uma jarra cheia de leite integral, que vai bebendo lentamente ao longo do dia.

No corredor pequeno junto à cozinha, há um armário cheio da coleção de absintos autênticos de Desmond, e um monte de colheres vintage de absinto. Ele mantém o armário trancado porque diz que certa vez Stefan tomou uma garrafa inteira. Quase morreu.

— Não se desafia a artemísia — diz, de maneira assustadora. — Ela tem um poder grandioso sobre todos nós.

As janelas dão para um pátio com uma fonte romana cheia de moedas. Sobre a lareira, ele tem a escultura de uma coruja feita de estanho; se caísse, seu bico empalaria um dedão. No sofá estende-se uma manta de lã, que a tia tricotou para os pais, quando se casaram. Ele me conta essas coisas no segundo e no terceiro dias, enquanto tomamos café e esfregamos os pés um do outro. Nos beijamos, beijamos, beijamos, sua boca tão grande e diferente, seus gestos surpreendentemente seguros, o corpo completando o meu na cama, apesar da sua pequenez em todos os sentidos.

Ele admite que escreve poesia. Conto-lhe sobre os sonetos horrorosos de Kiki. Folheamos juntos seu anuário do ensino médio. Ele se parecia com Guy Fawkes até naquela época, e era ainda mais esquelético.

Cozinhamos juntos os jantares, coisas gourmet esquisitas que envolvem morim, fervura dupla e caldeirões. Uma das boas coisas em se morar num apartamento que realmente pertence a cinquentões é que eles têm ótimos utensílios de cozinha. No segundo dia de namoro, Desmond arruma uma prateleira especial para as minhas vitaminas, e as transfiro para lá. Lemos um livro de epígrafes de lápides do século XV. Vestimos máscaras de Halloween (um gorila e um pug) do armário de Stefan e nos sentamos na varanda, esperando que as pessoas nos notem. As máscaras têm um cheiro orgânico, como pele e laticínios. O cheiro de leite azedo extravasa dos poros de Stefan.

Desmond me mostra um layout para a próxima Comic Con, e explica os novos estandes e os grandes desenhos. Finjo interesse, mas estou, sobretudo, decepcionada porque nada parecido com *A Família Adams* vai estar lá. Conto a ele sobre minha estadia no hospital. Desmond escuta. E adora. Em algumas manhãs, acordo e ele está simplesmente olhando para mim, deslumbrado. Fica perto de mim no elevador. Enfia a mão debaixo da minha saia, sempre que as pessoas estão de costas e, às vezes, mesmo quando não estão. Quando saímos para jantar, sinto seus dedos fazendo cócegas na minha coxa, e o afasto, brincando. Acho as sobrancelhas espessas estranhamente sensuais de lamber. Ele me comprou um livro dos quadrinhos de *A Família Adams*, da década de 1940, e o folheamos juntos, maravilhados com o trabalho de arte.

Em nosso segundo sábado juntos, estou sentada no sofá, olhando para o meu celular, criando coragem para abrir uma crítica de *As Dots*. Mais pessoas leram as provas e as opiniões estavam começando a pingar.

— São boas — falou Posey. — Você realmente deveria ler uma.
— Mas não tenho certeza de ter coragem suficiente.

Desmond está no chuveiro preparando-se para trabalhar e, enquanto olho para o celular, na dúvida se consigo fazer isso, Stefan entra na sala com sua mochila JanSport e a jarra de leite. Soube que nesta semana ele está trabalhando como assistente de produção em um show zumbi de um canal de TV a cabo, embora em outras semanas ele trabalhe com iluminação ou som, e até na cantina, vendendo tacos. Stefan também não se restringe a coisas em Hollywood, Desmond explicou. No ano passado, ele pegou um trabalho como trompetista em um cruzeiro, e ficou fora por seis meses. Antes disso, ajudou um veterinário especializado em animais gigantes, exóticos e ilegais de Hollywood, como tigres-brancos. Um diretor importante tinha uma rinoceronte no jardim e Stefan ajudou-a a ter um filhote.

Stefan se joga no sofá oposto ao meu e prende o cabelo cor de água suja atrás da orelha.

— Você é legal — diz, olhando-me com atenção.

Dou-lhe um sorriso reservado, e olho para a porta do chuveiro, esperando que Desmond termine logo.

— Obrigada.

— Não, estou falando sério. Meu irmão é um pirado fodido. Todos nós sabemos disso. Ele sabe disso. Mas você é legal. Parece que entende ele. Você é bem mais legal que Paul.

Paul. Conheço esse nome. Depois de um tempinho, lembro por quê.

— Paul, o cara do trabalho? — *O cara que estava lá quando eu me afoguei.*

— Paul é uma menina. É apelido de Paula. — Stefan olha dentro da sua mochila, lança-me um olhar misterioso, arruma alguma coisa lá dentro, depois fecha o zíper. — Eles tiveram um caso por um tempo. Des ficou mal quando acabou. Agora ele parece melhor. — Então, ele se levanta e pendura a mochila no ombro. Seus pés têm o peso de um dinossauro quando ele se arrasta para a porta. Antes de passar para o hall, ele aponta o dedo para a minha testa: — Não o magoe. Eu teria que machucar você.

A porta se fecha, e miro o olho-de-Deus que alguém pendurou no trinco. Sinto-me viscosa e azeda, como se Stefan tivesse coberto meu rosto de leite. É porque Paul, minha cossalvadora, é uma menina, e a ex de Desmond? Mas Desmond não deu a impressão deliberada de que Paul era um cara? Será que ele ainda vê Paul? Eles trabalham juntos? Xingo Desmond por não ter um celular. É muito difícil espioná-lo.

Interrompo os meus pensamentos. Estou sendo dramática, criando problemas onde não tem. E daí que Desmond tenha mentido sobre Paul? Ele não quis que eu deduzisse a ligação entre eles. E Stefan estava me fazendo um elogio, por mais indireto que fosse: eu tinha curado Desmond da tristeza. Compreendo Desmond, e isso é algo a ser celebrado.

É claro que o fato de me preocupar a esse ponto não significa que eu o ame. Ainda não. Mas talvez acabe amando. Estamos a caminho de nos tornar almas gêmeas. Estamos a caminho de um terminar a sentença do outro.

Onde foi que ouvi isso antes?

■ ■ ■

Finalmente, chega o dia da ressonância. Sinto-me como se tivesse esperado anos. Preciso que alguém vá comigo, caso eu tenha uma reação ruim ao contraste injetável, mas não me imagino pedindo a ninguém da minha família. Não quero lhes dar a satisfação de admitir que também acredito que esteja doente de novo. Nem tenho certeza de que eles saibam que sei a verdade sobre a piscina; duvido que Gabby teve colhões para contar a eles. Realmente, eu *deveria* ligar para a minha mãe e contar a ela o que sei, e que nunca mais vou falar com ela por inúmeras razões. Mas talvez não valha a pena. Ela só vai dizer que eles mentiram para o meu próprio bem. E também terá uma explicação para o incidente no estacionamento; dirá que estava tentando me proteger; dirá qualquer besteira que seja preciso.

Quero levar Desmond ao exame, mas é o momento decisivo da convenção e ele não pode faltar. Então peço a Kiki. Tenho que lhe contar tudo, todas as verdades que andei escondendo, e suponho que ela vá entrar em pânico.

— Isso preenche algumas lacunas — diz ela. — Agora entendo por que você é você. Agora entendo porque você não se lembra de ter ido à ioga.

— Eu não fui à ioga naquela vez — discuto, mas então me controlo. Talvez eu tenha ido. Talvez o fato de não me lembrar não tenha importância.

Encontramo-nos em casa antes da hora marcada. O interior parece estranho quando entro, e então percebo o motivo: está limpo. Não tem nenhuma poeira no Teremim. Os rodapés não têm uma camada encardida. O lugar já não cheira mais como um cavalo agonizante.

Kiki está na cozinha tomando um copo de limonada. Está com a mesma saia arco-íris de quando nos conhecemos no grupo de redação, e o cabelo está preso com uma fita amarela. Parece mais jovem.

— Tive três festas de Elsa ontem —resmunga, jogando-se em uma cadeira à mesa. — Tem sido um pesadelo. — Então, ela me olha. — A casa fica vazia sem você!

— Não pretendia ficar tanto tempo fora — digo. Gostaria de oferecer a Desmond para ficar aqui, mas a ideia de vê-lo entrando em atrito com Steadman me dá náusea. Já é bem ruim eu ter tido que cruzar com ele quatro vezes na loja de bugigangas. Kiki também não pergunta por que ainda não viemos para casa. Provavelmente, ela sabe.

— Então, como é Desmond? — Kiki se inclina para frente, pestanejando. — Ele é tão gato!

Fico de boca aberta.

— Você acha?

— Claro. Você não? Ele é tão... capa e espada. Com certeza um degrau a mais do que o Leonidas.

— Leônidas não era tão ruim — resmungo, não que eu saiba de verdade. Pensar nele ainda me faz surtar. Não gosto que haja tantos espaços vazios em relação a ele, na minha memória, mas decidi pensar que é uma falha temporária insignificante, um namorado apagado por falta de função cerebral. Preciso acreditar que Leonidas seja uma boa pessoa, alguém que se preocupa comigo, exatamente como Gabby. Mas detesto que ele tenha feito parte da artimanha de "quem empurrou Eliza". Ainda tenho a sensação arrepiante de que todos estão rindo às minhas costas ou preenchendo os formulários secretamente para me mandar para uma casa de reabilitação.

— Mas Desmond é... — procuro adjetivos para Kiki e de repente aparecem demasiadamente poucos e demasiadamente muitos — ... um encanto. — Conto a ela sobre seu papel na convenção e sua casa em Westwood. Descrevo os encontros que tivemos, quando ele aparece com flores e segura a porta para mim. Pensava que não gostaria desse tipo de coisa, mas é bem charmoso. — Ele até me comprou um presente — digo. — Um carrinho de bebê do século XIX e duas das bonecas mais assustadoras que já vi.

Kiki sorri.

— Clássico! — Depois ela se inclina para mais perto. — Dito isso, você precisa agarrá-lo. Mas tenha cuidado.

Franzo o cenho.

— Como assim?

Ela brinca com o canudo.

— Não saia demais.

— Do que está falando?

Ela me analisa atentamente.

— Steadman viu você nesse clube que ele gosta. O Kosmos, talvez? Você estava falando com um cara.

Dou a ela um sorriso torto, desconfiado.

— Impossível.

— Foi o que eu disse, mas ele tinha certeza de que era você. Só tome cuidado, tá? Ele disse que o Kosmos tem esse site onde eles tiram fotos das pessoas. Não vá aparecer em alguma. Eu detestaria que Desmond descobrisse.

— Kiki, não há nada para descobrir. Não estive em nenhum desses lugares.

Kiki me olha com cautela. Sei o que ela está pensando. *Como é que você sabe, Eliza, se não consegue se lembrar de todo o resto?* Mas tenho uma testemunha. Desmond pode comprovar onde estive em todas as noites, porque fiquei com ele o tempo todo. Menos naquelas poucas vezes em que ele teve uma reunião de emergência, mas mesmo assim, fiquei no apartamento assistindo à televisão. Um porteiro poderia confirmar o meu paradeiro. Ou Stefan. Certo?

No centro de imagens, uma assistente sorri para mim e me entrega um formulário para preencher. Escrevo que há um ano estive na UCLA para uma cirurgia. Cito meu médico, o dr. Froney, seu endereço e telefone. Kiki checa o celular enquanto esperamos. Depois que a bateria dela morre, passamos o tempo assistindo a Rachael Ray forçar sua convidada, uma atriz da qual nunca ouvi falar, a fazer guisado de pato com ela. Há uma porção de risadas falsas que me deixam nervosa.

Eles chamam pelo meu nome. Passo pela porta chegando a um longo corredor. Em uma salinha, coloco uma camisola e me deito na mesa. Eles começam a intravenosa do contraste, que esquenta levemente o meu corpo, mas, fora isso, não me altera em nada. Depois de alguns minutos, sou levada para outra sala, onde me inserem no tubo longo e escuro de metal, as paredes fechando-se à minha volta. Estremeço com os sons ensurdecedores do aparelho, e toco a Nona de Beethoven bem alto na minha cabeça. A letra e a melodia de uma música da 311 que devo ter ouvido com Leonidas me vem de repente, e deixo a coisa toda tocar, percebendo que conheço cada palavra. Sinto uma coceira se aproximando e estou prestes a me mexer, quando ouço uma voz: *Não coce. Eles vão ficar putos com você. Vão colocá-la UTI por causa disso.*

Meus olhos se arregalam dentro do tubo. Os sons de estalos da máquina de ressonância voltam, altos e urgentes, como se eu tivesse acordado de um transe. A UTI. Mas nunca estive lá. Dot esteve, quando criança. Então, por que a lembrança era tão viva? Por que, de repente, me lembrei de maneira nítida do aperto no meu peito enquanto uma enfermeira empurrava minha cadeira de rodas pelo corredor? Para onde estava indo? Isso não passou de um sonho? Sigo a lembrança até o fim. Lembro-me de ver meu rosto em um espelho, enquanto passávamos. Uma criança olha de volta. Oito, nove anos, uma imitação de Wandinha Addams, mas são os meus olhos, o meu rosto. Só que não tem como. Eu não estava numa cadeira de rodas aos nove.

Ou estava?

Contagem regressiva a partir do dez...

O som de batidas para, e o silêncio é retumbante. Devagar, o tubo se move, me ejetando. Pisco com as luzes pequenas e brilhantes do alto. A enfermeira sorri acima de mim:

— Terminamos. Foi tudo bem lá dentro?

— Tudo. — Acho que falei isso. Apalpo braços, pernas e estômago para ter certeza de que continuam intactos. Quero que o meu corpo sinta-se diferente, menor, mais leve, mais escorregadio, como o de uma aranha que acabou de se livrar do ovo, cega e ignorante no mundo em que acabou de ser jogada. Mas sou apenas a mesma de sempre.

■ ■ ■

Fim de tarde de domingo. Estou deitada na cama de Desmond com a cabeça sobre seu estômago. Uma luz lilás impregna o quarto. Posso ouvir o gorgolejar dos seus sucos digestivos. Também posso ouvi-lo virando as páginas. Pedi que lesse *As Dots*. Está na hora. O livro sai em dois dias.

Ele está tão concentrado nas páginas que é como se estivesse virando cada palavra de cabeça para baixo e as sacudindo para que caia um trocado. Quero me levantar e ir para outro lugar. É uma tortura ficar aqui deitada, vendo-o ler e avaliando seus pensamentos; no entanto, não consigo me mexer. Não posso ir para outro quarto e fingir que estou pensando em outra coisa. Quero saber assim que ele terminar.

Por fim, ele marca uma página, fecha o livro com uma batida e olha para mim.

— Hum.

— Hum? — digo, praticamente gritando. — Isto é tudo que você tem para dizer? Hum?

— Hum. — Ele passa a mão no cabelo. — Ele... exige. Como uma pandemia.

— Tão ruim assim?

Ele me toma nos braços.

— Claro que não. É bom. Ainda não cheguei no final — acrescenta. — Mas sinto que vai ser trágico.

Concordo com a cabeça. Ele tem razão.

— Mas de um jeito pertinente. Shakespeariano, certo?

— Não me compare a Shakespeare. — Suspiro. — Então por que minha mãe detestou? Será que fiz a mãe muito inflexível? Sacana demais?

— Ela é definitivamente bruta, mas não é tão ruim. É meio que ausente, um pouco irritada, mas claramente se preocupa.

— Então, por que a minha mãe ficou tão ofendida?

— Acho que o livro pegou muito no lado pessoal para ela. — Ele coça o queixo. Roxanne vai perguntar sobre isso, você sabe. Como a sua família vê a coisa, se tem algum arrependimento.

Concordo. O *Dra. Roxanne* é daqui a dois dias e minha ansiedade em relação ao programa não diminuiu. Tenho medo que ela faça perguntas incisivas. Ou que vá dizer, ao vivo, que não gostou do livro. Tenho medo de explicar por que ele foi escrito. O tema é estúpido, sem dúvida, uma menina com tumor cerebral e que tem uma tia louca. O único motivo dele provocar esse burburinho é por eu ter feito de mim uma idiota, ao ser empurrada numa piscina.

Desmond parece perceber meu pânico e segura as minhas mãos.

— Você não precisa ir ao programa, sabe? Falando sério. Eu ainda vou achá-la a mulher mais interessante de todas, mesmo que não vá. Não deixe as pessoas com quem trabalha mandarem em você. Faça a coisa nos seus próprios termos.

— Posey me mataria. Laura já disse que se eu não fizer isso, provavelmente nunca mais vai querer editar outro livro meu.

— Mas pensei que você não queria escrever outro livro.

— Não quero agora, mas pelo menos quero ter a chance.

Mais tarde, naquela noite, acordo sozinha com uma poça de baba no travesseiro. Sento-me e olho os números digitais no relógio: 22h30. Ouço Desmond e Stefan falando baixo no corredor. Estão cochichando como cúmplices, talvez sobre algo interessante. Saio da cama e vou na ponta dos pés até a porta, em parte porque preciso fazer xixi, em parte porque estou curiosa.

— Não acho que seja uma boa ideia — diz Desmond. Ele parece nervoso.

— Por que não? — Ouço a voz de Stefan. — O que você sabe sobre ela? Todos esses... — Ele fala ainda mais baixo, e não consigo escutar.

— Mas é sério — responde Desmond. — Não tem outro jeito?

A voz dele some. Stefan responde, mas o compressor do ar-condicionado começa a funcionar, chacoalhando alto. Encosto o ouvido na porta, mas as vozes ficaram abafadas. Penso em Stefan olhando-me com malícia no outro dia. *Meu irmão é um pirado fodido. Todos nós sabemos disso. Ele sabe disso*. E a mentira que ele me contou sobre Paula. Ou foi apenas uma omissão?

A porta se abre num impulso, atirando-me para atrás. Corro para a cama, fingindo que não estava ouvindo, mas Desmond entrou rápido demais, e provavelmente estou com uma expressão culpada.

— Ah — diz ele, parando de repente. — Você está... acordada!

— Sim, acabei de acordar. — Detesto a animação na minha voz.

Desmond vai lentamente até a mesa de cabeceira e acende um abajur. Está na defensiva e desconfiado. Meu estômago queima de acidez.

— Sobre o que estavam falando? — Deixo escapar. — Era sobre mim?

O rosto de Desmond fica duro. Está com uma expressão irritada, que nunca vi antes.

— O que a leva a pensar isso?

— Eu... — Minhas mãos correm para o meu peito. — Do que estavam falando, então?

— Não interessa. — Ele abre uma gaveta.

— Por que não pode me contar?

Ele se vira. Suas sobrancelhas se juntam.

— Nós estamos mesmo tendo esta conversa, Eliza?

— Eu só...

— Era sobre chatice do trabalho. Stefan está ajudando em alguns detalhes da convenção. — Ele pega o pijama azul de seda que adora usar e começa a vesti-lo. A meio caminho do processo, ainda sem camisa, os mamilos sem pelos piscando para mim, seus olhos encontram os meus. — Você não é esse tipo de garota, é? O tipo que desconfia até do namorado? Gosto que questione as coisas, mas não precisa me questionar. Você parece bem mais evoluída do que isso.

Sei que eu deveria sorrir de volta, mas não consigo levar meus lábios a fazer isso. É como se eu estivesse firmemente envolvida em ataduras invisíveis. O tremor estendeu-se aos meus braços e ao meu estômago. *Vamos lá*, digo a mim mesma. *Deixe disso. Pare com isso imediatamente. Você não tem nada com que se preocupar.*

Engulo a paranoia.

— É claro que sou altamente evoluída. Sou o sonho de Darwin.

Desmond parece relaxar.

— É isso aí. — Ele se inclina e seu cabelo faz cócega no meu rosto. — É isso aí.

ELIZA

DOIS DIAS DEPOIS. Dia do lançamento do livro. Hora do *Dra. Roxanne.*

Estou em casa. Desmond está vindo me encontrar para irmos juntos ao *Dra. Roxanne* em uma limusine enviada pelo estúdio. Tento imaginar as respostas às perguntas que me foram mandadas. *O que a inspira? Alguma das Dots provêm da sua vida real? Qual é o seu processo de escrita?* Estou tentando decidir se esbocei este livrou ou segui o fluxo, em vez de tê-lo escrito enlouquecidamente de uma tacada só, do começo ao fim, mal alterando algumas cenas. Inventar um mito criativo de como essa história surgiu, mas, na verdade, ela simplesmente jorrou de mim, talvez estivesse sempre lá.

Em meio a tudo isso, algo está me incomodando, um detalhe que simplesmente não faz sentido. Não consigo acreditar que Gabby estivesse no bar do Tranquility. Ou melhor, ela poderia ter aparecido no final, e poderia ter me empurrado na piscina, mas também falei com mais alguém no bar. Foi esse alguém que me irritou até eu ficar histérica.

Sinto isso. Sei disso.

Detesto que o meu cérebro lute contra o que Gabby me contou. Detesto que a realidade tenha novamente começado a se alterar, como areia. Quero acreditar que o meu tumor, com certeza ali, esteja brincando comigo, fodendo a minha felicidade, mas sei que não é o caso. Tinha mais alguém no bar. Aconteceram mais coisas no Shipstead do que Gabby me contou. O que quer que tenha acontecido antes, com quem quer que eu estivesse, antes de ela chegar, ali está o motivo do meu grande pânico quando ela me encontrou.

É disso que eu preciso ter medo.

Afinal de contas, quem me filmou no quarto do hospital? Perguntei a Gabby, e ela jurou de pés juntos que não foi ela; voltara para o hotel para passar a noite, e meus pais poderiam confirmar o álibi. E quem eu sempre vejo espreitando? Quem mandou o livro para os meus pais? Uma outra pessoa poderia deixar isso passar. Você poderia achar que procuro briga e gosto de complicações, mas depois que ligo para Gabby aparentemente pela zilionésima vez, e mesmo assim caio na sua caixa-postal, quem é que anda me evitando? Ela sabe que eu sei que essa história está mal contada? Vejo-me discando mais uma vez para o bar Shipstead e procurando o inatingível Richie.

Quem atende é o australiano, e juro que, quando ele ouve a minha voz, começa a reprimir o riso. Desligo e atiro o celular na cama. Mas depois o pego de novo e digito o site do Tranquility Resort. Se o australiano estiver mentindo sobre o fato de Richie estar lá, talvez eu possa preencher uma reclamação. Uma foto de uma arcada de estuque cercada por suculentas flores do deserto serve como imagem principal do site do resort. Analiso as opções de navegação, optando por "amenidades". Surge uma lista dos bares dentro do resort, com fotos de cada um. Clico no Shipstead e estreito os olhos perante as fileiras familiares de madeira encerada e o cordame. Mas nenhuma lista de barmen. Nem mesmo o nome do gerente para o qual eu possa me queixar.

Mesmo assim, posso simplesmente mandar chamar um gerente do hotel e partir dali, certo? Clico em um link chamado *Gerência*, e surgem fotos. Quando reparo no rosto do canto superior direito, meu olhar passa rápido por ele, do jeito que acontece quando o vejo na vida real. Mas então, pisco e olho novamente. Estou confusa. Este cara faz parte daqui, de Burbank e não sorrindo, usando um terno, ao lado de um bando de sujeitos velhos, em uma foto intitulada *Da nossa família para a sua*.

É Andrew. O Andrew sujo, do "sexo ao acaso", do bar do puteiro no fim da rua.

Clico na foto para aumentá-la, olhando com espanto o sorriso oleoso. Como é que Andrew entrou em uma foto da família fundadora do resort? Isso é um tipo de brincadeira?

A foto não tem legenda, mas noto um link chamado *Legado*. Sou levada a uma página que conta como o Tranquility Resort foi construído pela família de hoteleiros Cousins-Glouster, e como é responsabilidade e orgulho da família manter seu hotel íntimo, luxuoso e exclusivo. Em uma lista de Cousins-Glousters que mantêm o resort funcionando: George Cousins, *segunda geração*, calvo, barrigudo e rosado. Marvin Cousins-Glouster, *segunda geração*, mais alto e bonito, com a arcada dentária torta. Outros homens velhos, um deles incrivelmente idoso, e então Andrew Cousins-Glouster, *terceira geração*, com aquele sorriso lascivo de escola preparatória e a cicatriz que atravessa a sobrancelha, na qual me concentrei algumas vezes, enquanto fumávamos um cigarro pós-coito.

Por alguns minutos, olho estupefata. *Andrew*? O mesmo cara que sempre compra o uísque mais barato que tem no bar? O mesmo idiota que quer fazer parte de uma equipe de roteiristas da TV? Herdeiro da fortuna de um hotel? Uma peça na engrenagem em um *Da nossa família para a sua*? Como é que eu não conhecia sua ligação com o Tranquility?

A porta da frente se abre com um estalido, me assustando. Corro para o patamar da escada, quase esperando que seja Andrew, de certa forma entendendo instantaneamente o que percebi. Mas é

Desmond, chegando do trabalho, trazendo roupas para trocar em um porta-terno.

—Alô, senhora — fala ele, com um beijo na minha testa. — Vou tomar uma chuveirada rápida, e depois vamos. Está animada?

— Ah, claro. — Demoro demais para responder.

Desmond franze o cenho e se afasta.

— O que aconteceu?

Não conte para ele, pede uma voz na minha cabeça. Mastigo o lado da mão e solto um *hum* distraído.

Ele começa a massagear o meu ombro.

— Se estiver nervosa por causa do programa, não fique. Vai ficar tudo bem.

Enfio as unhas na perna. Não consigo me controlar.

— Digamos que você acabou de descobrir que alguém que conhece tem informação privilegiada em relação ao Tranquility. Talvez acesso às câmeras de segurança. E digamos que essa pessoa esteja muito provavelmente nesta rua, no bar que costumava ser um bordel, nesse exato momento. Você telefonaria para essa pessoa ou apareceria rapidamente e lhe faria algumas perguntas?

Desmond se joga no sofá.

— Por que isso importa?

— Porque comprovaria o que aconteceu.

— Mas Gabby não lhe contou o que aconteceu?

— Talvez não tudo. Talvez haja mais. Acho que Gabby só apareceu no final. Ela poderia estar mentindo sobre outras coisas que vi... Ou não saber delas. Se eu tivesse uma gravação, alguma coisa, saberia com certeza o que aconteceu.

Desmond parece abalado.

— Mas aquele cara da polícia com quem você conversou não disse que as câmeras estavam desligadas naquela hora por causa de uma tempestade?

— Então a gente pergunta para um barman. Simplesmente alguma coisa que prove que falei com Gabby e só com ela.

— Mas por que isso importa? Foi ela que a empurrou na piscina, certo?

— Certo, mas quero toda a verdade. Quero ter certeza... — Não sei ao certo do que quero ter certeza. Perdi lembranças demais; é intrigante por que estou tão focada nesta em particular. Ou não?

— Eliza. — As sobrancelhas de Desmond se aproximam. — Você sabe que dou o maior apoio para que desbloqueie sua memória. Mas talvez hoje não seja o momento certo. Você deveria estar com a mente livre. Deveria estar pensando no fato de que vai aparecer na TV. Afinal de contas, vai ser ao vivo. Você precisa estar no seu melhor.

— Eu sei, mas isso não tomaria muito tempo...

— Não faça isso — aconselha ele. — Está parecendo sabotagem. É como se você estivesse querendo fracassar. Além disso, a limusine não vai chegar daqui a pouco para pegar a gente?

— É, mas só pensei... — Desisto de falar, suspiro.

— Esqueça. Pelo menos por hoje. Se amanhã isso ainda estiver incomodando você, pergunte tudo para esse cara. Mas hoje, foque só na sua aparição no programa. Foque em todo mundo amando o seu livro. Foque em ser divertida, porque você *é* divertida.

Deito a cabeça na almofada do sofá. Desmond tem razão, é claro. Por que eu não posso apenas ser feliz? Por que não posso aceitar o que me contaram? Por que sou tão terrivelmente desconfiada?

— Vou tomar uma chuveirada — repete Desmond. — Saio em um segundo.

Ele sobe e logo ouço a água correr. Desmond cantarola uma música de menestrel, que tem em repetição automática no carro. Fico deitada de costas por um momento, procurando relaxar, mas é como se houvesse alfinetes entrando na minha pele.

Levanto-me, vou até o terceiro andar e olho pela janela. Daqui de cima, tenho uma visão perfeita do bar no fim da rua. O estacionamento contém alguns carros. Um deles poderia ser de Andrew. Mas mesmo que ele esteja lá, nada garante que tenha a informação de que preciso. E só o fato de ir até lá, só o fato de me arriscar a vê-lo, mexe com um vespeiro que prefiro manter intacto. Sei em que termos Andrew me daria a informação. Não quero ter que me encontrar nessa decisão.

Mas também não quero passar o resto da vida imaginando.

Meu celular registra um novo e-mail. Olho para ele, louca por alguma distração. É do Centro de Imagem. *Os resultados da sua ressonância estão em anexo*. Franzo a testa. Um dia antes do prazo. Será que o lugar é tão ruim que eles não têm alguém que ligue para você e diga pessoalmente que está morrendo?

Olho para o alto da escada, sabendo que deveria esperar até Desmond sair do chuveiro, mas não tem como eu deixar o e-mail fechado por mais um segundo. Abro o PDF anexado. No alto, consta o meu nome. Nas observações do radiologista, a maioria é palavreado médico, mas sei que linha procurar: as impressões do radiologista no final. Pisco várias vezes, duvidando do que estou vendo. *Sem anormalidades*.

Não é possível.

Checo meu relógio, 16h30, o que significa que, provavelmente, o consultório ainda está aberto. Digito o número e uma enfermeira atende.

— Aqui é Eliza Fontaine, e acabei de receber uns resultados que acho que foram trocados com o de outra pessoa — digo de uma vez só.

A enfermeira pede que eu soletre meu nome lentamente, e que eu dê a minha data de nascimento. Ouço-a ao teclado. Depois de me pedir para soletrar novamente o meu nome e passar por cerca de quinze dados de segurança diferentes para provar que sou, de fato, Eliza Fontaine, ela diz:

— Ah, sim, uma ressonância. Mandamos os resultados hoje. O que disse o seu PDF?

— Negativo. Normal.

— Bom, é negativo. O radiologista assinou o laudo, estou vendo bem aqui. Então, aí está.

— Mas não é possível.

Ela ri, sem acreditar.

— Como assim?

— O tumor que eu tive há um ano não sumiu. Eu sei. Estou tendo sintomas. Posso praticamente sentir ele dentro de mim. Acho mesmo que a minha ressonância foi confundida com a de outra pessoa.

— Acho que não...

— Olhe, posso ao menos falar com o médico?

— Aguarde na linha — diz a enfermeira, com um leve suspiro na voz. Ela sai da linha. Uma música de fundo soa animada no meu ouvido. Esfrego as pontas do dedo na minha almofada sedosa. Desmond continua cantarolando no chuveiro. Sinto uma pontada na cabeça, e toco um ponto entre os olhos. Percebo que quero que seja o tumor. Quero que ele ainda esteja ali, à espreita, confundindo as coisas.

— Srta. Fontaine? — Uma voz masculina. — Aqui é o dr. Geist, o radiologista responsável. Em que posso ajudá-la?

Começo com minha chatice, explicando o tumor e a cirurgia. Tento não parecer histérica ou não demonstrar minha total desconfiança em relação a médicos. Quando termino, há um período de silêncio.

— Onde foi que você disse que fez a cirurgia no começo deste ano, srta. Fontaine?

— Escrevi na minha ficha, UCLA.

— Com que cirurgião?

— O dr. Forney. Ele faz parte da equipe de lá.

— Não, ele é neurologista. Estou me referindo ao seu neurocirurgião. Quem a operou?

— Eu não... — Estive tão fora disso. Um cara de óculos, talvez? — Não tem isso no prontuário?

— Aí é que está. Tentamos conseguir seu prontuário na UCLA, para podermos comparar o exame novo com um anterior, mas não existe prontuário no seu nome na UCLA.

— *O quê?*

— Você não tem prontuários recentes na UCLA. Com certeza, nada que tenha a ver com cirurgia cerebral.

Minhas pernas ficam dormentes. O mesmo acontece com o meu rosto. Me sinto tonta, então escorrego da cama para o chão, até minha bunda tocar o carpete.

— E o neurologista que acabei de citar? O dr. Forney?

— Ele diz que nunca ouviu falar de você.

Pressiono a mão nas fibras do carpete. Eu já não falei com o dr. Forney? Não foi ele quem me deu alta no hospital?

— Mas eu estive na UCLA. Eu *lembro*!

— Checamos o sistema, srta. Fontaine. Temos acesso aos registros de lá, e eles são muito competentes nos dados dos pacientes. Não existe registro seu.

Me belisco com força, esperando que isso estabilize a minha memória e traga de volta os detalhes corretos. Mas não consigo localizar nada. Só me lembro do dia em que deixei o hospital. Minha mente estava lúcida. Sentei-me, joguei as pernas para fora da cama, me vesti e voltei para a casa dos meus pais.

Meus pais. Eles devem saber. Estavam no quarto quando recebi alta. Pagaram por todas as minhas contas. Eles podem esclarecer isso. Será? Se estavam mentindo para mim sobre Gabby e a piscina, sobre o que mais estão mentindo? Afinal de contas, por que não insistiram para que eu fizesse uma ressonância quando estava no hospital em Palm Springs? *Porque sabiam que não mostraria problema algum*, diz uma voz na minha cabeça. *Porque sabiam que, antes de mais nada, os médicos diriam que nunca passei pela cirurgia.*

Não posso acreditar que não refleti sobre isso antes. Mas talvez eu não quisesse. Talvez, no fundo, parte de mim me forçava a olhar para o outro lado.

Estremeço de medo. Um segundo medo também se aninha em mim, frio como ferro, e afiado como lâmina: era reconfortante quando eu pensava que as conexões errantes na minha cabeça eram o que levava às decisões distorcidas, à perda de memória e às alucinações recentes. Então, onde isso me leva agora?

O dr. Geist me aconselha a verificar com a minha companhia de seguro; talvez eu tenha ido para outro hospital, e tenha confundido os nomes. Mas, de algum modo, sei que não foi isso. Desligo e olho a tela em branco, depois disco o número da minha mãe. Ela não atende. Com o coração na boca, tento Bill, Gabby. Nada. É como se eles soubessem que estou à procura deles. É como se soubessem que descobri.

Mas *o que* foi que descobri?

Entro no corredor e escuto Desmond no chuveiro. Quero contar a novidade para ele, mas tenho medo do que ele vá pensar. É grotesco, mas uma ressonância que não acuse problema é terrível. Porque o que foi, então, aquele surto recente no Tranquility? Quando corri do bar, de Desmond, e comecei a tremer no lobby? Se meu cérebro atrapalhado não estava sintetizando o medo, então que porra estava me deixando assim?

Tento mais uma vez a minha família, mas ninguém me atende. No entanto, preciso de respostas. Preciso de *determinada* resposta. Vou de novo até a janela e contemplo o bar no final do quarteirão. Todos os carros continuam lá. A garrafa de Budweiser de néon pisca na vitrine.

Não é uma boa ideia. Olho ao longo da Olive, depois o símbolo do Batman sobreposto à torre da caixa d'água da Warner Bros. Não é mesmo uma boa ideia. Aperto os olhos mais uma vez, implorando para que surja a lembrança, qualquer lembrança, mas nada vem. Há apenas escuridão, um hospital anônimo, um dia de bebedeira, "Low Rider" e algumas palavras inúteis.

De As Dots

Na manhã de uma segunda-feira, Dot se aprontava para ir à aula. A cabeça doía, mas não por ter bebido com Dorothy na noite anterior. Na verdade, fazia algumas semanas que não via a tia, desde que a mãe lhe contara tudo aquilo. Em vez disso, tomara sozinha uma garrafa de vodca Stolichnaya no quarto do seu alojamento quase até o fim. Sabia que esse era um comportamento autodestrutivo, mas esperava, rezava para que, afogando seu sistema com tal quantidade de álcool, mudasse a realidade. O que temia ser a realidade. Além disso, também gostava da fuga.

Marlon olhou-a, sobriamente, da cadeira do quarto dela. Muita coisa tinha acontecido no último mês. Em primeiro lugar, as coisas haviam andado frias entre os dois. Dot não o confrontou sobre o fato de ele ter traído a confiança dela; em vez disso, expressou sua fúria respondendo-lhe com monossílabos, pegando o último cookie com pedaços de chocolate no refeitório (a única coisa realmente comestível ali) ou lhe negando sexo oral. Ele tentou trazer o assunto à tona: *Sinto muito. O que aconteceu? É só porque eu te amo muito, fiquei muito preocupado.* Dot sempre mudava de assunto, resolvendo o enigma de *Wheel of Fortune* em altos brados ou gritando uma citação sobre o hinduísmo do livro didático *World Cultures*.

Mas, então, verificou o passado de Dorothy. Antes, quando a tia andava sumida, Dot sempre se concentrara em investigar o que ela estaria disposta a fazer no presente — nunca questionara o que Dorothy contava sobre o passado. Foi até o maior setor da biblioteca pública, lugar aonde não ia havia anos. Lá, após horas de pesquisa, encontrou uma foto de Dorothy num artigo da revista *Life*, sobre um lugar chamado Bridgewater Hospital.

O artigo datava de 14 de janeiro de 1979. Trazia uma foto de Dorothy, e não havia a menor dúvida de que fosse ela, com sua pele de porcelana, um corte de cabelo quase idêntico e aquela boca insolente, voltada para cima, posando com uma camisola cinza--claro, no que parecia ser uma sala de música. A foto não era nítida, e ela não estava olhando para a câmera; nem mesmo parecia saber que alguém a fotografava. Segundo o artigo, o Bridgewater era um hospital psiquiátrico em Menlo Park, Califórnia. Alguns dizem que foi a inspiração para *Um estranho no ninho*. O artigo versava sobre a desinstitucionalização dos hospitais de saúde mental, em prol de serviços de saúde mental comunitário, embora, àquela época, Bridgewater ainda fosse uma instituição totalmente isolada, cuja equipe usava métodos manipuladores e coercitivos. A maioria dos pacientes tinha graves deficiências mentais, sendo considerada perigosa e imprópria para outros ambientes hospitalares.

Então, ali estava.

Dot continuou procurando. Vagando pelos registros do distrito de Los Angeles, encontrou uma ordem restritiva interposta no tribunal contra uma Dorothy Banks. A protegida naquela ordem era sua sobrinha, Dot, e surpreendentemente a sua mãe, irmã de Dorothy. Dot vasculhou documentos para ver se a ordem tinha sido suspensa ou revogada, ou seja lá como isso é chamado na linguagem legal, mas não encontrou registro.

Ficou furiosa. Não queria que a mãe estivesse certa sobre nada daquilo. Também se sentiu devastada. Se a mãe estava certa, então quem era ela para a tia? Um joguete? Dorothy teria chegado a amá-la? Será que amava alguma coisa? Talvez tudo isso fosse uma espécie de artimanha complicada. E se fosse sua mãe quem estivesse mexendo os pauzinhos agora? Talvez inventando uma história de síndrome de Münchausen por Transferência, convencendo as enfermeiras a respeito disso, fazendo com que Dorothy fosse afastada e elaborando aquela ordem restritiva por despeito? Mas havia o registro da estricnina. Será que sua própria mãe poderia drogá-la e depois pôr a culpa na irmã?

Qual seria a verdade? Em quem ela poderia confiar?

Dot não sabia o que fazer. Viu-se mergulhando em ataques violentos de raiva pelas mínimas coisas: um cara que lhe deu uma fechada na rua, um vendedor ríspido, a tecla Q do seu teclado que continuava travando. Atirou livros para longe. Não gostava desta sua nova versão. Por fim, duas noites antes, contou a Marlon o que havia descoberto, inclusive as acusações da mãe e como elas batiam terrivelmente com a sua experiência no hospital, quando era criança. Em sua pesquisa espantosa, descobriu que, pelas leis da Califórnia, ainda podia levar a tia ao tribunal. Ou sua mãe poderia fazer isso, se chegasse a esse ponto.

Talvez chegasse. Afinal de contas, sua mãe havia chamado a polícia. Eles tinham ido ao Magnólia? Dorothy estava presa? Dot ficou revirando as notícias, mas não descobriu nada. Uma história de Münchausen não interessaria ao público local? Uma socialite glamourosa atrás das grades por torturar a sobrinha? Por fim, ligou para o Hotel Magnólia e perguntou se Dorothy Banks ainda estava hospedada ali.

— Não, ela saiu há várias semanas — disse o concierge. Seria verdade ou o Magnólia tentava protegê-la?

Naquela manhã, enquanto cuidava da ressaca, que parecia autêntica e em nada se assemelhava com a névoa aniquiladora que pairava sobre ela nas manhãs em que acordava na suíte de Dorothy, ouviu uma batida na porta do quarto. Marlon levantou os olhos, mas não foi até lá. Dot foi calmamente até o saguão, mas ficou paralisada alguns metros antes. Era Dorothy que estava do outro lado. Ela simplesmente sabia.

Voltou-se para o namorado, com os olhos arregalados. O coração golpeava na garganta. Ele inclinou a cabeça.

— Dot? — A voz dela. — Querida, pode me deixar entrar?

O namorado empalideceu e começou a se levantar. Dot lambeu os lábios e fez sinal para ele permanecer imóvel.

As batidas recomeçaram.

— Sei que está aí. Vi você pela janela.

Dot encontrou o olhar horrorizado do namorado, do outro lado do quarto.

— Sinto falta de você, querida — disse Dorothy. — O que está acontecendo entre eu e a sua mãe é problema nosso, ela não deveria colocá-la no meio disso. Só quero ver você um minutinho. Tenho uma coisa para lhe dar.

Ela mordia com tanta força os nós dos dedos que sabia que haveria marcas de dentes na sua pele. Por fim, foi até a porta e abriu uma fresta. Viu Dorothy do outro lado. O rosto estava abatido, o cabelo coberto de cinza. Havia bolsas debaixo dos olhos e rugas na testa e ao redor da boca. Cheirava a azedo e falta de banho. Uma estola de mink pendia frouxamente dos seus ombros. Era como se ela não tivesse dormido, comido ou se maquiado desde a última vez em que Dot a vira. Teria fugido do Magnólia, da polícia? Talvez estivesse vivendo no carro. Provavelmente corria risco só de estar ali.

O rosto de Dorothy se encheu de alívio quando Dot abriu a porta, atirando os braços ao redor do pescoço da sobrinha.

— Ah, querida — falou. — Senti muita falta de você!

Dot ficou com as mãos caídas dos lados. O coração batia com muita força.

— Tenho aula daqui a pouco.

— Entendo, mas tome. — Dorothy vasculhou sua sacola e estendeu a Dot algo embrulhado em papel vermelho. Dot foi guardá-lo, mas a tia sacudiu a cabeça, indicando-lhe que abrisse naquele instante. Devagar, Dot desembrulhou o pacote. Dentro havia um exemplar empoeirado de *A redoma de vidro*, de Sylvia Plath.

— É a primeira edição — explicou Dorothy. — Item de colecionador.

Dot levou o livro ao nariz. Cheirava a mofo e papel, a livraria velha. Ela já tinha lido *A redoma de vidro*. A escolha pareceu estranhamente significativa e sinistramente astuciosa, como se Dorothy soubesse o que Dot descobrira a seu respeito.

— Jante comigo — cochichou Dorothy, agarrando a mão de Dot. Seus dedos estavam frios e esqueléticos. — Esta noite. Por favor, querida. No nosso lugar. Por favor. Vou explicar o que está acontecendo. Contarei por que sua mãe está fazendo isto. Preciso que escute o meu lado.

— Você não está preocupada com a polícia?

— Ah, querida, não existe preocupação com a polícia. Sua mãe... Aquilo foi só pra assustar você. E me assustar. Por favor. Você não vai estar fazendo nada de errado. Por favor, encontre-se comigo. É muito importante.

Dot pôde sentir o namorado remexendo-se na cadeira. Uma explosão de dor zuniu na sua cabeça, depois esmoreceu.

— Está bem — cochichou ela. — Encontro você lá.

Ela fechou a porta e se voltou para Marlon, com os joelhos tremendo. O namorado olhou para ela espantado:

— O que há de errado com você? A gente devia chamar a polícia agora mesmo!

— Não, tenho uma ideia. Uma maneira de provar se está realmente acontecendo e se é verdade. Aí, a gente pode ir até a polícia.

Ela lhe contou a ideia. Ele pressionou as mãos nos olhos e sacudiu a cabeça.

— Não, Dot, não. Você não pode fazer isso. — Ele enumerou todos os motivos. Dot concordou. Talvez Marlon tivesse razão. Provavelmente era perigoso, até ilegal. O que eles deveriam fazer era esperar Dorothy vir novamente ao alojamento. Então, chamariam a polícia. O rapaz disse que ficaria com ela todas as noites, para protegê-la. Prestaria atenção para nunca deixá-la sozinha.

A vigília do namorado venceu; era hora dos dois irem para a aula.

— Promete que não vai vê-la mais tarde? — implorou ele, enquanto se separavam na quadra.

— Prometo — respondeu Dot.

Ele estava na defensiva, abatido e triste. Apertou as mãozinhas dela entre as suas, grandes, exatamente como Dorothy havia feito.

— Tudo bem. Se precisar de alguma coisa, me ligue. Vou deixar o celular ligado e checar de dez em dez minutos.

— Ok.

— Vejo você daqui a oito horas, certo?

— Estarei aqui.

Mas oito horas era muito tempo. Dot tentou esperar, tentou mesmo. Depois de sete horas, mudou de ideia e saiu do campus. Se não fosse, se não tentasse seu plano, ficaria na dúvida para sempre.

Precisava saber a verdade.

ELIZA

ABRO A PORTA do bar. Andrew está em seu banquinho de sempre, graças a Deus. Dá um pulo ao me ver. Seus olhos brilham famintos, subindo pelas minhas pernas, contornando a minha cintura. Meu coração martela dentro do peito, e embora isso vá contra qualquer instinto que eu tenha, vou em sua direção e sorrio.

— Tenho uma proposta para você — digo, deslizando para o banco ao seu lado.

— Eu não esperava outra coisa — diz ele com um sorriso malicioso.

Digo que sei quem ele é. Explico o que aconteceu comigo, o que quero. Andrew parece surpreso.

— Você é a mulher que caiu na piscina? — pergunta. — Meu pai disse que você estava bem fodida.

Prefiro ignorar o comentário.

— Estou tentando falar com o barman que estava no Shipstead naquela noite. É importante. Quero saber com quem conversei no bar.

Andrew olha fixo para a pipoqueira no canto. Volta a se sentar no banquinho e dá um longo trago na sua bebida. Os Rolling Stones detonam o baixo em tal volume que meus dentes doem. Ele batuca na lateral da perna, depois bate no vazio como se estivesse batendo numa cartola imaginária. Olha para mim buscando aplauso e rio por obrigação. Odeio ter que rir. Odeio precisar dele, e odeio ter me rebaixado ao lhe pedir isso.

Por fim, depois de me deixar agoniada por um bom tempo, ele diz:

— Provavelmente, posso conseguir esse tipo de informação. Se você estiver disposta a... — Ele estica o queixo em direção ao banheiro.

— Primeiro faça a ligação — exijo. — *Depois* a gente discute.

Andrew se inclina um pouco para trás, subitamente desconfiado. Mas pouco me importa se estiver com medo de mim. Talvez seja bom.

Suspirando, Andrew tira um celular do bolso, e tecla um número.

— Chris? — diz, depois de uma pausa. — Oi, é Andy! — (*Andy*? Estou chocada por ver como sua voz soa macia, segura e assertiva.) — É, cara. Estou bem. Escute, você pode me passar a escala do Shipstead de... — Ele olha para mim. — Quatro semanas atrás?

Confirmo com a cabeça.

— Quatro. Bom, quatro e alguns dias. Foi num sábado. Shipstead. É... Estou querendo ver quem trabalhou no sábado à noite.

— Foi o Richie — digo em voz alta. Eu *sabia*!

Andrew faz uma pausa, escutando. Desliga e olha para mim.

— Foi Richie. Veja só.

— É, mas quero *falar* com ele.

Andrew resmunga, mas tecla outro número. Ouço-o falando com outra pessoa, desta vez, e explicando com quem ele está querendo falar. Depois de um minuto, Andrew pede o número do meu celular, a primeira vez que faz isso. Repete-o em seu celular, depois desliga.

— Daqui a uma hora, Richie vai ligar para você.

— Uma *hora*?

— É o máximo que posso fazer. O chefe de Richie tentou falar com ele, mas o cara não atendeu. Só que ele vai trabalhar hoje à noite, então daqui a uma hora vai estar no bar. Aí, ele telefona para você.

— Posso, pelo menos, ficar com o número dele, caso ele *esqueça* de me ligar?

O sorriso de Andrew é o mesmo sorriso malicioso que vi no site do Tranquility.

— Sinto muito, não anotei.

— Dá para ligar de novo?

— Liza, ele disse que Richie vai ligar. Não seja louca.

Então, ele pega na minha cintura, querendo o que ofereci em troca. Encolho-me, curvando os dedos num punho.

— Nem fodendo.

Desço rapidamente do banco. Espero que essa seja a última vez que eu veja Andrew.

O bar está mais cheio do que quando cheguei. Pessoas assistem ao jogo de beisebol na TV. Brian, o barman, serve shots. Seu olhar encontra o meu, enquanto abro caminho até a porta. Ele grita o meu nome, dizendo algo que não consigo entender.

— O quê? — pergunto, me aproximando dele.

— Tem alguém aqui procurando você — diz ele, apontando um dedo para a entrada.

Giro a cabeça para a janela. O Batmóvel está lá fora. Meu coração sobe até a garganta. Então, vejo Desmond sentado em uma mesinha ao lado da máquina de Lotto. Paro e penso em algo a dizer, mas minha mente está aterrorizantemente vazia.

— Oi. — É tudo que consigo pensar.

— Eliza. — Ele entrelaça as mãos. — Pensei que você não fosse atrás disso hoje.

Passo as mãos pelo cabelo.

— Eu sei. Sinto muito. Me dei conta que dava pra checar rapidinho, então... — Dou de ombros. Abro um sorriso de desculpas. Com o canto dos olhos, vejo Brian, o barman, me fuzilando, provavelmente pronto para me chamar, baixinho, de vadia.

— Bom, descobriu alguma coisa? — pergunta Desmond.

— Não. Vamos dar o fora daqui. Você tinha razão. Eu deveria estar pensando no programa. E logo a limusine chega.

Desmond franze o cenho para alguém atrás de mim. Quando me viro, lá está Andrew. Não está particularmente perto, mas a pele tem o cheiro do meu perfume. Há um enorme chupão no seu pescoço, não meu, mas, por estar tão vermelho e fresco, dá a impressão de ser.

Reparo que Desmond também olha para o chupão. Meu rosto ferve. *Vá embora*, peço a Andrew em silêncio. Em vez disso, ele se inclina ainda mais para perto, falando no meu ouvido com as mãos em concha, para que eu possa ouvi-lo acima do barulho.

— Encontrei isso no chão, Liza.

Ele coloca algo na palma da minha mão. Abro-a e olho. É um brinco de ouro. Toco nas minhas orelhas. Um dos brincos pende, animadamente, mas o outro lóbulo está vazio. Para o meu horror, Andrew toca no meu rosto, e acrescenta:

— Daqui a uma hora.

Então, ele desaparece no meio do povo. Nauseada, trêmula, volto-me para Desmond. Tento sorrir inocentemente, mas na mesma hora percebo o que ele deduziu. Seu rosto empalideceu. Ele pisca rapidamente. Desce do banco e se afasta de mim, até sair pela porta e chegar ao Batmóvel.

— Desmond. — Vou atrás e seguro a manga da camisa dele. Ele se desvencilha de mim. — Qual é o problema?

— Qual é o *problema*? — diz Desmond, seu olhar encontrando o meu por um momento. Os olhos estão negros. Nunca os vi tão apertados. Sacudindo a cabeça, ele vai até a porta aberta do motorista, despenca no banco e abaixa a porta. Tento o lado do passageiro, mas ele o travou.

— Desmond! — grito, puxando o trinco. — Por favor! Abra! Não é o que parece!

Ele olha para mim através do vidro. Aperto a mão na janela. O vidro está muito frio, como se tivesse sido colocado em um refrigerador, o que não faz sentido, considerando o calor do fim do dia. Só consigo pensar nisso, porque tudo é difícil demais para considerar.

Desmond liga o motor. Depois desce a janela.

— Desmond — digo, desesperada, sentindo uma lufada de ar-condicionado passar pelo meu rosto. — Desmond, *por favor*. Me desculpe. Tem algo de errado comigo. Alguma coisa enorme. Minha ressonância deu negativo. Pode ser que eu nem mesmo tenha estado no hospital. Preciso conversar com você. Precisamos entender isto. Você disse que me ajudaria!

Passam-se alguns segundos. Os olhos de Desmond continuam muito escuros. Por fim, ele abaixa a cabeça.

— Não, Eliza. Não posso ajudá-la. De agora em diante, você está por sua conta.

De As Dots

O M&F passara por uma mudança de equipe nas poucas semanas em que Dot ficara longe. O barman com rosto de criança tinha ido embora, e um escocês rechonchudo e mal-humorado assumira seu lugar. Um sujeito magro e de cabelo escuro comandava os garçons, enquanto uma garçonete anotou os pedidos. Usava uma camisa branca masculina, igual à dos rapazes, com calça comprida e sapatos Oxford. Ao servir um prato do dia na mesa ao lado da de Dot e Dorothy, falou numa voz grave e masculina. A jovem se concentrou na garçonete, como uma maneira de dissipar o nervosismo. Imaginou a garçonete colocando um vestido, mais tarde, descalçando aqueles sapatos sem graça, e indo a algum lugar com o namorado ou uma amiga. Vivendo uma vida fácil e descomplicada.

Bernie ainda estava lá, no entanto, e veio direto para a mesa delas, fazendo um espalhafato de como as suas duas damas preferidas estavam de volta.

— Bebidas por minha conta — disse, prodigamente. Não parecia nem um pouco nervoso por Dorothy estar ali. Dot olhou em volta; não havia policiais bloqueando a porta.

— Quero o mesmo que ela — disse Dot, numa alegria fingida.

Dorothy ergueu uma sobrancelha, surpresa.

— Então, dois *stingers*, por favor.

Enquanto Bernie preparava os drinques, Dot contraía os músculos da panturrilha, desesperada para ir embora. Dorothy também parecia nervosa, apalpando o guardanapo, remexendo na bolsa, girando o brinco na orelha.

— Estou feliz que tenha vindo, querida — disse. — Depois daquele último incidente... Bom, eu não tinha tanta certeza. Não sei o que a sua mãe contou, mas é tudo mentira.

— Ela só está preocupada comigo.

Dorothy pressionou os dedos nas têmporas.

— Ela nunca me entendeu, nunca mesmo. — Olhou para Dot com o rosto aflito. — Mas tive sorte em ter Thomas. — Encarou taciturnamente o mural de animais selvagens atrás de nós. — Ele era um anjo. Quando queria, tinha a mais doce das atitudes. E como amava a mãe! — Ela abaixou a cabeça. — No dia em que morreu, algo dentro de mim também se foi.

Cada célula no corpo de Dot ficou completamente imóvel.

— Foi por isso que você teve que ir para o Bridgewater Hospital?

A pele ao redor da boca de Dorothy afrouxou.

— Como?

— Vi uma foto sua lá. No artigo de uma revista.

Bernie trouxe os drinques e se afastou. Dorothy olhou fixo para o seu copo, depois tirou a decoração de menta e a colocou no guardanapo.

— Então você andou pesquisando. Uma jornalista investigativa.

— Pesquisei você porque tive medo de existir algo que eu não soubesse.

— E descobriu. — Dorothy tocou a boca com o guardanapo. — Sim. Fui para lá depois do falecimento de Thomas. Precisava de um pouco de... tempo. Para pensar. Para fugir da vida.

Dot assentiu. Talvez não fosse tão ruim. Era o melhor motivo possível para ter ido a um lugar como aquele. Uma boa resposta, uma resposta compreensível.

— Perder um filho é a pior tragédia que alguém pode sofrer. Ainda mais do jeito que foi. Me senti muito... *vazia*. Suponho que devesse ter explicado para a sua mãe, porque, desde então, ela se preocupa de que haja algo de *errado* comigo. — Dorothy cruzou o olhar com o da sobrinha, que, inconscientemente, devia estar concordando, porque acrescentou: — Mas não é verdade. O que há de errado comigo é a mesma coisa que qualquer pessoa deste mundo tem. — Ela cruzou as mãos. — Deus, há quanto tempo eu queria contar isso! Mas tive medo que você ficasse com medo de mim. Tive medo que me julgasse sem procurar saber mais, exatamente como a sua mãe. — Ela ergueu o copo em um brinde. — Por ser forte o bastante para contar a verdade à minha sobrinha maravilhosa.

— Por ser forte — respondeu Dot, tocando com seu copo o da tia. Tentou com empenho tomar um gole do líquido com cheiro de menta, mas ela sempre achara que o *stinger* tivesse gosto de chiclete que a pessoa masca para encobrir bílis.

— Sua mãe tem preconceito a respeito do meu tempo no Bridgewater — falou Dorothy. — E depois, quando a deixei, ela achou que era só mais um exemplo de algo errado comigo. Ela me disse: "Se você for embora, vai partir o coração dela." Passados alguns anos: "Se você voltar, vai confundi-la. Você é uma má influência".

— Espere — interrompeu Dot. — Você falou com ela enquanto esteve fora?

Dorothy piscou.

— Só para saber como você estava. Para ter certeza de que estava bem. Ela me devia isso.

— E não quis falar comigo?

Dorothy pousou o copo de volta, e estendeu as mãos sobre a mesa com os anéis reluzindo.

— Querida, sua mãe não me deixava.

— Por que não?

— Porque... Bom, é complicado.

Dot sacudiu as pernas debaixo da mesa. Ordem de restrição, ordem de restrição. O documento era verdadeiro, sem dúvida. Mas as razões pelas quais ele foi redigido eram reais? Como pôde chegar a pensar coisas tão horríveis? A garganta de Dot travou enquanto ela engolia.

Quando levantou os olhos, o sorriso da tia estava tranquilo.

— Você parece muito perturbada. Pode ser que seja bom ir até o banheiro e dar uma refrescada.

— Estou bem — insistiu Dot. Não tinha certeza de que suas pernas aguentariam se ficasse de pé.

— Vá por mim — disse Dorothy, com firmeza. — Você precisa de uma pequena pausa. Vá se recompor e depois volte, e teremos um jantar gostoso, como sempre.

Como sempre. Dot abriu e fechou o punho. Talvez isso fosse uma abertura, uma oportunidade para ambas. Fechou os olhos, sabendo que tipo de coragem precisava. Era agora ou nunca. Suavemente, mexeu no seu copo de coquetel para que ficasse alinhado com o M do M&F do prato de comida. Depois, se levantou, tentando não entregar nada com sua expressão. Seu coração batia forte.

— Tudo bem, já volto — disse, reunindo forças.

O banheiro era um longo corredor de ladrilhos pretos e brancos e pias antigas de bronze. Dot pegou uma bala de menta da vasilha na pia e se jogou para dentro de uma das cabines, desmoronando no assento e chupando a bala até quase acabar. Pensou em Dorothy lá fora, sozinha com os dois drinques. O que fazia? Nada... ou alguma coisa? De um jeito deturpado, Dot queria que ela fizesse algo? Afinal de contas, uma tia normal não teria mais serventia a Dot do que uma camiseta de algodão. O jeito imprevisível da tia foi sempre o que mais atraiu a sobrinha. Além dela amar Dot. Eram almas gêmeas.

A porta de uma cabine bateu e a descarga foi dada. A mente de Dot voltou a ficar alerta. Thomas vibrou em seus pensamentos. *Sim, foi depois que Thomas morreu*, Dorothy acabara de dizer, referindo-se ao Bridgewater Hospital. *Me senti muito... vazia*.

Mas Thomas tinha que morrer?

De repente, Dot visualizou o menininho da foto que vira, jogando beisebol com os amigos, fingindo fazer um avião de brinquedo voar, lançando-o pela grama. Depois, lembrou-se do que Dorothy dissera uma vez, sobre a certeza de que havia algo de errado com o cérebro de Thomas, mas que os médicos não lhe deram atenção. Visualizou-o na cama de um hospital, definhando aos poucos, se tornando cada vez mais bipolar. "Os médicos são todos idiotas", Dorothy sempre dizia. "Eu sabia que ele faria alguma coisa, como tirar a própria vida, se não conseguíssemos respostas. E então, veja, ele fez."

Ela quase engasgou com a menta na boca. As semelhanças eram muito claras. Dot não conseguia acreditar que nunca tivesse percebido isso. Todo esse tempo, sentira pena de Dorothy pela perda de Thomas. Mas talvez ela devesse ter pena do menino.

Endireitou os ombros e saiu da cabine energizada. As pupilas estavam muito pequenas no espelho do banheiro. O peito arfava. Abriu a porta com um empurrão e foi em direção ao corredor. Estava vazio, mas, subitamente, ela pensou ter ouvido uma leve respiração atrás de uma cabine telefônica desativada. Ficou na ponta dos pés. As sombras eram opacas. Nada se movia.

— Oi?

O único som era o burburinho baixo de vozes no restaurante. Os pelos do pescoço de Dot se arrepiaram, mas ela não conseguiu discernir ninguém no fundo do corredor. Engolindo com dificuldade, deu meia-volta na direção da sua mesa.

Dorothy estava com as mãos cruzadas no colo, mas mesmo de longe, Dot percebeu que seu copo não estava alinhado com o M do prato. Uma voz interior implorou que isso não significasse nada, talvez Bernie tivesse mexido nele. Ela ignorava essa voz cada vez mais.

— Ah, você parece bem melhor — disse Dorothy, enquanto Dot se sentava. — Sempre falo da importância de alguns minutos no banheiro para se refazer.

Dot concordou com a cabeça, e olhou para o seu drinque. Até onde percebia, não parecia batizado, mas o que ela esperava? Pedacinhos boiando? Mudança de cor?

— Fiz pedido para você — disse Dorothy. — Hambúrguer ao ponto com cogumelos, sem bacon. Está certo? Queria salada? Pedi fritas também.

— Não, fritas está ótimo. Ei, aquele cara não se parece muito com o Salman Rushdie?

Dorothy franziu o cenho, depois acompanhou seu olhar em direção ao bar. Dot sabia que tinha apenas alguns segundos, antes que a atenção da tia se voltasse para ela. Por sorte, as duas tinham tomado a mesma quantidade de seus *stingers*, ou talvez Dorothy tivesse pedido mais um. Alguns movimentos rápidos e estava resolvido.

— Ele não se parece nem um pouco com ele — falou Dorothy, virando-se de volta para a mesa. — E acredite, eu sei. — Ela envolveu o drinque com as mãos, parecendo não ter percebido. Dot quase se sentiu mal por ela. Tinha acabado de fazer o truque mais antigo e possivelmente o mais estúpido do manual da tia. E ela tinha caído nele.

— Você não disse que costumava ir a festas com ele?

Os olhos de Dorothy brilharam.

— Querida, eu tenho uma história para você!

Dot se recostou para ouvir. Agora, tudo o que precisava fazer era esperar. E tentar não entrar em combustão internamente.

ELIZA

CORRO ATRÁS DO carro de Desmond por um quarteirão, gritando seu nome. Ele passa pela minha casa, mas não para, pegando à direita no final da rua. Posso ouvir o motor do Batmóvel roncando, mas minha visão é bloqueada pelas casas. Paro e começo a bater as mãos nas laterais do corpo. Meu rosto ferve de raiva por causa do golpe mesquinho de Andrew. Confiei nele, e para quê? Ainda não consegui a informação. Talvez não haja informação. Vai ver eu estava tagarelando comigo mesma no Shipstead. Só que não foi um tumor que fez essa idiotice, fui eu mesma.

Um motor range atrás de mim e me viro. Uma limusine espera junto à minha calçada. O motorista se inclina para fora da janela.

— Eliza Fontaine?

— Si-sim.

— Meu nome é Sal. Do *Dra. Roxanne.* Tentei ligar.

Olho para o meu celular e vejo que tenho quatro ligações perdidas de um código de área 310, que não reconheço. Sinto o suor escorrendo pelas minhas costas. Não tem como eu ir ao *Dra. Roxanne*. Preciso cancelar. Consulto o celular, preparando-me para chamar Laura, que vai ficar furiosa, e Posey, que provavelmente vai começar a gritar e entrará em trabalho de parto. Só que, de um jeito quase cômico, a bateria do meu celular só tem 1% de vida. Enquanto olho para ele, o aparelho desliga.

O motor do carro ronrona. Uma estação esportiva sai baixinho dos alto-falantes.

— É a primeira vez no programa? — pergunta Sal. Quando não respondo: — É a primeira vez em *qualquer* programa?

Solto um leve guincho, confirmando.

— Vai dar certo. Confie em mim; já busquei toneladas de convidados nervosos. Muitos bem mais nervosos que você. E eles se saem muito bem.

Pego a isca e levanto os olhos.

— Alguém que eu conheça?

Ele sorri, misteriosamente.

— Jurei sigilo. Agora, está pronta para entrar?

Ele desce do carro, abre a porta de trás e faz um gesto para que eu entre. Olho o interior, todo de couro. Uma garrafa aberta de Perrier aguarda no suporte central do banco. Também há uma porção de revistas de segunda categoria.

Obedeço e me sento, rígida. Não me dou ao trabalho de colocar o cinto de segurança. Talvez a gente dê uma trombada. Talvez eu morra. Sem que eu queira, o incidente com Andrew no bar passa pela minha cabeça em modo contínuo. Abro a mão e vejo que o brinco que me devolveu ainda está lá. Apertei-o com tanta força que ele deixou uma marca na minha pele. Tremendo, enfio-o de volta no buraco da orelha. Minha garganta se contrai e fecho os olhos, imaginando onde Desmond teria ido, se um dia ele vai voltar a falar comigo, por que sou sempre tão babaca e por que eu não consegui esperar um só dia.

— Você é atriz?

Encontro o olhar de Sal no retrovisor.

— Escritora.

— Que tipo de livro? Autoajuda?

Deus, não estou com a menor vontade de conversar agora, mas o tom de avô do motorista me convence.

— Ficção, na verdade.

— Não diga! Sempre achei que eu podia escrever um livro. Do que trata o seu?

Enfio o dedo em um buraco do meu jeans. Por sorte, no programa eles terão roupas para eu me trocar. *O programa*. Meu peito arfa novamente. Por que estou passando por isso?

— Amor — respondo. — E o fato de alguém precisar reescrever todo seu passado.

— Ah, sou especialista nisso — diz ele, enquanto entramos na rodovia 5. — Minha primeira esposa? Me traiu o tempo todo em que estivemos casados. Com, ouça isso, meu maldito *irmão*. — Ele dá uma risadinha. — Eu sempre achei que ela fosse louca por mim e que, quando dizia que estava com dor de cabeça e não queria transar, era realmente dor de cabeça. Agora sei que não era nada. Ela só estava dolorida de trepar com o Nico. Desculpe a expressão.

Fecho os olhos, o que o motorista interpreta como uma rápida tentativa para um cochilo, pelo que sou grata. Quando paramos, examino em volta. Disseram-me que o *Dra. Roxanne* era gravado nos estúdios da CBS, mas estamos em uma parte completamente diferente da cidade. Sal liga o pisca-alerta e segue por uma longa e bonita entrada. *Hotel Magnólia* está escrito em uma placa antiga, encaixada em meio a palmeiras muito verdes.

Os pelos atrás do meu pescoço se arrepiam.

— O que estamos fazendo *aqui*?

— Nesta semana, o programa está sendo produzido em locações externas. Você já esteve aqui? Bem classudo. — Ele olha para mim pelo retrovisor. — Quer um pouco de água? Você está parecendo um pouco atormentada de novo.

— Estou bem — digo, embora não tenha certeza, pois tudo ficou confuso. Quero pensar, desesperadamente, que seja o tumor, só que agora sei que não é verdade. Este lugar está despertando coisas em mim que eu não sabia que existiam. Não me lembro de já ter estado aqui, mas, de alguma maneira, sei que o caminho vai virar lá no alto e que dois valetes saltarão de um lugar invisível. E eles saltam. Também sei que, quando descer do carro, sentirei cheiro de flor de laranjeira. E sinto. Sei qual será o manobrista que vai me cumprimentar — nariz bulboso, cabelo espetado, cor de trigo, uniforme elegante — e que terá uma voz grave e esquisita, com um ligeiro sotaque de algum lugar do centro do país. E lá está ele.

Sei disso porque o descrevi. Escrevi sobre este lugar todo. Mas não era para ser *real*.

— Eliza? Eliza Fontaine?

Me viro quando um assistente de produção com um boné escrito *Dra. Roxanne* corre para mim.

— Graças a Deus você chegou. Vamos levá-la pra fazer cabelo e maquiagem.

O funcionário agarra meu braço e me leva até um trailer do outro lado do estacionamento. À distância, vejo a fileira de árvores que leva aos bangalôs. No calor do fim do dia, as construções cintilam e dançam. Continuo sentindo aquele cheiro de perfume de flor de laranjeira, mesmo não vendo uma única flor em nenhum lugar. Vias neurais não conectadas colidem como bolas metálicas em um pêndulo de Newton. Juro que nunca estive aqui, mas *estive*. Olhei inúmeras fotos deste lugar, na pesquisa on-line para *As Dots*, mas minhas descrições foram precisas demais. É como se a minha ficção tivesse transformado este lugar em algo real.

No trailer, todos falam comigo ao mesmo tempo. A maquiadora, uma mulher pequena que parece uma aranha, com olhos tristes, me coloca sentada e começa a passar uma esponja com um pó no meu rosto.

— Água? — pergunta uma assistente de produção que usa um perfume forte. Outra funcionária pega o meu celular e o liga num carregador. Uma loura jovem e bonita, com um fone de ouvido e uma prancheta, se aproxima e balança a minha mão com energia.

— Roz Lowry — diz. — É muito bom conhecer você. Sua agente procurou... Estou bem feliz de podermos fazer isso dar certo.

— S-Sim. — Tento não parecer suicida. Minha mão está escorregadia com um creme para mãos.

— Muito legal isso tudo, hein? — Ela estende um braço para fora da minúscula janela do trailer, indicando a monstruosa estrutura do hotel atrás de nós. Tem cor de frango cru, uma associação que fiz antes.

Amanda, a maquiadora, faz com que eu incline a cabeça para trás, para que ela possa colocar cílios postiços.

— Então, você é a primeira — Roz diz de algum lugar acima de mim. — Taylor Swift entra em seguida, dessa forma Roxanne pode perguntar se você é fã de Taylor, e espero que você responda que sim. Depois, ela vai fazer algumas perguntas padrão sobre você: quantos anos você tem, que escola frequentou, esse tipo de coisa, e por que quis escrever o livro. Você sabe, as perguntas que mandamos com antecedência. Tente não complicar demais as respostas, é uma gravação ao vivo, então não vamos poder repetir as tomadas.

— S-Sim — murmuro, sentindo uns pincéis de maquiagem macios passarem pelas minhas pálpebras.

— A propósito, terminei seu livro hoje — diz Roz. — Incrível. É realmente de cortar o coração. — Ela sorri com um brilho de dentes brancos perfeitos.

Quando meu celular, que está carregando em cima de um balcão, toca, dou um pulo. Vejo outro número que não reconheço. Só sei que é de Palm Springs.

— Ah, posso atender?

— Claro que sim, querida. — Ela me deixa sair da cadeira. — Mas seja rápida. A gente entra daqui a dez minutos.

Saio do trailer e atravesso o estacionamento, antes de atender.

— É Eliza Fontaine que está falando? — Uma voz masculina.

— Sim...

— Aqui é Darrell, do Tranquility Resort. Andrew Cousins--Glouster ligou para nós. Disse que você está procurando uma gravação da segurança?

— Correto. — Contemplo a minha sombra. Ela se inclina torta pela grama. Parece que fui desmembrada. — No bar Shipstead. Informo a data que estou procurando.

— Bom, infelizmente, não tenho gravação daquela noite, nossas câmeras estavam desligadas. Mas Richie está na linha comigo e acho que ele pode ajudar no que você está precisando. Richie?

— Oi — diz Richie, relutante, a voz grave e cautelosa.

— Oi. — Posso sentir um suor súbito descendo pelas costas.

— Andrew a descreveu para mim e eu me lembro de você, claro que lembro, por causa da piscina, entende? Você estava bebendo *stingers*, drinque que a gente raramente faz. — *Stingers!* — E a moça sentada ao seu lado também.

— A loura? — perguntei, incrédula. Nem pensar que Gabby estaria bebendo *stingers*. Nem pensar que Gabby estaria bebendo qualquer coisa. Meu coração dispara. Quase posso sentir o *stinger* na boca. Mais uma vez, começo a escutar "Low Rider".

— Não, você encontrou uma loura, mas ela veio depois. Esta moça tinha cabelo escuro, que nem você.

Fico de boca aberta.

— Tem *certeza*? — Não me lembro disso de jeito nenhum.

— Seu nome é Eliza, certo? Eu brinquei que ela parecia sua gêmea. Era como se uma segunda Eliza tivesse se sentado. Chamei vocês de as duas Elizas. Aí, a moça de cabelo preto olhou para você e disse alguma coisa que deve ter deixado você muito puta. Você ficou lívida.

— *Por favor, pare de encarar* — murmuro.

— E então ela foi embora. Nesse momento, sua amiga de cabelo cacheado chegou. — Há uma pausa e uma tosse. — Então, foi isso que eu vi.

— Obrigado, Rich. — Darrell entra na linha. Eu tinha me esquecido que ele estava escutando. — Srta. Fontaine, isso ajuda?

Quero ter certeza que você conseguiu o que precisa. Todo amigo de Andrew é nosso amigo.

Sussurro alguma coisa que pode ser um sim ou um não, e a ligação termina. Deixo o celular escorregar pelos dedos; ele tomba na grama. Uma mulher de cabelo escuro. Uma outra eu. Estou menos chocada do que deveria, e é isso que mais me assusta.

Escavo a minha memória e vejo uma luz no fim do túnel. Posso sentir alguém deslizando no assento ao meu lado. Ela cheirou o drinque dela primeiro, depois olhei o líquido amarronzado no copo triangular. Virei e lá estava ela, ao meu lado, muito equilibrada e serena. Prendi a respiração.

Era eu. Exatamente eu. O mesmo rosto. O mesmo corpo. O mesmo sorriso.

— Andei procurando por você — disse ela.— Por favor, pare de encarar.

Meu coração já não se desespera mais. Nem mesmo tenho certeza de que continua batendo. Paro ao lado de um Range Rover estacionado. Quando olho meu rosto na janela, vejo *ela*, seus olhos, sua boca, suas maçãs do rosto, sua pele, até sua expressão. Viro-me rapidamente, engolindo um grito, e depois o nome dela. Só que é o meu nome, e ela não está atrás de mim. Ela não está em lugar algum.

Mas estava. No bar. Só não sei quem ela é.

De As Dots

Dot tentou prestar atenção, enquanto sua tia lhe contava sobre seus dias de farra com escritores famosos em Nova York, mas não foi fácil. Dorothy bebia o *stinger*, que desaparecia rapidamente em sua garganta. Nada parecia estar acontecendo, o que era uma coisa boa, uma coisa muito boa.

Mas então, a certa altura, Dorothy se inclinou sobre o cotovelo e ofereceu um sorriso melodramático.

— Estou tão feliz que veio esta noite, querida. Já disse a falta que senti de você?

E então, Dot viu. A cabeça da tia despencando, o queixo escorregando da palma da sua mão.

— Opa — disse Dorothy, com uma risadinha.

Dot avaliou a sensação do seu próprio corpo: bebera metade do *stinger*, mas continuava lúcida. As mãos não tremiam, a visão não estava dupla. Seu coração se partiu dentro do peito. Então era isso.

Como um velho telhado que já não consegue suportar a força de um vendaval, Dorothy subitamente perdeu a compostura. Em segundos, suas faces passaram de pálidas a avermelhadas, os olhos começaram lacrimejar, os movimentos tornaram-se rebuscados e aleatórios. Ao sorrir, quase não conseguia controlar os lábios. Dorothy olhava para as palmas das mãos, como se nunca as tivesse visto.

A sobrinha observou ao redor do restaurante, apavorada de que alguém percebesse o que tinha acontecido, mas todos os empresários, médicos e namorados estavam fechados em seus próprios mundos. Ficou grata pela necessidade paranoica de Dorothy por privacidade. Mas a expressão de Dot deve ter demonstrado alguma coisa, porque ao olhar para o outro lado da mesa, Dorothy encarava-a num entendimento sóbrio.

— O que foi que você fez? — perguntou a tia, com hostilidade.

Dot lambeu os lábios. O *stinger* tinha formado uma grossa camada no fundo da sua garganta.

Dorothy olhou para o drinque à sua frente. Era possível que ela visse dois drinques e não um, ou talvez os drinques estivessem rodando. Então, voltou a olhar para a jovem.

— O. Que. Foi. Que. Você. Fez?

— O que foi que *você* fez? — perguntou Dot, baixinho. — Esse drinque era pra ser meu, não seu.

Os olhos de Dorothy se arregalaram:

— Como se atreve a fazer assim comigo?

— Como se atreve a fazer assim *comigo*?

— Você sabia que estou com câncer? — falou Dorothy, com raiva. — No ovário. Eu ia contar esta noite. E agora você fez isso. Provavelmente, acabou com as minhas chances de sobrevivência. — Ela levantou da mesa. Por um momento, só ficou ali parada, observando o restaurante em volta, os olhos concentrados no corredor dos fundos, que dava para a cozinha. Depois, abraçando o peito, partiu para a porta de trás, aquela por onde elas sempre entravam.

Dot também se levantou. Não tinha ideia se deveria acreditar ou não na história do câncer, mas antes de seguir a tia, olhou o que restava do drinque de Dorothy. Arrancou-o da mesa, levou-o até o banheiro, e despejou o resto na pia. Sentiu os olhos da atendente do banheiro sobre ela, mas não deu importância. Nada era importante naquele momento.

Então, saiu.

No beco atrás do restaurante, Dorothy estava com metade do corpo na sombra, curvada na cintura, fazendo barulhos esquisitos. Enxugou os olhos, levantou-se e olhou para Dot:

— O que você quer?

— Precisa que eu chame um médico? Precisa de uma lavagem estomacal? Posso fazer isso antes de chamar a polícia. Porque vou chamar.

Dorothy secou a boca com a manga. As narinas palpitavam.

— Você ganhou. Você ganhou, Dot.

— Não se trata de ganhar ou perder.

— Isso não é o que você pensa. Eu estava tentando ajudar.

— Como?

Dorothy empinou o nariz.

— O drinque não ia matar você, só ia apagá-la por tempo suficiente para que eu pudesse tirá-la desta cidade, sem resistência. Eu ia arrumar um médico. Você ia ficar boa.

— Você acha mesmo que vou acreditar nisso?

— Deveria.

— E para onde a gente iria?

— Bolívia.

Dot caçoou.

— Por que lá?

— Você já esteve naquele país? Passei um tempinho lá alguns anos atrás. É muito lindo. E reservado.

— Pensei que tinha estado na África.

Os olhos de Dorothy estavam brilhantes.

— Nós teríamos uma vida maravilhosa.

— Por que acha que eu gostaria de ter uma vida maravilhosa com você, depois de tudo que fez? — O beco dava para uma avenida movimentada. Carros passavam em alta velocidade, faróis acesos, mas as duas estavam escondidas pelas sombras. Dot duvidou que algum motorista pudesse vê-las. — E quem sabe se você não continuaria fazendo isso comigo, me drogando, me envenenando? Só para me manter sob controle.

Dorothy pareceu desapontada.

— Sinto muito que veja as coisas assim, querida.

— De que outro jeito posso ver? Você me bate para que eu chore, e depois possa me abraçar. Você me envenena para eu ficar doente e cuidar de mim. É... É insano!

— Você claramente andou ouvindo a sua mãe. Isto é exatamente o tipo de coisa que ela diria. Eu cuidei de você até você ficar boa, querida. Não é minha culpa se você não aguenta bebida.

— Então, por que não me levar para porra de um hospital? Por que me esconder no seu quarto, e trazer o sinistro dr. Singh sempre que preciso de uma intravenosa?

— O dr. Singh é um velho amigo e...

— Chega dessa conversa! — berrou Dot. — Chega! Sei o que está acontecendo. Tentei montar esse quebra-cabeça de um milhão de jeitos diferentes, esperando que a resposta não fosse essa, mas toda vez acabo da mesma forma. — Ela sentiu os olhos marejarem. — Há quanto tempo vem me fazendo mal? Você voltou só para me maltratar um pouco mais? Você também fez isso com Thomas? Deu a ele alguma coisa para que ele ficasse louco? Foi você que atirou nele?

Dorothy afastou-se dela, com passos desajeitados e pesados. Tinha um sorriso comprimido e cruel.

— Tantas perguntas!

O sangue de Dot gelou. De repente, soube que estava certa.

— Como pôde matar seu próprio filho?

Dorothy revirou os olhos, depois deu meia-volta e disparou pelo beco. Sua estola de pele arrastava-se atrás dela como um rabo.

— Ei! — gritou Dot, correndo atrás dela.

Dorothy atravessou a avenida. Do outro lado, havia uma ponte que dava para a movimentada pista expressa abaixo. Sob a iluminação, sua pele parecia cinza, com um brilho de suor na testa. Dot nunca tinha visto a tia suar. Dorothy também agarrava a própria garganta, como se quisesse se sufocar. Seus olhos estavam ficando saltados. Dot tinha certeza de que ela estava fazendo cena. Nunca se sentira daquela forma, em nenhuma das vezes que fora drogada.

— Você também ia me matar? — gritou Dot. — Você me deu alguma coisa para provocar aquelas convulsões. Alguma coisa para piorar o meu estado. Alguma coisa que a colocaria na capa da *Los Angeles*, como a santa que salvou a vida da sobrinha.

— Não acredito que disse uma coisa dessas — falou Dorothy atabalhoadamente. As cordas vocais pareciam comprimidas. — Eu jamais faria isso. Se foi o que pareceu, é porque foi montado para parecer assim.

— Por quem?

— Pelos médicos. Por aquelas enfermeiras. E pela sua mãe. Ah, Deus, com toda certeza pela sua mãe. Eles estavam contra mim. Desde o começo, eles estavam contra mim.

— Não, não estavam.

Dorothy cambaleou até a passarela. Curvou os dedos no parapeito, espiando o trânsito.

— Eles me odiavam. Todos eles. Não me deixavam entrar. Ninguém me deixava entrar. Mas eu enganei eles. Eu sou muito mais esperta que eles. — Saliva jorrava da sua boca. A cabeça pendia no pescoço. Talvez aquela fosse a verdadeira Dorothy, a sobrinha pensou com uma pontada no coração. Talvez a mulher que ela tinha visto e conhecido fosse uma encenação elaborada, uma duplicata.

— É por isso que a gente precisava ficar incógnita — disse Dot. — Você não pode estar aqui nem sair comigo para qualquer lugar. Poderia ser presa.

— É, por causa da sua... mãe. — Dot revirou os olhos. — Já contei que ela era uma chata até quando era criança? — Ela se interrompeu e apertou a garganta, fazendo um som de engasgo. A boca se escancarou. Dot a percebeu tentando respirar. A cor sumiu do rosto. Ela não tinha certeza de que Dorothy pudesse fingir aquilo.

— Dorothy? — falou Dot, hesitante, dando um pequeno passo em sua direção. Agora a tia cambaleava, os olhos revirando para cima. Tropeçou para trás, em direção ao corrimão da passarela. Suas pernas começaram a desmoronar, como se tivessem removido os seus ossos. Ela apertou a garganta novamente. Era só para provocar um desmaio, Dot pensou, como sempre acontecia com ela mesma. O veneno não deveria fazê-la perder as funções. Não deveria matá-la.

Dorothy despencou contra o parapeito, ainda engasgada. Dessa vez, a bile subiu; Dot podia sentir o cheiro. A tia colocou para fora um jato de suco estomacal e saliva, que foi parar no trânsito lá embaixo. Sons horrorosos saíram dos seus lábios. Ela arrotou como um ogro, depois voltou a tossir, e vomitou mais um pouco. Até sob a luz fraca, Dot teve certeza de que era sangue.

— Dorothy — sussurrou Dot, tentando levantá-la pela cintura. A tia não se mexeu. Sem opções, a jovem pegou o celular no bolso para chamar a emergência. Não estava ansiosa pelo resultado disso, a mãe mais uma vez descobrindo, os médicos examinando o sangue de Dorothy, uma investigação policial, um dedo apontado para Dot e então, é claro, a própria Dorothy indo para a prisão. Talvez as duas indo para a prisão. Mas não poderia deixar a tia morrer ali.

Seus dedos tremeram enquanto ela pressionava os botões na tela do celular. A luz refletiu em seu rosto, e ela digitou o número que queria. Depois a luz no alto se apagou. Dot olhou para cima, observando o poste, querendo que ele voltasse a acender.

— Dorothy? — chamou, nervosa. Mal conseguia ver alguns metros à frente. Ouviu passos, alguém respirando.

A mão de alguém agarrou o seu pulso, atirando o celular longe. Dot sentiu o osso do quadril esmagar-se contra o parapeito. Percebeu o perfume da tia e o hálito de bile muito perto. Com uma força surpreendente, Dorothy empurrou Dot contra a barreira de metal e a segurou ali.

— Se estou morrendo, então você também está — rosnou. Nem mesmo parecia a voz dela, e mal lembrava o seu rosto. Alguém havia se apossado do seu corpo.

Dot sentiu o quadril se inclinar na beirada do parapeito. Sua cabeça virou para baixo, e, zonza, viu os carros passando.. Se acontecesse de um dos motoristas olharem para cima, só veriam escuridão.

Concentrando os últimos esforços, ela empurrou a tia para longe. Dorothy cambaleou para trás com um grunhido. A sobrinha conseguiu se endireitar, antes de Dorothy voltar-se furiosa contra ela. Numa jogada de sorte, esquivou-se para o lado, evitando a investida da tia. Não soube ao certo o que a levou a agarrar as panturrilhas magras e torneadas de Dorothy, mas o fez, inclinando o corpo dela no parapeito. Inesperadamente, a tia ficou com mais da metade do tronco para fora, sendo impossível que a jovem aguentasse por muito tempo. De repente, não conseguiu mais segurar e Dorothy caiu.. A sobrinha se virou e levou um susto, entendendo o que havia feito. Tentou agarrar os pés da tia, mas era tarde demais. Seus dedos pegaram apenas escuridão e ar.

Dot olhou por sobre o parapeito e gritou. Estava muito escuro e não houve som da queda da tia, talvez porque a via expressa estivesse muito lá embaixo para ela ouvir. Os carros continuaram passando, seus faróis sem revelar nada. Dorothy estava, sem dúvida, lá embaixo. Logo alguém bateria nela. E logo, olhariam para cima, tentando imaginar o que acontecera.

Ela se virou e correu.

ELIZA

AI, DEUS, lá está, lá está; estou zonza, com a vista turva, oscilando no meu assento no bar, mas posso discernir um corpo deslizando para o banquinho ao lado do meu. Sinto cheiro de tangerinas e da menta enjoativa e cremosa do *stinger*. Tudo dentro de mim se aquieta, e quando levanto os olhos, lá está ela. Eu e a não eu.

Não é possível. Não pode ser. Era um sonho. A pior parte é que eu nem ao menos sei de quem tenho medo. De mim mesma? Do meu clone? De uma gêmea diabólica?

Pare de encarar, disse ela. Eu conhecia a voz. *Preciso falar com você. Preciso que você escute.*

— Srta. Fontaine?

Roz está tocando no meu braço. Percebo que estou parada no estacionamento com o celular na mão. Ela olha para mim com cautela, a prancheta debaixo do braço.

— Você precisa voltar para terminar o cabelo e a maquiagem. — A boca dela faz um O ao olhar para o meu rosto. — Tudo bem?

Fico desesperada para esboçar um sorriso, mas provavelmente é mais um arreganhar de dentes irregulares.

Roz dá um tapinha no meu ombro.

— Ei, vai ser ótimo. É só relaxar. Se servir de consolo, Katie está lá agora, embebedando a plateia. Eles vão pensar que tudo que você disser para Roxanne é, com certeza, excitante.

Ela estica o braço e me leva de volta ao trailer. Meu estômago sobe e, por um instante, minha visão se inclina, mas consigo me manter reta. De algum jeito, subo a escada. A maquiadora não comenta meu rosto oleoso. Enquanto passa o batom, ela cantarola.

— Agora faça isso — diz ela, estalando os lábios. Estalo também. Fico surpresa de poder estalar.

— Roxanne está prestes a fazer as apresentações. Você é a primeira, Eliza. Prepare-se!

Sou uma zumbi sendo levada por ela pelos degraus do trailer e através do gramado. Quando chegamos a uma cortina azul, ela me manda parar.

— Espere aqui. Ela vai chamar o seu nome, e então você entra por aqui.

Roz abre a cortina só um pouquinho, revelando um cenário improvisado em uma pérgula enfeitada com flores. Seis câmeras estão dirigidas a Roxanne, que tem cabelo louro-platinado, cortado na altura do queixo, e usa um avental branco de médica. De repente, desejo que ela fosse uma médica de verdade e que eu pudesse deitar numa cama, hospitalizada.

Enxugo minhas mãos suadas na calça. Um técnico de som corre até mim, e dá mais uma olhada no microfone que passou pela minha blusa. Mas quando viro a cabeça, ali está *ela*.

É só um lampejo de luz e pele. Uma piscada vinda de um espelho de corpo inteiro, a poucos metros da cortina. Quando olho mais de perto, vejo meu rosto me encarando de volta. Só que o eu do espelho reluz um sorriso sinistro, que não acho que eu saiba fazer. Solto um gemido e me viro com tanta rapidez que o fio do microfone fica esticado nos dedos do técnico de som. O prendedor do microfone salta da minha blusa.

—Você pode ficar parada um pouquinho, por favor?

Olho mais uma vez para o espelho. O reflexo desapareceu. Olho para Roz, que devolve o meu olhar com ar de interrogação.

— É permitida a entrada de convidados nos bastidores?

— Não, eles estão todos nas arquibancadas. E você se safa sem problemas. É um grupinho, comparado a quando a gente grava no nosso estúdio normal. — Ela me analisa, depois abaixa o queixo e fala em seu microfone — Amanda, pode me ouvir? Eliza precisa de um retoque.

— *Já?* — Posso ouvir a maquiadora reclamar através do fone de ouvido.

— Sim, Amanda. Já.

Examino o espelho de novo. Nada. Mas não importa. Eu vi. Sei que ela está aqui. Agora que acredito nela, acredito, subitamente, em tudo, naquelas sombras que descartei como não sendo nada, nas sensações de que estava sendo observada, nos arrepios esquisitos e sinistros atrás do pescoço. O vídeo misterioso no meu celular no quarto do hospital; o motivo de sentir tanto medo quando corri para a piscina no Tranquility; o motivo de ter fugido do bar quando estava com Desmond. Era ela. Essa estranha segunda Eliza está em toda parte, tão mágica e onipotente quanto o Papai Noel.

Alguém do outro lado da cortina pede silêncio. Ouve-se uma música de saxofone e aplausos, e a apresentadora começa a falar. Roz escuta alguma coisa pelo seu fone de ouvido e se afasta alguns passos. Contemplo, livremente, em volta. Há mais cabanas atrás de nós, espreguiçadeiras e palmeiras grossas. Ela está agachada em algum lugar. Posso senti-la preparando uma risada. Quero vasculhar o ambiente até encontrá-la.

— Eliza. — Roz está de volta ao meu lado, cutucando o meu braço. — Vá.

A apresentadora deve ter chamado o meu nome, porque a plateia está aplaudindo. Sou empurrada através da cortina. As câmeras se aproximam, girando e me gravam da maneira que estou, hipnotizada. Tento sorrir, mas meu medo assumiu o controle dos músculos do meu rosto. Além das câmeras, vejo uma plateia sentada numa arquibancada. Uma figura se destaca das outras. Meu coração pula até o cérebro. Aponto-a:

— Você.

O eu da plateia toca o próprio peito. Seus lábios se contraem. As formas se reconfiguram, e é uma mulher madura, bem vestida, com batom vermelho e uma bolsa grande no colo. O caleidoscópio torna a girar. Agora, só têm Elizas na plateia. Cem clones meus sedentos de sangue. Pisco. Volta a arquibancada de desconhecidos.

Viro-me para Roxanne.

— Me ajude — sussurro, numa altura que o microfone não registra.

— Eliza? — Roxanne acena do sofá. — Venha cá, querida, vamos conversar sobre esse seu livro incrível!

Vejo uma expressão excitada em seu rosto, mas não sei como reagir. Posso sentir o suor escorrendo pela minha testa.

— Sei que você está aqui — digo em voz alta. — Sei o que está fazendo.

— Como é? — pergunta Roxanne.

Meu olhar varre o estúdio mais uma vez. Câmeras. Equipe técnica. Plateia. Céu azul de Los Angeles.

— Apareça! Mostre quem é você.

— Eliza! — sibila Roz, dos bastidores. — *Que merda é essa?*

Roxanne, ainda de pé, sorri para a plateia.

— Acho que estamos com problemas técnicos. Talvez seja uma boa hora para cortar para os comerciais.

— *Não!* — diz uma voz entre os dentes à direita do palco. — *Vá em frente! Isso é ótimo!*

Roxanne aperta os lábios. Atrás dela, vejo um brilho de luz seguido por uma escuridão. É a outra eu. Invisto para cima dela. A plateia grita. Roxanne se desvia dos meus braços estendidos, tropeçando nos saltos altos, mas mal reparo nela. Chego às cadeiras e as empurro de lado, as pernas dos objetos arranhando o concreto com irritação. Olho atrás da faixa do *Dra. Roxanne*; há um pequeno Éden paisagístico cheio de plantas floridas. Um lago ondulante borbulha alegremente. *Conheço* esse lago, percebo. Sentei aqui numa manhã, com uma ressaca horrorosa, e atirei moedas na sua parte mais funda.

Não, não jogou, grita uma voz dentro de mim. *Foi a Dot, não você.*

Mas eu joguei. Eu joguei.

Tateio por detrás da cortina e encaro a plateia.

— Onde você está? Saia para que eu possa falar com você! — Consigo ouvir minha respiração entrecortada, percebo a expressão do meu rosto. Mesmo assim, não posso parar. Não consigo interromper nada disso.

— Vamos chamar o comercial — decide Roxanne, andando diretamente para a câmera.

Há aquele zumbido alto; o diretor, relutante, grita:

— Corta!

O murmúrio da plateia aumenta. Todos estão olhando para mim. Roxanne escapole do cenário. Roz corre até mim.

— Eliza — cochicha ela. Já não parece zangada, e, sim, abalada e assustada. — Acho que é melhor você vir para os bastidores comigo.

— Não! — digo com tanta força, que voa cuspe direto no rosto dela.

— Você está claramente tendo alguma espécie de... *viagem*. Está incomodando os nossos convidados.

— Estão me perseguindo. Isso não vai parar até eu morrer.

Roz nota o meu microfone e o arranca da minha camisa.

— Se vier para os bastidores e tomar um pouco d'água, a gente resolve isso.

— Você não entende? — grito. — Estou correndo perigo! *Estou. Correndo. Perigo!*

Os espectadores fazem barulhos inaudíveis.

— Pare! — grita mais alguém, e sinto mãos que me empurram para trás. — Eliza, *pare*!

Olho para mim mesma. Sem perceber, agarrei a camisa de Roz, e a estou sacudindo.

— Me desculpe — falo, mas Roz já foi para os bastidores.

Viro-me para ver quem me empurrou. Um segurança alto e corpulento de cabeça raspada pega no meu braço.

— Hora de ir embora, senhorita.

Encaro os dedos escuros e carnudos ao redor do meu braço.

— Para onde está me levando?

— Para fora do recinto. Se sair calmamente, ninguém vai registrar queixa.

Resisto com todas as minhas forças.

— Não me deixe lá fora sozinha. Ela vai me achar.

Sua expressão endurece.

— Você já causou bastante tumulto. Vamos.

— Por favor! — imploro. Posso sentir as lágrimas escorrendo pelo meu rosto. — Por favor, estou assustada!

Atravessamos a abertura das cortinas. Toda a equipe de produção está ali parada: Amanda, a maquiadora, Cathy, que secou meu cabelo, além de cerca de cinquenta assistentes. Estão olhando fixo, de queixo caído. Sinto de novo a vibração de Eliza, e o mundo começa a oscilar. Os nervos estalam na superfície da minha pele. Sinto as pernas cederem e, subitamente, estou no chão. Não consigo me mexer. Pelo menos, se ficar aqui, estou perto de pessoas, e ela não vai me pegar.

— Srta. Fontaine. — O segurança puxa o meu braço. — Levante-se.

— Não posso — sussurro. — Não me obrigue. Não me deixe sozinha.

— *Levante-se.*

— Eu cuido dela.

É uma voz nova, uma que eu conheço. Bill está parado perto de mim. Olho para ele, apavorada e paranoica. *Por que ele está aqui?*

De repente, me pergunto se ele também faz parte do complô; talvez todos façam. Talvez todos saibam quem é essa mulher que fica à espreita, pronta para me machucar. Talvez sejam todos grandes amigos.

Afasto-me dele.

— Me deixe em paz!

Mas Bill é mais rápido e me ergue por debaixo dos braços. Dou chutes, tentando me soltar.

— Eliza, querida, pare. Por favor, pare. Sou eu. Não vou machucar você.

— Como posso saber disso? Como posso saber de *qualquer coisa*?

— Eu sabia que isso ia ser demais para você. Sua mãe e eu dissemos. Vamos achar quem a ajude. Você vai ficar bem.

Passamos pela mesa de comes e bebes, onde cerca de outras vinte pessoas que trabalham no programa olham para nós, atônitas.

— Mas ela está *aqui* — digo. — Eu sei. E vai me seguir para fora. Vai seguir a gente.

— Só... Venha. Não vamos conversar sobre esse assunto aqui.

Ainda me segurando, Bill me leva para fora do set por um caminho frondoso. O sol pressiona a minha cabeça. À distância, posso ouvir a plateia aplaudindo. É estranho pensar que o *Dra. Roxanne* continuou, como se não faltasse nada. Enquanto isto, minha vida desmorona diante de mim.

Bill passa comigo por um portão da piscina e me senta em uma espreguiçadeira. A área está vazia. Todas as mesas apresentam uma pilha bem arrumada de toalhas. Uma jacuzzi borbulha à esquerda. É tranquilo, mas a desolação me enerva. Assim que me sento, começo a tremer da cabeça aos pés.

— Por que está aqui? — pergunto a Bill. — O que está fazendo?

Bill se senta ao meu lado.

— Eu tinha medo que pudesse acontecer alguma coisa do tipo. Gabby contou para a gente o que ela lhe disse sobre a piscina. Tivemos a sensação de que você pudesse começar a juntar as peças.

— Que peças? Do que está falando?

— Que tal começar me contando de quem está com tanto medo? Aí, talvez eu possa explicar.

Então ele sabe quem ela é? Parte de mim quer dar o fora, mas a voz dele é confiável e gentil. Quero crer que ele não vá me machucar.

— Esta... mulher. Ela é idêntica a mim. Eu a vejo em todos os lugares. Acho que ela quer me machucar. De *verdade*, Bill. Não como das outras vezes. Pelo menos, acho que não. — Dou uma olhada nele. — Você sabe quem ela é, não sabe? Por que não me conta? *Ninguém* me conta. Tenho razão?

As mãos de Bill se afrouxam das minhas pernas. Uma expressão que não consigo decifrar de imediato invade o rosto dele. Arrependimento, talvez. Devastação. Ele respira fundo.

— Você tem razão. Conheço ela. Acho que está se referindo à sua tia. Mas... ela está morta.

Encolho-me.

— Que tia?

— A irmã da sua mãe. O nome dela era Eleanor. Eleanor Reitman. Vocês duas são iguaizinhas.

Afasto-me dele num tranco.

— Do que está falando?

— É natural que tenha pavor dela. Durante anos ela tentou matar você; por exemplo, no hospital, quando você era criança. Mas ela morreu, Eliza. De verdade. Foi atropelada por um carro, quando você a empurrou de cima daquela passarela.

Recuo.

— Não. Isso foi Dot e Dorothy. Do meu livro. Isso *estava no meu livro.*

— Eliza, acalme-se. Ela *é* Dorothy. E você é Dot. Vocês são *exatamente as mesmas*, só com nomes diferentes. Você misturou realidade e ficção. Criou Dot e o seu livro como uma maneira de lidar com o que aconteceu na sua vida. Entendeu? Foi por isso que ficamos tão nervosos com o seu livro, quando finalmente o lemos.

Foi por isso que não queríamos que ele fosse publicado. Foi por isso que a sua mãe a atacou, sem sucesso, naquele estacionamento. Ela esperava... Bom, acho que esperava que você fosse vir com ela de boa vontade. E que poderia convencê-la, de algum modo, a ligar para sua editora e cancelar o lançamento do livro. A gente não tinha, de fato, planejado isso tudo. Só sabíamos que precisávamos fazer alguma coisa.

Sinto como se todo o meu corpo estivesse despencando por um poço muito, muito profundo, com as paredes escorregadias e cheias de aranhas, o fundo a quilômetros de distância.

— Nada disso é possível. Não posso ter esquecido a porra de uma tia.

— Mas esqueceu. É compreensível, Eliza. Aconteceram coisas terríveis há um ano e meio. Fatos que deveríamos ter impedido, se soubéssemos. A única coisa que pudemos fazer foi tentar encobrir tudo depois do acontecido, e protegê-la de mais danos: esconder da polícia o que você fez, tentar arrumar um tratamento. Todos nós entendemos por que você fez isso, querida; infelizmente, descobrimos o que sua tia fazia com você quando já era tarde demais. Então, procuramos um médico que removesse essas lembranças. Ele tinha esse método que usava em pacientes com transtorno de estresse pós-traumático, uma mistura de drogas e muita psicoterapia. Era para funcionar. Mas o que aconteceu, em vez disso, foi enfiar as lembranças em uma gaveta. Contudo, elas sempre estiveram ali. E a *emoção* sempre esteve ali, o medo. Ela irrompeu no seu livro. E agora também está irrompendo na vida real, de outras maneiras.

— O que aconteceu há um ano e meio?

— Tudo que está no seu livro. A tia Eleanor machucando você no hospital; a tia Eleanor voltando para a cidade; aquele jantar fora; a morte dela.

Fixo meu olhar nele.

— Você está sugerindo que o que escrevi é verdade?

Ele parece aflito.

— Estou.

— Até a parte onde Dot... Onde eu...? — Não consigo nem mesmo dizer a coisa em voz alta.

As mãos de Bill apertam as minhas com força.

— É por isso que você mergulhava naquelas piscinas. Por culpa. Por responsabilidade. Por inquietação. Não houve corpo para a cerimônia fúnebre. Você achava que ela ainda estava viva, e isso a apavorava. Então, como eu disse, fomos buscar ajuda. Não dava pra você continuar assim. Tínhamos que fazer alguma coisa.

Arregalo os olhos. Mais peças se encaixam.

— Nunca tive um tumor cerebral, tive? É por isso que não tem prontuário meu na UCLA. Eu verifiquei, sabia? Fiz papel de boba, afirmando que estava doente, quando não estava. Até fiz uma ressonância porque pensei que o tumor tivesse voltado.

Ele passa a língua sobre os lábios.

— Você teve um tumor quando criança, mas era benigno e foi completamente removido. Isso foi o que lhe contamos, porque era uma história mais racional. E não, você não foi para a UCLA. Ficou em outro lugar.

Estou horrorizada.

— Fazendo aquela outra coisa? Aquela besteira para transtorno de estresse pós-traumático?

Ele parece um caco.

— É muito avançado. Os cientistas apontaram genes que fabricam proteínas que podem aumentar a memória ou interferir nela. Existe uma droga nova que age nesses genes e os desliga, fazendo com que certas lembranças sejam suprimidas. Você também conversou muito com um terapeuta. Ele fez você passar por hipnose e, por um tempo, pareceu curada. Você esqueceu, e isso parecia ser a melhor coisa. Achávamos que estávamos protegendo você. Da polícia... e de você mesma.

A bile vem à minha garganta.

— Eu não concordaria com isso. Parece uma idiotice.

— Bom, nós a obrigamos. Conseguimos uma autorização legal, mas, provavelmente, você não se lembra disso. E... bem, foi uma idiotice, mais ou menos uma idiotice, porque, em vez de esquecer, você criou Dot.

Ele aperta os olhos com as mãos.

— Achávamos que o processo tinha funcionado. Você parecia muito bem, muito feliz. E pensamos que o romance que você escrevia fosse sobre alguma outra coisa. Devíamos ter pedido para ver bem antes do que fizemos. Não devíamos ter acreditado quando você disse que ele só seria publicado daqui a um bom tempo. A gente não queria pressionar, tínhamos medo de que estivesse frágil. Então, deixamos rolar. Mas temos medo de que as pessoas leiam e percebam que é verdade. Não queremos que nada lhe aconteça, Eliza. Você não deveria ser punida pelo que fez.

— Eu *não* fiz nada — insisto. — Quero dizer, Dorothy, *Eleanor*, nem está morta! Ela estava comigo no Shipstead, no Tranquility, na noite em que Gabby me empurrou na piscina. Um barman a viu! E ela está aqui agora. Eu a vejo por toda parte. Até onde sei, ela está se passando por mim por toda a cidade. As pessoas têm me visto em academias de ioga, na loja onde trabalho, em clubes, mas eu me lembro claramente de não ter estado nesses lugares. É como se ela estivesse tentando assumir a minha vida! — Meu sangue gela só de dizer isso. Poderia ser verdade?

Bill sacode a cabeça.

— Eleanor está morta. Juro para você.

Olho para ele com lágrimas nos olhos.

— Como pode ter tanta certeza?

— Porque a polícia disse para a gente. A carteira de identidade era dela. Mas ela foi levada embora. Acho que não queria que nenhum de nós a visse. Mas era ela, Eliza. Juro para você.

Pisco com força, tentando deixar isso assentar. Simplesmente não parece possível.

— E você tem certeza de que fui eu que fiz isso? — Ele concorda, com tristeza. — Como pode ter tanta certeza?

— Porque você ficava repetindo isso. Sem parar. Parecia Lady Macbeth. Possuída.

Fecho os olhos. De repente, uma imagem flutua contra as minhas pálpebras fechadas. Vejo duas mulheres paradas perto de uma passarela de uma via expressa. Uma delas é mais velha, bonita, envolta em uma estola. Seus ombros estão curvos e a boca está aberta num grito. Atrás dela está o parapeito; à esquerda reluz o sinal luminoso do St. Mother Maria's. Órbitas de faróis brilham abaixo.

Então, olho para a pessoa ao lado dela. Também está gritando. Embora eu não possa ver o que ela está vestindo, algo no primeiro plano encobre a metade inferior do seu corpo, apenas mostrando seu rosto. Ela parece tremendamente familiar. Está parada da mesma maneira que visualizei Dot naqueles momentos finais. É possível que esteja *pensando* o que Dot pensava naqueles mesmos momentos.

Olho para Bill, horrorizada.

Não era eu. *Não era eu.*

Mas, mesmo quando as palavras jorram da minha boca, não tenho certeza de que continuo acreditando nelas. Porque *era* eu. Não poderia ser mais ninguém.

Isso parece destrancar uma porta. A sensação é quase palpável. Quero cobrir a minha cabeça para me proteger do dilúvio. Todas as lembranças de Dot não podem ser minhas. Não podem. Mas então, faço um teste. Eleanor Reitman. Minha tia. E lá vem, transbordando sobre a barragem. Eu criança, desfilando por um lindo quarto no Hotel Magnólia, experimentando vestidos compridos do armário de Eleanor Reitman.

Eu criança, brincando de Noite do Oscar, surgindo com um vestido de gala comprido demais para mim, respondendo às perguntas de Eleanor sobre o que estou usando (Wandinha Addams Alta-Costura, eu sempre dizia), e quais as minhas dicas de beleza (nada de sono, montanhas de cookies).

Eu criança, brincando de Funeral, deitada naquele caixão de seda, nós duas rindo, meus braços se estendendo para fora, para que minha mãe também viesse brincar. Às vezes, ela vinha, mas em outras, saía correndo, atrasada para o trabalho.

Eu criança no hospital, miserável, apavorada. A tia Eleanor irrompendo naquele vestido envelope de seda, carregando a bolsa Chanel, tornando tudo perfeito.

Stella, a sósia, tirando a minha pressão. *A revista Los Angeles.* A UTI. Eu ouvindo o meu médico gritar com alguém no corredor. A frieza de Eleanor. Sua paranoia. *Não conte nada a eles.* Ouço a voz dela ao telefone.

Bill e Gabby chegando à porta da nossa casa, eu despejando aquele copo de vodca, Gabby olhando com olhos arregalados e espantados. *Talvez você não devesse fazer isso*, ela disse, mas não por ser tabu. Porque eu tinha andado doente. Porque ela tinha pena do que tinha me acontecido. Eles lhe contaram tudo, inclusive a parte sobre Eleanor. Foi por isso que Gabby assumiu a culpa. Também foi por isso que Gabby não quis retomar o assunto, dias atrás.

Voltam lembranças da minha mãe mudando em relação a mim, ficando calada, zangada, dizendo que Eleanor estava na França, depois voltando atrás. E, então, me vejo encontrando minha tia no estacionamento perto da escola. Minha bunda naquele reservado do M&F, tomando espumante. Leonidas — ali está ele! — e eu indo com Eleanor para aquele clube. Minha mãe vindo atrás de mim na manhã em que acordei tonta e nauseada na suíte de Eleanor. Contando-me a verdade. Eu não acreditando. A dúvida se infiltrando. Leonidas me fazendo prometer não vê-la naquela última noite. Mas eu indo mesmo assim.

Posso me ouvir gritando, mas não consigo parar. Cubro os ouvidos para bloquear o som, mas ele simplesmente ecoa dentro da minha cabeça. Sinto os meus joelhos se dobrando e, do final de um túnel muito, muito longo, tenho a vaga sensação de que Bill está tentando me colocar em pé. Minhas pernas estão moles e parecem sem ossos. Não consigo me mexer.

As lembranças vêm à força, se espatifando. Detalhes que embalei no romance: tia Eleanor entregando chaves para a minha mãe, para que ela pudesse tomar posse da sua casa incrível, parecida com um cupcake, em Hollywood Hills.

— É o mínimo que posso fazer, Francesca — disse ela. — Pelo menos, aceite isso. — E minha mãe parecendo tão furiosa, tão acabada, mas nós nos mudamos para lá, não foi?

Acordar na cama de Eleanor, no Magnólia, e vê-la dançando devagar com o dr. Singh no quarto da frente. E mais tarde, depois que ela estava morta, Leonidas aproximando-se de mim naquela pizzaria, para onde fui aos tropeços, correndo para um corredor dos fundos e ficando lá. Lembro-me do cheiro da bile de Eleanor em minhas mãos, e de quase vomitar. Leonidas ficou furioso comigo porque eu tinha agido contra a sua vontade, mas disse que, pelo menos, agora poderíamos ir até a polícia.

— Não, não podemos — falei. — Ela está morta! Ela está morta!

— Cale a boca! — disse ele, entre os dentes, olhando com horror por sobre o ombro. Estávamos a poucos passos dos fornos de pizza, mas a música estava tão alta que não pareceu que os caras que trabalhavam atrás do balcão tivessem nos ouvido. Mesmo assim, Leonidas me ergueu como um peso morto, e me arrastou por uma saída de emergência dos fundos. — Você não pode sair por aí dizendo isso — gemeu ele. — Eliza, temos que tirar você daqui.

Mas em vez de voltar para o alojamento, eu me vi em frente à porta dos meus pais. Minha mãe a abriu e empalideceu. Bill abriu caminho e me agarrou pelos braços, antes que eu desmaiasse.

— O que você fez? — cochichou ele. — Eliza, o que você fez?

Botei tudo para fora, com os detalhes sinistros, começando pelo surgimento de Eleanor no meu alojamento naquela manhã. Depois, cheguei à minha revelação do que ela havia feito com Thomas, e como Dorothy — Eleanor — tinha confirmado aquilo. Minha mãe ficou lívida.

— Não — disse ela. — Thomas deu um tiro em si mesmo. Com aquela arma.

— Você acredita mesmo nisso? — Minha risada foi cruel. — Dorothy fez alguma coisa para envenenar a mente dele, depois foi com ele de médico em médico, esperando que tivessem pena, esperando receber atenção, exatamente do jeito que uma pessoa com síndrome de Münchausen por transferência faz. Foi você quem me informou sobre essa doença, deveria ter feito a ligação. Pode ser que ele tenha puxado o gatilho daquela arma, nunca saberemos, mas foi ela quem colocou aquilo nas mãos dele. — Sacudo a cabeça. — Como não pode ver? Como pode enxergar a minha situação e não entender o que ela fez com ele?

Minha mãe apertou a mão na boca, mas havia uma luz em seus olhos. Todos os tipos de emoção cruzaram o rosto dela: horror, culpa, remorso.

E então, ela partiu para a ação.

— Entre — disse, apertando os meus ombros. — Você não vai falar com mais ninguém sobre isso. *Ninguém*. Nós falaremos por você. O que você fez foi em legítima defesa, mas é melhor que as pessoas nem saibam disso, Eliza, ok?

De repente, as lembranças chegam a uma parada brusca. Meu cérebro fica estático, e em silêncio. Abro os olhos e dou uma olhada em volta. Bill me sentou em uma espreguiçadeira dentro da área da piscina. A água é um espelho liso e intocado. Posso ouvir a música de Taylor Swift vindo do set do *Dra. Roxanne*.

Tenho que me levantar. Tenho que me mexer. Sacudo loucamente as pernas e os braços, esperando libertar as memórias. Preciso me livrar desse cérebro, de mim mesma. Parece um crime em si, o fato de eu ter me esquecido de algo tão imenso, tão devastador. Levanto-me e cambaleio para longe de Bill, meio cega.

— Eliza? — ouço Bill chamando. — Eliza, o que você...

E então, eu o vejo: um descanso bem-vindo, azul, ondulado. Tropeço em direção a ele, os braços rodando, e salto. O espaço entre o chão e a água é lindo. Gostaria de poder abrir os braços e voar.

Assim que bato na água, a dor dentro de mim começa a se amortecer. As vozes cessam, as lembranças arrefecem. Abro os olhos e aproveito as bolhas azuis. Deixo-me afundar. Meus pulmões começam a falhar, mas algo dentro de mim diz que só preciso esperar. Vou me sentir mal, mas depois vou ficar melhor.

E então, a dor vai embora.

De As Dots

Naquela mesma noite, Dot sentiu-se bêbada assim que abriu os olhos. O quarto oscilava de forma vertiginosa e seu estômago queimava de acidez. Estava no seu quarto antigo, na casa dos pais. Não se lembrava muito bem de como havia chegado ali.

Algo acontecia do lado de fora da casa. Abriu a cortina da sua janela. Um carro de polícia chegava à entrada da garagem.

Abriu uma fresta da porta do quarto, e escutou quando um policial entrou no hall e falou com a mãe dela. Mencionou o nome de Dorothy. A garganta de Dot se fechou; tudo o que ela havia feito voltou aos trambolhões. Era isso. Tinha que confessar.

Abriu mais a porta e se preparou, mas o seu padrasto surgiu do nada e tampou sua boca com a mão.

— Shh — cochichou, arregalando os olhos numa advertência. Dot olhou para ele, intrigada. Ele a empurrou de volta para o quarto.

No andar de baixo, murmúrios em tom baixo:

— A senhora pode descrever a relação com a sua irmã?

A mãe de Dot respondeu, mas ela não conseguiu entender o que foi dito. A conversa durou mais um minuto ou coisa assim, e então a porta se fechou.

A mãe apareceu na escada de cabeça baixa. O padrasto afastou-se para que ela pudesse entrar no quarto da jovem. Com medo do que viria, Dot correu de volta para a cama, mas o rosto de sua mãe estava afetuoso quando ela entrou no quarto. Ela foi até a filha e pegou as mãos dela.

— Era a polícia — disse calmamente. — A respeito de Dorothy. O corpo dela está no necrotério.

Dot respirou fundo. Analisou o rosto da mãe, mas ela desviou o olhar.

— Ah... — Foi tudo o que conseguiu pensar para dizer.

— A polícia queria falar com você, mas eu disse que fazia dez anos que não se viam. — Finalmente, ela olhou para Dot. — Está entendendo?

Dot lambeu os lábios.

— Mas isso não é verdade.

— É sim.

— Mas eu...

— Sem mas — falou a mãe, com firmeza. — Já conversamos sobre isso.

Dot engoliu em seco. Viu quando sua mãe e seu padrasto trocaram um olhar acima da sua cabeça.

— Mas as pessoas viram a gente — disse baixinho. — As pessoas no restaurante.

— Não acho que isso vá ser um problema.

Mais uma vez, Dot tentou captar a expressão da mãe, mas ela não olhou em sua direção.

— Posso ver o corpo? — perguntou. Precisava provar a si mesma que aquilo tinha realmente acontecido, que Dorothy se fora mesmo. Ainda era impensável que ocorrera tudo aquilo. O envenenamento, a manipulação. Como ela podia ter feito tal coisa? Como Dot deixara aquilo perdurar por tanto tempo? Uma menina mais esperta teria percebido mais cedo?

Seus pais trocaram olhares chocados.

— De maneira alguma — disse a mãe.

E então, eles se levantaram e saíram do quarto.

— Fique aqui — disseram. — Não se atreva a sair.

Para horror de Dot, houve uma cerimônia fúnebre em homenagem a Dorothy, e sua família insistiu para que ela fosse. O fato de não ir levantaria suspeitas.

— Apenas haja normalmente — disseram. — Não converse com ninguém.

A cerimônia aconteceu no M&F Chop House. Todos tiveram direito a filés e drinques ilimitados. O clima estava animado, com a esquisitice de Hollywood. Homens de paletós brancos e turbantes preparavam martínis. Alguém circulava com uma bandeja cheia de charutos cubanos. Uma mulher passeava com um macaco no ombro; os dois usavam tiaras. Houve apresentações de uma dupla de showgirls de Vegas, depois de uma dançarina burlesca e de um sósia de Frank Sinatra. O lugar estava lotado de escritores, mas Dot tinha certeza de que alguns deles já haviam morrido: James Joyce com seus óculos pequenos, Oscar Wilde de sobretudo, uma Virgínia Woolf fantasmagórica. Algumas pessoas pareciam estar vestidas para o Halloween: um homem totalmente de couro, com um chapéu de caubói e um bigode revirado para cima; uma mulher com um caftã cor de pavão e uma bola de cristal debaixo do braço, um negro enorme com tatuagem no rosto e um osso atravessado no nariz.

Dot perambulou pelos grupos de convidados que seguravam um drinque em cada mão. Só o fato de estar confinada entre aquelas paredes fazia sua pele formigar de culpa. O único alívio era que Bernie, o barman, e todos os membros normais da equipe não estavam à vista. Curiosamente, quando ousou perguntar ao atendente de plantão onde estava Bernie naquele dia, ele olhou para ela com expressão vazia, como se nunca tivesse ouvido falar no sujeito.

Sinistramente, não havia corpo no caixão. Dot perguntou diversas vezes e, por fim, sua mãe admitiu que o testamento de Dorothy determinava que um amigo pegasse seu corpo no necrotério e se desfizesse dele como quisesse; aparentemente, essas instruções não incluíam colocar o corpo no caixão. Dot se perguntou se fora o dr. Singh quem retirara Dorothy do necrotério. Procurou-o na multidão, esperando obter algumas respostas, mas ele não tinha vindo.

A certa altura, a mulher com turbante, segurando um copo de martíni pela metade, cambaleou até Dot.

— Ah, Dorothy, é tão típico de você encenar um funeral, quando não está realmente morta.

Dot olhou para ela, nauseada.

— Não sou Dorothy.

A mulher piscou, confusa.

— Ah — disse. — Claro que não. Você é nova demais. De qualquer modo, que truque maravilhoso para uma festa!

Dot se sentiu indignada. Afastou-se dela e correu, abrindo as portas duplas que davam para outra área do restaurante. Embora todo ele tivesse sido reservado para o funeral, essa sala estava vazia. As mesas estavam arrumadas com toalhas e guardanapos, mas não havia ninguém sentado. Seus passos ecoaram pelo recinto quando ela atravessou o piso de madeira até o bar. Olhou para o espelho antigo, atrás das garrafas. Nunca havia se parecido tanto com a tia, talvez porque agora também fosse culpada de alguma coisa. O que aconteceria se voltasse para a cerimônia e fingisse ser ela, de verdade? Quantas pessoas cairiam nessa? Imaginou o que poderia fazer em nome de Dorothy. Coisas abomináveis a que nunca se atrevera, ou coisas simpáticas, meigas, para compensar as transgressões da tia?

Algo novo pressionou a mente de Dot, um arrepio tão forte que a obrigou a olhar para os lados. Mesmo que Dorothy merecesse aquilo, alguém acabaria descobrindo o que ela havia feito. Se não fosse a polícia, seria o fantasma de Dorothy.

No espelho, como que em resposta, uma sombra mexeu-se atrás da cortina, do outro lado da sala. Dot se virou com o coração na boca.

— Dorothy? — chamou.

Movimentos e passos arrastados. Dot se agachou, ficando no nível dos copos limpos.

— Dorothy? — chamou de novo, o maxilar tremendo. Tinha que ser ela ali do outro lado. Ainda estava viva. Talvez o corpo jamais estivera no necrotério. Talvez seus pais estivessem mentindo. Talvez a polícia estivesse confusa. Talvez também fosse por isso que o dr. Singh não estava ali; estava guardando um segredo. Tudo isso era uma artimanha.

A cortina se mexeu. Dot apertou os olhos, sabendo que Dorothy iria abri-la completamente e viria buscá-la. Saiu em disparada de trás do bar, seguindo pelo corredor dos fundos e chegando ao beco. O lugar era familiar e perturbador demais; era ali que elas haviam brigado. Algumas casas à frente, ficava a pizzaria onde Marlon a encontrou. Seu olhar foi até o hotel no próximo quarteirão. Na parte da frente, tendo acesso por um portãozinho, havia uma piscina para hóspedes. Naquele momento, estava vazia, as luzes fazendo a água reluzir um dourado vistoso.

Passos ressoaram atrás dela. Os braços ficaram arrepiados. Só conseguia pensar na piscina e em sua água acolhedora. Correu na direção dela. A cerca era alta, mas conseguiu escalá-la sem problema. Ao se virar, uma silhueta também passou por cima dela. Dot soltou um grito e estendeu os braços à frente, caindo de cabeça dentro da piscina. Afundou tão rápido que sua cabeça bateu no fundo.

No início, fechou os olhos, mas depois, mais tranquila, os abriu. Alguém estava acima dela no deque da piscina e, para seu pavor, a figura pulou lá dentro. Dot esforçou-se para nadar para longe, mas estava ficando sem ar. Sentiu o corpo ser levado para a superfície. Os pulmões lutaram por ar, e ela engasgou depois de estar em terra firme. Seu cabelo ficou como um leque molhado ao redor do rosto.

Assim que viu sua mãe, começou a chorar.

— Ela está vindo me buscar.

A mãe apertou uma toalha sobre o peito de Dot.

— Ninguém está vindo buscar você, juro.

— Não é verdade. Ela não vai descansar até que eu conserte isso.

O rosto da mãe desmoronou.

— Você não fez nada de errado. Sente-se. Veja por você mesma. Não tem ninguém aqui. Ela se foi, Dot. De verdade.

Fraca como estava, Dot fez o que ela mandou. A área da piscina estava vazia. A rua estava vazia. Tocou no próprio rosto e no cabelo molhado. Suas pernas estavam tão frias que começaram a tremer. Olhou para a mãe, com algo se quebrando dentro dela.

— Não posso guardar isso comigo — desabafou. — Não é certo.

As sobrancelhas da mãe se aproximaram.

— Você precisa.

— Não, não posso.

— Dot, você tem que fazer isso. — Suas mãos agarraram os braços de Dot. — Prometa para mim. Por favor. Não posso perder você.

Era a coisa mais carinhosa que a mãe lhe dissera em toda a vida. Dot vislumbrou um leve clarão ao reconhecer isso. Mas a sensação passou rápido, mal causando uma impressão.

— Não posso fazer isso — repetiu. — Não posso ser assombrada.

— Então, vamos achar um jeito de desassombrar você.

— Como?

— Não sei. Mas vamos descobrir. Juntas.

Dot olhou fixo. Já tinha sido vítima de palavras de conforto. Mas, mesmo assim, se viu recostando nos braços da mãe, aninhada, confortada, sentindo, pelo menos brevemente, que estava segura.

ELIZA

MINHA CABEÇA ENCONTRA o banco de couro do carro de Bill. Meu cabelo molhado serpenteia à minha volta, ensopando o meu pescoço; gotinhas caem na palma da minha mão. Bill, também molhado, tenta colocar o cinto de segurança em mim, mas, pela maneira que estou deitada, fica complicado, então ele desiste. Fecho os olhos, inundada de tristeza. Não quero respirar. Não quero estar viva. Gostaria que Bill tivesse me deixado na piscina.

Algum tempo depois, vejo, pela janela, uma fatia de céu azul, e uma árvore. Ouço Bill conversando com alguém ao celular, mas não entendo o que ele está dizendo. Devo ter cochilado de novo, porque a próxima coisa que sei é que estou jogada em uma cadeira de rodas, e Bill conversa com uma enfermeira da triagem.

— O senhor acha que ela é suicida?

— Acho. Ela pulou em uma piscina e não sabe nadar.

— Vamos levá-la para fazer uns exames.

Sinto a mão de alguém no meu braço.

— Querida?

Hálito quente, cheiro de luvas de látex. O cabelo de uma pessoa faz cócegas no lóbulo da minha orelha. Tento olhar em direção à voz, mas meus olhos não cooperam.

— Ela não se mexe — diz a mulher.

Sou levantada por debaixo dos braços e levada até um colchão. Viro de lado e me encolho no formato de concha. À minha volta, bipes, campainhas, passos, suspiros.

— Oi? — falo bem mais tarde, erguendo a cabeça. Está escuro e estou sozinha. Tenho novamente sete anos. Uso um bracelete de pingentes de esqueletos. Acabei de derrubar uma travessa de frango e cenouras. Estou vendo tudo duplicado. — Tem alguém aqui?

— Estou aqui. — Um rangido da cadeira. Meu olhar foca e é minha mãe parada junto a mim. Um cobertor é colocado sobre o meu corpo. O toque dela é suave na minha testa.

— Onde estou? — pergunto, minha boca dormente e minhas palavras lentas. — Meu tumor voltou?

Ela bufa de leve.

— Ah, Eliza, faz anos que ele não volta!

■ ■ ■

Sob certos aspectos, o Centro de Bem-Estar Oaks é pior do que eu imaginava. Os quartos são gelados e há muito poucos cobertores. Talvez a equipe pense que os pacientes farão uma corda com eles para escapar pela janela, não sei bem ao certo. Na primeira semana, quando fico deitada na cama, enrodilhada e feroz, resistente a conversas, remédios, sono ou comida, nem um único membro da equipe é acolhedor.

— Levante-se, você precisa tomar uma chuveirada — dizem as enfermeiras com grosseria. — Se não comer alguma coisa, querida, vamos ter que alimentá-la por sonda. Você escolhe.

Tento argumentar com elas que só quero morrer, mas, aparentemente, morrer não é uma opção. As mãos delas são brutas e batem as portas; falam alto quando quero silêncio e, no oitavo dia, quando começo a fazer pedidos mínimos, uma bebida, uma caminhada pelo corredor, conversar com alguém, elas, às vezes, esquecem o que pedi.

Desesperada por água, experimento a minha porta e vejo que está trancada. Passo horas trancada no meu quarto, balançando no osso do meu cóccix, até que finalmente uma enfermeira entra de repente e revira os olhos.

— Levante-se.

Talvez minha mente esteja me pregando peças, porque quando o nevoeiro começa a clarear, todos os membros da equipe são bem agradáveis.

Na terceira semana, começo a interagir com outros pacientes. Se quero sair por aí, não há como evitá-los; fazemos as refeições juntos, assistimos à televisão juntos, e até sou forçada a ir com alguns deles ao Grupo. Alguns caem sobre mim como sanguessugas, comentando suas histórias, dizendo quem são, o que fizeram para estar aqui. Fico surpresa em ver quantas pessoas falam sem o menor constrangimento. Peter diz, quase com orgulho, que esta é sua terceira visita ao Oaks. Angela me mostra queimaduras autoinfligidas ao longo dos braços. Uma menina mais nova do que eu, de cujo nome não me lembro, gaba-se de que, durante seu último colapso nervoso, ela se lambuzou de merda. Por outro lado, alguns dos pacientes parecem completamente normais, apenas um pouco esgotados. Como Jim e Pablo, que jogam xadrez no canto. Como Felicity, que usa roupão de seda; ela ficaria linda de maquiagem e sempre fala dos filhos. Como Caroline, que tricota e sorri para todos, e diz que, numa vida pregressa, tinha especial talento para fazer bolos.

Sob certos aspectos, o Oaks excede as minhas expectativas. Tenho um quarto individual — um terror, no início, quando precisava me distrair da minha mente gritando, mas que agora é uma dádiva incrível, por me permitir escapar dos outros. A televisão tem muitos canais e há livros decentes nas prateleiras das salas comunitárias. Os funcionários deixam que você fique bastante tempo ao ar livre, com a cabeça inclinada para o sol do deserto, pensando em nada.

Meu terapeuta é um afro-americano bem musculoso, de cavanhaque, chamado Albert. Sua aparência é a de quem poderia asfixiar qualquer um que chegasse perto só ao sentar no peito da pessoa, o que aprecio. Preciso de um homem grande e forte perto de mim. Ainda não consigo tirar da cabeça a risada da tia Eleanor, sentada ao meu lado no banquinho do bar; nem aquele lampejo do seu rosto naquele espelho do *Dra. Roxanne.*

Aos poucos, Albert vai desanuviando as minhas lembranças, explicando que me distanciei delas como uma forma de autoproteção, e por ter sido manipulada para esquecer. Ele me mostra a foto do homem que tentou, literalmente, extirpar Eliza da minha existência, e é Herman Lavinsky, o tarado do café com Posey. O show de horrores que escreveu no folheto que estava na casa dos meus pais. O que o folheto não menciona é que, além de ser um curandeiro espiritual, ou alguma merda do tipo, Herman também é um neurocientista e desenvolveu alguns psicofármacos que estava testando em pessoas. Ele e sua equipe me hipnotizaram — *contagem regressiva a partir de dez* —, puseram-me em uma máquina de ressonância magnética, pediram-me para vomitar minhas lembranças de ter matado a tia Eleanor, e depois, com cuidado, dispararam esse remédio que ele desenvolveu para desligar o gene da memória. Então, puf! As lembranças se vão.

Eu me sairia melhor com uma trefina.

Claro que essas não foram as únicas coisas que Herman experimentou. Junto com qualquer que seja o produto químico que enfiou no meu cérebro, também usou drogas antigas, como éter e algumas ervas nativo-americanas esquisitas. Meu sistema nervoso central foi colocado no gelo. Eletrodos foram presos à minha cabeça. Não que eu me lembre disso; Albert apenas lê para mim de vários ensaios e artigos escritos sobre o seu processo. Herman passava horas no meu quarto, um quarto que não era mesmo na UCLA, mas em um hospital nos confins do Mojave, onde acho que permitiam que ele fizesse essa bobagem sem avaliação. Catalogou todas as minhas lembranças que contivessem a tia Eleanor, e as reescreveu uma a uma, de maneira que a mulher não estivesse lá. Quanto ao tumor que tive, quando criança, aparentemente isso estava corrompido demais com Eleanor para ser resgatado, então foi apagado completamente. Afinal de contas, por que alguém iria querer se lembrar de um tumor cerebral na infância?

O problema, logicamente, é que as minhas lembranças eram fortes demais para o método de Herman, e gritavam para sair. Por conta disso, *As Dots*. Albert ainda não leu o meu livro, então preciso tentar explicar a minha história para ele por mim mesma. Grande parte dela ainda é nebulosa até para mim; não consigo perceber onde Dot termina e eu começo. Parte minha nega que qualquer uma daquelas coisas tenha acontecido. Parte minha acha que algumas delas aconteceram, mas de maneira muito diferente.

— Realmente, sua família não deveria ter tentado hipnotizá-la para que suas lembranças sumissem — diz Albert. — A coisa não funciona assim. É muito melhor trabalhar através das memórias. Tentar dar sentido a elas. Tentar ver seu significado e decidir no que você acredita. Essa história de apagá-las? Bom, resulta em muita confusão depois.

Confusão como perder a cabeça no *Dra. Roxanne*. Mas não comento; também não quero nenhuma reflexão maior a respeito.

Então, trabalhamos através das minhas memórias, todas as sete zilhões de lembranças de merda, revertendo os efeitos bizarros de Herman. Vejo a tia Eleanor mais animada e mais forte, a cada momento que volta. Amor da minha vida, a tia Eleanor. Um pequeno vício adorável, ao qual me agarrei repetidamente. Sei que deveria estar furiosa com ela, e sem dúvida estou. Mas em algumas manhãs, sonho com as nossas antigas conversas, a brincadeira de lá para cá de quando eu era criança, ela me contando histórias, eu contando uma piada, ela me dizendo que eu era a menina mais inteligente do mundo. Ela me abraça e diz: "Tudo isso, querida, é uma mentira. Eu te amo, eu te amo, eu te amo."

Mas sempre acordo e conto a Albert a respeito, e ele me diz que eu realmente sentia amor por ela, e que tudo bem, e que talvez eu sempre terei, mas que também preciso reconhecer que ela é uma má pessoa, e que tudo é culpa dela, e não minha.

— Você estava falando sobre Eleanor, quando a encontrei no bar — diz Gabby em um dia em que ela e Leonidas vêm me visitar. Bom, quando eu finalmente deixo que me visitem. — Nossa, você estava tão surtada! "Ela acabou de sair", você falou. "Gabby, ela continua viva, como é possível?" Fiquei de coração partido. Era para você ter esquecido ela, mas era como se ainda se lembrasse de tudo, e aquilo estava matando você. Então, tinha que fazer você parar. Tinha que tentar... dar um jeito, acho. Eu disse que você não podia mais falar nela. E você respondeu: "Mas eu falei nela. Está no meu livro." Foi por isso que fiz mamãe e papai conseguirem o livro. Entrei em pânico.

— E o que aconteceu depois que você me encontrou no bar no Tranquility?

— Você se levantou e saiu correndo de lá. Eu não sabia para onde você estava indo. Parou junto da piscina, mas ainda estava desvairada, e parecia que... tinha visto alguém. Você ficou muito assustada. Disse que Eleanor não iria parar até que você desse um jeito. Você falou que era por isso que tinha ido ao Tranquility, alguma coisa a levara até lá. Para que assim você pudesse lembrar e ela pudesse achá-la. Naquele instante, você se lembrou de tudo. Era como se tudo que tínhamos nos esforçado tanto para suprimir, irrompesse.

— Mas acho que esqueci tudo quando acordei no dia seguinte — resmunguei. — Aposto que isso deixou você feliz, hein?

— Ah, Eliza — diz Gabby, abaixando o rosto.

Me sinto muito amarga, enganada, traída, manipulada, ofuscada. Mentiras complexas em cima de outras mentiras foram elaboradas, todas por pessoas que eu deveria amar. Não tenho certeza de que algum dia possa realmente voltar a confiar nelas.

— Olhe, prometi jamais mencionar Eleanor, e levei essa promessa a sério — admite Gabby. — Lembrá-la seria um enorme gatilho para você. Foi por isso que também apagamos tanta coisa da sua vida. Entramos no seu quarto e retiramos todas as suas recordações. E mais tarde, tiramos até a sua página do Facebook do ar, pois havia alguns posts em que você fazia referência ao livro que Eleanor estava escrevendo. Não queríamos deixar nada que representam um risco.

— Hum — resmungo, embora isso, pelo menos, explique aquela página idiota que Kiki disse ter dado uma olhada quando me conheceu.

— Seja como for... — Ela sorri com ironia. — Seja como for, não é como se você tivesse realmente visto Eleanor no bar. É impossível.

Bato os dentes uns nos outros. Será? Então, olho para Leonidas, que até então, ficou ali parado, entorpecido, como um poste. Não é mais um estranho. Tudo que eu sentia por ele voltou como um livro adorado que acabei de reler, mas também estou zangada com ele.

— E aí? Por que você fez parte dessa história de manter segredo? — pergunto secamente, sentindo-me constrangida por estar falando com ele com meu cabelo oleoso e as axilas sem lavar.

Ele dá de ombros.

— Porque eu sabia de tudo. Você me disse que ia matar a sua tia antes de matar, e fui eu que a salvou na noite em que aconteceu.

— Você também estava em Palm Springs?

— Não. Só depois Gabby me telefonou para falar disso. Ela estava surtada.

Olho para o teto e solto um suspiro.

— Mesmo assim, como foi que você me achou naquela noite em que tudo veio abaixo?

— Quando cheguei ao alojamento, você tinha saído. Dirigi, então, até o M&F. Estava com uma sensação horrorosa. Vi você correndo para aquela pizzaria, e então você simplesmente despejou tudo.

— E aí você gritou comigo por não ter feito o que você tinha mandado e me despejou na casa dos meus pais, foi isso?

Leônidas parece atormentado.

— Eu devia ter ficado com você naquele dia. Passei a aula toda preocupado; *sabia* que ia acabar jantando com ela. Mas talvez, se eu tivesse ficado, você não tivesse ido ao encontro.

— Ou talvez não tivesse feito diferença. Ela estava esperando para me pegar. Teria acontecido em algum outro dia. A história teria terminado do mesmo jeito. — Bom, quase do mesmo jeito. Exceto que, talvez, eu teria ouvido o baque quando Eleanor bateu no concreto na via expressa. E uma buzina. Um esmagar e um estalo quando foi atropelada por um carro.

Em vez disso, não ouvi nada. A única prova que tive da morte dela foi a polícia vindo à casa dos meus pais depois, naquela noite, dizendo que estavam com o corpo no necrotério.

— Quanto a romper com você — Leonidas limpa a garganta —, os médicos que seus pais contrataram me disseram que eu tinha que fazer isso. Disseram que os laços com o passado, sobretudo em relação a *ela* — ele faz uma careta, então deduzo que esteja falando de Eleanor —, seriam prejudiciais. Seu médico quis que até a sua mãe cortasse os vínculos com você, mas ela disse que não faria isso de jeito nenhum. — Ele vai até a janela. — Mas odiei largá-la daquele jeito. Não que lhe interesse, mas sofri muito. Senti sua falta feito louco.

Talvez algum dia eu me importe com os sentimentos de Leonidas em relação a tudo isso. Mas agora, o que interessa é o programa *Como Eliza foi manipulada*. Tudo mais se passa em outro canal, a que não estou assistindo.

Depois que eles vão embora, me vem outra lembrança, uma que ainda não tinha surgido. Alguns dias após aquela determinada noite em que saímos juntos com Eleanor, Leonidas e eu estávamos indo para algum lugar. Eu ainda me sentia como merda. Seja lá o que fosse que Eleanor tivesse me dado provocava uma ressaca que durava dias. Esperei que Leonidas me dissesse: "Eu falei que você não deveria ter bebido." Mas, em vez disso, ele dirigiu em silêncio até chegarmos a Santa Monica. Estacionou perto do parque de diversões e destravou as portas.

— O que está fazendo? — perguntei.

— A gente vai se divertir — respondeu ele.

Comprou entradas para os brinquedos para nós dois e fomos em todos eles, cujos sons, terríveis numa ressaca, mas de certa forma, associados com Coca-Cola de máquina e dois pretzels enormes, fumegantes de tão quentes, fizeram a dor de cabeça e o enjoo evaporarem. Demos as mãos na roda-gigante, gritamos na montanha-russa, atiramos dardos em balões e ganhamos um Scooby-Doo gigante. No fim do dia, estávamos cansados, rindo, conversando sobre assuntos normais. Essa era a maneira que ele tinha de apagar uma noite que temia ter sido impregnada de duplicidade. Era sua maneira de dizer: "Qualquer que tenha sido a merda, foi adulta e esquisita, e não estou pronto para isso. Quero continuar um moleque."

Eu também quero ser um moleque, mesmo agora. Com a volta das lembranças do meu tumor de infância, sinto-me como se nunca tivesse podido ser criança, nem mesmo por um dia.

■ ■ ■

Depois que Albert e eu definimos a realidade, conseguimos esclarecer a verdade, especialmente pela revelação do que era tumoroso dentro de mim e o que foi provocado pela cabeça louca e doente de Eleanor. Tive um tumor, sim, quando era pequena, mas benigno. Minha mãe estava ocupada trabalhando, agora mais estressada ainda porque tinha as contas do hospital para pagar. Eleanor se ofereceu para ficar comigo, enquanto eu me recuperava, e minha mãe, ressentida, aceitou; não tinha dinheiro para uma babá, e Eleanor parecia estar bem. Bom, bem em termos. Sim, ela teve um filho que se matou, e teve problemas mentais anos atrás, mas parecia ter se recuperado. Minha mãe admitiu um dia, quando ela e eu estávamos em uma sessão conjunta com Albert, que achou que as mentiras eram apenas imaturidade de Eleanor, não algo perigoso.

Quero saber o que ela quer dizer. Aparentemente, a juventude fabulosa de Eleanor em Nova York, o fato de ter trabalhado em um circo, ter sido uma espiã em Washington não passavam de mentiras.

— A vida toda sua tia quis ser fantástica, mas ela estava, na maior parte das vezes, na periferia das coisas. Pode ter conhecido alguns personagens interessantes em Nova York, como por exemplo a nossa mãe, e Eleanor *a idolatrava*. Mas ela era sempre muito carente, muito desesperada. Isso era broxante para a maioria das pessoas. Até eu percebia isso, como irmã mais nova. Ela exigia demais. Precisava demais que segurassem sua mão e lhe dessem atenção. Nunca conseguia fazer parte do grupo. Algumas pessoas rejeitavam-na de modo muito cruel, quase um bullying. Mas ela continuava tentando. Tinha desespero por ser amada.

Nunca existira um barão das Lentes de Contato nem um espião de Washington. Eleanor mudara-se para a Califórnia conosco, depois que minha mãe se casou com o meu pai. Conheceu seu marido ali, mas era um empreiteiro, não alguém mais extraordinário. Logo depois do nascimento de Thomas, o homem morreu em um acidente insólito no local de trabalho: uma viga de aço se soltou de um guindaste e caiu, esmagando-o. Com o dinheiro do acordo do seguro, Eleanor comprou a casa suntuosa em Hollywood, a residência onde cresci, embora tenha sido extirpado da minha mente que a casa pertencera a ela. Mas é claro que pertencera à minha tia! Quem mais teria escrito aqueles fatos malucos sobre morte na parede do meu armário?

— No tempo em que morou ali, ela tentou cair nas graças dos vizinhos, mas ficou claro que não era um deles — diz minha mãe. — Então, vendeu o lugar para nós por uma pechincha, e se mudou para a suíte no Magnólia. Estava cansada de se sentir uma pária social. No hotel podia pagar para que as pessoas fizessem-na se sentir uma estrela.

Estou perplexa.

— Por que você não me contou nada disso? Por que não me corrigiu quando eu comentava o quanto ela era incrível?

— Porque você a amava — respondeu minha mãe, simplesmente. — E quando um filho ama alguma coisa a esse ponto, você não quer ser a pessoa que vai estourar a bolha. Achei que você me culparia. Além disso, vocês duas tinham coisas demais em comum. Uma era encantada pela outra. Não seria eu quem poria um fim nisso.

Fico triste com essa nova versão de Eleanor. A verdade não é uma surpresa tão grande, mas odeio que tudo que eu adorava em relação a ela fosse ficção. Quando Eleanor não conseguiu impressionar seus iguais, voltou-se para uma criança impressionável. Suponho que eu devesse achar lisonjeiro o fato de ser a audiência dela, mas vejo tudo isso como um grande e complicado truque de mágica.

No entanto, a coisa é mais complexa; existe uma complicada questão de identidade. Grande parte da minha personalidade baseou-se em Eleanor. Brincar de Funeral na sua suíte alimentou meu amor pela morte. Brincar de Noite do Oscar com seus vestidos de baile convenceu-me que apenas as pessoas melodramáticas eram interessantes. Será que eu teria tentado escrever um romance se ela não tivesse pavimentado o caminho com *Os cavaleiros de Carrowae*? Não que eu me arrependesse de quem havia me tornado, mas não podia deixar de me sentir aprisionada em um dilema sobre a maneira como o destino derrapa e muda. Se tivesse conhecido a verdadeira Eleanor, em quem teria me transformado quando adolescente e adulta? Poderia ter acabado como Gabby, trabalhando em um escritório, pegando vitaminas depois do trabalho, dirigindo um PT Cruiser. Não é provável, mas é possível. Talvez qualquer um de nós pudesse ser qualquer pessoa. Talvez isso só dependa das pessoas de quem nos cercamos.

Imagino se Eleanor também pensava assim. Eu podia ser uma criança de 9 anos, mas era uma criança de 9 anos que ela conseguia, sem dúvida alguma, modelar. Que sensação de poder isso deve ter dado! Que sensação de divindade! Eu a via como um ícone, o que era melhor do que ser mãe, porque não notei os seus defeitos. Até ser tarde demais.

É claro que, se é assim que Eleanor encarava a coisa, se é assim que entendia o que estava fazendo, por que raios iria me envenenar?

— Depois que você se recuperou, deduzi que você sabia mais do que dava a perceber — disse minha mãe em outra sessão. — Percebi que você sabia que era envenenada, e estava furiosa comigo por deixar Eleanor cuidar de você por tanto tempo. Achei que, no seu entender, eu tinha deixado que isso acontecesse. O que não era verdade, é claro, mas não sabia como explicar que eu não fazia ideia, sem tocar no assunto do que ela realmente fez.

— Hã, não. — Olho para ela como se ela fosse louca. — Eu não fazia ideia de que ela me envenenava. Você acha que eu teria me encontrado com ela, quando ela voltou, se soubesse? Acha que eu teria feito todas aquelas perguntas sobre onde ela estava, se soubesse?

— Agora eu percebo isso. — Ela olha pela janela. — Eu gostaria de ter feito a associação com Thomas. O problema dele era muito diferente, ele era um menino estranho. Gostaria de ter feito alguma coisa pra ajudá-lo. Sinto como se tivesse deixado isso acontecer, tudo isso acontecer. — Ela morde a mão com força.

— Eu também gostaria que você tivesse me contado a verdade sobre ela — digo baixinho, mergulhada mais uma vez em um tipo especial de desespero, que tantas vezes senti desde que cheguei ao hospital. Traição e raiva, tristeza e decepção, tudo enrolado em uma sensação pesada e amarga que adia o restante dos meus pensamentos. — Toda a verdade.

Minha mãe sorri com tristeza.

— Você jamais teria acreditado em mim.

Fico calada por um momento, refletindo a respeito.

— Acho que tem razão. Eu não teria.

ELIZA

ALGUNS DIAS DEPOIS, uma figura aparece na entrada do meu quarto. É uma mulher com um penteado de colmeia, maquiagem pesada e quadril que poderia parir vários bebês de uma vez só. Gosto de saltos altos, mas nunca poderia andar com os sapatos que ela calçava, e, por seu andar inseguro, ela também não. Sua bolsa é uma imitação lustrosa da Chanel, com dois Cs enormes que se entrelaçam na frente. Pisco para ela com a visão embaçada. Com um sobressalto, me pergunto se ela é minha nova colega de quarto.

— Eliza, oooii — diz ela. — Sou eu, Laura.

Inclino a cabeça.

— A sua agente?

Olho fixo para ela, como olharia para uma peça em um museu, perplexa de que tal criatura exista. Cá estava, esperando uma imagem de mulher de unhas finas, esmaltadas, toda brilho, perfume e dentes brancos. Laura tem um milhão de grampos no cabelo, e a maioria deles está colocada ao acaso. Quando ela se senta à minha frente, vejo que a meia dela tem um desfiado na panturrilha esquerda. Os olhos têm o emaranhado de rugas de uma mulher na faixa dos quarenta, e seu dedo rechonchudo traz uma aliança simples de ouro.

— Acho que esta é uma maneira de me fazer vir a Los Angeles — resmunga Laura, despencando a bolsa monstruosa no colo. — Mas, um pouco de sol não me faria mal agora. Quanto a você, como vai indo, garota? Está aguentando?

Olho para mim mesma. Pelo menos, minha camisola do hospital não está aberta, mas tenho certeza de que meu cabelo está ensebado. Há uma semana não depilo as pernas. Provavelmente, meu hálito fede por causa das drogas esquisitas que eles me dão. Mas nada disso me deixa muito sem graça. Laura sabe o que aconteceu comigo no *Dra. Roxanne*. Todo mundo sabe. É uma fofoca saborosa que não compartilham comigo desde que cheguei aqui, mas estou suficientemente consciente para me lembrar dos detalhes duros e mortificantes. As câmeras estavam gravando, e eu estava ali parada, naquele palco, surtando.

— Não fique constrangida — diz Laura, talvez percebendo os meus sentimentos. — Todos os bons autores piram de vez em quando. Você só está de acordo com o seu meio.

— Não sou mais uma autora — digo, rapidamente.

Laura me lança um olhar circunspecto, depois remexe nas entranhas da sua bolsa e tira uma embalagem enorme de Tic Tacs.

— Você pode comer uma dessas? — pergunta. Faço que sim com a cabeça, e ela põe uma na minha mão. — É claro que você ainda é uma autora — diz, enquanto joga algumas balas na boca. Morde-as como se fossem doces moles. — Seu livro está na praça, querida. E está bombando.

Sento-me.

— Saiu? Você deixou que eles publicassem? Meus pais deixaram você publicá-lo?

Laura ri.

— Devo dizer que a sua mãe telefonou pra mim algumas vezes, dizendo que a gente deveria suspender a publicação. Mas eu falei para ela que era tarde demais. De qualquer modo, não sei por que eles estão tão preocupados com isso. Posey está vibrando. Os críticos estão vibrando. Todo mundo adorou, do começo ao fim.

Minha cabeça parece que está mergulhada sob dois metros d'água.

— Ele não pode ter saído. Minha mãe tinha razão. É revelador demais. As pessoas vão acabar pensando...

Laura me interrompe com um aceno de mão, e me olha com dureza.

— É ficção.

— Só que não. — É evidente que Laura entende isso. É evidente que ela sabe que essa é a razão de eu estar enfiada aqui, acertando as diferenças entre a realidade e a imaginação. — A maior parte dele não é. Eu não entendia isso antes, mas agora, entendo. — Olho para o meu colo. — Sinto muito. Entreguei o romance para você com falsas pretensões. Não é de jeito algum um romance.

Laura dá de ombros.

— E daí se tiver um pé na realidade? A maioria dos romances contém algo de verdadeiro. Mas esse é o grande segredo: nada é cem por cento real. Essa é, apenas, a sua versão. É *real* para você, mas você também está delirante. Me perdoe por dizer isso.

— Muito obrigada — resmungo.

— Mas isso é bom! — exclama Laura. — Pense em como Eleanor teria escrito este livro, se fosse da perspectiva dela. Completamente diferente, certo? Pense em como sua mãe teria escrito ou uma enfermeira do hospital. Ou até aquele cara que sempre levou vocês para dentro do restaurante, como era o nome dele?

— Bernie.

— Certo. Ele. Todos eles teriam suas próprias versões. Esta é a sua. Não é como se você tivesse escrito uma biografia, onde as pessoas vão discutir os fatos. E posso ser sincera? Este livro também ajudou as vendas de Eleanor Reitman.

— O que quer dizer com *vendas*?

Ela enfia a mão na bolsa e tira um maço de papéis. O primeiro que ela me passa tem uma porção de números dispostos no alto.

— Alguns meses antes de morrer, sua tia pagou pela publicação daquele romance que você conta que ela estava escrevendo, *Os cavaleiros de Carrowae*. Está vendo estes números? — Ela aponta. — Ele rendeu alguma coisa na semana passada. Se ela estivesse viva, em poucos meses receberia um cheque sobre direitos autorais, mas acho que ele vai para quem estiver cuidando do espólio. É você? Sua mãe?

— Não sei. — Fico olhando para o título do livro na página. Puta que pariu. Ela realmente escreveu o livro. Esse nome exato atravessou a proteção da minha memória, e chegou ao meu livro ileso. Curioso do que me lembrei textualmente: do livro de Dorothy, do nome de Thomas, do dr. Singh. Em parte, estou louca para ler o livro de Dorothy. Por outro lado, preciso me manter longe.

— Então, tudo vai bem quando termina bem — diz Laura. — Só estou aqui para saber quando você vai sair. Sua editora quer conversar com você sobre um novo livro. E Roxanne quer que você volte.

— Depois daquele desastre? — pergunto, virando a cabeça perante a lembrança.

— Não foi um desastre — observa Laura. — Sua presença conseguiu a maior audiência que eles tiveram em anos! Pessoas gravaram uma porrada de DVDs com aquilo. Viralizou no YouTube! Todo programa matinal exibiu aquilo! Eles até fizeram blocos sobre artistas e doenças mentais! Você faz parte de uma discussão nacional!

— Ai, meu Deus! — gemo, a cabeça enterrada nas mãos.

— Ah, faça-me o favor! Não se preocupe com isso, Eliza. Você está famosa! É excêntrica! Vai sair daqui e todo mundo vai dizer: "Lá vai aquela escritora maluca e interessante que pirou no *Dra. Roxanne*! Qual será a próxima que ela vai aprontar?"

Mas eu não quero ser a escritora maluca e interessante. Eleanor Reitman é que era essa pessoa. Essa parece ser a pior coisa para se querer.

— Ah, antes que eu me esqueça. — Ela revira a bolsa e me arremessa mais papéis. — Não sei se você realmente conhece este palhaço, mas alguém fez uma revelação a seu respeito. Na verdade, isso apareceu na mesma época em que sua presença no *Dra. Roxanne* foi ao ar. Acho que ele estava tentando dar uma exclusiva e ferrar com você. Isso se perdeu na confusão, depois do seu colapso ao vivo, e a gente só conseguiu desenterrar agora.

Viro o papel. *Meu namoro com Eliza Fontaine,* diz o cabeçalho. E depois: *Namorar uma artista pode ser estranho, interessante e, às vezes, até mesmo excitante. Com Eliza, não dava, realmente, para se ter ideia do que aconteceria ao dobrar a esquina, mas foi tudo incrível.*

Leonidas é meu primeiro pensamento, mas eu não tinha sido uma artista com ele, tinha? Além disso, ele sabia como Eleanor morrera, teria muito a perder ao se expor. Então, meu olhar recai na foto no fim da página. É o sorriso peculiar de Desmond. Estou parada ao lado dele, meu rosto esmagado em seu ombro. É uma selfie nossa, que ele tirou com seu celular no segundo dia que passamos juntos.

Deixo o papel cair na cama com um gemido. Mas o recolho imediatamente e leio tudo. Desmond escreveu sobre o fato de me tirar da piscina (*ela emergiu do abismo como uma sereia, o luar em seus cílios*), como eu tinha um carrossel no meu quintal (*ela era extravagante, original e engenhosa*), como o abordei na minha casa (*Deus do céu, como eu a desejava, mas tinha tanto medo!),* e sobre a loja de bugigangas de Steadman (*uma mulher que pode passar o dia todo junto a pênis petrificados de gatos é uma mulher talhada para mim*). Aparentemente, espionar o escritório do pai de Leonidas foi o encontro romântico mais sexy que ele já teve. Até minha convulsão no Tranquility foi transcendental. O próprio César jogaria Cleópatra de lado por uma chance de estar comigo.

Desmond termina o artigo dizendo que nos separamos, sem jogar a bomba de Andrew. É como se ele a tivesse esquecido. E então, ele assina: *Amo você* para *sempre*. No final, meu rosto está molhado. Sinto-me uma tonta por estar chorando, mas não consigo parar.

— Não se sinta tão mal — diz Laura. — Duvido que alguém vá ler isso. — Ela arranca o artigo das minhas mãos e o atira em um carrinho de lixo que, por acaso, está passando pelo meu quarto. Mas depois que ela vai embora, vou atrás daquela lixeira, jogo-me dentro dela e pesco o artigo, desgrudando uma casca de banana, lenços sujos e embalagens vazias de comprimidos, até ele ficar reto, limpo e meu, só meu.

■ ■ ■

Sinto o cheiro do Desmond antes de vê-lo: naftalina, presunto de cabra, o interior acarpetado do Batmóvel. Ele dá uma olhada, hesitante, e como estou de costas para a porta, entra de ré. Então, me viro e me sento.

— Tudo bem se eu entrar? — A voz dele falha. — Você não está dormindo?

Não respondo, mas ele toma isso como um convite e se senta na cadeira de plástico verde mais distante da minha cama. Um buquê de rosas, embrulhado num celofane amassado, se retorce nas mãos dele.

— São horrorosas — digo, com a cara fechada.

— Eu sei — responde, baixinho. — Eu queria tulipas negras, mas, para ser honesto, vim aqui por impulso. Nem contei no trabalho, e só faltam dois dias para a conferência. Só tinha isso na loja de presentes.

Fungo, indignada, e me viro para a parede. Imagino que deveria me sentir como se ele tivesse feito alguma espécie de sacrifício, ao perder seus preciosos preparativos pré-conferência.

— Sabe, eu perdoo você — diz ele. — Por aquele... cara. No bar. Entendo por que teve que fazer aquilo.

Fico feliz que ele não possa ver minhas faces vermelhas.

— Entendo por que tinha que saber. Gosto da sua determinação. Sempre gostei.

— Então, imagino que foi por isso que escreveu o artigo?

Há uma pausa.

— Eu precisava — diz ele. — Stefan ia escrever uma coisa horrível.

Viro-me para ele.

— O seu irmão?

Ele curva alguns caules das rosas, tal a força com que as está segurando.

— Esta é outra coisa que ele explora, material de fofoca. Persegue celebridades de menor importância pela mínima partícula de sujeira. Quando descobriu que eu conhecera você, começou a me interrogar sobre que tipo de pessoa você era. Eu disse a ele que não queria fazer parte de alguma espécie de revelação escabrosa. Mas descobri que ele estava trabalhando em uma história mesmo assim. Era toda baseada em coisas que ele entreouvira a gente remoendo ou que descobriu na internet. Então, tive que escrever alguma coisa primeiro, alguma coisa que tocasse em tudo aquilo, de modo que, quando ele escrevesse seu próprio artigo, parecesse... tosco. *Como foi contado para o irmão da colega de quarto*, esse tipo de bobagem. E como eu escrevi algo muito positivo, ninguém iria querer o que ele tinha.

Cruzo os braços com firmeza sobre o peito.

— Então, você não queria, realmente, dizer aquilo que escreveu.

— Claro que queria! — Desmond se aproxima da minha cama e se senta. Afasto-me dele, mas não antes das nossas panturrilhas se tocarem. Uma faísca sobe pelas minhas costas. — Assino embaixo de cada palavra.

Em frente ao meu quarto, a menina que contou, com muito orgulho, sobre ter se cagado toda, passa arrastando os pés, numa dança onde os braços se agitam e que, de vez em quando, a possui. Crystal. O nome dela, repentinamente, me vem à cabeça. Desmond também a observa, e depois se vira de volta para mim, desta vez com um sorriso verdadeiro, e não algo posado e desconfortável.

— A maioria das pessoas daqui é assim? — pergunta ele, indicando o corredor.

— Praticamente.

— Aposto que você anda por aí com o cabelo no rosto, fazendo careta para todos.

Dou uma risadinha.

— É, bom...

— Aposto que fica do tipo: "Se você se atrever a falar comigo, enterro seu gato vivo."

Olho feio para ele, prestes a dizer *Como se você me conhecesse*, mas então percebo que ele me conhece. Meio que melhor do que ninguém. Sei, por exemplo, que ele entende meu verdadeiro eu, que sabe que meu livro é verdadeiro, que juntou as peças. Amanhã, quando ele voltar, vou passar tudo a limpo, vou contar a história toda para ele, mas vai ser uma surpresa o quanto ele já adivinhou.

De repente, como se entendesse o que estou pensando, ele se levanta e aperta o meu ombro. Sinto que aquele fio esticado entre nós ainda está lá. Desvencilho-me e digo, sarcástica:

— Cuidado. Posso ser perigosa.

— Bom, se for — diz ele, virando-me de frente para ele, agarrando meu pulso com força, seus dedos entrelaçando-se com os meus —, eu adoraria ser uma das suas vítimas.

■ ■ ■

— Minha família acha que fiz uma coisa — digo a Albert numa sessão, uma semana depois.

— Uma coisa boa ou ruim?

— Ruim. Uma coisa que provavelmente você ouviu falar. O único problema é que não tenho certeza de que isso realmente aconteceu.

Albert faz uma pausa para tomar seu chá. A sala toda cheira a Earl Grey.

— Quer falar sobre isso?

Fico surpresa por ter levantado o assunto. Até agora, me mantive longe desse tópico, sobretudo porque não sei, exatamente, o que pensar a respeito, e não quero falar sobre um crime em potencial que eu possa ter cometido. Tenho que acreditar que meu destino se desenrolou como o de Dot: surtei no funeral, comecei a pular dentro de piscinas, implorei para confessar e os meus pais me desaconselharam, e, quando recusei, eles descobriram um método que apagaria o que fiz.

Agora que minhas lembranças voltaram, fico chocada com o quanto eu quis matar Eleanor. Como era enorme a minha necessidade de me livrar dela. Ignorá-la jamais teria sido suficiente.

No entanto...

— Tenho uma memória muito desfocada daquela noite — respondo. — Quer dizer, tenho o que escrevi, e acho que a verdade é essa, mas por que não escutei Eleanor caindo na via expressa? E quando revejo essa lembrança, o rosto da minha tia é uma caricatura, tem alguma coisa muito esquisita em relação a ela.

Albert me interrompe.

— O que quer dizer?

— Na verdade, não sei. É como se ela tivesse se transformado em um demônio naqueles últimos momentos; em alguém que eu não conhecia.

Albert gira em sua cadeira.

— Talvez você não queira reconhecê-la em suas memórias. Talvez, se puder transformá-la em outra coisa, você se sinta menos culpada.

Olho fixo para o meu colo.

— Provavelmente você tem razão.

— A mente é uma coisa muito misteriosa.

Puxo uma almofada junto ao peito. Está bordada em ponto cruz, com um grande ponto de interrogação. Albert me contou que uma paciente a bordou para ele. A mente é uma coisa misteriosa, eu não sei? Tem dias em que acordo e tenho essa sensação acachapante de que nada disso aconteceu comigo. As memórias que voltaram talvez sejam apenas as que estão no livro, substituindo cenas entediantes e banais, onde estou presa em um hospital em algum lugar. Que inferno, até onde sei, posso ter passado anos doente. Em um hospital, com problemas cerebrais durante um bom tempo, e só ter saído recentemente. Para superar anos de monotonia, inventei essa história fantástica.

É possível, não?

Mas, na maior parte das vezes, escolho acreditar nas lembranças, embora, às vezes, ache que as interpretações que faço delas estejam erradas. Têm vezes em que me pergunto se Eleanor era a vítima. Reli meu livro; vi o desespero de Dot em querer pensar que sua mãe é quem está no controle. E se essa for a verdade? Será que minha mãe poderia ter inventado o comportamento de síndrome de Münchausen por transferência, de Eleanor? Poderia ter alimentado as enfermeiras com mentiras, para que Eleanor fosse afastada? Não é como se houvesse uma prova documentada de que ela tivesse, sem sombra de dúvida, andado de posse de estricnina e descoberto uma maneira de inseri-la no meu corpo, provocando as convulsões. A polícia só tinha começado uma investigação quando a queixa foi feita e, àquela altura, Eleanor tinha fugido. Sim, minhas convulsões aconteceram e meus exames de sangue confirmaram o envenenamento por estricnina. Não quero presumir que minha mãe também tenha sido responsável pela fabricação dos exames ou, mais aterrorizante, que ela mesma tenha me administrado a estricnina, mas nunca saberei com certeza. E se ela tiver feito isso para o meu próprio bem? Ela chegaria a tais extremos?

Isso também não explica a volta de Eleanor ou meus despertares estranhos em sua suíte, nem o pó que ela colocou no meu drinque na última vez que a vi. Em alguns dias, essas cenas também parecem exageradas. Será que chegou a haver uma troca de drinques? Talvez eu só tenha inventado esse cenário depois do fato, para justificar o que fiz depois. *Ela ia me envenenar, então a matei.*

Talvez eu seja uma pessoa terrível, terrível.

— Então, por que o barman disse que outra Eliza estava sentada ao meu lado, no bar? — pergunto a Albert, depois que organizo meus pensamentos. — De quem ele estava falando?

— Isso eu não sei. E talvez você também nunca saiba.

— Mas eu quero saber. É evidente que o barman viu alguém. E se ela ainda estiver viva?

Ele aperta a ponta da caneta para fora e para dentro.

— Acho bastante improvável. Saiu uma notícia sobre a morte ela.

A notícia me foi entregue alguns dias depois de eu ter entrado no hospital, quando ainda me recusava a acreditar em qualquer coisa da qual não me lembrasse como real. *Eleanor Reitman*, dizia, *52 anos, morre de uma queda trágica em Alhambra*. Não havia muito mais além disso. A matéria enfatizava, sobretudo, como o trânsito ficou congestionado durante grande parte da noite. O redator tocava muito de leve no fato de que a tia Eleanor residia no Hotel Magnólia, era adorada pela equipe e que o seu desejo em relação ao memorial dizia que uma cerimônia de recordação deveria ser realizada no M&F Chop House. Não se falava em crime. Não se falava em legado. Nenhuma família era mencionada. Também não era um relatório policial. Não havia menção à descoberta de um corpo. Até onde sei, meus pais abasteceram o redator com cada detalhe. E eles poderiam ter dito qualquer coisa.

— Digamos que você realmente a tenha visto no bar — diz Albert — e, digamos, que você a tem visto espreitando por aí, como falou. O que acha que ela quer, depois de todo esse tempo?

Não posso acreditar que Albert fez uma pergunta tão idiota.

— Acho que me matar.

Ele olha a meia distância.

— Tem certeza?

Passo a língua sobre os dentes. Tinha muita certeza disso no hotel, durante o *Dra. Roxanne*. E tenho absoluta certeza da minha convicção no Tranquility, quando a vi. Mas agora que conheço a história toda, ela me parece atrapalhada.

— No meu livro, ela disse que se ela fosse cair, eu também iria.

— Certo. Então, ela poderia estar atrás de você. Mas talvez exista outra emoção agindo aqui. Talvez você a fique vendo porque, secretamente, sente falta dela.

Olho fixo para ele.

— Vamos lá. Você admite que ainda a ama. Encare os fatos: por um bom tempo, você não sabia que ela a machucava. Você adorava o tempo que passavam juntas. Ela era o seu modelo. E então, subitamente, toda essa verdade alternativa sobre ela, essa verdade *medonha*, lhe é revelada, inequivocamente. Ela se vai. Logo depois de ter ido, isso é apagado da sua memória, então você nem mesmo tem tempo para um luto adequado nem para trabalhar os sentimentos. Só existe esse... *buraco* dentro de você. Você nunca pôde se despedir, mal deu para expressar a sua fúria. Nunca pôde ouvir a versão dela dos fatos. — Ele funga. — O que quero dizer é: você quer, não quer? Mesmo que seja uma bobagem manipuladora. Mesmo que seja a coisa mais louca que já ouviu. Não é uma vergonha querer saber o que ela pensava. E também não é uma vergonha sentir falta dela.

Sinto uma pontada. É verdade. Sinto mesmo falta dela.

— Mas isso não é um sentimento autodestrutivo? Se ela realmente me envenenou, eu deveria odiá-la e não sentir falta dela, não amá-la. — Respiro fundo. — Por que ela me envenenou? Como pôde fazer uma coisa dessas?

— Controle. Ela tinha medo que você fosse deixá-la. Foi uma maneira de conseguir atenção. E uma maneira de mantê-la por perto.

— Mas eu teria continuado perto dela. Ela era a minha pessoa preferida no mundo.

Albert pega de novo sua xícara de chá.

— Ela era doente. Não posso explicar a Münchausen por transferência. Não sei o que leva uma pessoa a isso. O que move um molestador de criança? O que leva uma pessoa a abusar do seu cônjuge? É uma coisa terrível. Mas você precisa aceitar que ela também era isso.

— Não tenho certeza de que consigo — digo baixinho.

— Bom, então, você precisa deixar que ela se vá.

Meu coração se aperta. Deixar que ela se vá não significa amar ou odiar, significa não sentir nada. Como seria possível eu chegar a esse ponto? E mais do que isso: dentro de mim tem um filme rodando, inacabado. Eu poderia me enganar, mas ainda posso sentir o pulso de Eleanor. Se colocar o ouvido no chão, ainda posso sentir sua energia vibrante.

— Ela está lá fora — repito para ele. — Está me procurando. Quer acertar o placar. Posso sentir isso.

— Eliza, ela não está. Esse é um sintoma das suas memórias arrancadas. É a sua mente pregando peças em você. Você está vendo um fantasma criado por si própria. Se quiser voltar a ser uma pessoa funcional no mundo, se quiser prosseguir com a sua vida e ser feliz, então precisa tentar exorcizá-la. Exorcizar esta sensação de que ela está atrás de você, porque você fez algo tão terrivelmente errado.

— Como faço isso?

Ele bate em seu queixo.

— Talvez devesse fazer o que Dot faz no livro.

Albert olha para um exemplar em sua prateleira. Sem dúvida, é uma novidade. Eu o teria notado antes. Vários exemplares de *As Dots* andaram circulando pelo hospital; flagrei enfermeiras, administradores, médicos e pacientes lendo-o. Acho que não deveria ficar surpresa de Albert ter um exemplar, mas, mesmo assim, é desconcertante imaginá-lo lendo o meu romance.

Reflito sobre o que ele disse. O final de *As Dots* é a única coisa que não tinha me ocorrido.

— Não vou fazer isso.

— Mas talvez queira. Vai ver que foi por isso que escreveu o livro. Poderia dar a você a conclusão que tanto necessita. Você estaria livre, exatamente como Dot. Poderia admitir o que Eleanor fez com você, e por que precisou agir de tal forma. — Aqui ele faz uma pausa, e tenho certeza, exatamente como tive com Desmond, que ele entende que o meu livro é uma autobiografia. — Poderia deixar alguém decidir a sua punição.

— ... E ir para a cadeia. Não posso correr o risco.

A cadeira range, quando ele se recosta para trás.

— No entanto, você deixa que Dot corra esse risco.

— Ela é um personagem de ficção.

— É?

Bufo, levanto-me e vou para a porta. Albert dá uma olhada no relógio; ainda temos dez minutos, mas, quando saio, ele não se mexe para me trazer de volta.

— Entendo a sua reação, Eliza — diz ele, em voz alta. — Mas talvez, refletindo, verá que não sou tão louco por sugerir isso.

— Estou cansada de refletir — resmungo por sobre o ombro. — Tudo o que tenho feito é refletir. — Dou um encontrão na mesinha de centro na sala de espera, e derrubo uma pilha de *Diários de yoga*.

Sigo pelo corredor frio, com iluminação feia, passando por Jim e Pablo que, para variar, jogam xadrez. Talvez estejam mais fodidos do que penso; ficam naquele tabuleiro dia e noite, começando um novo jogo assim que terminam o anterior. Nunca os vejo no Grupo ou nas refeições. Que golpe do destino os dois terem se encontrado aqui! Talvez eles não pensem assim e, provavelmente, não existe romance entre os dois, mas é um conforto pensar que sim. De repente, sinto mais uma vez saudade de Eleanor. Eu pensava que tinha afinidade com ela. Compreensão. Ligação. Poderei conseguir isso com outra pessoa? Desmond, talvez? Ou o que ela e eu tínhamos era especial? Ou tudo isso é bobagem, porque foi construído com base em mentiras?

Desmond não se apoia em mentiras. Mas vai ver que isso também não é bom. Ele poderia me amar incondicionalmente, mas sempre serei essa pessoa para ele, não a menina na instituição, depois de um tempo, mas a menina que se safou de alguma coisa. Como isso afetará o nosso relacionamento? Todas as vezes em que ele se retrair, todas as vezes em que se afastar de mim, como se estivesse se encolhendo, todas as vezes em que eu achar que ele está pisando em ovos, terei medo de que esteja vendo uma assassina em mim. E se ele se ressentir por eu sair impune? E se achar que eu deveria pagar pelo que fiz? Porque eu *fiz*. Quer Eleanor tenha morrido, quer ela ainda esteja por aí, tenho quase certeza de que usei minhas mãos para empurrá-la.

E então, me dou conta. Não é só Desmond que sabe que fiz isso. Todo mundo sabe. Sim, cá entre nós, o romance é ficção. Mas espiei algumas resenhas. As pessoas estão apontando para as semelhanças factuais entre Dot e eu, entre Dorothy e a tia Eleanor. Estão fotografando o M&F Chop House, e postando fotos na Amazon como uma imagem adicional para o livro. Bernie, o garçom, foi entrevistado, dizendo que, sim, há uma entrada nos fundos do restaurante para os clientes famosos, e ele se lembra de Eleanor comigo ali, embora não fizesse a mínima ideia de que ela tivesse problemas com a lei. Aquela capa da *Los Angeles* foi desencavada e postada. Se o cerne do livro é verdade, por que, então, o final seria uma mentira? Fiz Dorothy morrer exatamente da mesma maneira. Não mudei porra nenhuma, porque, à época, não percebi que aquilo acontecera. Se soubesse, teria alterado alguns detalhes. Teria feito ela despencar em um cânion ou cair dentro da boca de um jacaré no zoológico.

Se soubesse, não teria escrito o livro.

A polícia não invadiu o hospital, não abriu uma investigação, ninguém apareceu e contou o que fiz, mas deviam estar pensando nisso. É natural. Posso continuar vivendo a minha vida depois de cometer tal crime? Dorothy continuou, depois de fazer mal a Dot. Eleanor continuou, depois de fazer mal a mim. Mas não quero ser igual a nenhuma delas. Por outro lado, posso dar a cara para bater e contar a verdade? Qual a coisa certa a ser feita?

Abro a porta do meu quarto e entro. Há uma pilha de livros na minha mesa de cabeceira. Arranquei as persianas, então a luz jorra no chão. Finalmente, a equipe me liberou mais cobertores, e minha mãe trouxe uma manta de casa. Pego-a e a levo ao nariz, sentindo cheiro de tangerinas. Uma angústia avassaladora me sobe e penso em Eleanor mais uma vez. Penso nela colocando perfume em pontos do seu pulso. Penso nela apertando um spray na minha direção, e dizendo: "Agora, caminhe para o spray. Isso. Vai ficar com um cheiro delicioso."

Suspiro e estendo o braço para os livros na mesa de cabeceira. Puxo o que está debaixo da pilha. A lombada estala ao abri-lo pela primeira vez. Folheio até o último capítulo. Leio.

Depois fico muito quieta até a luz da janela se esvair e ficar cinza. Ignoro as batidas na minha porta chamando para o jantar, ignoro os passos suaves que seguem pelo corredor. Ignoro as luzes que se apagam, outra enfermeira entrando com um copo plástico com medicamentos. Ela sabe que vou tomá-los, então deixa o copo na mesa de cabeceira sem dizer uma palavra. Fico imóvel até o quarto estar imerso em total negritude. Reviro na minha cabeça infinitas vezes as palavras que escrevi. Me outorgo um grande poder, escolhendo acatar minhas instruções como autora ou escolher outro caminho. Seja o que for que eu escolha, no entanto, a decisão é toda minha. Agora, sou eu quem está no controle. Sou eu quem forja o caminho que se tornará a verdade.

De As Dots

Duas semanas depois do falecimento da tia, Dot foi para o aeroporto e fez aquela coisa que imaginou que as pessoas só fizessem nos filmes: escolheu um voo internacional no quadro de partidas, colocou seu Amex no balcão de passagens e comprou um assento. Não sabia ao certo por que tinha escolhido Dublin, a não ser pelo fato de que lá as pessoas falavam inglês e que ela não tinha antepassados irlandeses. Não queria ir a um lugar onde alguém se parecesse com ela.

Quando aterrissaram, chovia canivetes nas janelas do avião. Uma comissária passou pela última vez, praticamente dando cigarros e bebidas do dutyfree. Dot considerou uma garrafa de Baileys Irish Cream, mas não comprou. Agora, pensar em álcool a deixava enjoada. Não tinha tomado uma gota desde o funeral da tia.

O aeroporto era pequeno e modesto, e poderia ser visto em um conto de fadas ou em um livro infantil. As lojas vendiam sanduíches suspeitos, embalados em papel-manteiga, e as menores garrafas de Coca-Cola que Dot já vira. Ela esperou um ônibus que estava uma hora e meia atrasado. Quando finalmente chegou, ela e os outros turistas — italianos, escandinavos, um casal rechonchudo do Texas

— subiram a bordo. O rádio tocava em altos brados uma música pop que ela nunca tinha escutado. A chuva caía e, embora ela estivesse a salvo dentro do veículo, se sentia úmida.

No hotel, o concierge lhe deu uma lista de coisas para fazer e conhecer, mas Dot não sentia vontade de ver a cidade, queria ficar distante e só. Deitou-se na cama e assistiu à televisão, em grande parte reality shows e novelas australianas. Na CNN, havia uma reportagem sobre outro tiroteio numa escola. Do lado de fora, ônibus, mais chuva, homens com rostos identicamente pálidos, flácidos, correndo apressados pela calçada. À tarde, depois de um cochilo, ela deu uma volta pelo Temple Bar. Pisou em poças na Grafton Street, escutou um artista de rua tocando músicas dos Beatles em um flautim. Na vitrine de um sebo, viu um exemplar de *A redoma de vidro*. Tinha a mesma capa do livro que Dorothy lhe dera no dia em que morreu.

No fim das contas, parecia que Dot não conseguia escapar de Dorothy.

Largou-se em um banco, a água do assento ensopando seu jeans. O que acontecera ardia dentro dela, e a perspectiva do crime vira e mexe voltava à sua mente. Teria sido um acidente ou ela fizera de propósito? Ela era uma mentirosa ou uma idiota? Sua tia estava a envenenando ou aquilo tinha sido um engano colossal? Seu namorado e sua mãe demonizavam Dorothy por se sentirem ameaçados por ela ou tinham um motivo real para se preocupar? Dot iria para o céu pelo que tinha feito ou iria para o inferno? Pensando bem, Dot não acreditava em céu. Mas o inferno era outra história. O inferno não era um mito. O inferno era inevitável.

Dorothy estava no inferno? Ela queria pensar que sim.

Dois dias depois, pegou um voo para Londres e ficou em um hotel em Pimlico. Em uma banca de jornais, encontrou um artigo sobre a morte de Dorothy (*Solitária perturbada morta em via expressa*). A capa da *Los Angeles* foi desencavada. Uma mulher ao lado de Dot lia o mesmo artigo, e, ela, temendo ser identificada, puxou o capuz sobre a cabeça e saiu em disparada.

Outra foto de Dorothy em uma área de descanso, numa estrada de Bruxelas. Um noticiário na televisão, em Amsterdã. Dot fez um bunker para si mesma em um bar de haxixe, comendo bolos de maconha e fumando beques até não aguentar mais. Num determinado momento, uma porta se abriu, entrando uma figura de cabelos pretos: Dorothy? Uma mulher baixa, com dentes para fora, sentou-se num banquinho alto e deu uma olhada no menu. Os olhos de Dot se fecharam. Onde quer que fosse, lá estava a tia.

Cambaleando para o hotel, naquela noite, notou um policial de Amsterdã, a cavalo, que a olhou de modo estranho. Endireitou o corpo na mesma hora, subitamente sóbria. Será que ele sabia? Ela era uma criminosa internacional? Ele a cumprimentou com um aceno de cabeça, perguntando-lhe algo em holandês. Dot sacudiu a cabeça e seguiu em frente, mas assim que chegou ao seu quarto, se enrolou numa bola e sentiu sua pulsação golpeando nos joelhos. A polícia nunca lhe fizera perguntas sobre a morte de Dorothy, mas talvez devesse. Talvez não fosse justo a sua família protegê-la. Talvez a promessa feita à mãe, de ficar quieta, não fosse certa. Afinal de contas, uma vida tinha sido tirada, e Dot possuía informações importantes para juntar as peças. Mesmo que tivesse agido em legítima defesa, a morte de Dorothy não era suicídio. O fato de se entregar não preservaria a reputação da tia. Entregando-se, ela a destruiria. Todas aquelas pessoas que agora sentiam pena de Dorothy por ter caído no meio do trânsito compreenderiam o monstro que ela era.

O brilho fantasmagórico das luzes vermelhas nas vitrines das prostitutas do outro lado da rua continuava a arder. Ao que parecia, as mulheres atrás do vidro giravam e posavam a noite toda, desaparecendo apenas para atender um cliente. Dot rolou no colchão duro. Talvez o mundo devesse saber o monstro que Dorothy era.

Ela sabia o significado do que poderia contar. Preparou-se para essa decisão, perguntando-se se poderia lidar com isso. Já tinha suportado demais. E só o fato de imaginar tirar o segredo do seu peito já forneceu a ela uma surpreendente sensação de alívio. As pessoas saberiam de tudo, o bom e o ruim, sobre Dorothy e sobre ela. Não haveria mais segredos. Nem perguntas. Se Dot tivesse que sofrer por um certo tempo talvez não fosse um problema.

Arrumou suas coisas, deixando algumas lembrancinhas que tinha recolhido durante a viagem. A mala batia em sua canela, enquanto caminhava pela noite escorregadia e molhada, por sobre a ponte de um canal e depois por outra. Um bonde retardatário passou pelos trilhos. Moleques bêbados berravam, voltando para casa, saídos de um bar. O policial montado estava no mesmo lugar em que Dot o havia deixado. Quando ela tocou na sua panturrilha, ele se encolheu; estava olhando para outro lugar. Olhou para baixo, e seu rosto irradiou-se de reconhecimento, quando viu que era ela.

— *Benyeh oak?* — perguntou em holandês. Pelo menos, foi assim que soou.

— Inglês? — perguntou Dot.

— Sim — disse o policial, e Dot sentiu-se aliviada. — Algum problema?

Dot respirou fundo. Percebeu que aquela seria sua última respiração como uma pessoa livre, uma pessoa com segredos. Mas talvez desse tudo certo.

— Existe um problema — respondeu. — Espero que você possa me ajudar.

EPÍLOGO

Três anos depois

ATÉ AGORA, eu nunca havia estado no Hotel Vetiver, e sou grata por isso. Quando vim aqui, há alguns meses, para sondar um lugar para essa festa, passei pelos restaurantes e salões de baile como uma estranha, não houve associações nem comichões de lembranças. O hotel é tão recente que ainda cheira a Home Depot. Todos os funcionários são tão jovens, que provavelmente ainda estavam no ensino médio quando eu enfrentava meus problemas, há três anos, e todos os hóspedes são tão velhos e endinheirados que provavelmente não têm tempo ou interesse pelo programa *Dra. Roxanne* ou por ficção contemporânea.

Detesto que tenham se passado três anos e eu ainda esteja em alerta quanto a pessoas que eu possa conhecer ou que me conheciam, fantasmas do passado, *voyeurs* do passado. Dei de cara com algumas mulheres que estavam naquela gravação do *Dra. Roxanne*; duas delas vieram até mim na mesma hora, reconhecendo-me, alvoroçando-se em como eu estava bem, saudável, e que tinham adorado o livro. Outras se afastaram rapidamente, as bocas franzidas numa meia risada. Só sei que estavam na plateia, porque escuto os cochichos.

Se você estivesse naquele programa, não o esqueceria tão cedo. Provavelmente, a única pessoa que não tem uma memória cristalina daquele dia sou eu.

Desmond e eu entramos no salão de baile juntos, de mãos dadas. Posey, magra como uma vassoura, seus três bebês há muito desalojados, recebe-nos no lobby, conforme prometido.

— Já tem um monte de gente aqui. Primeiro vamos jantar, depois o leilão silencioso, e aí você diz algumas palavras. Se preferir, leia o seu livro. Todos estão morrendo de vontade de saber do que ele se trata.

Sinto o mesmo sobressalto de sempre, antes de me levantar perante uma plateia. Não se tornou muito mais fácil para mim, mas, pelo menos, agora eu realmente consigo fazer isso.

O pescoço de Posey vira-se de repente para o seu celular, que está tocando.

— Tenho que atender. — Ela sai rapidinho.

Desmond toca no meu braço.

— Vai dar tudo certo — diz no meu ouvido. Ele cheira a sândalo; o cabelo foi cortado e mostra seu rosto anguloso, seus olhos azuis ardentes. Poucas vezes o vi usando terno, mas ele parece deliciosamente charmoso. Quando saiu do banheiro vestido assim, pulei em cima dele e o despi de novo, tão seduzida pelo seu corpo alto e magro em toda aquela lã preta.

— Se você não se sentir bem, se precisar dar o fora daqui, já verifiquei todas as saídas — fala Desmond. — Tem uma a apenas quinze passos à sua esquerda. E tem outra atrás, que vai levá-la por um corredor bem comprido até a área onde eles descarregam o lixo. Essa pode ser a melhor. Ninguém vai ficar encarando você perto das latas de lixo.

Sorrio para ele e beijo seu rosto.

— Obrigada.

Existem cerca de vinte mesas redondas, onde cabem dez pessoas em cada. Desmond parece conhecer o caminho, levando-me para uma mesa da frente, marcada com o número um. Minha mãe e Bill já estão sentados. Gabby está com Dave, seu antigo chefe e agora noivo. O filho dele, Linus, um menino tão pálido e frágil quanto fui na idade dele, está sentado ao lado dos dois. Kiki trouxe o novo ocupante do meu quarto em Burbank, um cara chamado Theo, de quem ainda não sei bem se gosto. Até minha velha amiga do ensino médio, Matilda, apareceu, vestida com a mesma túnica negra aracnídea, que eu costumava pegar emprestada. Já não me visto tanto de preto. Meu cabelo está com alguns reflexos. É só uma coisa que estou experimentando, uma nova versão de mim mesma.

Todos sorriem ao me ver, cada um demonstrando graus variados de entusiasmo: Bill urrando e abrindo os braços para um abraço; Gabby agarrando as mãos de Desmond e as minhas; minha mãe acenando friamente, embora pelo menos pareça meio razoável com maquiagem e vestido; Kiki festejando e dando notícias de Steadman, cuja loja foi destruída num incêndio no ano passado, em um esplendor de pelos e ossos de animais, e que se mudou para a Tunísia. Foi ideia da minha mãe fazer a festa de lançamento do meu novo livro, *Joguetes*.

Pessoalmente, eu teria preferido algo um pouco menos sufocante. Isso aqui parece algo para angariar fundos ou uma festa de casamento onde os noivos não têm cem por cento de certeza se querem se juntar, mas foi minha mãe quem planejou tudo, e não posso deixar de me sentir lisonjeada.

Garçons servem saladas de endívias e vinho. No centro da mesa está a capa de *Joguetes*: bizarramente branca, com duas peças pretas de xadrez lado a lado, um desenho a bico de pena de um prédio institucional ao fundo. Comecei a trabalhar no livro cerca de um ano depois da publicação de *As Dots*. Não por eu ter levado todo esse tempo para ter a ideia; ela me veio, na verdade, no Oaks, como a história de dois homens em um hospital psiquiátrico que se unem por meio do amor pelo xadrez, das suas cabeças perturbadas e das suas vidas. Jim e Pablo, os jogadores originais de xadrez, também foram convidados. Os convites foram enviados ao Oaks, onde os dois ainda vivem, mas resolveram não comparecer. Não acredito que um dia eles vão sair de lá. Levei todo esse tempo para começar o novo livro porque tinha que me recuperar completamente e, depois disso, precisava fazer outras coisas. Acabei fazendo exatamente o que Dot fez no romance, como Albert sugeriu. Entreguei-me.

As Dots termina antes de descobrirmos o que acontece com Dot. Será que ela foi extraditada para os Estados Unidos? Será que foi para uma prisão holandesa? Gostaria de ter escrito uma cena: no mínimo, ela me daria um modelo para aquilo que eu estava prestes a fazer. Do jeito que foi, tive que seguir às cegas.

Eu ainda era uma paciente no Oaks quando conversei com um detetive na delegacia. Eles tiveram que se virar para encontrar alguém que atendesse o meu telefonema. A morte de Eleanor Reitman não tinha um registro por ter sido considerada suicídio. Por fim, o detetive Carson atendeu. Pareceu reticente e, quando eu lhe disse que ele precisava vir me ver no Oaks, lá em Palm Springs, o homem quase desligou na minha cara.

Mas, de qualquer modo, ele veio. Encontrou-me do lado de fora, em um banco. Seus cabelos eram grisalhos, o rosto era flácido mas amigável. Os olhos vivos eram de um azul muito claro, quase translúcido. Era o tipo de pessoa que eu poderia ver fazendo bagunça com os netos; provavelmente tinha um pula-pula no quintal. Sentamo-nos no gramado. Ele pegou um bloco e um lápis e me pediu para explicar a minha história. Senti-me tranquila com a maneira ultrapassada de anotação, seu lápis riscando o alto da página.

Então lhe contei. Contei o que Eleanor tinha feito comigo quando eu era criança no hospital, como ela tinha sido proibida de cuidar de mim, como nada disso me tinha sido revelado, como ela voltou e me drogou de outras maneiras. Expliquei nosso último jantar, como eu tinha trocado os drinques; eu não sabia que a coisa que ela tinha posto no meu coquetel fosse tão perigosa. Só queria ver o que ela planejava fazer comigo. Contei a ele exatamente a história que tinha escrito no livro. Decidi adotar essa versão da verdade, em grande parte porque não tinha uma ideia clara de que a verdade pudesse ser alguma outra coisa.

O detetive Carson não conhecia *As Dots*. Teve que ler alguns trechos do meu livro como forma de evidência. Esperei que terminasse o trecho onde Dorothy é atirada no trânsito.

— Então, ela a atacou? — perguntou ele, fechando o livro com força. — No parapeito? E você a empurrou por cima dele?

Dei de ombros.

— Acho que sim. Quero dizer, não me lembro de nada disso com muita clareza, mas o meu terapeuta diz que estou escolhendo não lembrar. Eu sei que queria empurrar ela, disso eu tenho certeza.

— Então, está admitindo que ela foi assassinada?

Respiro fundo.

— Estou admitindo... alguma coisa.

— Mas você não lembra.

— Não, mas não vejo como isso poderia não ter acontecido.

O detetive mordeu o lábio inferior.

— Só não entendo por que alguém escreveria uma confissão em um romance. Mesmo alguém mentalmente comprometido, como você estava. Isso parece ir contra todos os nossos instintos como seres humanos.

— Confessei porque achava que era ficção. Passei por um tratamento e as lembranças foram arrancadas de mim.

— Sei. — Ele franziu o cenho. — Sua família decidiu isso, certo?

— Decidiu, mas... — Olhei para os meus dedos trêmulos. Talvez eu não tivesse pensado nessas implicações. Não queria colocar a minha família numa encrenca. — Eles estavam preocupados comigo. Fazia muito tempo que se preocupavam. Mas a culpa não é deles. É minha.

Foi difícil dizer tudo aquilo. Não que eu *quisesse* ir para a prisão, mas tinha me conformado com isso. Não poderia ficar por aí com uma morte na minha consciência. Não poderia deixar as pessoas pensando que eu tinha matado e me safado. Como Dot, precisava confessar. Provavelmente, pareceria ingênuo. Eu sabia que a prisão seria terrível, mas realmente sentia que era assim que a história deveria terminar.

O detetive Carson se levantou e espanou algumas folhas que tinham caído das árvores na sua calça.

— O que acontece, srta. Fontaine, é que a maneira como você descreve o incidente no seu romance não parece um assassinato, mas legítima defesa. Se eu fosse seu advogado, era assim que enquadraria o caso.

— Oi? — Arranquei o livro dele e fui até as páginas do final.

— Eleanor atacou você primeiro. Ela a *envenenou*. Podem não haver provas empíricas de que foi ela quem fez isso, mas quando a sua tia foi embora, você melhorou. Era ela quem deveria estar presa por abuso infantil. E, mesmo naquela noite, você apenas trocou os drinques. Não tinha certeza de que ela tivesse posto alguma coisa no seu. No parapeito, você escreveu que ela investiu contra você e tentou empurrá-la para baixo. Não existe nada que indique outra coisa. Tenho aqui um registro do acidente, que descreve que identificamos o corpo de sra. Reitman pela carteira de motorista. Ele detalha o estado do corpo, enquanto o departamento ainda tinha acesso a ele no necrotério. Não existiam sinais de que ela fora sufocada, atacada, agredida ou golpeada por você de nenhuma maneira. Nem mesmo sabemos se ela foi envenenada por aquele drinque que você deu a ela. Não conseguimos fazer um exame toxicológico nela. Tudo poderia ter sido apenas uma encenação.

"Isso não acrescenta muito — disse ele. — O que quero dizer é que você pode afirmar que fez isso, e posso mandá-la para a prisão, mas você quer mesmo isso? — Ele tocou no meu ombro com delicadeza. — Você parece uma boa menina que só teve um azar absurdo. Se eu fosse você, viveria a minha vida, deixaria de me sentir culpada. A culpa não é sua. Nada disso é."

— Mas... Mas — gaguejei vogais e consoantes sem sentido. — Meu terapeuta me disse para me confessar com você. Ele disse que o certo era fazer isso.

O detetive esboçou um sorriso.

— Talvez ele tenha dito isso porque sabia o que eu diria. Talvez tivesse esperança de que você acreditasse em mim. A culpa não é sua, Eliza. Nada disso é culpa sua. Você é a vítima, entende? Isso também é difícil. Porque agora você precisa sarar.

Ele estendeu a mão e levei um tempinho para entender que queria que eu a pegasse. Depois que fiz isso, ele apertou com força. Senti como se ele fosse meu avô, consolando-me depois de um pesadelo.

— Li que este lugar serve um café bem decente — disse ele. — Você se incomoda se eu entrar e pegar uma xícara?

Acompanhei-o até o curral, que era como nós, os pacientes, chamávamos o prédio principal da instituição, onde aconteciam todas as terapias e eram servidas as refeições. Senti como se estivesse me arrastando na lama. Estava preparada para assumir a culpa. Tive visões de ser algemada e levada embora numa viatura. Naquele momento, quase me senti traída.

Peguei o café do detetive. Ele entrou e conversou com uma das enfermeiras, por coincidência uma antiga vizinha do lugar onde ele cresceu. Quando Carson estava prestes a ir embora, algo veio a mim, e corri atrás dele:

— Por que não conseguiram fazer um exame toxicológico em Eleanor?

Ele pegou as chaves no bolso e uma embalagem prateada de chiclete caiu no chão. Quando se inclinou para pegá-la, disse:

— Ela deixou ordens precisas no testamento para que não fosse feita uma autópsia, independentemente da causa da morte. Estamos acostumados com isso em Los Angeles; uma porção de celebridades têm instruções estranhas para quando morrerem. Não poderíamos manter o corpo dela por muito tempo. O testamento também determinava que deveríamos chamar um homem imediatamente e ele se livraria do corpo conforme ela desejava. O registro diz que o homem apareceu na manhã seguinte.

— O dr. Singh?

Ele olhou o registro.

— É, um dr. Vishal Singh se responsabilizou pelo corpo. Um procedimento bem padrão. Como eu disse, pensamos, em todo caso, que tinha sido um suicídio e, honestamente, foi. Ela queria morrer. Você precisa acreditar nisso. Estava foragida. Ia ser presa. Então, não investigamos. O dr. Singh apareceu, levou o corpo e ponto final. — Ele deu de ombros. — Admiro sua sinceridade e sua transparência, mas, realmente, esta conversa não precisa ir adiante. Você pode deixar para lá.

Mas eu não conseguia deixar para lá. Queria a resposta. Queria achar o dr. Singh e descobrir aonde ele tinha levado o corpo dela. Queria saber por que minha tia não tinha desejado uma autópsia. O que ela estava escondendo?

No entanto, o problema era que o Oaks tinha privilégios muito limitados na internet, e eles não me dariam uma autorização especial para fazer a pesquisa. Então, pedi para minha mãe dar uma olhada. Ela telefonou para todos os Vishal Singh no distrito de Los Angeles. Havia um bom número deles. Nenhum afirmou conhecer uma mulher chamada Eleanor Reitman. Nenhum deles tinha reclamado o seu corpo.

Minha mãe também desencavou no Magnólia várias caixas com coisas que Eleanor deixara para trás, guardadas em um quarto no andar de cima, escondidas de mim. Ela trouxe as caixas ao hospital, para que eu também pudesse dar uma olhada. Quando tiramos a fita adesiva, um forte cheiro de tangerinas invadiu o quarto. Quase desmaiei. Era como deixar um gênio sair da garrafa. Pude vê-la à minha frente, com ótima saúde, usando um casaco de pele e bebendo *stinger*. Ouvi a sua voz rouca, senti a sua risada.

Reviramos as caixas. Havia negligés, maiôs, uma porção de chapéus elaborados, uma embalagem com um perfume caro, cujo nome não reconheci, vários livros de suspense, um DVD de *O terceiro homem*. No fundo, bijuterias, um vestido de melindrosa, uma porção de revistas *Vogue* e um sapatinho minúsculo de bebê. Levantei-o com os olhos arregalados.

— Era meu?

Minha mãe franziu os olhos.

— Será?

Um cartão do concierge do Magnólia; um cartão de um agente literário em São Francisco. Nada escrito, nenhum documento, com certeza nenhum testamento. Nem mesmo uma conta do seu celular ou do seu plano de saúde, se é que ela tinha um. Nenhum cartão do dr. Vishal Singh. Nenhuma indicação de que tivessem sido amigos. Era como se ele não existisse.

— Deixe para lá, Eliza — aconselhou minha mãe. — O que está feito está feito.

Tentei. Não valia a pena investigar, disse para mim mesma. Também tinha feito a minha parte, tinha confessado, tirado aquilo do peito, e, pelo menos agora, poderia contar essa história como parte das minhas entrevistas, como tive que dar algumas, depois de sair do Oaks. É, posso tê-la empurrado, eu disse, mas a polícia sabe e não me considera culpada. Isso meio que me legitimou. Eu ainda vivia preocupada por ter feito uma coisa horrível, mas pelo menos não estava mais reprimindo isso. Pelo menos, lembrava-me de quase tudo. E aquilo de que eu não me lembrava, aqueles momentos efêmeros, indecisos no parapeito... Bom, talvez fosse uma coisa boa eu não me lembrar daqueles detalhes violentos... Eles não me fariam nada bem.

De qualquer forma, ainda me sentia desconfortável de vez em quando. Ainda havia algumas coisas que não se encaixavam, algumas coisas que não faziam sentido para mim. Quem era a pessoa que todos viram pela cidade? Quem me filmou no hospital? Por que, culminando com meu surto psicótico, eu me sentia seguida? No fim das contas, talvez fosse eu mesma; talvez minha personalidade tivesse se dividido. E talvez minha paranoia resultasse da projeção da minha culpa, que ela estivesse começando a se mostrar. Estas são as respostas lógicas. No entanto...

■ ■ ■

Conseguimos dar conta da comida, embora eu esteja nervosa demais para comer muito. Posey sobe no pódio e respira algumas vezes no microfone, chamando a atenção de todos.

— Muito obrigada a todos pela presença — diz ela. — É um grande prazer estar aqui nessa festa de lançamento, comemorando um novo romance de um jovem talento. Como muitos de você sabem, Eliza Fontaine ficou famosa com seu primeiro livro, *As Dots*, que vendeu quase um milhão de cópias ao redor do planeta.

Todos aplaudem. Abaixo a cabeça, ainda perplexa com o número. Não olho as classificações da Amazon. Não leio resenhas. A única coisa que leio são os e-mails que os fãs me mandam. Raramente são críticos. Em geral, essas pessoas leram mesmo o meu livro, ao contrário do grande número que o comprou só porque fiquei famosa por ter caído na piscina e agido feito uma louca no *Dra. Roxanne*. Detesto que seja este o motivo de eu ter vendido tanto. Detesto que as pessoas pensem que fiz isso de propósito porque, hoje em dia, é preciso um chamariz para se vender livros. Detesto que haja certa verdade no fato de ser preciso um chamariz para se vender livros.

— Agora, Eliza está aqui para ler um trecho do seu novo livro, *Joguetes*, que sai na semana que vem. Depois de servida a sobremesa, vamos tê-la aqui para essa leitura e para os autógrafos. Até lá, aproveitem, bebam, alegrem-se e, por favor, comprem um exemplar da obra de Eliza antecipadamente, se quiserem que seja autografado. Obrigada.

Há um punhado de aplausos e a música volta. Minha mãe sorri para mim do outro lado da mesa, mas estou nervosa demais para sorrir de volta. Engolindo o que resta da minha água, largo o guardanapo na cadeira e vou até o banheiro. Preciso passar água fria no rosto, e em pontos do pulso. A última coisa que quero é desmaiar ali no palco. Passo por uma mesa forrada com exemplares de *Joguetes* e cerca de vinte canetas Sharpie de várias cores e estilos. Meu estômago dá voltas. Desta vez, tenho que realmente promover o livro, sair em turnê, dar entrevistas. Acho que consigo. Posso contar a verdade. Em grande parte porque sei qual é a verdade.

O banheiro está cheio de mulheres e vou até uma cabine, sorrindo nervosa para uma das amigas da minha mãe, que parece querer me encurralar e dizer que tem uma boa história para o meu próximo livro. Descargas são dadas à minha volta e aproveito para me sentar por um instante, aproveitando a privacidade. Uma a uma, as torneiras da pia vão sendo fechadas. Todos os pés somem do chão. Saio do reservado. Uma figura vem até o meu lado, e quando reparo nela, meu coração para. É ela. Vestida com um uniforme de atendente de banheiro, mais magra, com cabelo mais curto, mas é ela.

Grito e recuo. Em parte eu estava preparada para esse encontro; em parte nunca abandonei a ideia de Eleanor estar por aí, à espreita. Bom. Aqui está ela.

A mulher olha para mim e sorri, hesitante.

— Oi.

Recuei até o suporte de toalha de papel, do outro lado do banheiro. A voz que sai da boca de tia Eleanor é mais aguda, mais melodiosa. Ela irrompe por uma camada com a espessura de um cobertor, dentro de mim, invocando minha cama hospitalar, o som rascante do punho de velcro do aparelho de pressão, ao ser retirado do meu braço, e o cheiro de antisséptico.

— Você é... Stella? — pergunto, devagar.

Ela concorda gravemente, não parecendo surpresa que eu saiba.

— Sou.

E então a vejo, repentinamente, com muita clareza: sentada na minha cama no St. Mother Maria's, observando o medidor, agindo distraída quando minha tia entrou e quis saber quem era mais bonita. Foi há muito tempo. Tão enevoado! Nunca pensei que ela fosse mesmo real.

— Eu estive no hospital St. Mother Maria's — conto a ela. Faz muito tempo. Você era auxiliar de enfermeira.

Você tem cistos no ovário de vez em quando? Você é um pouquinho míope?

A voz está muito clara na minha mente. E então, depois que Stella saiu, *Era de se pensar que ela fosse gostar disso. Nem todo mundo tem uma sósia.*

É a voz de Eleanor, não de Dorothy. Uma voz verdadeira, uma situação que testemunhei. E neste momento, é como se as duas cordas da minha consciência, a real e a fictícia, se entrelaçassem e se unissem, tornando-se uma para sempre. Outras pessoas vazaram da minha vida real para a fictícia, criada por mim, mas Stella esteve mesmo no hospital comigo, muito mais do que a minha mãe. Provavelmente, ela viu coisas. E por algum motivo, olhando agora para ela, acredito, sem sombra de dúvida, que tudo que as pessoas disseram que me aconteceu, aconteceu realmente. Tive um tumor benigno quando era pequena. Fui envenenada. Fui abusada. Mentiram para mim. E, então, matei.

Tudo aconteceu exatamente dessa forma.

Por muito tempo, mesmo nos últimos três anos, tive dúvidas. Nada que eu descobria satisfazia-me completamente, no sentido de acreditar que o que escrevi, o que lembro e o que me contaram, batem. De tempos em tempos, ainda questionei as intenções da minha mãe, fermentando ideias de conspiração. Quando sinto uma pontada de dor de cabeça, às vezes, penso, *Ah, é o tumor*. Quando passo pela UCLA, ainda acredito que fui operada ali. Tem sido difícil para mim largar as lembranças de Eleanor, mas também tem sido difícil largar as lembranças que a substituíram. Na melhor das hipóteses, elas existem em conjunto, lutando pela proeminência.

Até esse momento. Agora, eu simplesmente sei.

Caminho até Stella, desconcertada com a coincidência. O que ela está fazendo justamente aqui? Minha mãe jamais teria permitido isso; jamais liberaria alguém parecido com Eleanor em nenhuma de nós. Tem que ser alguma alteração esquisita do universo.

Engulo com dificuldade.

— Você se parece demais com a minha tia. Ela faleceu, mas talvez você se lembre dela. Ficava comigo no hospital. Perguntou qual de vocês era mais bonita.

Ela concorda com um leve e breve gesto de cabeça, ainda imperturbável.

— Eu a vi não tem muito tempo. No Terranea Resort. Você estava limpando os quartos. Pensei de novo que fosse a minha tia. Poderia jurar. Você usava a echarpe de leopardo que ela adorava. — Esses detalhes são do *As Dots*, mas também são detalhes da minha vida. Fecho os olhos e lá estão eles, vívidos e nítidos.

Um músculo se contrai no rosto de Stella.

— Ah, é. A echarpe.

Sua língua se projeta da boca, para lamber os lábios. De repente, a mulher parece nervosa. Quando seu olhar volta a se encontrar com o meu, minha pele formiga. Subitamente, sinto-me como se estivesse no precipício de algo imenso. Não sei o que é, mas meu estômago está apertado, e minha intuição grita que não posso ir embora, ainda não. Tem mais alguma coisa aqui.

Agarro a mão dela.

— Venha comigo.

Ela me segue de boa vontade, mais ou menos. Passamos por algumas mulheres que se dirigem ao banheiro, e que estão lá para a minha leitura. Abaixo a cabeça e elas não me notam.

Em vez de ir para o salão de bailes e o meu pódio, levo Stella na direção oposta, até um corredor dos fundos, vazio, que dá para a piscina e a academia de ginástica. O ar tem um leve cheiro de cloro e posso ouvir um aparelho de exercício funcionando do outro lado da parede.

Afundo-me em um sofazinho de couro, e a faço sentar também. Meu coração golpeia meu peito com vontade. Ela parece em conflito, mas não confusa. É como se soubesse o que vou perguntar.

— Minha tia deu aquela echarpe para você, não deu? — pergunto calmamente.

A garganta de Stella sobe e desce. Ela passa uma mecha de cabelo atrás das orelhas.

— Bom...

— Por favor, me conte a verdade. Me diga por quê.

O vento bate contra as janelas a poucos metros de nós. Imagino Posey andando de lá para cá, querendo saber onde estou.

Stella abaixa a cabeça.

— Tive vontade de contar para você. Apareci em lugares onde pensei que você estaria; precisava tirar isso do meu peito. Foi difícil encontrá-la, mas, quando encontrei, fiquei com medo.

— O que você estava tentando me contar?

Ela não parece ouvir a pergunta; seus olhos estão vidrados e ela olha para o chão.

— Tentei fazer um vídeo de mim mesma no seu celular, pensando que serviria como uma confissão, mas não consegui! Tive medo que você fosse acordar e me ver, e entrei em pânico. Tive medo que fosse levar tudo para o lado errado.

Abro a boca e fecho novamente. *Meu celular. O hospital.* Ela tinha feito aquele vídeo? Tinha estado no meu quarto, mexido no meu celular?

Não tenho tempo para processar isso, porque Stella se endireita e me olha de frente.

— Sua tia me fez uma oferta. Eu tinha que passar um dia todo no spa, usando o nome dela, e ela me daria em troca uma echarpe Hermès e mil dólares. Era bom demais para ser verdade. É claro que eu disse que faria. Mas aí, descobri o que aconteceu. — Ela faz uma pausa, contraindo o rosto. — Aquela pobre médica não fez nada para merecer aquilo. Sei o motivo que levou sua tia a empurrá-la pela escada. Corria pelo hospital um boato a respeito da verdade do que estava acontecendo. A médica também desconfiou.

Levo alguns segundos para processar. Na vida real, o nome da dra. Koder é dra. Richards. Verifiquei e, exatamente como a dra. Koder, ela caiu de uma escada e ficou paralisada, logo depois que saí dos seus cuidados. Se uma médica suspeitava que Eleanor estivesse me envenenando, é claro que a minha tia teria que se livrar dela. Eu tinha especulado sobre esse acidente, pensado se Eleanor tinha algo a ver com ele, mas, até agora, não tinha como prová-lo.

— Eleanor fez você ir ao spa no lugar dela, para que ela pudesse machucar a médica — digo devagar, juntando as peças. — Ela usou você para estabelecer um álibi. Porque você se parece com ela. Era infalível.

Stella concorda.

— Só percebi isso depois. Não deveria ter sido tão burra. Eu sabia que a sua tia não era flor que se cheire. A médica não se lembrava do que tinha acontecido. Achava que o tombo fora um acidente. Ameacei sua tia, dizendo que ia denunciá-la, e adivinha o que ela falou? "Eu estava no spa o dia todo, não estava? Meu nome está na agenda. As pessoas viram uma mulher que se parece comigo. Mas e você?" Era eu quem não tinha um álibi naquele dia. Tinha tirado o dia de folga para ir ao spa. Tive medo de que o problema acabasse estourando em mim. A médica poderia se lembrar de um rosto, do meu rosto, porque éramos muito parecidas. Sua tia me disse que, por segurança, eu deveria largar o meu trabalho no hospital.

— Ai, meu Deus! — murmuro. — Então você tem me seguido, tentando me contar isso? — De uma hora para a outra, faz sentido; numa rápida olhada, as pessoas poderiam confundir essa mulher comigo. Temos a mesma compleição. Stella tem mais rugas em volta dos olhos, mas não são tão óbvias. Ela cuida da pele, do cabelo. Era Stella quem estava na academia de yoga, na loja do Steadman, talvez até espreitando a casa dos meus pais. E então, me vem como um raio de luz fino e forte: — Você era a pessoa com que eu estava falando no bar em Palm Springs!

Stella acena a cabeça com veemência.

— Era. Eu precisava contar. Segui você até o resort, achando que a gente poderia conversar ali. Mas no bar, assim que você me viu, entrou em pânico, pensou que eu fosse ela e que iria agredi-la. Eu corri, mas isso me deu ainda mais motivo para pôr tudo em pratos limpos. Você precisava saber a verdade.

Estreito os olhos.

— A verdade sobre o quê? Que a minha tia empurrou a médica? Que ela era louca?

— Não... — Stella baixa os olhos para suas mãos. Estuda-as como se estivesse tentando memorizar cada tendão, cada ruga. Não faço ideia de quanto tempo passa. Dois minutos? Dez? — Anos depois, ela voltou a me chamar — diz ela, finalmente. — Disse que tinha mais uma coisa que precisava que eu fizesse. Respondi que não faria de jeito nenhum, mas ela me ameaçou. Disse que mandaria uma carta anônima para a médica, acusando-me de atacar ela na escada. Disse que tinha fotos de uma câmera de segurança; subornou algum cara da manutenção para ficar com elas. Provavelmente isso era mentira, mas vai saber...

"Eu me senti encurralada, então aceitei. Ela disse que queria que eu me escondesse em um restaurante onde ela ia jantar, e quando ela se levantasse para ir embora, eu tinha que entrar no lugar dela, pedir mais um drinque e assinar a conta. — O peito de Stella infla e murcha. — Não tive escolha, então fui. Mas aí vi que ela estava jantando com uma menina. Você. Tive medo que ela fosse fazer alguma coisa terrível. Você é tão jovem!

Minha garganta trava. Ela está falando do último jantar? Fecho os olhos e me coloco no lugar de Dot, lembrando-me daquela pequena centelha de movimento que ela percebeu no corredor, logo antes de voltar para a mesa para trocar os drinques. Teria sido Stella? Ela estava escondida, esperando?

— Você viu a gente — disse, tremendo. — Viu o que aconteceu.

O olhar de Stella está voltado para a esquerda, para uma gravura genérica de uma cena de praia.

— É. Não ocupei o lugar dela na mesa, como ela queria que eu fizesse. Quando vocês duas saíram, fui atrás. E escutei. Aquela mulher era um monstro. Merecia morrer. — Ela gira e me olha de frente, seus olhos verdes arregalados e fixos. — E ela morreu mesmo, Eliza. Morreu. Foi-se. Eu vi ela cair.

As palavras afundam dentro de mim, chiando como ácido.

— Você me viu empurrando ela — digo com esforço.

Sua expressão me conta tudo o que preciso saber.

— Nunca vou entregar você. Não é por isso que estou aqui. Estou aqui porque precisa saber que ela se foi. Quis muito falar com você antes, logo depois do que aconteceu, mas sua família a levou embora. Conforme o tempo passou, não consegui dizer o que sabia. — Stella olha para mim de um jeito duro. — Mas aqui estou eu.

Recosto-me para trás, pousando as mãos nas coxas.

— Uau.

O sorriso de Stella é torto e pequeno.

— É. Uau. Sinto muitíssimo.

Tenho outras perguntas para ela, uma quantidade imensa de coisas mínimas e importantes para perguntar. Mas quando começo a reuni-las na mente, meu celular toca. É Posey. Estremeço.

— Chego em um segundo — digo, como resposta. — Dois minutos, na verdade.

Desligo e olho para Stella com ar desolado.

— Não quero parar de conversar.

— Não, vá — diz ela, acenando com a mão. — Eu não devia ter tomado tanto o seu tempo.

— Está brincando? — digo. Estendo-me um instante com ela. Quero abraçá-la, mas, em vez disso, toco na sua mão, articulo um *obrigada* e corro de volta para o salão de baile.

Os garçons estão colocando tigelas de crème brûlée na mesa. Posey olha para mim com ar preocupado, quando me aproximo do palco, mas não dou importância. Ela volta ao microfone e me apresenta. Tento me organizar, enquanto assumo meu lugar. Minha bolsa leva um exemplar assinalado do meu livro, mas quando o abro na página certa, ouço vozes na minha cabeça.

Foi como se eu estivesse em presença de um evento paranormal. É Eleanor. Dorothy. *Dividi em duas! Ela deveria fazer papel de minha sósia nas festas.*

Ou você poderia fazer o papel de sósia dela, respondi.

Então, a história de Gigi Reece e Diana Dane estala na minha cabeça. *Existe uma história maravilhosa sobre um assassinato neste hotel*, Dorothy tinha dito. Eleanor também disse isso. As duas disseram, mais tarde, na mesma voz distante e sonhadora: *Sabe o que seria interessante? Se a jovem atriz famosa fosse realmente a que estivesse correndo perigo com os bandidos em Palm Springs, mas mandou esta outra garota em seu lugar pra se virar com a fúria deles.*

Eleanor estaria, o tempo todo, tentando me contar? É claro que ela usou Stella em seu proveito. Ela era sua sósia. Era um passe-livre para se safar de confusões.

Mas e se tivesse ido ainda mais longe? Minha tia usou Stella como uma dublê conveniente para um álibi, e teve Stella à sua disposição na noite em que planejou me matar. E se ela também usou Stella naqueles últimos momentos? Stella me contou, instantes atrás, que só estivera ali para ocupar o lugar de Eleanor à mesa, e me viu empurrar Eleanor por cima do parapeito. Eu poderia acreditar nisso de olhos fechados, mas deveria? Afinal de contas, em minha nebulosa lembrança do que aconteceu, Eleanor parecia muito *diferente* naqueles últimos momentos antes de cair. Como ela mesma... mas também, *não* como ela mesma.

Seria possível que, em meio à nossa briga, Eleanor tivesse puxado Stella das sombras, e a forçado a ocupar o seu lugar?

Não consigo entender exatamente como Eleanor poderia convencer alguém a fazer isso ou por que Stella não teria me revelado imediatamente quem ela era de fato. Também não sei como Eleanor poderia ter se recuperado do veneno, porque de todas as lembranças que estão embaçadas, as imagens da minha tia vomitando bile momentos antes da queda ainda estão frescas e vívidas na minha mente. E, no entanto...

E se a mulher com quem acabei de conversar não fosse Stella?

Começo a tremer. *Pare com isso. Era Stella. Deixe para lá.*

O detetive Carson me contou que a polícia identificou Eleanor Reitman pela carteira de motorista. Para que o esquema alucinado que acabei de inventar acontecesse, minha tia teria tido que enfiar a carteira no bolso de Stella, antes de ela cair no meio do trânsito ou então Stella já estava com a carteira o tempo todo. Mas poderia ter acontecido, certo? Não foi feito nenhum exame de sangue para provar que fosse Eleanor. Não foi feita autópsia. O dr. Singh, que nunca consegui encontrar, foi até o necrotério, levou-a embora, e também desapareceu.

Ergo os olhos. Minha plateia me olha em expectativa, querendo que eu comece.

— Eu já volto — digo.

Correm murmúrios, enquanto saio do palco. Posey agarra o meu braço.

— O que está acontecendo?

Sorrio bravamente.

— Só... o banheiro de novo.

Saio rapidinho. Tenho que passar pela minha família. Desmond olha para mim, alarmado. É o que melhor me conhece; provavelmente percebe o pânico no meu rosto. Só rezo para que não venha atrás de mim, embora, quando espio por cima do ombro, ele não esteja vindo.

Quero correr, mas não quero chamar atenção. O banheiro feminino parece mais distante do que da primeira vez em que vim aqui. Abro com força a porta do banheiro, o coração aos pulos. Estou preparada para qualquer coisa, de um confronto desconfortável a uma arma enfiada na minha cara. Só o que sei é que preciso falar com Stella ou seja ela quem for. Só preciso ter certeza.

Quando vejo apenas uma idosa, saindo com dificuldade de uma cabine, lutando para levantar a meia-calça, fico muda de espanto.

— Ah! — diz a mulher, ao levantar a cabeça. — Meu Deus, me desculpe. — Ela desce a saia para que sua roupa íntima não apareça. — Esses malditos nylons. Estão todos tortos.

Olho para o canto onde Stella estava. Até seu material de limpeza se foi.

— A senhora viu alguém por aqui? — pergunto, sem fôlego. — Uma atendente do banheiro?

A senhora sorri.

— Ah, não seria agradável? Talvez ela pudesse me arrumar uma nova meia-calça. A minha desfiou.

— Então a senhora não viu para onde ela foi?

A mulher apenas sorri para mim, feito boba. Corro para o lugar onde Stella estava parada. Está completamente limpo. Será que ela chegou a estar ali?

Dou meia-volta e volto para o corredor, desesperada por ver a cabeça negra Chanel de Stella ou de tia Eleanor. Apoio a mão na parede, para manter o equilíbrio.

— Eliza? — Posey surge ao meu lado. — O que está acontecendo? Você está bem?

— Só precisava ir ao banheiro — digo, abalada. — Estou bem.

E tento estar bem. Paro novamente perante o microfone. Peço desculpas pela minha breve interrupção. Tento brincar a respeito, um pouco de água demais no jantar! Uma bexiga nervosa! Agradeço a todos por terem vindo, abro a página do livro que estava marcada, e começo a ler. Conheço tão bem as páginas que não preciso me concentrar demais para fazer a leitura, então, minha mente fica à solta.

Chego ao fim do trecho, fechando o livro para indicar que terminei, e fazendo um aceno com a cabeça. O grupo aplaude. Sorrio.

Posey reaparece, avisa que os autógrafos vão começar, e que todos devem formar uma fila. Saio do palco. Estou furiosa comigo mesma. Furiosa por ter voltado para o salão de baile com tanta rapidez. E aonde Stella poderia ter ido? O que significa tudo isso?

Dou mais uma olhada nas pessoas, imaginando, por um curto período, se ela está por ali, observando afavelmente, não mais interessada em fazer mal. Poderia ser a velha tia Eleanor da minha mente, aquela de quem gostei tanto, que só queria me amar incondicionalmente. Sei que isso não é factível. A tia Eleanor não é assim. Mas, independentemente disso, quando vejo uma cabeça com cabelos negros perto da porta, meu coração pula, e em parte quero saltar da mesa e correr para ela, com os braços abertos, e contar como me sinto, como tudo o que quero é que as coisas voltem a ser como antes, da maneira que eu costumava acreditar que fossem.

Seus olhos encontram os meus. Sua cabeça, então, arqueia para cima, revelando cordões grossos em seu pescoço. Ela me dirige um sorriso tímido, misterioso, que poderia ser interpretado como conspiratório... ou malicioso.

Minha garganta está seca e ferida. Olho para a minha mãe, mas ela não está examinando a multidão, olha para mim, apreensiva. Deve haver algo revelador na minha expressão, alguma coisa que diz que o fantasma se insinuou de volta para dentro de mim, que estou novamente possuída, que a vi. O rosto dela empalidece, talvez para o mesmo tom do meu. Ela arregala os olhos, desapontada e com o coração partido, porque o que penso que sei é muito claro, e é ainda mais claro que vou continuar desacreditada.

— Não, você não entende — digo. — É... — Mas aí, desisto.

Esqueça, uma voz na minha cabeça me diz. Por fim, tenho respostas reais, e cá estou eu, revirando-as na minha cabeça. Uma mulher significativa apenas porque se parecia com outra pessoa acabou de desabafar comigo, nada além disso. Persegui a verdade porque ela me assombrou, e porque tenho uma espécie de doença, mas também romantizei a verdade. Romantizei *Eleanor*. Como não fazê-lo?

Penso em todas as histórias que ela me contou sobre a sua vida, histórias que quis, desesperadamente, que fossem reais. Todas as suas aventuras. Todos os seus flertes. Ela pode ter sido louca, avariada, excêntrica e psicótica, mas tinha uma imaginação mágica, e suponho que isso seja algo que eu deveria valorizar. Só alguém como Eleanor poderia me fazer acreditar no impossível. Só alguém como Eleanor poderia mudar de forma, persuadir, disputar, manipular, envenenar, e voltar dos mortos.

Stella disse isso da melhor forma: ela não voltou. Isso era apenas o mito em que ela queria que eu acreditasse, não a realidade.

Fico na ponta dos pés, voltando a encontrar o olhar de Stella. Ela me dá outro breve aceno de cabeça, como que para dizer: *Sim, boa escolha*. E então, virando nos saltos com tanta elegância quanto era o costume de Eleanor, dirige-se para a porta e desaparece.

Deixo-a ir, sabendo que, provavelmente, jamais voltarei a vê-la. De agora em diante, ela será apenas uma maravilhosa e efervescente ficção.

AGRADECIMENTOS

Agradeço demais a muitas, muitas pessoas por sua ajuda neste livro. Em primeiro lugar, e acima de tudo, à minha editora, Johanna Castillo, que deu uma chance a esse manuscrito e o encaminhou na direção certa, com intuição e sabedoria. A Andy McNicol, que apoiou a ideia logo no começo e, provavelmente, leu no mínimo três versões do romance. Aos meus primeiros leitores: Lauren Acampora e Cari Luna — é muito estressante colocar um romance em processo de formação nas mãos de pessoas tão inteligentes, mas os comentários e as sugestões foram valiosos. A Michael Gremba, meu marido, que ficou comigo nas cercanias, em Burbank, que serviu de inspiração para a vizinhança de Eliza no romance, e a Ali Shepard, minha irmã, com quem fiz minha única viagem a Palm Springs. Aos meus pais, Shep e Mindy, cuja influência da velha Hollywood (e de tomar absinto) deu a este livro sua *vibe*. Também a Kristian e Henry, não por terem realmente me ajudado a escrever esse livro, mas, quanto mais livros eu escrever, mais brinquedos posso comprar para vocês.

Além disso, esse livro é dedicado a meu falecido avô, Charles Vent, em quem ainda penso o tempo todo. Acho que ele se divertiria com esse livro, quando não estivesse ocupado fazendo cachorros fumarem cigarros, escapando por pouco da polícia ou roubando coisas dos gramados alheios.

Gerente editorial
Mariana Rolier

Editora
Alice Mello

Copidesque
André Sequeira

Revisão
Ulisses Teixeira

Diagramação
Abreu's System

Capa
Elmo Rosa

Este livro foi impresso em Rio de Janeiro, em 2018,
pela Edigráfica Brasil, para a HarperCollins Brasil.
A fonte usada no miolo é Minion Pro, corpo 11,7/15,65.
O papel do miolo é Chambril Avena 80g/m², e o da capa é cartão 250g/m².